Gabriela Adameşteanu
Der gleiche Weg an jedem Tag

Roman

Aus dem Rumänischen
von Georg Aescht

Schöffling & Co.

Die Übersetzung wurde freundlicherweise gefördert
durch das Translation and Publication Support Programme (TPS)
des Rumänischen Kulturinstituts, Bukarest.

Ab S. 435 finden Sie ein Glossar zu im Text
erwähnten Namen und historischen Begriffen.

Deutsche Erstausgabe

Erste Auflage 2013
© der deutschen Ausgabe:
Schöffling & Co. Verlagsbuchhandlung GmbH,
Frankfurt am Main 2013
Originaltitel: *Drumul egal al fiecărei zile*
Originalverlag: Polirom, Bukarest
Copyright © 1975 Gabriela Adameşteanu
Erstveröffentlichung 1975 bei Cartea Românească, Bukarest.
Alle Rechte vorbehalten.
Satz: Fotosatz Amann, Aichstetten
Druck & Bindung: Pustet, Regensburg
ISBN 978-3-89561-297-8

www.schoeffling.de

Meinem Vater Mircea Adameşteanu

Erster Teil

Kapitel 1

Einige Jahre schliefen wir zu dritt in einem Zimmer, Mutter, Onkel Ion und ich, von dem Herbsttag an, wenn zum ersten Mal Feuer gemacht wurde, bis zum Ende des Frühlings, im Mai. Zu jener Zeit habe ich düster gedacht, mir würde nie etwas Besonderes passieren, und an diesem Gedanken habe ich mich festgehalten bis zu jener Nacht, als der Pförtner des Heims in unser Zimmer tritt, sich zwischen den fünf Betten hindurchtastet, das Licht einschaltet und sagt: »Wer von euch ist Letiția Branea? Da hat jemand angerufen, sie soll sofort nach Hause fahren...«

Zum ersten Mal sehe ich Unsicherheit in seinen Augen, und unter den erleichterten und teilnehmenden Blicken der Mädchen löse ich mich von mir selbst und schlüpfe in die mir zugedachte Rolle, mit der Ahnung oder dem Anfang eines Schmerzes, dem ich beim Wachsen zuschaue und den zu tragen ich bereit bin, so wie ich es gelesen und im Kino gesehen habe.

Manchmal allerdings blieb ich in dem Zimmer allein, Mutter war auf der Arbeit und Onkel Ion hatte Unterricht. Er ging früh aus dem Haus, denn es war weit bis zur Schule, er musste eine gute Strecke des Wegs zu Fuß gehen und kam mit seinem kranken Bein nur langsam voran. Wenn ich erwachte, wärmte die Sonne den Staub auf den eng zusammengerückten Möbeln. Dann betrachtete ich schon mal durchs Fenster die Farbe der jeweiligen Jahreszeit auf den Hügeln hinter der Stadt und, in den sehr klaren Morgenstunden des Frühlings, die rosafarbenen Umrisse der fernen Gebirge, flüchtig und unwirklich wie Zirruswolken, die sich in der herrischen Wärme des Mittags auflösten. Ich stieg dann auf die unverputzte Brüstung des Balkons und hielt Ausschau; wenn ich die Hand ausstreckte, berührte ich die schwarzen Zweige des Birnbaums, die plötzlich biegsam waren von den unsichtbar steigenden Säften, und das weiße Licht überflutete mich mit der unerklärlichen Freude eines Neuanfangs. Dort in den Hügeln mit den schütteren blauen Wäldchen endete die Stadt, geteilt durch den Boulevard, der von allsommerlich zu Kugeln zurechtgestutzten Robinien gesäumt war, mit staubigen Gassen, die steil zu dem steinigen Flussbett abfielen, mit Häusern, von deren Mauern und Balkonen der Putz blätterte, mit langgestreckten Innenhöfen, die sich vier, fünf, sechs Familien teilten, und der Kaserne, aus deren Kellerfenstern mir die Soldaten hinterherpfiffen, mit der komplizierten Äderung der unter den Schritten gesprungenen Decke der Bürgersteige, dem Korso und den beiden Lyzeen – also mit all dem, das ich zu kennen meinte und mit dem mein Körper in matter Vertraulichkeit umging.

Ich vergeudete diese schwebenden Stunden des Alleinseins, indem ich mich unschlüssig und doch bewusst allem entzog. Im Summen des Zählers im Vorzimmer hörte ich die Zeit, in der jederzeit alles Mögliche beginnen konnte. Ich vergaß mich lesend im Bett, stand erst spät auf und trat dann in den engen Raum zwischen der Bibliothek des Onkels und der Anrichte. Stets von neuem holte ich mir beim Gang durch diesen Engpass, den der Onkel Thermopylen nannte, blaue Flecke an den Beinen. Wenn ich den Schrank öffnete, kamen mir die Kleider entgegen, sie verströmten Staub und den Gestank von Mottenpulver. So viele ich umfassen konnte, schleppte ich vor den Spiegel und zog sie der Reihe nach an, dazu lächelte ich oder versuchte, eine schmachtende Miene aufzusetzen, wobei ich mich ganz aufs Gesicht konzentrierte wie bei einer Großaufnahme im Kino. Ein paar zerknitterte Kleider aus geblümter Naturseide, andere aus dünnem Stoff mit eckigen Schulterpolstern und besticktem Kragen, Hüte aus weichem Samt mit schiefer Krempe und Gummiband im Nacken. Ich fragte mich, wann Mutter sie getragen haben mochte, ich kannte sie nur mit dem großkarierten Herrenschal, der von Vater geblieben war und der sich ihrem Kopf nie anschmiegte, sondern über ihrer immer grauer werdenden Dauerwelle starre Falten warf.

An Vater erinnerte ich mich nicht, wusste aber, dass ich ihn nie hätte vergessen dürfen. Deshalb vermied ich es, an ihn zu denken, und hoffte, dass ich irgendwann zur rechten Zeit alles begreifen und ausreichend leiden würde, mehr noch als Mutter. Dafür erinnerte ich mich an ein anderes, großes Zimmer voller fremder Menschen, in dem alle Lichter brennen, fremde Herren mit Hüten grölen, während Mutter weint und schreit. Und plötzlich bekomme ich solche Angst, dass ich irgendwo unterkrieche, wohl unter den Tisch. Dort hocke ich, reglos, obwohl die Tür zugeknallt worden ist, ich höre, wie mein Herz gegen meine Knie pocht, und Mutter weint immer noch.

Dann fiel mir, es mag wenige Jahre später gewesen sein, wieder das Schlangestehen vor der Gasabfüllanlage ein, wo ich für den Onkel die Stellung hielt. All die vielen Stunden kamen mir plötzlich im Licht der Nachmittagssonne in den Sinn. In die festgetretene, mit Ölflecken übersäte Erde waren die Kästchen des Hüpfspiels mit einem Nagel eingeritzt, in

Grüppchen saßen strickende Frauen, die über ihre Kinder und viel seltener über ihre Männer redeten. Wenn unverhofft Bewegung in die Schlange kam, ging es rasch und mit großem Geschrei und Geschiebe voran, wobei der eine oder andere schmächtige Junge auf seiner rußgeschwärzten, mit einer Zeitung abgedeckten Gasflasche aufschrak, den verstörten Blick vom Buch hob und wie blind mit den Händen zu fuchteln begann. Erst spät gingen ein paar Straßenlaternen und der rote Stern auf dem höchsten Gebäude der Stadt an. Ich trat aus der Schlange und zählte sie durch. Noch sechsundzwanzig, flüsterte ich, und dann, wenn nur etwa zehn übrig waren, konnte ich endlich zwischen ihnen hindurch die zerbeulten, gelb gepinselten Blechwände des Schuppens sehen. Ich wandte meinen Blick nicht von den beiden Glaszylindern, in denen die Flüssigkeit mit unerhörtem Sirren und winzigen Blasen aufstieg. Je näher ich kam, desto atemberaubender war der Gestank von Gas und Benzin. Die Ärmel hochgekrempelt, betätigte der Gasmann unablässig den Pumpenhebel.

»He, wie viel willst du? Schläfst du denn im Stehen?«, herrschte er mich an.

Darauf streckte ich die feuchte Hand mit den zerknüllten Scheinen aus und sah mich verzweifelt nach Onkel Ion um, mit dem ich die Gasflasche zu schleppen hatte, die zwischen uns am Wäscheknüppel baumelte.

Da waren dann noch die drei Häuser, an denen sich die Schlange vor dem Brotgeschäft entlangzog. Dort ertastete ich mit geschlossenen Augen die ungleichen Abstände zwischen den drei vierkantigen, rostfleckigen Regenrohren und den bräunlichen Flecken im alten Mauerputz, an denen man ermessen konnte, wie es vorwärtsging. Irgendwann war ich bis zu der Schalterstange vorgedrungen, stützte mein Kinn darauf und starrte in das pergamenten gegerbte Gesicht der Verkäuferin, in dem aus Warzen und Kinn vereinzelte Haare hervorstachen. Unter dem blaugetupften Kopftuch, das sie im Nacken verknotet hatte, hingen fettglänzende und schuppengepuderte Haarsträhnen. Ein olivbrauner untersetzter Mann mit vor Aufregung wehendem Mantel wachte am Rande des Gehsteigs und verscheuchte jeden, der sich vordrängen wollte.

»Schneller!«, keifte die Frau, wenn die Leute in den Taschen nach den orangefarbenen Brotmarken kramten. Und schmiss die runden schwarzen Brote auf das Brett in der Durchreiche. »Warum hast du sie nicht zu Hause herausgeschnitten?«, fragte sie und wischte die mehlige Hand am Kittel ab, während sie mit der anderen nach der abgegriffenen und zerschnipselten Brotkarte grapschte.

Nachmittags, wenn ich in der Schule war, bereitete Onkel Ion seinen Unterricht oder das Politseminar vor, und Mutter kochte in der Sommerküche. Diese hatte uns der junge, von Staats wegen eingesetzte Vermieter überlassen. Eine Zeitlang hatte Mutter im Flur zwischen unserem und deren Zimmer gekocht, dann hatte er gesagt, das sei ihr Durchgangszimmer, und die Eingangstür gegenüber zugemauert. Wenn sie ins Zimmer gingen, zogen sie die Schuhe aus und ließen sie auf dem Flur, später dann auch die Strümpfe, die gewaschen werden mussten. Wenn ihre Tür offen stand, schlug einem warme Luft entgegen, die nach billigem Parfüm Marke Velu roch, nach Kleinkind und nach den Windeln, die ungewaschen über dem Herd hingen. Wenn der kleine Sorin hineingepinkelt hatte, wuschen sie die nicht, sondern ließen sie einfach trocknen. Mutter kam herein und sagte: »Das machen die absichtlich – ich halte es dort nicht mehr aus.« Sie hatte ein Leberleiden und bekam gleich Anfälle von Übelkeit.

»Und was willst du tun?«, sagte Onkel Ion, nahm die Brille ab und rieb sich mit dem Handrücken die Augen. »Das ist nun mal so. Meinst du, du hast etwas davon, wenn du sie gegen dich aufbringst? Willst du auf der Straße landen?«

»Du hast leicht reden, du sitzt hier und liest«, sagte Mutter, zu schnell und zu laut. »Er bringt es nicht fertig, einem in die Augen zu sehen, wenn er mich sieht, dreht er sich weg, dabei habe ich ihm gar nichts getan. Ein Nichtsnutz, ich verstehe nicht, wie er es dorthin geschafft hat, wo er ist.«

»Wieso wunderst du dich, als wäre er der Einzige«, antwortete der Onkel gereizt, setzte die Brille wieder auf und vertiefte sich in sein Buch.

*

Nach der Kindstaufe kamen wir die ganze Nacht nicht zum Schlafen. Sie hatten das Radio bis zum Anschlag aufgedreht, grölten und sangen. Als sie besoffen waren, kam der junge Vermieter an unsere Tür und trommelte mit den Fäusten dagegen.

»Raus aus meinem Haus, ihr verdammten Faschisten!«, brüllte er. »Euch zeig ich's…«

»Georgel, komm doch herein, Georgel«, übertönte Cornelias Stimme das Gebrüll und Getrampel.

Er stieß sie fluchend zurück, sie aber bettelte mit weinerlicher Stimme weiter: »Komm herein, du erschreckst das Kind.«

»Lasst sie, die sind halt betrunken«, flüsterte Onkel Ion. Er hatte den Kopf im Kissen vergraben und ächzte vor verhaltener Wut. Nur Mutter war aufgestanden und ging im Zimmer auf und ab. Im Dunkeln sah ich unter dem verwaschenen Nachthemd ihre weichen Brüste wippen, gegen die ich mich als Kind so gerne gestemmt hatte, wenn Mutter mir die Schuhe anzog.

Nachts schnarchte Onkel Ion. Ich weiß nicht, ob er immer schon geschnarcht hatte, aber einmal erwachte ich, als der Vermieter und seine Frau in den Flur polterten. »Du gottverdammte Hure, du kannst es nicht lassen, ich bring dich um.«

Nur ich war wach geworden, der Onkel schnarchte weiter. Damals hörte ich sein Schnarchen zum ersten Mal, konnte nicht wieder einschlafen und wälzte mich in den warmen Bettlaken, die schon recht fadenscheinig waren und zu zerreißen drohten. Mit den Zehenspitzen tastete ich die zahlreichen Knoten in der Matratze ab und lauschte den Schlägen der Pendeluhr, die dann und wann aus dem Flur kamen. Ich spürte im Voraus, wenn es wieder so weit war, und hielt den Atem an, trotzdem fuhr ich bei jedem Schlag schmerzlich zusammen, als wäre ich gerade unsanft geweckt worden. Dann begann ich die Doppelschläge zu zählen, wenn sie aber schließlich ausklangen, floss die Nacht nicht weiter, sondern breitete sich wieder endlos aus.

»Wieso wirfst du dich denn dauernd herum, sei doch mal still«, brummte Mutter schlaftrunken und schubste mich feindselig mit ihrer weichen, unangenehm warmen Schulter.

Der Onkel schnarchte lautstark weiter, hin und wieder mit einem schrillen Pfeifton zwischendurch. Dann begann in der Nachbarschaft ein Hund zu heulen, gewissenhaft sandte er in regelmäßigen Abständen seinen schaurigen Ruf zum Himmel. Da dachte ich an Vater, erinnerte mich an das Paket, das Mutter zuletzt für ihn zurechtgemacht hatte, mit Speck,

Wollsocken, Zigaretten der Marke Mărășești, und wie sie am Tag danach damit zurückgekehrt war. Die haben es nicht angenommen, sagte sie und dann zwei Tage gar nichts mehr. Vielleicht war er gar nicht in ein anderes Gefängnis verlegt worden, wie Onkel Ion mir damals sagte, vielleicht war er wirklich schon gestorben, dachte ich und begann zu weinen, still, lautlos. Am Fenster erschienen die ersten morgendlichen Lichtflecken, als ich unmerklich, erleichtert vom Glück der Tränen, einschlief.

Seither hatte ich Angst vor dem Schnarchen des Onkels. Ich weiß nicht, ob ich wirklich an Schlafmangel litt, mir schien es aber so. Ständig zählte ich die Stunden, die ich geschlafen hatte, und versuchte früher schlafen zu gehen. Solange sie im Zimmer noch zugange waren und miteinander flüsterten, zog ich mir ein Kissen über den Kopf und vernahm nur noch dumpf die Pendeluhr. Nein, sagte ich mir, solange es hell ist, wird es nicht klappen. Irgendwann kam auch Mutter, sie hatte fertig gespült oder vorgekocht, und die alten Stahlfedern des Schlafsofas krachten unter ihr, während sie ächzend ihre gewohnte Stellung suchte. Ich hörte den Atem des Onkels lauter werden, meine Anspannung wuchs, bis endlich der erste Schnarchton kam. Dann entspannte ich mich, ging leise bis zu der Liege am Fenster und zog ihn an den dicken, rauen Zehen. »Dreh dich zur Seite«, flüsterte ich, »dreh dich zur Seite.« Dabei zupfte ich hilflos an meinem weichen Pyjama.

»Wenn du mich weckst«, sagte er mir morgens, »kann ich bis zum Morgen nicht mehr einschlafen.«

Meistens aber drehte er sich zur Seite und atmete, ohne aufzuwachen, schwer keuchend weiter.

*

Als ich dann morgens zur Schule ging, waren wir nachmittags immer zu dritt im Zimmer. Onkel Ion war von der Abendschule zum regulären Unterricht befördert worden, zwei Jahre nachdem ein neuer Direktor ernannt worden war, mit dem Onkel Ion gut konnte, wie Mutter sagte. Der Direktor absolvierte ein Fernstudium, und vor den Prüfungen kam er zu Onkel Ion, der ihm die Arbeiten schrieb. Am meisten aber schätzte er Onkel Ion wahrscheinlich, sagte Mutter, weil dieser keinen Auftrag verweigerte und überallhin ging, wohin man ihn schickte.

»Am Ende macht man's ja dann doch«, sagte er, lehnte sich im Stuhl zurück und fuhr sich mit der Hand über die Stirn, die in dem Maß höher wurde, in dem das schüttere graue Haar den Kopf verließ. »Es hat keinen Sinn, sich erst zu weigern und später, weil es schließlich sein muss, doch zu gehen. Damit gerätst du in einen gewissen Ruf, und die vergessen dich nicht.«

»Keiner sagt, du sollst nichts tun«, fuhr Mutter auf, »aber das ist ja kein Zustand, dass du keinen einzigen Sonntag frei hast und alle Kulturheime abklappern musst.«

»Mach dir keinen Kopf, da gehen auch andere hin, aber die sind jung«, sagte er und sackte finster in sich zusammen. »Die tragen kein Zeichen auf der Stirn. Die haben kein Sündenregister wie ich.«

»Du bist vielleicht gut«, sagte Mutter mit heruntergezogenen Mundwinkeln, die enttäuschtes Erstaunen ausdrücken sollten. »Du bist wirklich gut. Was hast du denn verbrochen, deinen Vater umgebracht oder was? Statt dich zu verteidigen wie andere, setzt du dich selbst in ein schlechtes Licht.«

»Mach ich gar nicht!«, erwiderte er aufgebracht. »Ich setze mich nicht in ein schlechtes Licht. Ich komme gut aus mit allen, selbst mit dem Direktor. Wieso schaust du mich so an?«, fragte er angesichts ihres ironisch mitleidigen Lächelns. »Als der Stundenplan gemacht wurde in diesem Jahr, hat er denn da nicht darauf bestanden, dass ich weniger Freistunden bekomme, um keine Zeit zu verlieren, weil ich so weit von der Schule wohne? Und das, ohne dass ich ihn darum gebeten hätte. Aber so bist du halt, du schaust dich in einem fort um, ob es jemandem bessergehen könnte als dir.«

Hatte er sich in der Zeit, als er gemieden wurde und sich bedroht fühlte, abgefunden mit dem Gedanken, dass sein Leben sich nach anderen Regeln richten musste als das anderer, oder hatte er immer schon mit kindlichem Stolz und Dankbarkeit als Geschenk angenommen, was andere als normal und angemessen betrachteten? Ich habe damals nicht darüber nachgedacht und es auch später nicht herausgefunden. Wenn er sich aber plötzlich durch ein unerwartetes Wort in seiner Wehrlosigkeit überrumpelt fühlte, konnte er sich mit dieser Art Bosheit wappnen, und nun sah er Mutter voller Genugtuung an. In ihrem Gesicht machte sich eine gekränkte Ratlosigkeit breit, bis ihre Züge sich schließlich zum Weinen verzerrten.

»Wenn auch du das sagst, was kann ich dann noch von anderen erwarten? Wo ich doch alles, was ich tu, nur für euch tu ... Ich selbst erwarte schon lange nichts mehr vom Leben. Aber das glaubt einem keiner, und die eigenen Leute noch weniger als Fremde.«

»Dann beklag dich doch bei denen.«

Das hatte er auch noch draufsetzen müssen, und jetzt ordnete er die Sachen auf seiner Tischhälfte, mit trotzig verfinsterten Ringen um die Augen und verkniffenen Lippen.

Empört sah ich von meinen Schulheften auf, meine Augen

funkelten vor Zorn: »Wie kannst du ihr so etwas sagen, ist sie denn nicht geplagt genug?«, fuhr ich ihn an, als hätte ich mit meiner Mutter nicht selber schon viel öfter Streit gehabt.

Sie ging in die Küche, knallte heftig die Tür hinter sich zu, aber nun, wo sie weg war, konnte ich mich nicht mehr so recht an meinem Einsatz freuen.

»Mit euch gibt's kein Arbeiten in diesem Haus.« Allerdings klang seine Stimme dabei schon wieder zaghaft. In dem anschließenden Schweigen spürte ich die Unruhe, die ihm nach jedem Streit zu schaffen machte, es war sein altes Unvermögen zu kämpfen, wie immer versuchte er, seine Unsicherheit zu überspielen, indem er sich nachsichtig gab. Nach einer Zeit trottete er mit schweren Schritten aus dem Zimmer. Sie kamen zusammen zurück, gestikulierten, tuschelten, und ich konnte mir ihre Gesichter vorstellen, obwohl ich mit dem Rücken zu ihnen saß. Das ärgerte mich, und ich rief mit dem Recht meiner gerade erst gewonnenen Überlegenheit: »Hört doch endlich auf, wie soll ich denn bei diesem Getue etwas lernen? Wäre ich doch bloß im Internat, dort lässt man die Leute wenigstens in Ruhe lesen.«

Das sagte ich so dahin, nur allzu gut kannte ich das alte Internatsgebäude, die wie von einem Feuer geschwärzten, bekritzelten und zerkratzten Bänke, die bei jeder Bewegung knarrten, die überhitzte, verbrauchte Luft, die nach Kohleofen und Schuhen stank. Außerdem wohnte ich ja in der Stadt, und das war eines der wenigen Privilegien, deren ich mir bewusst war. Mutter verzog sich an ihren Platz in der Küche, Onkel Ion setzte sich ans andere Ende des Tisches und bereitete seinen Unterricht für den nächsten Tag vor, wobei er mit dem Fuß wippte. Irgendwann hörte ich auf zu lesen, der Rauch der Zigarette, die er in dem kleinen Aschenbecher aus blindem Silber vergessen hatte, setzte mir böse zu, und das unablässige Wippen seines Fußes zog mich in seinen Bann. Ein ungutes Gefühl wie Schädelbrummen ließ mir keine Ruhe, und plötzlich merkte ich, wie leid es mir tat, dass ich ihn angeschrien hatte. Heimlich streckte ich unter den sorgfältig in Papier eingeschlagenen Büchern die Hand aus. Ich war sicher, Onkel Ion würde nichts merken, dann aber hörte ich ihn sagen: »Lass den Dostojewski, in der Prüfung werden die dich nicht nach ihm fragen. Oder willst du etwa hier bleiben und auf dem Korso dein Leben fristen?«

Es war der erste Roman von Dostojewski, der in Rumänien veröffentlicht worden war, ich wusste nur vom Hörensagen etwas über ihn und hatte, noch bevor ich ihn aufschlug, entschieden, dass er großartig sei und mir gefallen würde. Beim Lesen verkniff ich mir das Eingeständnis, dass ich enttäuscht war, und bildete mir gewissenhaft allerhand Offenbarungen ein. »Ich schaffe die Prüfung eh nicht«, trumpfte ich unsicher auf.

Mit meiner schlechten Akte hatte ich in der Tat alle Aussichten durchzufallen. Irgendwie erhoffte ich mir das sogar und nahm mir vor, in eine andere Stadt zu gehen und in einer Fabrik zu arbeiten, wie es in vielen Büchern stand, die ich gelesen hatte, und auch in den Zeitungen. Ich würde dann nicht mehr mit Onkel Ion und Mutter zusammenwohnen, müsste nicht mehr daran denken, dass ich sie, wenn ich durch die Aufnahmeprüfung fiel, zum Gespött der ganzen Stadt machte. Vor allem aber würde dort ständig allerhand Unvorhergesehenes auf mich zukommen, und meine Zeit würde nicht wie jetzt im Alltagstrott versickern. Dann mündete jedoch meine Furcht vor den Herausforderungen, die mich erwarteten, gleich wieder in Zweifeln, und ich sagte mir schnell, dass so etwas viel zu ungewöhnlich sei, als dass es mir passieren könnte.

»Nichts als Flausen hast du im Kopf«, bemerkte Onkel Ion abschätzig, als ich ihm einmal etwas von diesen Gedanken andeutete. »Was willst du in einer Fabrik? Siehst du denn nicht, dass du alles kaputtmachst, was du in die Hand nimmst? Lern lieber anständig kehren.«

*

Abends ging ich oft mit Onkel Ion auf den Markt, wir verweilten lange in der Halle, wo die Stimmen der Schlangestehenden, die dumpfen Axthiebe auf den blutüberströmten Hackklötzen und der schmatzende Aufprall der Fleischstücke auf dem fettverschmierten Blechüberzug der Theken mächtig widerhallten. Gegen Ende des Sommers irrten wir endlos zwischen Bergen gestreifter Melonen an der hinteren Mauer des Marktes herum, wo die Stadt sich unvermittelt zum Fluss neigte mit engen Gässchen, in denen Buden, noch im privaten Besitz, in ihren staubigen Schaufenstern Kerzen aller Größen, grell schimmernde Bettdecken in Blau und Rosa, Eisenwaren oder Hochzeitskleider zum Ausleihen feilboten.

»Wo kommen die her?«, fragte Onkel Ion und tastete mit seinen starken Fingern die Melonen ab in Erwartung eines frischen Knackens. »Aus der Vlaşca, aber woher genau?« Er verharrte dann, die Melone in den Händen, während der Bauer, dessen unrasierter knorpliger Hals aus dem für die Stadt gefältelten Kragen seines grobgewebten Leinenhemdes ragte, mit schmutzstarrenden Händen das Bündel abgegriffener Geldscheine zückte, um ihm das Wechselgeld herauszugeben, Stück für Stück, wobei er zerstreut und stockend antwortete. Allerdings widersprachen das scheue Lächeln des Onkels, die Blässe des Stadtmenschen im Gegensatz zu dem bartstoppligen, rauen Gesicht des Bauern und vor allem das unsichere, nostalgische Augenblinzeln dem besorgten Unterton der Stimme, den all jene mitklingen lassen, die unter Bauern gelebt haben und meinen, sie wüssten noch, wie man mit ihnen zu reden hat.

Kapitel 11

Hin und wieder erschien am Wochenende, wenn wir ihn schon nicht mehr erwarteten, nach mehreren Sonnabenden zermürbender Aufregung, an denen wir, weil wir den Fahrplan kannten, auf das Knarren des Hoftors gewartet hatten, schließlich Biţă, der jüngste Bruder von Onkel Ion und meiner Mutter. Ich mochte seine unverhofften Auftritte und wurde böse, wenn Onkel Ion, sobald er seine Schultern und seinen Kopf über dem Zaun bemerkte, ihm entgegeneilte und mir dabei mit gereizter Freude zuraunte: »Ich begreife nicht, wo dieser Mensch das Talent hernimmt, gerade dann aufzutauchen, wenn es bei uns mit dem Geld hapert. Letzte Woche, als er kommen wollte, da hatte ich gerade mein Gehalt bekommen. Wieso kann er sich nie an sein Versprechen halten?«

Biţă duftete nach Lavendel, nach Palmolive-Seife und nach gepflegtem, fast noch jungem Mann und palaverte in einem fort, wobei er Onkel Ion in der Küche und auf dem Hof nicht von der Seite wich.

»Du frisst die Bücher nur so, höre ich, ob das wohl stimmt?«, rief er mir zu und beugte sich durch das offene Fenster herein.

Ich saß im Schlafzimmer, die Hefte auf dem Tisch ausgebreitet, aber die Ohren in seine Richtung gespitzt.

»Die frisst die Bücher nur so, Junge, Junge«, wiederholte er wie für sich selbst.

Onkel Ion hatte seine Einkaufsnetze genommen und war zum Konsum gegangen, Biță aber lief ungeduldig im Hof auf und ab. Er faltete ein weißes Taschentuch mit einem Monogramm in der Ecke auseinander und schnäuzte sich anhaltend.

»Letiția«, sprach er mich nach einer Weile an. »Was ist das denn, was du da lernst? Der Krieg gegen die Türken und wie wir uns mit den Deutschen herumgeschlagen haben …?«

Er betete das absichtlich monoton herunter, und wenn sein Blick verstohlen unter den klimpernden Lidern mit ungewöhnlich langen, geschwungenen Wimpern hervorblitzte, traten in seinem sorgfältig rasierten, leicht gedunsenen Gesicht unvermutet die Züge des Kindes hervor, das er gewesen war. Prustend vor Lachen trat ich ans Fenster und sah ihm zu, wie er aus der kleinen schwarzen Reisetasche die *Informația*, *L'Humanité* und die neuesten Bücher auspackte.

»Hast du das schon gesehen?«, fragte er Onkel Ion.

»Zu uns kommen sie immer erst später …« Die Augen von Onkel Ion funkelten vor verhaltener Neugier.

Ich reckte mich, um ihm über die Schulter zu sehen: ein grauer Umschlag, darauf stand *Bietul Ioanide*. Es war der Roman eines gewissen George Călinescu, von dem ich nur dem Vernehmen nach wusste. Offenbar ein langweiliges Buch, eng bedruckt und ohne ein einziges Bild.

»Hättest du auch gar nicht sehen können«, sagte Biță mit selbstgefälligem Unterton. »Sie haben es nach einer Woche aus den Buchläden genommen.«

Er senkte die Stimme noch weiter, und aus seinem Getuschel mit Onkel Ion hörte ich wieder jenes Wort heraus, das uns der junge Vermieter an den Kopf warf: Legionär, Legionäre. Vielleicht um mich loszuwerden, nahm er das

Glas Erdbeermarmelade aus dem Koffer, von dem ich, sobald ich allein war, mit der verstohlenen Lust am Sakrileg einen Löffel nach dem anderen voller allzu süßer Früchte essen würde, deren Samenkörner noch lange zwischen den Zähnen knackten.

»Er könnte schon mehr davon bringen«, sagte Mutter beim Anblick des leeren Glases. »Er hat nur diese eine Nichte, und hier kommt er an den gedeckten Tisch.«

»Er reist nicht gerne mit Gepäck«, antwortete Onkel Ion mit unbeteiligter Stimme. »Und du weißt ja, wie er ist...«

»Er wollte es immer eine Nummer größer«, gab Mutter schnell zurück. »Und jetzt ist es natürlich schwer, ihn zu ändern, nachdem du ihn ein Leben lang verwöhnt hast...«

»Er hat sich selbst verwöhnt, das war halt seine Art.« Die Stimme des Onkels war wieder unsicher geworden. »Immerhin ist es schön, dass er uns dann und wann beehrt.«

Wenn Mutter von der Arbeit kam, fand sie Biţă an dem Tisch unter dem Birnbaum, an dem wir im Sommer aßen. Er hatte sein altes Sofa vom Dachboden geholt, hatte sich darauf ausgestreckt und rauchte gemächlich seine Zigarette.

»Was habt ihr hier doch für eine geruhsame Stille – ohne Straßenbahnen und ohne die wahnsinnige Hektik in Bukarest.« Und einen Augenblick lang schloss er die Augen unter dem weichen Flattern der Sonnenflecken, die durch das Blätterdach des Birnbaums glitten...

»Wieso bleibst du nicht, wenn es dir so gut gefällt?«, wollte ich ihn fragen. Meine aufsässige Stimme bäumte sich in meiner Kehle, doch ich probierte so lange an der Betonung herum, bis die Wörter zu einem dummen Spruch geronnen.

»Das glaubst nur du!«, antwortete Onkel Ion, während er dafür sorgte, dass Biţăs Glas nicht leer blieb.

Die erste Flasche Wein, aus der er einschenkte, war noch warm, wie er sie im Konsum gekauft hatte, aber die anderen kühlten am Brunnen in dem Eimer unter dem spärlich rieselnden Wasserhahn.

»Das glaubst nur du«, wiederholte er schleppend mit jener demütigen Überlegenheit des älteren Bruders, der nicht mehr weiß, wie er seine Autorität noch rechtfertigen soll. »Es ist wie überall, nur dass die Dinge sich hier verschärfen und andere Ausmaße annehmen... Vorläufig«, er senkte die Stimme, »herrscht Windstille. Wenn aber dann der Zoff mit den Vermietern losgeht...«

»Ach, macht euch das immer noch zu schaffen, habt ihr das nicht hingekriegt?«, lachte Biţă. »Ihr seid halt Deppen und Hosenscheißer... Geh doch heute Abend mal ins Vorzimmer und schlag Krach, wir drehen das Radio laut auf und bechern die ganze Nacht, der soll bloß kommen und was sagen... Was soll dies Besitzergehabe in unserem Staat, Genosse, brüllen wir ihn an, ich gehe zu deinem Parteisekretär, wir waren Kollegen beim Bezirk seinerzeit, der soll mal prüfen, ob das dein übliches Verhalten ist, zu Hause und am Arbeitsplatz. Und wenn du ihn restlos überzeugen willst...« Er verschluckte sich vor Lachen und redete so laut, dass der ganze Hof widerhallte.

Onkel Ion rutschte aufgeregt auf dem Stuhl herum und machte ihm stumme Zeichen, er solle still sein, wobei er ängstliche Blicke nach der angelehnten Tür zum Vorzimmer warf.

»Dann zerschlagen wir noch zwei, drei von Margaretas Tellern und kippen den Abfalleimer aus, den du nachts ins Zimmer hereinholst... Verdammt noch mal, ihr müsst ihm eben zuvorkommen, Angriff ist die beste Verteidigung.

Wenn du noch nicht einmal so viel weißt, bist du umsonst alt geworden auf dieser Welt.«

»Mach du das mal bei dir zu Hause, aber nicht hier«, antwortete Onkel Ion mit unvermittelter Härte in der Stimme. »Du fährst wieder weg, wir müssen bleiben«, fügte er nach einer Weile zögerlich, gewissermaßen entschuldigend hinzu.

Aber Biţă hörte ihm nicht mehr zu, er hatte Mutter bemerkt. Sie stemmte sich mit der Schulter gegen das vom Regen gequollene Hoftor, um es aufzustoßen. Sie konnte es nicht bewegen, es schrammte am Boden, nur die obere Ecke schlug gegen den Zaun, und Mutter, in jeder Hand eine schwer baumelnden Einkaufstasche, mühte sich zähneknirschend weiter ab.

»Margareta«, rief Biţă, ohne sich vom Sofa zu rühren, »die Königin von England hat mich wissen lassen, dass sie vorhat, dir den Orden vom Goldenen Sack zu verleihen …«

Mutters Hände umklammerten krampfhaft die Holzgriffe der Zwillingstaschen, die sie aus einer alten Drillichhose von Onkel Ion akkurat zugeschnitten und auf Kante genäht hatte, ihr Gesicht verzog sich zu einem gequälten mechanischen Grinsen.

»Auch von einem Schlafrock hat sie gesprochen … Sie will ihn für ihr persönliches Museum ankaufen und bietet zehntausend Pfund.«

»Kauf du mir einen anderen dafür«, entgegnete Mutter trocken und setzte sich an den Tisch, zuckte ergeben mit den Schultern und hielt ihm mit einem Seufzer der Entspannung den Becher hin.

Ich achtete darauf, in ihrer Nähe zu bleiben, während ich die vollen Taschen auspackte. Ein breites Lachen trat gegen meinen Willen in mein Gesicht, ich riss mich sofort zusammen und warf Biță böse Blicke zu.

»Hast du schon gehört?« Mutter sah sich ungeduldig um, ob ich noch in der Nähe war... »Man sagt, sie hätten sie schon gefasst und es seien Soldaten. Andere sagen, es seien irgendwelche Halunken aus Breaza gewesen...«

»Wovon redest du überhaupt, meine Liebe?«, fragte Onkel Ion lustlos und raschelte mit den Zeitungen, die Biță mitgebracht hatte und die nach frischem Papier und Druckerschwärze rochen.

»Von der Schaffnerin, die sie heute Morgen hinter der Brücke an der Einfahrt in die Stadt gefunden haben sollen. Heute Nacht haben die welche überfallen und sich an ihr vergangen. Entsetzlich«, klagte Mutter und presste die Hände an die Schläfen.

»Irgendeiner von denen wird sie heiraten«, verkündete Biță feierlich, stand auf und streifte die Ameisen, die vom Baum gefallen waren, von seiner Hemdbrust.

»Wer wird die noch nehmen«, sagte Mutter. Es war eher ein Flüstern, sie machte große Pausen und wählte möglichst neutrale Worte, wie um zu zeigen, dass solche Dinge nur in einer anderen Welt passieren können, die mit unserer überhaupt nichts zu tun hat. »Wer wird die noch nehmen... Am Schluss haben sie ihr Glassplitter hineingesteckt. Einige sagen, sie liegt im Koma.«

»Menschenskind, passieren denn auch hier solche Sachen?« Gleichmütig streifte sich Biță den hellbraunen englischen Wollpulli aus einem Westpaket über. Er setzte sich wieder und gähnte. Es war plötzlich dunkel geworden, wir sahen uns gar nicht mehr, nur die Zigarette von Onkel Ion glomm, wenn er daran zog, wie ein rotes Samenkorn.

»He, gebt ihr den Leuten, die in euer Haus kommen, eigentlich nichts zu essen?«, fragte Bița, und sofort standen wir auf und eilten in die Küche.

*

Mit einem Bürstenstummel an einem geschwärzten Silbergriff fegte Mutter die Krumen in einen schmutzigen Teller. Es war wieder still geworden, alle warteten wir, dass sie fertig wurde, und verfolgten in ihren Bewegungen den Übergang zu den meistersehnten Stunden des Abends. Ich war mit schlaftrunkenen Augen auf einem Küchenhocker sitzen geblieben.
»Gehst du nicht schlafen?«, fragte mich Onkel Ion, vergaß mich aber gleich darauf.
»Lasst sie doch in Ruhe, Menschenskinder, und bemuttert sie nicht dauernd bis zum Ersticken! In ihrem Alter kommen die Bukaresterinnen morgens vom Tanzen!« Bița legte mir den Arm um die Schultern, und ich vergrub mein Gesicht in seinem schützenden weichen Pulli. Der Duft von Lavendel und Palmolive aus der anderen Welt war dermaßen scharf, dass ich, verstört von der Wirkung, benommen um mich blickte.
»Alle haben sie verruchte Frisuren, tragen Turnschuhe mit weicher Sohle und Fischerhosen, die gehen gerade mal bis hier...«
Während Bița sein Bein schwerfällig zwischen Stuhl und Gasflasche reckte und die Hose bis fast zum Knie hochzog, löste ich mich von ihm, faltete die frischen Zeitungen zusammen und legte sie sorgfältig zu meiner Aussteuer, wie Onkel Ion den Inhalt des Holzkoffers nannte, in dem ich die vor dem Müll geretteten Zeitungen sammelte.

»Für morgen könnte ich ein paar Schnitzel machen, aber ich weiß nicht, dieses Fleisch ist etwas fett ...« Mutter kehrte uns den Rücken, während sie sich an ihren Töpfen zu schaffen machte. Onkel Ion und ich schimpften beide mit ihr, dass sie nur stur ihren eigenen Gedanken nachhänge. Biţă wartete verständnisvoll und in aller Ruhe ab, bis Stille eintrat.

*

»In Jalta, als Stalin, Roosevelt und Churchill ...«
Onkel Ion kräuselte gespannt die vollen Lippen, nur der Fuß wippte unter dem Tisch, er allein lauschte gewissenhaft und verpestete die stickige Luft mit dem Rauch der Zigarette, die er zwischen den tabakgelben Fingerspitzen vergessen hatte. Mutter hatte sich längst verzogen, um die Matratze für die Nacht zu richten, und ich war nicht mehr imstande zuzuhören, mein Kopf rauschte vor Schläfrigkeit. Aber ich wollte nicht dem Abend ein Ende setzen, indem ich ging.

Zwischen meinen schweren Lidern zeichneten sich die politischen Intrigen, die Mode der Bukaresterinnen und die Kriege der Welt ab, wie sie durch die Ritzen der Wände in die Sommerküche drangen, in die stechende Hitze des Gasbrenners, auf dem Mutter nun das Essen für den nächsten Tag angesetzt hatte, damit sie den Morgen frei hatte.

Als wir auf die Schwelle traten, war Mitternacht schon lange vorbei, der nahende Herbst staubte in der durchscheinend blauen Luft.

»Lass mal, morgen ist auch noch ein Tag«, sagte Onkel Ion, hustete ein paar Mal rasselnd und ging schwerfällig die Treppen zum Haus hinauf.

Die Grillen zirpten überwältigend, und da war so viel

Licht unter den unwirklichen Sternen ... Mit heiserem Lallen durchbrach ein Besoffener die malerische Stille im Hintergrund einer Welt der Anschläge und Kriege, an deren Rand ich schlafen ging, um in Träume einzutauchen, die alle Erwartungen übertrafen.

※

»So einen Kaffee habt ihr in eurem Leben noch nicht getrunken!«, rief Biță vom Hof.
Durch die offenen Fenster brach der morgendliche Ausnahmezustand: Wir hatten Besuch! Biță war immer noch bei uns! Fröhlich stand ich vom Sofa des Onkels auf, in den verkrampften Rückenmuskeln den Abdruck der gebrochenen Feder, die mich die ganze Nacht gequält hatte. Mutter klopfte am Eingang das in die kalte Sonne gehängte Bettzeug aus und rollte auf Knien die Matratze vor dem Tisch zusammen, auf der Onkel Ion geschlafen hatte, dann stellte sie die zur Seite geräumten Stühle zurück.
»Diesmal hast du ihn wirklich toll hingekriegt«, säuselte Onkel Ion und schlürfte von dem Getränk, dessen Aroma die Luft des Hofes veredelte.
»Lass dir sagen, du musst ihn halt, komme, was da wolle, noch eine Weile abgedeckt sacken lassen, das weiß ich von einer richtigen Dame, einer großen Kaffeetrinkerin ... Weißt du, wie die den Kaffee macht? Die spült das Kännchen nie aus, wann immer man hinkommt, hat sie es auf dem Feuer, sie trinkt am Tag zehn davon, und die tun ihr überhaupt nichts ...«

※

Im trägen Licht des Sonntags zogen wir durch die Stadt. Die Häuser summten von den Leuten darin, dann und wann drangen die dumpfen Schläge der Teppichklopfer zu uns. Insgeheim beobachtete ich den Korso, der zwischen den geschlossenen Läden erstarrt war, und die Gruppen lärmender Gymnasiasten vor dem großen Kino. Jederzeit konnte dort Mihai mit seinem ostentativ wiegenden Gang auftauchen, und manchmal stockte mir der Atem, um sich dann erleichtert wieder zu entfalten. Nein, das war er nicht, es hatte mir nur so geschienen, fast freute ich mich, begann dann aber wieder Ausschau zu halten in der Weite, wo es von Menschen nur so wimmelte. Wahrscheinlich ist er gestern Abend hier gewesen, sagte ich mir im Bewusstsein, wie lächerlich meine Hoffnung war, ihm gerade jetzt zu begegnen. Nur zu gern hätte ich gesehen, wie er gegrüßt und dabei mit erstaunten Augen das gebräunte Gesicht und das an den Schläfen ergraute Haar von Biță, seine Kleider aus dem Westpaket und den lockeren Bukarester Schwung seines Arms um meine Schultern gemustert hätte. Dazu kam es aber nicht, und ich stieg weiter hinauf zum Stadtwäldchen Crâng, melancholisch gestimmt vor so viel Ungerechtigkeit, die von geheimer Hand gesteuert wurde.

»Hier haben sie sie wahrscheinlich gefunden...«, flüsterte Mutter.

»Wen?«, fragte Onkel Ion, der mit auf dem Rücken verschränkten Händen hinter uns herging.

»Die Schaffnerin«, antwortete Mutter.

Hinter den betagten Villen des ehemaligen Nobelviertels der Stadt wurden die Häuser immer kleiner und duckten sich in den abschüssigen Obstgärten, deren Bäume voller verschrumpelter schwarzer Pflaumen hingen. Die fast noch sommerliche Sonne pulste in meinem von der sonntäglichen Schwüle erhitzten Körper. Unter unseren Tritten raschelten die ersten welken Blätter, und zwischen den blinzelnden Lidern gewahrte ich die schier endlosen Stämme der Bäume, die mit stiller Gewalt in den Himmel ragten. Schwarz zeichneten sich durchbohrte Herzen von ihrer grauen Rinde ab, in den Rissen waren die klebrigen Säfte geronnen. Irgendwo gab es die Welt der blutigen Geschichte und jener unbegreiflichen Vergewaltigung, doch ihre Konturen traten zurück vor diesem Augenblick, der mich ganz umfing.

»Ich musste ausgerechnet aus Bukarest anreisen, damit auch ihr mal hinauskommt in die Natur«, feixte Biță. »Sonst verkriecht ihr euch wie die Maulwürfe im Bau.«

Ich hoffte auch, an alledem Geschmack zu finden, und redete mir in Gedanken gut zu, aber sobald ich mich ins Gras legte, knackten stachlige Ästchen vom Vorjahr, wimmelte es auf meinem Körper von langen Ameisen, und um mich herum tanzten Schwärme von Mücken und Fliegen des Waldes. Ich gähnte vor Langeweile, und vor lauter Unrast zuckten meine Beine.

»Essen kommen«, rief Mutter, und erleichtert ging ich zu der ausgelegten Serviette, auf der sie hartgekochte Eier und gelb geäderte Herbsttomaten angerichtet hatte.

*

Gegen Abend brachten wir Biță zum Zug nach Hause. Ein gutes Stück gingen wir den Boulevard entlang, umweht von den noch einladend warmen Schleiern des Regens. Die Blätter klebten wie frisch gebügelt, und junge Schnecken krochen hervor, die ihre Fühler dem Plätschern auf dem Gehsteig entgegenreckten. Hin und wieder schoss mit unanständigem Gurgeln ein Schwall durch die Rohre, und kleine Wasserfälle zerstoben auf dem Asphalt. Dann drängten wir uns alle unter einem großen schwarzen Regenschirm mit verbogenen Sprossen zusammen, doch in dem dichten Regen flossen zwischen den vor Nässe glänzenden Bäumen und den zerfetzten Plakatwänden die Augenblicke vor Bițăs Abfahrt irgendwann zu einem unendlichen Herbst zusammen.

Wie immer waren wir zu früh, wortlos standen wir mitten auf dem von Rufen widerhallenden Bahnsteig herum. Dann und wann fuhr langsam ein Zug ein, verdüsterte die Luft mit schwarzem Rauch, und dann rannten die Bauern zu den vollbesetzten Treppen und wuchteten ächzend Säcke voller Schwarzbrot hinauf. Jemand hatte aus Angst vor einer Kontrolle oder nur aus Versehen eine Korbflasche Schnaps verschüttet, und die Dünste waberten durch den ganzen Bahnhof. Hagere Frauen mit glänzenden Troddeln an den Kopftüchern und Männerjacken über den Faltenröcken saßen seit Stunden erstarrt auf den Bänken neben Körben, aus denen das Gegacker von Hühnern und der Gestank nach feuchtem Stall kam. Aus der Tür der Bahnhofskneipe quollen mit dem Geruch von billigem Wein die Flüche der Streithähne.

»Komm doch mal wieder, wenn du Zeit hast«, sagte Onkel Ion leise und stocherte mit der Spitze des Regenschirms herum.

»Diesen Samstag nicht, aber nächsten bestimmt!«, rief Biță uns zu, während er schwungvoll die schwarzen Treppen nahm, dass sie nur so bebten.

Alle nickten wir ohne besondere Zuversicht und sahen der Gestalt nach, die sich von uns gelöst hatte, vom Gedränge im

Wagengang geschluckt wurde und dann wieder auftauchte. Ein Eisenbahner ging von Waggon zu Waggon, bückte sich zu den Rädern und schlug mit dem Hammer dagegen.

»Keine Sorge, bei der nächsten Station kriege ich schon einen Platz!«, rief Biţă und winkte zum Abschied mit dem Bündel Zeitungen.

Als Letztes leuchtete das rote Licht, das wir auf der Höhe der Schranke noch wahrnehmen konnten, und in der merkwürdigen Stille konnten wir plötzlich das Wasser im Brunnen neben den grell gekalkten Klos plätschern hören. Auf einem Abstellgleis zwei bauchige Zisternen, am Bahndamm gehäufelte Kohle, darin die Schaufeln, die die Soldaten steckengelassen hatten. Vor uns die rauchgeschwärzten Verwaltungsgebäude des Bahnhofs.

»Los, gehen wir«, sagte Onkel Ion.

Wieder den Boulevard entlang, vorbei an den Standardbauten für die Eisenbahner, der stachlig geschnittenen Hecke und den roten Blumenrabatten ohne jeden Duft. An meinem Schuhabsatz pulste obszön der von inneren Säften schwellende rosa-violette Körper eines berauschten Regenwurms. Unvermittelt wurde es dunkel, als Onkel Ion den Arm über den Zaun reckte, um die Tür von innen zu entriegeln.

»Was für eine Unverschämtheit!«, sagte Mutter.

Am Ende der Straße pinkelte hastig ein Mann, seine Kleider dampften vom Regen. Um nicht an dem gewaltigen Elend zu ersticken, erinnerte ich mich daran, dass morgen Montag war und ich Mihai auf dem Schulhof sehen und er mir vielleicht etwas Versöhnliches sagen würde. Und dann fragte ich mich, ob denn nicht auch Onkel Ion, wie ich, etwas erwartete und wie er, wenn dem nicht so war, bloß so weitermachen konnte.

Kapitel III

Eigentlich war der gleiche Weg an jedem Tag gesäumt von den Zeichen des Scheiterns. Daran dachte ich damals allerdings nicht, und später, als ich es zu verstehen meinte, machte ich mir das Leid des Onkels abstrakt zu eigen; wollte ich es vielleicht sogar schärfer empfinden, als es wirklich gewesen war? Denn jahrelang, in den Wirren so vieler Augenblicke, war ich gewöhnlich nur empört darüber, dass er ein anderer war als ich. Der Augenblick, als wir uns voneinander lösten, als meine Gedanken ihn plötzlich verstörten, sollte mir unbegreiflich bleiben. Es reichte, dass ich, getrieben von jener schuldbewussten Unrast, die in der reglosen Luft der sommerlichen Sonntage nur mich allein erfasste, sobald die Sonne den namenlosen Ruf des Abends hinter die einstöckigen Häuser des Korsos sandte, stillschweigend nach dem guten Kleid und den guten Schuhen suchte, schon spürte ich seinen bösen Blick verhaltener Gereiztheit von dem vertrauten, mit dicken Büchern überhäuften Tisch, die Ringe unter den Augen und die vom Alter in die Breite gezogenen Lippen.

Es waren andere Sonntage als jene, an denen ich, der Zeit enthoben, auf der Gasse gespielt hatte, nur Mutters hagere Gestalt bewegte sich genauso in der Enge der Sommerküche und trat hin und wieder ins Freie, um das Spülwasser hinter dem Haus auszuschütten, wo der Hof mit ein paar verkrüppelten Pflaumenbäumen, schütterem Gras und schmutziger Kamille abfiel. Damals riefen wir uns gegenseitig und rauften uns zusammen, vor allem wenn wir das träge Läuten der Kirchenglocke vernahmen. Beim Laufen spürte ich unter den Sandalen die von Schritten abgeschliffenen Flusskiesel, mit denen die Straße gepflastert war, und wenn wir dann dort waren, hingen wir dichtgedrängt am Zaun des Kirchhofs und pressten die staub- und rotzfleckigen Wangen zwischen die von der Sonne erhitzten rostigen Eisenstäbe. Von oben hallten wie ein runder Regen die Rufe der Glocke, süß und faulig roch es nach dem Rauch der Kerzen, nach welkenden Blumen und Weihrauch, und wir drückten uns vorsichtig zwischen den gebeugten Verwandten herum. Pergamentene Gesichter, tränenüberströmt, Strümpfe und Kopftücher aus durchsichtigem schwarzem Gewebe. Hin und wieder wurde es einer Frau übel, dann wurde sie unter Geraune hinausgebracht, an die vor Sonne und Staub flimmernde Luft. Aus dem kühlen Kirchengestühl begafften wir unermüdlich das bläuliche oder gelbliche Gesicht des Toten, die von der inneren Leere gestrafften Züge und die Schuhsohlen, die senkrecht aus dem Haufen von Blumengebinden ragten.

»Wie schön er ist, wie wenn er schläft«, flüsterte man wehmütig im Umkreis.

Doch wir stellten keine Vergleiche an, sondern verharrten schaudernd vor Neugier unter den knochigen Heiligen der Vorstadtkirche in ihren grellbunten Gewändern.

Spät setzte sich der Leichenwagen dann in Bewegung, verschlissene Troddeln baumelten an den Umhängen der Pferde, deren Fell unter Mückenstichen bebte, und an den Vorhängen, die an den Ecken der Glaswände von ineinander geknäulten, geschwärzten Engeln gehalten wurden, zwischen denen die Kränze mit steifen Papierblumen in den grellen Farben billiger Bonbons und bronzen beschrifteten Bändern hingen. Die Verwandten handelten im Flüsterton aus, wer in die abgezählten Kutschen steigen durfte, die sich nacheinander im Schritt in Bewegung setzten. Langsam verklang das Wehklagen auf dem Markt, dafür wurden die Stimmen im Trauerzug um so lauter. Anfangs begrüßten die Leute sich nur gegenseitig, dann bildeten sie Grüppchen, in denen die Unterhaltung immer lebhafter wurde, je weiter sie die Straßen der Stadt hinaufstiegen. Eine Weile hingen wir noch am rostigen Zaun des Kirchhofs wie zu Anfang; als wir dann unschlüssig auseinandergingen, trug jeder von uns, ohne es zu merken, die aufgeblähte Leere des Nachmittags mit sich.

*

Er hätte also merken müssen, dass in seinem Leben nichts geklappt hatte. Zumindest mir erschien das später so. Aber hatte Onkel Ion jemals darüber nachgedacht? Vergeblich suchte ich noch Jahre später nach Anzeichen, dass es ihn bekümmert hätte. Auf dem obersten Brett seiner Bibliothek lag zwischen den Aktenordnern, die er einmal im Monat von Staub und Kohlenasche säuberte, eine Schachtel, deren Deckel mit roten und goldenen Schnörkeln verziert und deren Wände zerbeult waren. Sie duftete immer noch nach ausländischem Pfeifentabak. Darin lagen dünne Heftordner ohne ein einziges Bild, auf der ersten Seite buchstabierte ich seinen Namen, der mit einem Mal ehrwürdig klang: Prof. ION SILIȘTEANU.

»Geh da nicht dran, das sind Auszüge aus den Referaten deines Onkels, er hat keine mehr davon«, rief Mutter. Für einen Augenblick verweilte ihr Fuß auf dem schwarzen Tretrost der Nähmaschine, dann warf sie mit leichter Hand das Schwungrad von neuem an, und wieder erbebte das Fenster von dem schweren Rattern.

Noch lieber war mir die Kiste aus Ebenholz, die ihren Platz unter der Anrichte hatte. Sie war so schwer, dass ich sie nicht heben konnte, also schleifte ich sie über den Teppich, dass die Münzsammlung des Onkels klirrte. Ich drehte den Schlüssel im Schloss so lange nach rechts und nach links, bis sie aufging. Dann lachte ich vor Freude beim Anblick des Futters aus rot schimmernder Seide. Sie hatte mehrere Böden, die ich heraushob und zwischen den hohen Tischbeinen um mich herum auslegte. In den Fächern funkelten ein paar Ringe und der breite Ehering der Mutter, verbogene Armbänder, die ich mir bis zum Ellbogen hinaufschob, um sie dann durch Armschlenkern zum Klirren zu bringen, ein dünnes Goldkettchen, an dem ein geschliffener grüner Stein entlangglitt, und neben vielen vergilbten Fotografien eine Menge Münzen, die einen geschwärzt, die anderen klein und mit einem Loch in der Mitte, die meisten funkelnd wie neu, mit Köpfen von Männern, umrundet von unverständlichen Wörtern.

»Was ist das denn?«, fragte ich und faltete das steife, an den Kanten abgestoßene und in schnörkeliger Schrift mit schwarzer Tusche beschriebene Blatt auseinander.

Onkel Ion konnte es nicht sein, dieser dermaßen junge Mann auf dem Foto, das in einer Ecke klebte, obwohl er ihm ähnlich sah. Der kindlich volle Mund verzog sich zu einem leichtgläubigen Lächeln, das ich nicht kannte, und die eine Hälfte des Gesichts war von den roten Buchstaben eines Stempels unkenntlich gemacht.

»Das ist sein Diplom zum Abschlussexamen, das er mit

Bestnoten, lauter weißen Belobigungssternchen, bestanden hat, als einziger des gesamten Jahrgangs...«

Verwundert blickte ich auf. Mutters Stimme klang nach Zurechtweisung.

»Er hatte seine Prüfungen etliche Monate vor den anderen abgelegt, um in Lohn und Brot zu kommen, damals kam er für Biṭǎs und meinen Lebensunterhalt auf und war dauernd zu Privatstunden in der Stadt unterwegs... Deshalb hat er auch gleich die erste Stelle genommen, die ihm angeboten wurde, und ist von der Hochschule abgegangen... Sein Pech, denn am Ende des Studienjahres hat sich ein Auslandsstipendium ergeben. Die von der Fakultät haben ihn vorgeschlagen und haben ihn monatelang gesucht, aber wer wusste schon, in welcher Ecke des Landes er war... Im Herbst haben sie dann einen anderen geschickt, der ist jetzt am Lehrstuhl... Sein ganzes Leben wäre vielleicht ein anderes, wenn er damals...«

»Und wo sind diese weißen Sternchen?«, fragte ich und wühlte in den vergilbten Fotos.

Diese wirre Geschichte interessierte mich nicht, ich verstand sie auch nicht. Schau an, was diese Herren, die da eine Straße entlanglaufen, die ich nicht kenne, was die für komische Hosen anhaben, sie sind im Gehen mit einem Bein in der Luft wie erstarrt, hinter ihnen sitzt der Kutscher auf seinem Bock, starr auch er, die Peitsche in der Hand. In einem dunklen Klassenzimmer mit großen, kahlgeschorenen Schülern Onkel Ion, ich sehe nur seine scheuen Augen, man kann kaum einen Altersunterschied zwischen ihm und den um ihn gescharten Jungen erkennen. Das andere Foto habe ich schon oft gesehen, auf dem weitläufigen Balkon eines sehr weißen Hauses steht Mutter, ihr langes schwarzes Haar ist über der

Stirn in einer Rolle gefasst, in den Armen hält sie in einem spitzenbesetzten Steckkissen ein kahlköpfiges dickes Kind, von dem ich weiß, dass ich es bin, so wie ich weiß, dass der Mann mit langgezogenem Gesicht und schmalen Lippen neben ihr mein Vater ist.

»Wonach wühlst du denn da?«, rief plötzlich Mutter. Sie hielt inne und sah mich an, als sähe sie mich überhaupt erst jetzt.

»Nach den Sternchen«, sagte ich und blickte erstaunt auf. »Ich finde die Sternchen zu dem Papier von Onkel Ion nicht – ich möchte mit ihnen spielen.«

»Was denn für Sternchen? Ach so, da gibt's keine Sternchen, man sagte damals halt so, es gab auch rote Sternchen.«

»Es gab auch rote Sternchen, aber es gibt sie nicht ...«, murmelte ich und warf die Fotos wütend durcheinander.

Mutter wurde böse. »Dir kann man aber auch nichts überlassen, schau bloß, wie du damit umgehst ...«

Durch das offene Fenster drang der Pfiff eines Zuges und dann das Rattern der Waggons so laut, als rollten sie durch unseren Hof. Es war der Schnellzug nach Bukarest, der durch die Station am Ende der Straße fuhr.

»Zwanzig nach neun!«, rief Mutter. »Los, pack schnell alles zusammen, gleich kommt dein Onkel, und du weißt, er mag es nicht, wenn jemand an seine Sachen geht.«

»Wer ist denn das?«, fragte ich und nahm ihr ein Foto aus der Hand.

Viele Herren mit breiten Rockaufschlägen sitzen da, das Weinglas in der Hand. Es ist Sommer, der Hof ist mit Gras zugewachsen, alle lachen sie und schneiden Grimassen. Am heftigsten grimassiert Onkel Ion, er sieht dem, der er jetzt ist, schon ähnlicher, und ich erkenne ihn, obwohl er die Zunge herausstreckt und mit der einen Hand seine Wangen so herabzieht, dass seine Augäpfel weiß hervortreten. Eine Dame hat ihn am Hals gepackt und versucht ihm eine aus einer Serviette gedrehte Schlaufe ins Haar zu binden, sie hat ihre Löckchen über dem Scheitel gerafft, ihre Brauen sind so schmal, dass ich sie kaum sehe, dafür ist ihr kleiner Mund ganz schwarz. Seltsam sind ihre Schuhe mit hohen breiten Absätzen, noch seltsamer aber ist das Kleid mit eckigen Schultern, das ihr schlaff bis über die Knie hängt.

»Ach, die kennst du doch, das ist Tante Ştefi.«

Dabei hatte Tante Ştefi doch dauernd krank im Bett gelegen in jenem Jahr, als wir hergezogen waren, nachdem sie Vater verhaftet hatten. Sie war so dünn, dass man meinte, ihre Haut würde rascheln, und ihre Wangenknochen traten spitz hervor. Sie sah viel älter aus als Onkel Ion, denn ihr Haar war schlohweiß, und sobald es ihr über die Ohren wuchs, klagte sie, es steche ihr in den Nacken. Dann schnitt Mutter es ihr mit der großen Schere ab, über einer ausgebreiteten Zeitung, auf die die stachlig steifen Strähnen fielen.

»Sie hat es am Herzen«, hörte ich Mutter eines Abends dem Herrn Emil zuflüstern. »So ist sie, seit man sie nach dem Bombenangriff aus den Trümmern geholt hat. Damals hat sie auch ihr Kind verloren.«

Seither überlegte ich ständig, wieso die das Kind denn nicht wiedergefunden hatten, und abends im Bett überkam mich die Angst, dass es mir genauso gehen könnte. Doch tagsüber spielten auch wir Bombenangriff, ich und Cornelia verkrochen uns im Schuppen unter den Holzvorräten für den Winter, die nach Staub und vertrocknetem Moos rochen, während Fane und Nicu Steine über den Hof schmissen und brüllten: »Die Flieger kommen… Rrrrrrrr…« Bis ihre

Großmutter herauskam und uns alle mit Verwünschungen verjagte.

Ich mochte Tante Ștefi nicht, denn sie lag ständig im Bett und wollte dauernd etwas. »Nicht einmal mehr lesen kann ich«, klagte sie. Nur vor den Mahlzeiten stand sie auf und ging hin und her, wobei sie ächzend die Stühle aus dem Weg räumte. Wenn sie etwas nicht essen wollte, schob sie den Teller zur Seite. »Das ist nichts für die Diät«, sagte sie. Mutter runzelte die Stirn, holte ihr aber etwas anderes.

Manchmal sagte Tante Ștefi, sie fühle sich besser, und dann gingen wir gemeinsam spazieren, auf dem Boulevard. Vorher setzte sie sich seufzend vor den Spiegel, das Puder bildete mehlige Flecken auf ihren ausgemergelten Wangen, und der Lippenstift bröckelte an ihrem Mund.

»Ich kann nicht einfach so rausgehen«, beschied sie schulterzuckend Onkel Ion, der sie von der Tür zur Eile drängte.

Dann spazierten wir sehr langsam den Boulevard entlang bis in die Nähe des Korsos. Wir begegneten Leuten, die ebenso langsam gingen wie wir, sie blieben stehen, wir blieben auch stehen, es wurde geredet. Ich zappelte ungeduldig, aber Mutter hielt mich straff an der Hand. Dann hielt Onkel Ion Ausschau nach einer Bank, auf die wir uns setzen könnten, aber sie waren alle schon besetzt, vor allem wenn es dunkel wurde.

Nach dem Abendessen schluckte Tante Ștefi ihre Pillen, die sie in Schachteln neben dem Teller aufgereiht hatte. Ich stand vor ihr und tat, als würde ich schlucken, trank Wasser und lachte dabei.

»Dieses Kind ist sehr ermüdend mit seinem Geplapper«, hörte ich sie zum Onkel sagen, und er antwortete verlegen: »Ein Kind halt.« Ängstlich blickte er in Richtung Vorzimmer.

Zu der Zeit wohnten Mutter und ich dort.

Abends redete Tante Ştefi allerdings nicht besonders viel, selbst ihre Stimme klang anders. Später sollte ich dann begreifen, wieso, als mir der Becher einfiel, in den sie sehr weiß glänzende Zähne legte, um ihn dann im Nachtschränkchen verschwinden zu lassen.

*

Eines Tages, als ich aus der Schule kam, sah ich die Nachbarin am Zaun. Durch das offene Fenster kam Mutters Stimme, die irgendwas rief. Die Nachbarin rief zurück: »Zünden Sie die Kerze an, Frau Branea. Zünden Sie sie an, sonst geht sie verloren…« Dann stürzte sie ins Haus und kam gleich darauf mit ein paar dünnen Kerzen zurück, die stellenweise gebrochen waren, so dass man den Docht sah. Im Vorzimmer stand der alte Besitzer, der Vater von Cornelia, mit einem Spaten in der Hand.

»Ich war grad im Garten am Umgraben«, sagte er, wohl nur zu mir, denn sonst hörte ihm niemand zu. Er traute sich nicht weiter hinein, seine Schuhe waren verdreckt, aber er ging auch nicht weg, sondern blieb auf der Schwelle stehen, und wenn jemand eintrat, schlug er mit der Tür gegen seine Schulter.

»Bringt das Kind weg!«, schrie Mutter, als sie mich bemerkte. Ihre Augen waren gerötet und ihr Gesicht angespannt wie dann, wenn sie sagte, sie habe viel zu tun und komme damit nicht mehr zurande. Ich war ein wenig erschrocken, aber der Vater von Cornelia brachte mich in ihren Hof. Den ganzen Nachmittag spielten wir in der Werkstatt, wo Kerzen gegossen wurden, ich drehte an den Spulen mit den Dochten, das Quietschen machte mir Spaß.

»Was gibst du, wenn ich dir etwas sage?«, fragte Fane. Er zog den Rotz hoch und wischte mit dem Ärmel der verwaschenen Trainingsjacke über die weißlichen Krusten um seine Nasenlöcher.

»Halt den Mund!«, rief Cornelia. »Der Herr Professor hat gesagt, wir sollen ihr nichts sagen.«

Doch er rannte über den Hof ganz weit nach hinten und versteckte sich hinter großen Fässern, die heftig nach eingelegtem Kraut und saurem Wein stanken. Er zog den Zapfhahn heraus und steckte ihn wieder hinein, bis er festsaß, dann reckte er den Kopf hinter dem Fass hervor.

»Deine dünne Tante da ist gestorben«, rief er zu mir herüber.

Cornelia schnappte ihn sich, packte ihn an einem Ohr und zog daran, er brüllte und schlug mit Fäusten und angezogenem Knie um sich, um loszukommen. Damals gefiel es mir, dass sie nur von dem redeten, was mir passiert war. Allerdings waren sie weit weg, ich hörte nicht recht, was sie sagten, und wenn ich näher kam, schwiegen sie. Ich kriegte etwas mit vom Leichenwagen und vom Pfarrer, der kommen sollte, nicht der Pfarrer Gogu, ein anderer, sagten sie, von der Kirche unten im Tal, zur Heiligen Jungfrau. Dann tat es mir leid, dass sie nicht weiter darüber redeten, aber die Mutter von Cornelia schickte uns schlafen. Ich schlief mit Cornelia im Bett, und wir kicherten, bis sie uns das Licht ausmachten. An der Wand hing ein Teppich mit knallroten Blumen und quietschgrünen Blättern, der nach Mottenpulver stank. Das Bett war hart, und Cornelia sagte mir, unter uns lägen noch zwei Teppiche, die zu ihrer Aussteuer gehörten. Morgens erwachte ich als Letzte und ging in die Küche. Auf dem Herd, dessen krumme Röhren in ein verrußtes Loch in der

Mauer mündeten, rührte ihre Großmutter mit einem Holzlöffel eine Speise für das Totenmahl an. Sie stöhnte vor Hitze und wischte sich mit dem Handrücken die fetten Schweißperlen von der Stirn und von der behaarten Oberlippe. Dann wurde die Speise in Teller gegossen, die ich als unsere erkannte.

»Diese sollen sie hier verteilen, die anderen sollen sie mitnehmen«, sagte die Großmutter und stellte einen Teller beiseite. Sie bestreute die Portionen mit Zucker und Bröseln und legte in Kreuzform bunte Bonbons darauf, die Cornelias Brüder dann insgeheim mit den Fingern herauspickten und in den Mund schoben.

»Gottverdammtes Pack!«, keifte die Alte und drohte ächzend mit dem Sieb, doch die Jungs schossen an ihr vorbei und versteckten sich im Garten.

Nach dem Essen kam Mutter, sie trug schwarze Kleider, die ich nicht kannte, und ein dünnes schwarzes Kopftuch.

»Wie siehst du denn aus!«, sagte sie, schimpfte aber nicht weiter. Sie zog mich zum Brunnen auf dem Hof und wusch mir eilig das Gesicht und die Hände.

Als wir beide durch den Garten gingen, sagte sie, ich solle von Tante Ştefi Abschied nehmen. Bei uns waren noch mehr Leute als Tags zuvor, sie kamen und gingen, einige standen im Hof unter dem Birnbaum herum. Sie unterhielten sich im Flüsterton, und ich wusste nicht, wieso sie alle schwiegen, als ich ins Vorzimmer kam, und mir nachsahen, als ich mit Mutter ins Schlafzimmer ging. Ich spürte, wie sie sich drängelten und die Köpfe über die Schultern der anderen reckten, um mich besser zu sehen.

»Schauen wir mal, was das Kind jetzt macht«, vernahm ich die Stimme einer Frau.

Ich wusste nicht, was ich tun sollte, und wagte es nicht, Mutter zu fragen. Ich blieb auf der Schwelle stehen und wackelte mit dem Fuß in der Sandale hin und her. In dem weiß drapierten Sarg lag Tante Ştefi. Aus ihren gelben Nasenlöchern ragten Wattebäusche, auf ihrem plötzlich geschwollenen Bauch lagen die knochigen gelben Hände, und an ihrem kleinen Finger hing an einem roten Faden eine Münze. Ich fragte mich, ob sie aus der Sammlung des Onkels stammte und weshalb man sie wohl hingehängt hatte. Die Luft war ätzend, ich begann mir die Augen zu reiben und dachte, es sei wohl wegen der Blumen, die gehäuft über ihren steifen dünnen Beinen lagen. Die Strümpfe, die man ihr angezogen hatte, warfen Falten und blähten sich. Am Bücherregal des Onkels lehnte ein hölzernes Kreuz, darauf stand in schwarzen Buchstaben INRI ŞTEFANIA SILIŞTEANU.

»Es reicht«, sagte Onkel Ion und kam auf mich zu. »Geh schon, Letiţia ...« Und er legte seine Hand auf meinen Scheitel. Ich spürte seine Finger in meinem Haar, wie sie sich bewegten und wieder unschlüssig innehielten. Er trug den guten Anzug und am Ärmel ein breites schwarzes Band. Die Ringe unter den rot geäderten Augen waren tiefbraun, und in seinem zum Zeichen der Trauer sprießenden Bart sah ich jede Menge weißer Stoppeln. »Geh schon, Liebes, geh zur Cornelia spielen ...«

Ich spürte seine Lippen auf meiner Stirn und erschrak im Nachhinein, weil er mich Liebes genannt und sich zu mir herabgebeugt hatte, um mich zu küssen. Einmal hat er mich noch geküsst, viel später, als ich nach Bukarest zur Aufnahmeprüfung fuhr, damals erschrak ich nicht mehr, aber ich schämte mich sehr. Die Haut zuckte vor Anspannung über seinen Wangenknochen. Und weil ich mich nicht rührte, schob er mich sanft an den Schultern bis zur Tür. Ich ging durch das überfüllte Vorzimmer, wo alle wieder miteinander redeten und mich gar nicht mehr beachteten. An unserem Hoftor hingen Trauerfahnen, lange schwarze Vorhänge mit Troddeln, bestickt wie Messgewänder. Ich setzte mich mit dem Rücken zu ihnen, um sie nicht sehen zu müssen. Auf den Blättern des Flieders lag Staub, den die auf der Straße vorbeifahrenden LKWS aufwirbelten, und ich begann mit Steinchen zu spielen, die für mich Menschen waren.

Später sagte Onkel Ion, wenn er etwas erzählte, immer wieder: »Dort war ich mit der armen Ştefania«, »Ştefania mochte das nicht«, »Das ging wegen Ştefania nicht« – als wäre es seine Pflicht, uns allen zu zeigen, dass er sie nicht vergessen hatte. Oder um uns zu zwingen, sie nicht zu vergessen. Mit der Zeit legte sich das Zucken seiner Wangen, wenn er von ihr sprach. Dann begann er auch über kuriose Dinge zu reden, die ihnen passiert waren, als sie zusammen waren, und wir lachten gemeinsam. Noch besser erinnerte sich Fräulein Mira an das eine oder andere, sie kam immer öfter zu uns und brachte mir stets eine Schachtel Kirschpralinen mit. Tante Mira war mit Onkel Ion in einem Lehrerkollegium und eine Freundin von Mutter. Das alles aber geschah natürlich viel später, als ich mich kaum noch an Tante Ştefi erinnerte.

*

Etwas Unangenehmes und Peinliches geschah mit meinem Körper. Zuerst dachte ich, ich wäre krank und würde sterben. Ich traute mich nicht, Mutter etwas zu sagen, doch abends im Bett betastete ich meine schmale Brust, die wehtat.

Unter der Haut spürte ich seltsame Gewebeplättchen, die mir unter den Fingern wegrutschten, wenn ich drückte. Krumm vor Sorge tastete ich mich überall ab, bis meine Finger unter den mit Kratzern übersäten Armen anlangten. Dort waren ein paar seidige Härchen zu spüren, von denen ich noch nichts gewusst hatte. Jetzt konnte ich einmal im Monat auch mein Blut sehen, ich wusch heimlich mein beflecktes Höschen, ein bisschen tropfte auch noch am zweiten Tag, dann hörte es auf und ich freute mich, dass ich wieder gesund geworden war, von selbst, ohne Arzneimittel. Doch das war ich gar nicht, und als die Mädchen in der Pause zur Sandgrube gingen, um Völkerball zu spielen, blieb ich am Zaun. Wenn ein Arzt oder eine Schwester in die Klasse trat, begannen meine Wangen zu brennen und meine Ohren zu klingen. Ich rang die feuchten Hände unter der Bank, versuchte das Zittern einzustellen, das mich packte, und starrte mit krampfhaft gleichgültigem Blick zum Fenster hinaus, während meine Mundwinkel gegen meinen Willen bebten.

Irgendwann schien auch Mutter etwas zu bemerken, denn als wir zu dritt an den Fluss gingen, gab sie mir einen kleinen Büstenhalter, der mal nach der einen, mal nach der anderen Seite verrutschte. Ich saß am Ufer und wagte mich nicht zu rühren. In der glühenden Sonne schmorten die Schnecken, ihre silbrigen Schleimspuren waren zu einer durchscheinenden Kruste erstarrt, die knisternd zersprang, wenn ich sie berührte. Ich saß trotzend auf dem mit seidig glänzenden Kieseln übersäten Sand, der jedes Frühjahr vom Fluss überspült wurde, und presste die Schenkel fest zusammen.

»Geh doch auch ins Wasser, wieso sitzt du wie eine Glucke hier herum«, rief Onkel Ion. Er hatte sein kriegsversehrtes

Bein in der Sonne ausgestreckt, eine bläuliche Narbe zog sich breit bis zum Knie hinauf. Wenn er sich zu sehr anstrengte, sprang sie auf und heilte monatelang nicht zu. Jetzt betrachtete er aufmerksam die Wunde und beugte dabei die käseweißen, fleischigen Schultern mit großen Sommersprossen und Muttermalen. Aus dem einen wuchsen dünne schwarze Haare. Mutter lag mit geschlossenen Augen daneben, den Kopf auf einem Handtuch, kleine Fliegen oder Mücken krabbelten auf ihr herum, ich sah sie nicht, sondern hörte nur das Klatschen ihrer Hand. Der Büstenhalter presste ihre weichen Brüste zusammen, deren Haut am Ansatz leicht verrunzelt war, und im Fleisch der Schenkel zeichneten sich zwei schräge Falten ab.

Vielleicht hatte ich sie noch nie so unbekleidet gesehen, jedenfalls scheute ich mich, hinzuschauen. Der Kopf brummte mir vom Rauschen des Flusses, das Licht und das grauweiße Glitzern des Wassers machten mich schwindlig. Ich hörte die Rufe der Kinder und sah, wie sie herumtollten und sich bespritzten, alle einander ähnlich mit ihren nackten Leibern und bunten Höschen. Nur ich war plötzlich beschämend unähnlich.

»Lass mich in Ruhe!«, rief ich zu Onkel Ion hinüber. »Lass mich in Ruhe ...«

Ich verzog mich ins Pappelwäldchen. Der Wind rauschte in den rastlosen harten Blättern, es roch nach Holunderblüten und nach Wasser. Ich kniete an einem dicken Baum mit rauer, weiß verstaubter Borke nieder, kratzte vertrocknete Flechten ab und wollte nichts als nach Hause.

*

»Du brauchst nicht so zu erschrecken«, sagte Mutter zu mir.

Wir waren beide in der Sommerküche, die Gaslampe flackerte, bis hierher hatten sie den elektrischen Strom noch nicht gezogen. Ihr Gesicht konnte ich nicht sehen, nur ihre Hände, wie sie flink mit den Töpfen hantierten. Unsere unscharfen Schatten schwankten an den Wänden und knickten an der Decke merkwürdig im rechten Winkel ab.

»Es ist nichts passiert, du bist nur gewachsen und hast deshalb deine Tage etwas früher gekriegt ... Von jetzt an musst du besser aufpassen, dich öfter waschen, du bist jetzt kein ...«

»Ich will keine Frau werden wie ihr!«, schrie ich, als mir plötzlich aufging, was sie sagen wollte. Ich hasste ihr Fleisch, das ich förmlich sah, wie es unter ihren Röcken herabhing, die schweren Brüste, die dicken Bäuche und die breiten Hüften und den Stift, mit dem sie ihre Lippen anmalten, und das Puder, ohne das sie nicht aus dem Haus gingen, und das ganze Geschwätz über Kinder oder Kochen.

»Ich will keine Frau werden wie ihr!«, schrie ich. Ich bebte vor Ohnmacht und Wut. Ich knallte die Tür und versteckte mich unterm Flieder, um zu weinen, doch Mutter wusste, dass ich dort war, ich konnte nirgendwo sonst sein. Mutter hatte den Hof gesprengt, und die Kühle drang bis zu mir, ebenso das Licht von der Veranda, so dass ich mit Blättern zu spielen begann, die für mich Menschen waren.

Dann rief mich Cornelia an den Zaun, und ich ging mit hinaus, alle Kinder hockten dort auf der Straße und schlugen Steine aneinander, damit Funken stoben, die Mädchen kicherten. Ich neigte mich über das Kanalgitter, durch das ein übler Geruch aufstieg; in der Tiefe hörte man es gurgeln, einige sagten, dort unten sei eine Schlange.

»Ach was, Schlange, pass mal auf, wie tief unten das Wasser ist«, sagte Fane. Er lehnte sich über meine Schultern und warf einen Stein hinab. Es dauerte eine ganze Weile, bis man ein Platschen hörte.

»Letiția!« Der Stimme nach war Onkel Ion böse, vielleicht hatte er schon mehrmals gerufen, aber ich antwortete auch jetzt nicht, ich hatte keine Lust, schlafen zu gehen. Wir schubsten uns abwechselnd weg, weil jeder den nächsten Stein werfen wollte, da packte mich der Onkel bei der Hand und zerrte mich in den Hof.

»Hast du jetzt schon damit angefangen?«, brüllte er. Sein Gesicht war schwarz vor Wut oder vor Dunkelheit, aber nicht darüber erschrak ich, sondern über die Stimme, mit der er mich anschrie. Und plötzlich fegte der Himmel über die Häuser, blinkten die Sterne auf, ich verstand weder, was er sagte, noch, warum er mich geschlagen hatte, doch ich hasste ihn und weinte am Fuß des Bettes, eine Wange brannte ärger als die andere.

»Ich hätte nicht gedacht, dass dieses Mädel so eine wird«, hörte ich ihn eines Abends sagen. Ich war früher ins Bett gegangen als sonst, und die beiden tuschelten am Tisch. In der Stimme des Onkels lag eine seltsame Bitterkeit und Enttäuschung. »Ich hätte nicht gedacht, dass sie so hinter den Jungs her ist.«

Ich schrak auf, als hätte er mich wieder geschlagen. Mutter antwortete nicht, und ich schloss daraus, dass sie denselben Eindruck hatte. Ich spannte die Muskeln an, damit sie sich nicht mehr rührten, die Scham stieg mir ins Gesicht, ein unbegreifliches Schuldgefühl, nur die aufgebrachten Wörter blieben mir im Hals stecken, und ich hielt sie wie den keuchenden Atem zurück.

Schläfrig war ich eigentlich immer, ich legte mich ins Bett, konnte aber nicht schlafen, ich lag bloß da, den Kopf ins Kissen gedrückt. Was mir doch für schändliche Gedanken kamen... Mutter und Onkel Ion gingen auf Zehenspitzen herum, wenn sie sahen, dass meine Augen geschlossen waren, sie hatten keine Ahnung, auf derart schamloses Zeug wären sie nie gekommen, und ich fürchtete, ich könnte im Schlaf zu sprechen beginnen, denn ich hatte gelesen, dass derlei vorkommt, wenn man etwas vor anderen verheimlichen will. Ich presste meine kalten Hände an die glühenden Wangen, ein Nachtfalter flatterte um den Lüster, immer schneller, es pochte, wenn seine Flügel an die Glühbirne schlugen, und plötzlich fiel er auf das Kissen neben mir. Eines Nachts träumte ich, dass ich Stufe für Stufe die Schultreppe hinunterging, während mir ein Junge entgegenkam, ich wusste nicht, ob ich ihn kannte, als er jedoch bei mir war, presste er seine Wange an meine. Ich erwachte mit einem nie gekannten Glücksgefühl. Das Licht, das durch die farbigen Butzenscheiben der Eingangstür drang, schimmerte blau und rot, ich versuchte das Glück aus dem Schlaf nicht zu vergessen, doch in der immer wärmeren Sonne ging es mir verloren, Stück für Stück.

Kapitel IV

In diesem Namen, mit dem sie mich riefen, erkannte ich mich ebenso wenig, wie ich mich in meinem Körper erkannte. »Wie die nur dazu kommen, mich so zu nennen«, sagte ich mir und zuckte zusammen, wenn ich mich in dem halbblinden Spiegel in der Küche erblickte. Der Dunst, von dem er ständig beschlagen war, hatte an seinen Rändern welke Ranken geätzt, doch sein ungewisser Widerschein reichte aus, um mir mein bis zum Überdruss bekanntes Gesicht entgegenzuhalten, und ich wandte mich verstimmt ab.

Über die gesamte Dauer des Films haftete, solange ich weinte, wobei ich die Tränen schön langsam über die Wangen rinnen ließ, das Gesicht der Schauspielerin auf meinem, und ich behielt es auch, wenn die Lichter angingen. Die Platzanweiserin zog die verstaubten, ausgebleichten Vorhänge zu, und zum Klirren der Ringe gesellten sich Getrampel, Schnäuzen und von dem langen Schweigen heisere Stimmen. Während wir über den Zementboden des Hinterausgangs zwischen Stapeln leerer Fässer und mit Bettlaken vollgehängten Wäscheleinen hinausdrängten, trug ich den Blick und den Körper der Schauspielerin in mir. Immer schon hatte ich lächeln können wie sie, wie ich jetzt mit nachdenklichem Triumph herausfand, und ich ließ meinen Blick, ohne etwas zu sehen, über einen mit grünen Brettern eingefassten Brunnen gleiten, der in einem einsamen Hof vor sich hin plätscherte. Tief in den verschlissenen Taschen des Mantels vergraben, strichen meine zartgliedrigen langen Hände mit schweren Armbändern um die Gelenke in einem endlosen, in langer Einstellung gefilmten Kuss über die Schultern des Jacketts, seines Jacketts.

»Mach schon, deck den Tisch, du hast dich genug herumgetrieben«, herrschte mich Mutter mit vorwurfsvoll verzogenem Mund an.

Als ich mich zu der Schublade hinabbeugte, wusste ich um meine makellosen langen Beine, um die hochhackigen Schuhe auf der Leinwand, aber ich stieß hart gegen eine Ecke des Tisches, so dass er wackelte.

»Das Klötzchen unter dem Tischbein ist weggerutscht«, sagte Mutter. »Schieb es zurück, verdammt, hier geht alles zu Bruch…«

Zornig fasste ich mir an das verletzte Knie, das dabei zum Vorschein kam, die starken Knochen wölbten sich unter der runzligen Haut, die Schenkel sahen schwer und geschwollen aus.

»Nicht das Alltagsbesteck«, sagte Mutter, »hol das Tischtuch mit dem Fliedermuster aus dem Haus, dein Onkel ist mit Anhang gekommen…«

Ich beobachtete sie verstohlen, ohne etwas zu sagen, und hatte den Verdacht, dass sie sich bei allem Ärger freute. Sie war ungewöhnlich lebhaft, knallte die Türen, redete in einem fort, und ich nickte nur, während ich die abgenutzten Besteckböden aus der Anrichte im Vorzimmer holte.

»Wir verhungern, und bei euch, da tut sich nichts«, rief Onkel Ion. Vorsichtig senkte er den Kopf, um nicht gegen den Türstock zur Küche zu stoßen.

»Er übertreibt«, sagte der Herr Emil aus dem Hintergrund begütigend, unschlüssig, ob er eintreten sollte. »Das stimmt nicht, ganz und gar nicht.« Dann sah er mich und hatte es plötzlich eilig, seine krummen Knie stießen gegen die dicht um den Tisch gedrängten Stühle.

»Küss die Hand«, sagte er. Sein Anzug, der schon bessere Zeiten gesehen hatte, schlotterte ihm um den Leib, als er sich verneigte.

»Ich habe Sie nicht gesehen, als ich kam, es hieß, Sie seien spazieren gegangen.«

»Ich war im Kino.«

Während ich meinen Platz an der Wand einnahm, schielte ich zu ihm hinüber. In seiner Stimme meinte ich eine alte Ironie wahrzunehmen, die er bewahrt oder allzu viele Jahre vergessen haben mochte. Ich aß mit gesenktem Blick und betrachtete dabei meine kurzen weichen Finger und die von der Nagelblüte gefleckten Fingernägel. Ich kam mir immer näher, mit jedem Augenblick, aber die Traurigkeit des Films hatte Bestand, setzte sich klar von den kauenden Kiefern ab und drängte ihre Gesichter dermaßen zusammen, dass ich gar nichts mehr wahrnahm …

Wie die bloß dazu kommen, mich so zu taufen, sagte ich mir wieder, als wir alle ins Schlafzimmer hinüberwechselten und nur Mutter in der Küche blieb, um das Geschirr zu spülen. Die Spieluhr im starren Deckel des alten Albums klimperte, wenn ich daran rührte, zart eine lustige Melodie. Von Großmutter Letiția gab es darin nur ein einziges Foto, aus dem funkelnden Rahmen mit berankten Ecken lächelte sie vom Stuhl des Fotografen ergeben wie immer, mit schlaffen Wangen und beschämend traurigen Augen.

»Irgendwie ähnelt sie Ihnen, nicht wahr?«, fragte mich der Herr Emil, und wieder vermutete ich ironischen Abstand in seinem werbenden Lächeln. »Der Gesichtsausdruck, die

Augen ... Auch die Wahl des Namens erscheint mir durchaus geglückt ...«

»Mir nicht«, gab ich trocken zurück und blätterte schnell um.

So viele Leben ihm auch gegeben sein mochten, nie würde er merken, wie sehr er mir auf die Nerven ging mit seiner Beharrlichkeit: Bei allem, was um ihn war, sah er nur sich. Natürlich war das der Grund, weshalb ich ihn so langweilig fand, aber dachte ich denn an jemand anderen als an mich selbst?

*

Wieso sprachen Mutter und Onkel Ion kaum über Großmutter Letiția? Vielleicht hatten sie sie nicht mehr gut in Erinnerung. Aber Tante Zoica hatte mir von ihr erzählt, als sie eines Vormittags bei uns vorbeikam und ich allein zu Hause war. Steif saß sie auf dem Stuhl, die weiche Brust ergoss sich über den von vielen Knöpfchen und Schlaufen zusammengehaltenen Rock wie auf Fotografien aus der Zeit vor dem Krieg.

»Ich war damals im Internat und hatte ein Stipendium, weil Vater ein Kriegsheld war. Aber wenn ich in den Ferien da war, dann besuchte ich sie ... Sie war eine hochgewachsene Frau, wie ihre Mutter, allerdings noch jung, nur hingen die Kleider irgendwie schlaff an ihr herab, sie war etwas schlampig, wie man so sagt. Ihr Mann war etwa ein Jahr zuvor gestorben, sie aber hatte noch diesen suchenden Blick, auch wenn nicht mehr viel los war mit ihr, das siehst du ja an den Bildern ... Hol mir eine Zigarette, mein Kind, aus dem Nachtschränkchen von deinem Onkel, so, danke, und ein

Streichholz, wenn es geht, ja, das mit ihrem Mann, mit deinem Großvater also, das war eine Geschichte für sich ... Der hatte eine Verletzung, aus dem Krieg, und die Ärzte gaben ihm Morphium, wie das damals üblich war. Dann konnte er nicht mehr ohne, er war eben ein willensschwacher Mensch, er lernte, sich selbst zu spritzen, das ganze Bein war von Einstichen übersät. So hat er sich auch die Entzündung geholt, und eines Tages war es aus mit ihm ... Mittlerweile hatte es sich herumgesprochen, dass er in keine Klasse ging, ohne vorher zu spritzen. Er war Lehrer wie sie, aber um einiges älter ... Und manche haben auch deine Großmutter Letiția verurteilt, weil sie ihn nicht von dem Bösen abgehalten, sondern all ihre Apothekenbekanntschaften abgeklappert hat, um ihm Morphium zu besorgen. Nachher hat sie gesagt, sie habe Mitleid gehabt und ihn nicht seinen Qualen überlassen wollen, und sie hat sich das immer vorgeworfen, aber so ist sie selbst allein geblieben mit den Kindern ... Halbwegs erwachsen war unter denen nur dein Onkel Ion, deine Mutter und Bița waren klein, ich sehe sie noch, wie sie im Hof spielten, die Leute meinten, sie würde sich nicht genug um sie kümmern, sie würde dasitzen und lesen, wenn sie nicht in der Schule war. Und einen Offizier hatte sie auch gefunden, da war nämlich eine Garnison in der Stadt, in die sie zog, nachdem ihr Mann gestorben war. Was sie sich aber auch gedacht hat dabei, dass der sie nehmen würde, wie sie war, und drei Kinder dazu, da hätte sie eine Mitgift gebraucht, anders war an eine Heirat mit einem Offizier nicht zu denken. Der dachte auch gar nicht dran, die Garnison wurde verlegt, und weg war er, er mag ihr noch eine Weile geschrieben haben, wie sie behauptete, und dann, wie die Männer halt sind ... Und sie, eine erwachsene Frau, hatte wohl kein Hirn im

Schädel, denn statt sich um Haus und Kinder zu kümmern, irrte sie wie betäubt herum, aß nicht mehr und erkältete sich, wie, weiß ich nicht, jedenfalls bekam sie Tuberkulose. Die konnten nichts mehr für sie tun, sie kam ins Krankenhaus, und was haben ihre Geschwister da nicht alles angeschleppt, Tag für Tag kamen die mit Päckchen. Sie aber teilte sie ständig unter anderen Kranken im Zimmer auf, als wären die unsere große Sorge. Schließlich merkte sie selbst, was sie getan hatte, heulend bettelte sie die Ärzte an, macht etwas, damit ich weiterlebe, sagte sie, ich will noch nicht sterben, was wird aus meinen Kindern allein auf der Welt, ich will leben, sagte sie, ich will nicht sterben... Die haben nichts mehr gemacht, was denn auch, wo sie doch selbst nicht imstande war, für sich zu sorgen, wer sollte es denn sonst tun... Die armen Kinder, die blieben halt so zurück und mussten sich mühsam durchs Leben schlagen. Es waren aber gute Kinder, und sie haben es geschafft, wenigstens dein Onkel Ion, und er hat auch für die anderen beiden gesorgt, und so...«

*

»Letiția ist ein völlig bescheuerter Name«, sagte ich und klappte das Album zu.

Ich wandte mich ab und schob es zurück in die Anrichte zwischen verwaiste Tassen und Bettwäsche, dabei konnte ich noch mit halbem Auge sehen, wie der Herr Emil automatisch zustimmend nickte. Erst in der Sekunde darauf, als meine Worte ihn erreichten, nahm ich den verwirrten Ausdruck seiner Augen wahr, starr wie eine stehengebliebene Uhr.

»Niemand ist zufrieden mit dem Namen, den man ihm gegeben hat – das wirst du sehen, wenn du Kinder hast«, tröstete mich Mutter, nur weil der Herr Emil da war.

So dachte ich zumindest, böse wie ich war. Und scheuerte in der Hocke den Bratrost des Ofens.

»Weder mit seinem Namen noch mit seinem Wohnort«, lachte Onkel Ion und entkorkte die Flasche mit dem gelben Etikett der Weingenossenschaft Vinalcool.

»Nein, das reicht!«, sagte der Herr Emil hastig und hielt seine langen knochigen Finger über das Glas. Und um seine Abwehr zu unterstreichen, neigte er seinen stets von allzu langen Haaren überwucherten Kopf nach rechts.

»Meinst du denn«, gab der Herr Emil nach einer Weile zu bedenken, »meinst du denn, wir wären froh, wenn wir immer nach unserem wahren Wert beurteilt würden? Schließlich ist er wirklich nicht leicht zu fassen. Wir selbst überschätzen uns ja gern und schieben es auf Zufälle und die anderen Menschen, wenn uns unsere Stellung im Leben nicht angemessen erscheint... Meinst du nicht, dass es eher unser Selbstvertrauen stärkt, nicht allzuviel über unsere Bestimmung zu wissen?«

Ich hatte geahnt, dass er damit kommen würde, nur das Lächeln, das er über seinen Redeschwall breitete, milderte sein Pathos. Mit letztem Mut zum Risiko gab er blindlings seine verschämte Zurückhaltung auf. Aber Onkel Ion schien nichts zu bemerken, oder es war ihm egal.

»Lass das, Emil«, lachte er und streckte das kranke Bein auf einem Stuhl aus. »Lass das, trink doch ein Glas, wenigstens einmal möchte ich auch dich trinken sehen...«

Der andere verharrte mit vorgebeugtem Oberkörper, hängenden Schultern und schlaffen Knien. Nur in den Mundwinkeln ging das demütige Lächeln (oder schien es nur mir so?) in eine leicht spöttische Gleichgültigkeit über.

»Als wäre es für dich das Richtige, wo du doch weißt, dass dir danach schlecht wird...«

Mutter hatte mich vom Herd weggeschubst und kam jetzt mit der vollen Kohleschaufel in der Hand zurück, um den Herrn Emil zu verteidigen. Sie schämte sich der Grobheit des Onkels und hegte eine mütterliche Zärtlichkeit für den unbeholfenen Herrn Emil, in die sich wohl noch vage etwas anderes mischte, das sie für ihn empfand und das mich auf die Palme brachte, sooft ich es spürte.

»Vielleicht noch ein Sorbet?«, fragte sie ihn.

»Ja, schon, aber wenig, wirklich nur ein bisschen«, beteuerte der Herr Emil eilig und setzte sich so vorsichtig auf den Stuhl, dass die Bewegung kein Ende zu nehmen schien.

»Gestern war schönes Wetter, nicht wahr? Ich glaube, von jetzt an...«, sagte er, unschlüssig, ob er einen fragenden Tonfall anschlagen sollte.

Seine Maske aus Diskretion behinderte ihn beim Reden, oder war das schon immer so gewesen? Alle lachten wir, sogar Mutter, die mit einem silbernen Löffelchen unter der zuckrigen Kruste im Glas nach dem Sorbet bohrte.

»Lass mal, Onkel«, warf ich großmütig ein, »ich trinke mit dir...«

Mutter sah mich strafend an.

»Es wird ihm ja nicht immer schlecht, wenn er trinkt«, sagte ich zu meiner Entlastung. Aber Onkel Ion wurde böse.

»Um mich geht es gar nicht, sondern um dich«, sagte er. »Du bist ein Mädchen, und mit deiner Erbanlage bist du anfällig für Exzesse...«

»Gott bewahre...«

Mutter goss sich ebenfalls Wein ins Glas, während ich mich gekränkt abwandte. Wenn sie trank, traten rote Flecken auf ihre Wangen und auf ihre Brust, sie war überdreht und lachte ohne Grund, und ich spürte, dass der Onkel sie in ihrer Fröhlichkeit ängstlich beobachtete und so tat, als merkte er nichts.

»Ich bin gar nicht so, wie ihr glaubt«, gab ich ihnen zurück.

»Umso besser wissen wir, wie wir sein möchten«, warf der Herr Emil begütigend ein.

Nach dem jahrelangen Schweigen überschlugen sich die Wörter, sobald er zu reden begann. Dann stieg eine späte Röte in seine hageren Wangen, er fuhr sich mit hastiger Hand durchs Haar, und plötzlich stockte er und ließ das, was er hatte sagen wollen, nachhallend in der Schwebe. Als hätte er sich plötzlich an etwas erinnert, grinste er hämisch, schwieg und nahm wieder den gewohnten Gesichtsausdruck an, der ihm für einen Moment entglitten war.

»Habt ihr Neuigkeiten von Herrn Branea?« Er sah über die Schulter hinüber zu Mutter und verfiel in einen Flüsterton. Gereizt ließ Onkel Ion die Füße unter dem Tisch baumeln, und eine Weile war nur das Scharren seiner Pantoffeln auf dem abgewetzten Teppich zu hören.

»Vor zwei Monaten war ich mit dem letzten Päckchen dort und habe einen ganzen Tag am Tor gestanden … Meins haben sie nicht angenommen, sie haben mir gesagt, er sei nicht mehr dort, das war aber auch alles … Ich glaube, sie haben ihn wirklich verlegt. Da ist dann noch jemand gekommen, der sagte etwas von Gherla, aber wir wissen nichts Genaues …«

Mutter hielt den Blick gesenkt, aber aus meiner Ecke sah ich sie, ohne hinzusehen. Ich wusste, ihr Blick war erloschen.

»Wir warten ab und sehen, was aus der Eingabe wird, die Biță im Frühjahr gemacht hat. Er hat uns versprochen, dass er ein paar Bekannte einschaltet, aber wir wissen ja, wie Biță ist...«

Onkel Ion sah finster drein. Natürlich hätte er lieber geschwiegen, nur fürchtete er die befremdliche Stille, die dann eintreten würde. »Wir, die wir Biță kennen, können nur warten...«

»Ich glaube, das findet sich«, ließ der Herr Emil seinen Singsang hören und unterdrückte ein Gähnen.

Sich finden, was denn?, hätte ich gerne gefragt, aber Mutter war schon aufgestanden. Geblendet stieß sie gegen die dichtgedrängten Einrichtungsgegenstände, und die Tränen liefen ihr die nunmehr endgültigen Falten entlang über das starre Gesicht.

»Ich gehe die Hühner einsperren«, hauchte sie von der Tür.

Fast erleichtert (was er zu Beginn des Abends befürchtet hatte, war wirklich eingetreten) strich Onkel Ion mit zwei Fingern über die Bartstoppeln an seinem Kinn. »Du hast es wirklich geschafft, Emil... Du bist großartig...«

Der andere stand langsam und umständlich auf und machte Anstalten, Mutter zu folgen. Doch in der Tür wandte er sich unschlüssig zu uns um: »Soll ich gehen und sie um Entschuldigung bitten?!« Die Frage in seiner Stimme war an mich gerichtet. »Meint ihr, das war rücksichtslos von mir, ich hätte nicht...? Dabei weiß ich doch, dass sonst gerade sie immer darauf zu sprechen kommt...«

In seinem verwirrten Blick war keine Spur von Verständnis. Er lavierte schlafwandlerisch zwischen den Verletzungen der anderen hindurch – wie hatte er sich nur so viel Gleichgültigkeit zulegen können, fragte ich mich.

»Ich habe gehört, Sie haben irgendwann geschrieben«, sagte ich mit verhalten böswilliger Herausforderung, »und haben dann alle Ihre Manuskripte verbrannt. Ist an dem Gerücht etwas dran?«

»Ach wo!«, lachte er verlegen und fixierte mich mit seinen tränenblauen Augen. »Alles nur Versuche, die unternimmt jeder in dem Alter. Aber in der Kunst, nicht wahr«, dabei wandte er sich mit gespielter Anteilnahme zum Onkel, »da bleiben nur die Standhaften. Schau mal, auch unser Freund, von dem wir sprachen und der nicht sonderlich begabt war, eignete sich eine gewisse Sicherheit an, die auf Technik und Übung gründete, und jetzt, gerade in diesen Jahren...«

Wie gewöhnlich wich er aus, und nichts von dem, was er sagte, interessierte mich noch. Ich setzte mich mit verschränkten Beinen aufs Bett, bauschte die Bettdecke um mich herum und stellte das Glas in Reichweite auf das Nachtschränkchen. Merkwürdig, wie auch in meinem Inneren, wenn ich trank, etwas Unstetes, Rastloses hochkroch, die Ränder des Körpers dehnten sich unendlich, und die Trauer leckte schmatzend daran wie ein Gewässer. Leise stöhnend bückte sich Onkel Ion und schaltete das Radio ein. TAAANZABEND, verhieß die vertraute Stimme aus dem Gerät von Telefunken mit den dürftig vernieteten Rissen, die es abbekommen hatte, als ich es fallenließ – ich war klein damals und gerade erst mit Mutter hierher gezogen, nachdem sie Vater verhaftet hatten. Mit den ersten Takten traten die Zeichen jenes anderen, unerreichbaren Lebens ins Zimmer, das so war, wie ich mir vorstellte, dass ein Leben sein müsste. Jetzt war mir, als spürte ich den Blick von Mihai, und jede einzelne meiner Bewegungen war darin aufgehoben, bedeutungsvoll und einzigartig wie meine Liebe an diesen öden Familienabenden.

»Eigentlich haben sie sich ja getrennt, soviel ich weiß, oder?«, nahm der Herr Emil den Faden wieder auf. Eine gemeine Neugier flackerte in seinen Augen, die er auf Mutters leeren Stuhl richtete.

»Sie hatten ein paar Meinungsverschiedenheiten, und dann ist Margareta gegangen ...«

In der Stimme des Onkels spürte ich, diesen Satz hatte er so oft wiederholt, dass er selbst nicht mehr daran glaubte. »Und bald darauf haben sie ihn verhaftet ...«

»Nun, irgendwie ist das ja ganz günstig, oder?« Der Herr Emil gab sich praktisch, versuchte zu denken wie die anderen, schaffte es aber nicht, und wieder spürte ich seine Gleichgültigkeit. Weil der Onkel immer finsterer blickte, legte er nach: »Ich meinte ...« Er schaute zu mir herüber. »Da sind doch so viele, oder? Die sich pro forma scheiden lassen, um die Karriere ihrer Kinder nicht zu gefährden, mit den Schulen ist das halt so eine Sache ...«

»Um Scheidung geht es nicht, die war durch, als er verhaftet wurde«, antwortete der Onkel verdrießlich. »Victor hat ihr über jemanden, der von dort kam, sagen lassen, dass ihm alles, was geschehen ist, leid tut, und ich glaube, ihr tat es auch leid, wie auch immer, es waren ja keine großen Dramen ... Außerdem frage ich mich, wo ist denn das Drama, wenn zwei schwer voneinander loskommen? Vor allem in dieser Situation, wenn man da ein Mensch ist ...«

»Ja«, stimmte der Herr Emil zerstreut zu, er wollte offenbar auf etwas anderes hinaus, das ihn mehr interessierte. »Aber mir scheint, mehr als er hat doch seine Familie Politik gemacht, oder? Die hatten sogar ein Gut in der Nähe ... Einer seiner Brüder, habe ich gehört, war Minister in der faschistischen Regierung Antonescu. Du hast ihn wahrscheinlich gekannt ...«

»Ich habe ihn gekannt«, sagte der Onkel, »ich habe sie alle gekannt.«

War seine Stimme wirklich so zurückhaltend, wie mir schien, oder wollte er nur vor mir nicht offen reden? Für einen Augenblick war ich sicher, dass sein ängstlicher Blick nach dem Bett schweifte.

»Victor hing sehr an seiner Familie und war damals ziemlich jung, überhaupt der Jüngste, alles andere als eigenständig. Darum auch die Trennung von Margareta, die nicht in den Clan passte«, fuhr er fort, wobei sein Tonfall immer sachlicher wurde.

»Was haben die ihm denn zur Last gelegt, als sie ihn verhafteten?«

Wie lange hatte ich das schon fragen wollen, jetzt aber fürchtete ich wirklich, dass Mutters Schritte im Vorzimmer zu hören wären und die Tür aufginge ...

»Tja«, antwortete der Onkel und fächelte mit der Hand den Zigarettenrauch zur Seite. »Sie haben sie damals alle geholt ...«

»Habt ihr den Wein ausgetrunken?«, fragte Mutter, als sie eintrat. In der Eile hatte sie versäumt, das frisch aufgetragene Puder an den Nasenflügeln zu verteilen. Dort und im Ausschnitt verkrustete es streifig – über den roten Flecken. Wieder tat sie allzu lebhaft und rückte die Stühle hin und her, völlig unsinnig in meinen Augen.

»Es tut mir leid, dass ich vorhin ... Entschuldigung ...«

»Komm, Emil, lassen wir das, greif lieber zu, damit wir diese Flasche endlich leermachen ...« Der Onkel betätigte den Hebel der Sodawasserflasche, die gab allerdings nur noch ein paar Tropfen her. Der Herr Emil zog sich schon an.

»Entschuldige bitte«, sagte er, »es ist spät geworden.« Mit einigem Ungeschick nestelte er an der Gürtelschnalle des Mantels.

»Ich hoffe, Sie kommen uns bald wieder besuchen …« Von der Tür her gluckste Mutters bemühtes Lachen, ihr hagerer Körper wiegte sich in der Erinnerung längst vergessener Bewegungen. Genervt knallte ich zwei Bücher auf das Nachtschränkchen und stand auf, um zum Abschied die Hand zu geben.

»Ich komme wieder, danke«, antwortete er und beugte seinen marionettenhaften Körper. Mit ungebügelten Kleidern, flatternd, als wären sie verwelkt, lenkte er seine alten Schritte in die einsamen Gässchen und schleppte sein steriles Martyrium mit sich, das er vergeblich hinter seinen höflichen Phrasen zu verstecken suchte.

»Nun komm, Gevatter Ion, trink noch ein Schlückchen mit, ganz gelb ist dein Gesicht, als wenn der Tod eintritt, ganz gelb ist dein Gesicht, als wenn der Tod eintritt«, summte fröhlich der Onkel. Schwerfällig erhob er sich, rückte zuerst die Stühle zurecht und zog dann den Vorhang auf, um für die Nacht zu lüften.

»Was ist denn nun eigentlich, haben sie dem Emil eine Stelle gegeben?«, fragte Mutter, während sie die Überdecke langsam abzog.

»Sie haben ihm ein paar Stunden in den unteren Klassen gegeben.«

Der Onkel hatte sich hinter den Wandschirm verzogen, um sich auszuziehen, und von dort hörte ich, wie er schleppend und stockend erzählte: »Es wäre auch schwierig gewesen, ihm eine ganze Lehrerstelle zu geben, wo er doch so viele Jahre nicht im Amt war … Ich jedenfalls habe getan, was in meiner Macht stand, gleich dreimal habe ich mit dem Direktor gesprochen, ich glaube immerhin, dass Emil es trotz seiner mangelnden Arbeitsdisziplin schafft, wenigstens mir zuliebe, der ich mich für ihn eingesetzt habe ...«

Vor Kälte erschauerte ich in meinem Kleid, dem ersten, das eigens für mich gekauft worden war und das ich mochte, weil es eben nicht aus einem der von Mutter abgelegten umgenäht worden war. Der rosarote Taft war mit kleinen weißen Karos durchsetzt. Zigarettenrauch schwebte in runden Wölkchen aus dem Zimmer und befleckte die blaue Nachtluft. Die Ellbogen auf das Fensterbrett gestützt, blickte ich in die Dunkelheit dorthin, wo ich die Hügel ahnte, von denen die Stadt umgeben war. Dort glitten ständig, mal weg- und dann wieder auftauchend, die schemenhaften Lichter unsichtbarer Autos auf und ab.

Kapitel v

Sie hatten keine Klingel. Das Haus war unverputzt und das letzte Zimmer noch nicht fertig. Im Sommer gelangte ich, weil es noch keine Treppe gab, über ein schiefes Brett hinein, drinnen lehnte eine alte Leiter an der Mauer, weitere Bretter lagen kreuz und quer. Immer wieder verletzte ich mich an einem der rostigen Nägel, die krumm aus dem gesplitterten weißen Holz ragten, ich war einfach zu ungeduldig, in den leeren Fensterdurchbruch zu klettern. Nur ich stieg hinauf, Jeni kniete unten und flocht sich einen dünnen Zopf ins Haar, der auch gleich wieder aufging. Ich beneidete sie um die Locken über der Stirn und an den Schläfen und war froh, dass sie viel zu dicke Lippen hatte.

»Hast du ihn gesehen?«, fragte sie, sobald ich mich hingesetzt hatte, und dann erzählte ich von Mihai.

Darauf erzählte sie von Mircea, was ich von vornherein ziemlich langweilig fand, aber über mich ergehen ließ. »Meinst du, der ist jetzt noch mit Lidia zusammen?«, fragte sie mich.

Ich hatte keine Ahnung, mit wem Mircea gerade zusammen war, aber ich zwang mich, entsprechende Überlegungen anzustellen, wobei ich mir insgeheim meine Gleichgültigkeit vorwarf. »Das glaube ich nicht, wie ich ihn kenne, kann ich mir nicht vorstellen, dass er sie mag ... Aber die Jungs sind ja anders ...«

»Auch wenn da etwas war, ich glaube, das ist vorbei, Lidia

ist auch mit Silviu gegangen, als sie mit Mircea zusammen war, vielleicht hatte sie auch mit beiden was …«, fiel mir Jeni ins Wort.

»Vielleicht gerade deshalb …«, antwortete ich in der Hoffnung, das habe sie hören wollen, aber sie redete erst recht weiter, ärgerlich, weil ich sie nicht hatte ausreden lassen: »Weißt du, er hat sich sehr verändert, als Mircea mit mir befreundet war, da hat er sich ganz anders benommen, das hat mir auch Crăiţa gesagt … Crăiţa hat ihn betrunken aus dem Restaurant kommen sehen …«

Ich wollte gar nicht daran denken, dass auch sie langweilig finden könnte, was ich erzählte, der Gedanke war mir dermaßen unangenehm, dass ich versuchte, an etwas anderes zu denken. Eine Spinne war an meinem Bein hochgekrochen, ich warf sie auf den staubigen Boden und sprang hinterher, um sie totzutreten.

»Komm her, damit ich das abklopfe, du hast dein Kleid ganz schmutzig gemacht … Wieso setzt du dich auch überall hin?«, rief Jeni.

Ich zuckte die Schultern. »Na los, klopf es ab«, sagte ich und ging zur Strafe dann sofort nach Hause.

Eigentlich konnte ich meine Hausaufgaben gar nicht schnell genug erledigen, um wieder zu Jeni zu gehen.

Mutter ärgerte sich darüber. »Wieso haben die ein Haus gebaut«, fragte sie mich, »wo sie doch nur ein Gehalt haben und ihre Mutter zu Hause sitzt? Und was hat denn die Jeni da für einen Luxus?«

Ich mochte es nicht, wenn sie so über Jeni redete, und dachte mir, was das denn für ein merkwürdiges Wort war, Luxus, wie der Name eines alten Kinos. Ich ärgerte mich eigentlich nur, weil ich nicht auch zur Schneiderin musste, zur Anprobe. Mir nähte Mutter die Kleider nach Feierabend, mit Jeni aber ging ich zur Schneiderin und wartete in einem dunklen Vorzimmer, wo auf einem Gasherd mit zwei Brennern ständig Essen köchelte und ich einen großen Hund aus Gips auf einem dreibeinigen Tischchen betrachten konnte.

»Komm rein«, rief Jeni von der Tür her. »Na, was meinst du?«

Die Schneiderin kniete mit Stecknadeln im Mund vor ihr und steckte den Saum ab.

»Lass es kürzer machen«, sagte ich.

»Ich mag es nicht so kurz wie du. Wenn du dich bückst, kann man alles sehen«, sagte Jeni.

Mit verkniffenen Augen und gespitzten Lippen betrachtete sie sich im Spiegel, diesen Gesichtsausdruck hatte sie nur, wenn sie sich im Spiegel betrachtete, wahrscheinlich versuchte sie so zu sein, wie sie es gern gehabt hätte, dann vergaß sie es aber wieder.

»Deine Sache«, gab ich zurück.

Jeni hat dicke Beine, deshalb trägt sie nicht gern kurz, dachte ich zufrieden; und nach einer Weile fragte ich: »Bleiben wir noch lange? Ich muss gehen, Onkel Biţă könnte heute Abend aus Bukarest kommen...«

*

»Was schwatzt ihr denn dauernd, ihr Mädchen? Hausaufgaben habt ihr wohl keine, Prüfungen auch nicht... Das Abitur steht vor den Tür«, sagte Onkel Ion, als er aus dem Schlafzimmer an den Tisch unter dem Birnbaum kam, die dampfende Kaffeekanne in der einen und einen Stapel Notizzettel in der anderen Hand. Vielleicht ahnte er, dass ich über Mihai gesprochen hatte. Jeni errötete.

»Bleib sitzen, geh bloß nicht«, raunte ich ihr zu und beobachtete feindselig den leicht zur Erde gebeugten Gang des Onkels. In diesen Augenblicken mochte ich Jeni ganz besonders.

Am allermeisten mochte ich sie eigentlich, wenn ich mich mit Mihai traf und wusste, dass ich danach schnell zu ihr laufen würde, um ihr davon zu erzählen. Wir gingen zusammen in den Gemüsegarten, von hier sah man über den verkrüppelten Pflaumenbäumen die ersten Wohnblocks im Rohbau. Warm roch es nach Unkraut und aufgeheizter Erde und nach dem Klo aus grauen Brettern hinter dem Maschendrahtzaun. Ich versuchte nicht hinzusehen, nahm kleine Klumpen trockene Erde in die Hand, die ich beim Reden mit den Fingern knetete, bis die Hände schmutzig waren, dann wischte ich sie mit Tomatenblättern ab. Wenn ich die Blätter zerdrückte, kam eine seltsame Freude in mir auf. Dann schwieg ich und versuchte mich zu erinnern, das war sehr schwer, als wäre die Erinnerung vom Schlaf umnebelt, schließlich wusste ich, so säuerlich hatte der schattig kühle Morgen des ersten Herbsttages gerochen, als ich zur Hochzeit einer Puppe eine Speise aus grünen Tomaten gekocht hatte.

»Weißt du, ich glaube, es gibt gar keine Liebe ...«

Jeni hörte mir mit hochgezogenen Brauen zu und wusste nichts zu antworten. Damit ich das Bretterklo nicht zu sehen brauchte, betrachtete ich angestrengt den Pflaumenbaum, der seine rostfleckigen Blätter abwarf. Ich war sehr traurig, es war bald zwei Monate her, seit ich mich von Mihai getrennt hatte. Es hatte eine Zeit gegeben, da war ich überzeugt, dass ich mit ihm nie würde Schluss machen können, und später wunderte ich mich, dass ich jemals so etwas hatte denken können.

Es fiel mir immer schwer, mich von Jeni zu verabschieden, ich redete in einem fort, auf dem Heimweg und dann vor dem Tor, wo wir jede an einem Pfosten lehnten. Wenn ich mit dem Erzählen durch war, überkam mich ein unangenehmes Gefühl, nicht weil es zu Ende war, nur war mir etwas entglitten, ich hatte ihr nicht alles gesagt und wollte von vorn anfangen, dabei wiederholte ich mich wohl, denn Jeni sagte: »Ja, das weiß ich, du hast es mir schon gesagt, er hat gesagt, so geht es nicht weiter ...«

Dann tat es mir leid, dass ich nichts mehr zu erzählen hatte und die Worte ähnlich klangen wie in den Filmen, die ich gesehen hatte. Wir begannen den Mast mit dem Halteschild zu umkreisen, hier hielt der Bus, mit dem Onkel Ion aus der Schule kam.

»Wir machen nur noch eine Runde, ich muss gehen«, sagte Jeni, und manchmal, wenn ich ganz und gar nicht ohne sie zurechtkam, begleitete ich sie langsam nach Hause.

*

»Schau mal, so geht es nicht weiter«, sagte Mihai damals, das Reden fiel ihm sehr schwer, anders als sonst. »Wenn du nicht wärst, wie du bist, wäre auch ich anders ...«

Wir standen unter einem Maulbeerbaum, und ich zertrat die überreifen schwarzen Beeren, die vom Baum gefallen waren. Hin und wieder streckte ich die Hand aus, kriegte aber nur selten eine noch rote zu fassen, die mir den Mund zusammenzog. Ich aß sie mitsamt Stiel, sie knackte zwischen den Zähnen, und ich spürte ihren Geschmack wie von Gras.

»Ist ja gut«, antwortete ich, »wenn wir schon Schluss machen, wieso bist du dann immer noch böse?« Und ich nahm die Schultasche in die andere Hand. Ich war zufrieden mit dem, was ich ihm gesagt hatte. Am allerwichtigsten schien mir, dass er festgestellt hatte, dass ich bin, wie ich bin. Wie er den Kopf so hält, sieht er aus wie ein Vogel, dachte ich und war sicher, dass ich mir nichts aus ihm machte. Auch er zerquetschte die eine oder andere schwarze Maulbeere unter der Schuhsohle und schwieg, er war so nahe, dass ich hin und wieder seinen säuerlichen Atem spürte.

Ein schwerer LKW fuhr zu der Baustelle am Ende der Straße, lachend rief der Fahrer uns durchs offene Fenster etwas zu, wahrscheinlich nur mir. Die Schuluniform klebte mir an der Haut, die heiße Luft nahm mir den Atem, ich konnte vor lauter gleißendem Licht die Augen nicht offen halten und kaum erwarten, dass es bald ein Ende nahm. Nur im ersten Moment, als er sagte: »Schau mal, so geht es nicht weiter«, war ich erschrocken, dann fand ich mich merkwürdig schnell mit der Leere ab, die ich kommen sah, wenn wir uns trennen würden. So etwas war mir noch nicht passiert, und ich war gespannt, wie es sein würde.

»Was ist los, wieso kommst du nicht zum Essen?«, fragte Mutter, als sie sah, wie ich die Schultasche hinter den Stuhl im Schlafzimmer schleuderte.

»Ich habe mit Mihai Schluss gemacht«, antwortete ich.

Ich zog mich aus und legte mich ins Bett. Mutter sagte nichts weiter, entweder hatte sie mich nicht gehört, oder sie glaubte mir nicht, ich hatte schon mal gesagt, ich hätte mit Mihai Schluss gemacht, wenn sie böse waren, weil ich mich in der Stadt verspätet hatte. Ich war froh, im Schlafzimmer allein zu sein. Jeni hatte ihr eigenes Zimmer, obwohl ihr

Haus noch nicht fertig war, sie konnte nachts lesen, ich musste mit meinem Buch in die Sommerküche ziehen. Ich hörte, wie im Flur der junge Vermieter Mutter beschimpfte, gleich darauf schlief ich ein. Nachmittags, als ich erwachte, war es sehr still, ein leichter Wind war aufgekommen. Ich wusste nichts mit mir anzufangen und ging zu Jeni, um ihr alles zu erzählen, wie das aber morgen, übermorgen, in einer Woche sein würde, konnte ich mir nicht vorstellen. Und unterwegs wurde mir plötzlich klar, dass es aus war mit Mihai, es wurde mir so klar, dass ich am liebsten auf der Stelle losgeheult hätte. Ich ging und spürte, wie ein riesiger Knoten in meiner Kehle schwoll, den ich beim besten Willen nicht hinunterschlucken konnte, meine Augen quollen immer wieder über vor Tränen, aber ich hielt das Weinen zurück, um möglichst bald bei Jeni zu sein.

*

Jeni kannte ich so gut, dass ich im Voraus wusste, wie sie angelaufen kommen würde, um mir aufzumachen, in einem Morgenrock ihrer Mutter, offen, viel zu blumig und zu weit, wie sie ihre Haare zurückband, wobei sie, die Spangen im Mund, ihre Stirnlocken frei fallen ließ, wie sie barfuß durchs Haus lief. Ihre Schrift war mir ebenfalls vertraut, denn wir saßen seit drei Jahren in einer Bank. Sie schrieb schneller als ich, wenn ich zurückblieb, schaute ich bei ihr ab, und aus irgendeinem Grund begann ich nach einer gewissen Zeit, einige ihrer Buchstaben zu kopieren. Ich wollte sie genauso schreiben, und später, als wir uns schon Jahre nicht mehr gesehen hatten, schrieb ich sie immer noch so. Ich weiß auch, wie Jeni aussah, wenn sie ihre Hausaufgabe aufsagte – sie hielt den Kopf steif gereckt, sprach schnell und gleichmäßig, und wenn die Lehrerin ihr dazwischenredete, sah sie mit ihren runden blauen Augen sehr verwundert drein und fuhr fort, als wäre nichts gewesen. Sie hatte ein fabelhaftes Gedächtnis und wurde nicht müde, aufzusagen, was sie gelernt hatte. Im Brustton der Überzeugung, dass etwas schon allein deshalb wichtig war, weil sie es kannte, betete sie es her. Besonders merkwürdig erschien mir, dass die anderen wohl auch etwas daran fanden, während ich es nicht mehr ertragen konnte.

Es gab eine Zeit, da lauerte ich, wenn sie zur Tafel gerufen wurde, gespannt auf ihre Aussetzer, um ihr vorzusagen. Jetzt aber betrachtete ich den Balkon des Hauses gegenüber, mit Blumenkästen voll blühender Petunien und einem rostigen Fallrohr, das quer über die ganze Hauswand lief, ich kannte das zur Genüge, den Balkon, die Stimme, das Fallrohr und wie Jeni die Hausaufgabe aufsagen würde, so gut kannte ich es, dass ich alles gegeben hätte, aufstehen und aus der Klasse laufen zu können. Das ging aber nicht, und jeden Morgen kam ich zurück auf dieselbe Schulbank, in die ich meinen und Mihais Namen eingeritzt hatte und das Datum unserer Trennung, 17. Mai. Wenn ich durch die Tür trat, war Jeni als Einzige schon da.

»Was machst du denn?«, fragte sie. »Wieso bist du gestern Abend nicht mehr vorbeigekommen?«

Bis dahin hatte ich noch die Hoffnung auf etwas Angenehmes gehabt, wie etwa den morgendlichen Schulweg vergangener Zeiten, als wir mit dem Erzählen nicht fertig wurden, bis der Lehrer in die Klasse kam, jetzt aber reckte sich nur noch Jenis Arm fordernd in die Höhe. Die kann echt nicht genug kriegen von ihrer Wichtigtuerei, sagte ich mir und zählte dann im Kalender die Tage bis zur Aufnahmeprüfung.

Nicht nur von ihr wusste ich alles, sondern auch von mir, ich war mir von vornherein sicher, was ich sagen und tun würde, wenn ich zu Jeni ging. Ich wartete in ihrer großen Sommerküche, die im Winter Jenis Zimmer war, mit Flickenteppichen auf dem Fußboden und einer vor lauter verchromten Rohren blitzenden Küchenmaschine, und aß das Kompott, das mir ihre Mutter brachte.

»Komm, ich zeige dir, was ich mir noch habe machen lassen«, sagte Jeni und öffnete den Kleiderschrank.

Oder sie brachte eine schon etliche Jahre alte Zeitschrift aus dem Modeatelier, das in einem Block am Korso eröffnet hatte und wo ihr Vater als Leiter eingesetzt worden war. Wir saßen auf neuen, leichten Plastikstühlen im Garten und blätterten darin, während die Raupen, es waren sehr viele in jenem Jahr, langsam an den Metallbeinen heraufkrochen.

Hausaufgaben machten wir immer noch gemeinsam und einigten uns auch darauf, dies oder jenes links liegen zu lassen, allerdings bekam sie manchmal einen Punkt mehr als ich. Seltsam, solange ich mit Mihai zusammen war, hatte mich das nie gestört, jetzt aber wurmte es mich auf einmal. Zwar sagte ich mir dauernd, es müsste mir egal sein, dennoch ging es mir auf die Nerven und ich merkte, wie ich mich freute, wenn Jeni im Unterricht durcheinandergeriet und ich ihr beisprang, um die Schadenfreude erst recht auszukosten.

Jetzt hätte ich ihr beim besten Willen nichts mehr über Mihai erzählen können, sie war mit ihrer Geschichte mit Mircea durch und organisierte dauernd irgendwelche Pionierversammlungen. Plötzlich merkte ich, dass ich seit fast drei Jahren mit niemandem gesprochen hatte, der mir etwas bedeutete, außer mit ihr. Es war, als käme ich nach einer

Krankheit oder aus dem Urlaub wieder und betrachtete alle um mich herum mit Wohlwollen und Nachsicht.

Vielleicht ging es ihr genauso, denn sie steckte die meiste Zeit mit Crăița zusammen. Und nach dem Abitur beschlossen sie, ein paar Tage ans Meer zu fahren. Immerhin kam Jeni an dem Morgen vor der Abfahrt zu mir.

»Es ist noch ein Platz im Auto«, sagte sie im Gehen von der Tür her. »Willst du nicht mitkommen?«

Natürlich war nun keine Zeit mehr, um Mutter und Onkel Ion zu überzeugen und auch noch zu packen. Das wusste sie nur zu gut, sie hätte sich die Frage auch sparen können.

»Ich glaube, es hat gar keinen Sinn zu fragen«, antwortete ich, wobei ich über ihre Schulter hinweg durch die offene Tür in den Hof sah. »Sie sind auch gerade knapp bei Kasse ...«

»Ich bitte dich«, lachte sie, »wieso sollten die knapp bei Kasse sein, bei zwei Gehältern ... Ich habe nie begriffen, wie ihr so wohnen könnt bei dem Gezänk mit dem Vermieter, wieso ihr nicht ein Haus baut wie wir, wo doch nur mein Vater Gehalt kriegt ...«

»Du begreifst so manches nicht«, schrie ich sie an, »aber ihr kriegt ja immer alles hin ...«

Ich habe ihr auch sonst noch einiges gesagt, und sie mir dann auch. Ich begann zu zittern vor Erregung, mich fror, und dann habe ich ihr das letzte Buch zurückgegeben, das sie mir geliehen hatte, und sie ist nach Hause gegangen.

*

»Seltsam«, sagte Mihai, als wir im Herbst vor der Aufnahmeprüfung auf der Hafenmauer spazieren gingen. In keinem anderen Jahr hat es einen so langen Herbst gegeben, jeden Abend war Nebel und Rauch im Hafen, wo er mich erwartete.

»Seltsam, Jeni hat dich immer kopiert, ihr wart unzertrennlich, wahrscheinlich weil du es bequem fandest – als wärst du mit dir selbst zusammen.«

Ich wusste, dass es nicht so war, aber ich sagte nichts, ich schwieg und fand es besser, als wenn er sonst etwas gesagt hätte. Manchmal traf ich Jeni noch zufällig, dann gingen wir zusammen einen Kaffee trinken und sprachen über die Mitschüler, die Lehrer und die Feten in der Stadt. Dann zahlte jede ihren Teil, und wenn wir aufstanden und gingen, versuchte ich zwar, nicht mehr daran zu denken, aber lieber wäre es mir gewesen, ich hätte ihr nichts erzählt, nie.

Kapitel VI

Der junge Vermieter war mir verhasst. Ich verabscheute Onkel Ions ängstliche Nachgiebigkeit ihm gegenüber, dabei grüßte ich ihn, wenn ich ihn im Flur traf, selber mit einem verzagten Lächeln. Er schien mich kaum zu beachten, schnippte im Vorübergehen mit den Fingern oder sog sich mit einem plötzlichen Zucken der Mundwinkel Speisereste aus den Zahnlücken. Vor Verlegenheit verkrampften sich meine Gesichtsmuskeln, ich hasste mein weiches Lächeln und meine feuchtkalten Hände, die ich mir noch nicht mit meiner Furcht vor dem Aufbegehren zu erklären vermochte. Ich kam mir wieder fahrig und unbeholfen vor wie in den letzten Jahren, und die Dinge hatten es darauf angelegt, mir aus der Hand zu fallen und auf dem Fußboden in Stücke zu gehen.

Abends im Bett zog ich mir die drei Decken über den Kopf, dazu noch, als häuslich vereinnahmtes Überbleibsel aus dem Krieg, die raue und schwere Felddecke, auf der wir die Wäsche bügelten. In jenem langen Winter gab ich die Felddecke weiter an Onkel Ion, denn der schlief am Fenster und ächzte abends schwer unter rheumatischen und arthritischen Schmerzen. Aus dem immer noch beleuchteten Flur hörte man, wie der junge Vermieter seine Frau beschimpfte.

»Er hat wieder getrunken«, sagte Mutter.

Manchmal gab es auch dumpfe Schläge und zwischendurch die schrillen Schreie von Cornelia.

»Hat aber auch gar kein Glück, das Mädchen...«, sagte Onkel Ion mit hängendem Kopf, während er seine Zigarette ausdrückte.

»Misch dich bloß nicht wieder ein«, fiel ihm Mutter ins Wort. »Mal prügeln sie sich, mal versöhnen sie sich, und am Ende bist du der Dumme...«

Sie war an die Tür gegangen und horchte, ohne dass sie durch das ausgebleichte blaue Papier, mit dem die Scheiben verklebt waren, etwas hätte sehen können.

»So geht das, wenn man sich nicht vorsieht zur rechten Zeit...«, flüsterte sie und ging hinter den Wandschirm in der Ecke, um sich auszuziehen.

»Du kennst dich ja besser aus mit diesen Dingen...«, sagte der Onkel.

Mutter musste das Grinsen an seiner Stimme gespürt haben.

»Ich bin weggegangen, und ich hatte weniger Grund dazu als die hier«, sagte sie hinter dem Wandschirm hervortretend.

»Wenn seine Sippschaft nicht gewesen wäre...«

Plötzlich funkelten ihre Augen, und ich wusste nicht, ob es Tränen waren oder ob sie seinem Blick standhielt.

»Die wenigsten sind dazu in der Lage«, lenkte er ein.

Dann legte sich Mutter aufs Bett und tastete mit fahrigen Händen nach dem Schalter der Nachttischlampe. »Als Cornelia geheiratet hat, da hat sie sich wer weiß was eingebildet...«, erinnerte sie sich, und ihre Stimme klang plötzlich bitter. »Und hat erwartet, dass ich sie grüße, dabei kenne ich sie, seit sie mit Letiția spielen kam und nicht einmal ein Höschen anhatte, geh, Cornelia, zu deiner Mutter, habe ich gesagt, und sag ihr, sie soll dir ein Höschen anziehen.«

*

Der Zaun war mit Stacheldraht bewehrt, wir aber krochen unten durch, wo die Bretter schadhaft waren. Zwischen den Beeten mit aufgeplatzten Kohlköpfen wucherten Quecken, und der verwilderte Dill streute uns Samen ins Haar. Es roch nach später Sonne und nach Erde, als ich zwischen den schmächtigen Pflaumenbäumen durch den Garten hinüberlief. Um den knotigen Stamm des Apfelbaums waren Mist und Stroh angehäuft. Dort ging unser Hof nahtlos in den ihren über, und ich schlich mich an den Wänden entlang zu ihnen.

»Keine Angst, die sind angebunden«, rief Cornelia.

Allerdings zerrten die zottigen Hunde mit vom Bellen blau angelaufenen Lefzen heftig an ihren klirrenden Ketten, die an den Wäscheleinen entlangrasselten. Ich flüchtete mich hinter die Tür, wo man sich die Schuhe auszog, und mit einem Blick auf die ausgetretenen Paare auf der Türschwelle konnte ich erkennen, ob ihre Mutter zu Hause war. Ab und zu schob ein Lehrling den Riegel an dem großen Hoftor auf und öffnete es, dann fuhr ein Wagen über die feuchten, mit schwarzem Schlamm verschmierten Pflastersteine. Von der Schwelle der Werkstatt aus feilschte der schmerbäuchige Kerzengießer, Cornelias Vater, mit den Bauern, schließlich lachte er dröhnend auf, ging hinein und kam wieder, die langen weißen Kerzen in der Hand. Cornelia rief mich, und wir stiegen zusammen auf das noch warme Blechdach des kleinen Hauses, um uns eine Hochzeit beim Nachbarn anzusehen. Der staubige Hof hallte von dem mit Jauchzern durchsetzten Stimmengewirr, und in einer Ecke unter den lilafarbenen Blütentrauben der hochrankenden Glyzinie flatterte weiß der Schleier der Braut. Von hier oben sahen wir nur die vor Brillantine glänzenden Haarschöpfe und die langsamen Tanzschritte zu den *Donauwellen*, die der Akkordeonist ohne Unterlass mit solch schrillem Klageton intonierte, dass sie die starre Luft des Sonntags ganz und gar durchdrangen. Feixend polterten Cornelias Brüder die alten Holztreppen zum Dachboden herauf.

»Wir haben ihn gesehen«, rief Fane, »über der Großmutter haben wir ihn gesehen, wie er sie vögelt hat ...«

»Haltet den Mund, die Kleine ist hier ...«, schimpfte Cornelia und zeigte auf mich.

Von unten schrie ihnen die Großmutter – mit Fleischwülsten und Rockfalten bewehrt, mit wirren, zu einer Sturmhaube aufgetürmten weißen Haaren – Verwünschungen nach.

»Ich sag's eurer Mutter«, keifte sie und machte Anstalten, ihnen hinterherzusteigen. »In der Hölle sollt ihr schmoren, verdammte Teufelsbrut ...«

Und hinter dem Rücken der Alten duckte sich mit gesenktem Kopf mucksmäuschenstill der junge Lehrling, ein langhaariger Lulatsch mit Pickeln zwischen den spärlichen Barthaaren. Mit einem Mal wurde es Abend, zottige Wolken verfinsterten das Blau des Himmels, und ich krümmte mich vor Kälte.

»Wir müssen los«, sagte Cornelia und warf ihre schweren Zöpfe über die Schulter, »wir müssen los, denn jetzt geht es an die Arbeit ...«

In der Tür zur Werkstatt flackerte die Gaslampe und warf lange Schatten auf den gestampften Boden. Sehnsüchtig sah ich mit an, wie die drei an die Arbeit gingen zu einer Zeit, wenn ich schlafen ging.

»Geplagte Kinder«, sagte die Mutter, »die müssen die ganze Nacht ran zum Kerzengießen, und an Feiertagen schleppen sie sie mit auf die Märkte ... Wie sollen die denn noch zum Lernen kommen?«

Sie blieben dort an den Spulrädern mit öltriefenden Dochtschnüren, zwischen den fettglänzenden Paraffinblöcken, in der heißen, gasgeschwängerten Luft.

Später spielten wir dann nicht mehr, und Cornelia ging mit den Jungs auf dem Korso spazieren. Sie trug faltenreiche geblümte Seidenkleider und Schuhe mit hoher Kreppsohle. In einem der folgenden Sommer ließ sie sich eine Dauerwelle machen und wollte mir weismachen, sie habe von Natur aus lockiges Haar. Sie ließ sich in einer der ersten Nylonblusen, die ich gesehen habe, im Fotostudio fotografieren, und ihr retuschiertes Porträt mit tiefrot eingefärbten Lippen und eckig abgesetzten Brauen gilbte über mehrere Sommer im Schaufenster vor sich hin. Sie erzählte mir von den Jungs, die ihr Freundschaft geschworen hatten, und zeigte mir dann ein blaues Schulheft, ihr Poesiealbum. In einem von roten Blumen umrankten Rahmen hatte sie als NELLY gezeichnet. WAS MEINT IHR, WAS IST LIEBE UND WAS IST FREUNDSCHAFT, stand mit großen Druckbuchstaben ganz oben, die Antworten darunter waren sorgfältig nummeriert. WAS HALTET IHR VON DER BESITZERIN DIESES ALBUMS war die letzte Rubrik, und ihre Mitschülerinnen hatten geantwortet, sie sei eine noble, intelligente und feine Person.

Nachdem sie beim Abitur durchgefallen war, war sie die Erste in unserer Straße, die heiratete. Jetzt hatte sie zwei lange glänzende Morgenröcke, ihr Gesicht war in die Breite gegangen und ihre Hüften ebenso. Die Dauerwelle ließ sie sich immer seltener machen, stattdessen ging sie ständig auf dem Hof hin und her, die Haare auf Papierwickeln eingedreht unter einem geblümten Kopftuch.

»So ist das halt, wenn man einen Mann hat«, sagte sie zu mir und sah mich gönnerhaft an.
Nach der Geburt ging ich sie und ihren Sohn besuchen, ich betrachtete sein kleines verschrumpeltes, viel zu ernstes Menschengesicht mit der plattgedrückten Nase und den gerade noch unter dem faltigen blauen Steppmützchen hervorlugenden Augen.
»Sieh zu, dass du nie Kinder kriegst, Letiția«, sagte sie und neigte sich über ihn, um die Windel zu lösen. Seine runzligen geröteten Beinchen zappelten in der warmen Luft, die nach Pisse und Milch roch.
»Es tut so weh, man möchte am liebsten in die Stühle beißen...«
Etwa ein Jahr später kriegte sie allerdings schon das zweite.
»Es ist rachitisch«, sagte Mutter. »Verantwortungslos sind die, sie müssten zum Doktor gehen, damit der ihnen Calcium verschreibt, schau bloß, es ist bald ein Jahr alt und kann noch nicht einmal stehen...«
»Irgendwie sind sie ja auch im Recht«, sagte Onkel Ion. »Sie sind genauso beengt wie wir, in einem Zimmer...«
»Geld haben sie aber genug«, entgegnete Mutter. »Sie haben schon für ein Auto angezahlt... Wieso bauen sie nicht noch ein Zimmer an, wie sie bei der Hochzeit versprochen haben?«
»Sie werden schon noch anbauen, aber erst, wenn sie uns rausgeschmissen haben«, grinste Onkel Ion freudlos. »Und dann wird der Pârvulescu allein wohnen in seinem Haus, denn so nennt er es...«
Das Haus hatte ihm der Kerzengießer, Cornelias Vater, in der Woche vor der Hochzeit überschrieben. Damals war der Alte vor Freude, dass seine Tochter einen Chefingenieur

kriegte, ständig betrunken und schaute bei uns herein, um es zu verkünden. Die Geschäfte laufen wieder, sagte er, seit dieser Schwiegersohn im Haus ist, gibt es keinen Kummer mehr wegen der Genehmigung, sein Schwiegersohn kennt die von der Miliz, vom Finanzamt, von der Gewerbeaufsicht, der hat überall seine Leute, mit denen er zur Not reden kann. Vor fünf Wochen hat ihm jemand diesen Ingenieur für Cornelia angeschleppt, die Sache war von vornherein ausgemacht, ein stattlicher Mann um die vierzig, früher Soldat, dann Abendstudium, jetzt aber will auch er einen Hausstand gründen, wie andere auch. Er hat auf der Stelle ja gesagt, wie sollte dem das Mädel auch nicht gefallen, schön ist sie, das Gymnasium hat sie, ein Haus auch, denn das überlässt er ihr, allerdings auf seinen Namen, für die Jungs wird er schon noch sorgen, so Gott will, wird er im Hof neben dem alten Haus noch ein neues bauen. Da ist ja auch noch das Haus von der Alten, wer weiß, wie lange die es noch macht, wo die doch so am Leben hängt, die ganze Straße redet über sie, weil sie neuerdings auf Jungs scharf ist, aber wie auch immer, man hat nur ein Leben ...

Später kam Cornelia mit ihrem Verlobten zu uns. Er war so groß wie ich, und die paar dünnen Härchen auf seinem kahlen Schädel waren zart und flockig wie bei einem wenige Monate alten Kind, als wären sie nachgewachsen, nachdem er kahl geworden war. Mit seinen neuen Kreppsohlen trat er lautlos auf, und der gestreifte braune Anzug hing über seinem dürren Hintern und an den Ellbogen in blankgescheuerten Falten herab.

»Wir müssen zum Schneider«, sagte Cornelia nach einer Weile und sah auf die kleine goldene Uhr an ihrem dicklichen Handgelenk. »Danke für die Aufmerksamkeit ...«

»Habe die Ehre«, sagte Pârvulescu heiser zu Onkel Ion.
Er setzte die leere Kaffeetasse auf die Untertasse, und als er lächelnd aufstand, sah ich zwei funkelnde Zahnkronen.
»Ab jetzt sind wir Nachbarn ...«
»Ich bin sicher, dass er vorher bei der Securitate gearbeitet hat ... Hast du denn nicht gehört, was er sagte, als ...«, wisperte Mutter, als sie draußen waren.
Doch Onkel Ion reckte verzweifelt die Hände in die Luft zum Zeichen, sie solle bloß still sein.

*

Sie hatten in der Laube die Tische zusammengerückt, und Cornelias Mutter kam in einem lila und grün geblümten Seidenkleid, mit glitzernden Perlen am Hals und vor Hitze hochrotem Kopf durch den Garten in unseren Hof und brachte die Tabletts mit Schweine- und Putenbraten. Hinter ihr schleppten zwei oder drei Frauen Teller, Gläser und Besteck herbei und fragten dauernd, wer wo sitzen würde. Auf dem Bürgersteig ging Cornelia im Brautkleid hin und her. Sie klammerte sich an den Arm einer Freundin, die als Brautjungfer ein Krönchen aus rosa Kunstblumen über der pickligen Stirn trug. Sie tuschelten in einem fort und blieben ab und zu kichernd stehen, dann fiel Cornelia plötzlich wieder ein, dass sie die Braut war, und mit zwei Fingern lüpfte sie die Schöße ihres Kleides, um damit nicht den Boden zu fegen, worauf die andere sich beeilte, den Strass wieder in Ordnung zu bringen. Über den Nachbarzaun sahen zwei Mädchen ihnen zu und bohrten in der Nase, während der Kerzengießer an einer Ecke des Tisches pausenlos mit dem Schwiegersohn und zwei Brautjunkern in geliehenen schwarzen Anzügen anstieß. Den einen kannte ich, es war der junge Lehrling. Sie waren seit dem frühen Morgen dran und schon gut dabei, und mit einem Mal schnippte der Kerzengießer, Cornelias Vater, mit den Fingern in Richtung der Combo, die ihn zweitausend Lei gekostet hatte. Sein weißes Hemd war schweißgetränkt, sein Gesicht blaurot angelaufen. Er sang so laut, dass man es bis zur Kirche im Tal hörte: *Wenn da noch ein Andrer waaar, soll sie gehn mit Haut und Haaar ... Ach, ojeh, die Schönste ist nur schön, wenn sie am Leben ist...* Weiter wusste er den Text nicht, er stockte, sah sich verdattert um, und alle begannen zu lachen.

Es war eine Hochzeit mit einem reichen Gabentisch, und Mutter legte die Hunderter, die vom Darlehen für Holz aus dem Sommer übrig waren, nach dem Essen auf einen sauberen Teller.

»Vom Paten fünftausend und ein Sofa für die Braut...«, verkündete der Musikant, und alle lachten und klatschten, und die Frauen, in enge Glitzerkleider gezwängt, kicherten in ihre Ausschnitte und klatschten unterm Tisch ihre kurzen dicken Schenkel zusammen.

Ein hagerer Ziegeleiarbeiter tanzte mit mir und führte mich mit überlangen Schritten langsam zum Tor. Der Hof unter dem welkenden Blattwerk der Laube war ausgiebig gewässert worden, so dass ich immer wieder aus dem Takt geriet, weil ich den kleinen Wasserlachen und samtweichen Morasthäufchen auszuweichen versuchte.

»Ich hatte kein Glück, Fräulein«, sagte er, »darum habe ich noch nicht geheiratet...« Seine Gesichtshaut war von Poren durchlöchert wie von Blatternarben. Er war dreimal so alt wie ich, und ich war fünfzehn. »Die ich wollte, haben mich nicht geliebt, und die, mit denen ich gekonnt hätte, haben mir nicht gefallen...«

Gern hätte ich Mitleid mit ihm gehabt, dabei tat mir nur der Nacken weh, wenn ich zu ihm hochsah und seinen Blick suchte. Er starrte mich mit funkelnden Augen an, und seine feuchte Hand, die meinen Arm im Griff hielt, zuckte unmerklich. Als der Tanz vorüber war, schlich ich mich durchs Tor und ging zum Korso.

*

Ich stand am Ende des Korsos und hielt Ausschau nach Mihai oder Jeni. In zwei perfekt parallelen Schlangen bewegten sich die Menschen wie auf gegenläufigen Fließbändern, alle besorgt, dass keiner dem anderen auf die Hacken trat. Ihre wissenden Blicke begegneten sich, sie verständigten sich durch diskrete Zeichen, und mit etwas Mühe hätte man das dumpfe Scharren der aberhundert Füße als Klangteppich wahrnehmen können, der sich über alles breitete. Die Paare und die Mädchen gingen Arm in Arm, während die Jungs mit ostentativ gereckten Zigaretten ziellos umherschlenderten. Am Ende der Straße machten sie kehrt und gingen zurück. Die Prozession war in immergleicher rechtsdrehender Bewegung, die Arme blieben ineinander verhakt, wieder und wieder wurden die neuen Kleider und Schuhe hergezeigt und die gedankenverlorenen Gesichter. Sie gingen unter den Schildern der staatlichen Genossenschaften entlang, die über den Schaufenstern unbeleuchteter Läden mit öltränkten Bretterfußböden hingen; an zwei Kreuzungen beschleunigten die Mädchen den Schritt, weil sie anzügliche Kommentare befürchteten oder gar zu hören bekamen. Dort an den Handläufen des Haushaltswarenladens und der Buchhandlung *Das Russische Buch* lehnten rauchend die Jungs, die sich schon seit einem oder zwei Jahren um einen Studienplatz bewarben ... Oder relegiert worden waren? Das Gerede darüber, was man alles nicht machen durfte, wenn man sein Leben nicht verscherzen wollte, war mir dermaßen wirr im Gedächtnis, dass die Jungs vor der Buchhandlung mich überhaupt nicht interessierten. Fast unmittelbar aufeinander folgten dann die beiden Kinos, *Muncitorul* (Der Arbeiter) und *Vremuri Noi* (Neue Zeiten), aus denen um sieben und um neun mit schweiß- und tränenüberglänzten Gesichtern und verträumten Augen ältere Paare und Gymnasiastenpärchen sowie unzählige Grundschüler strömten, die ihre Uniformen an den gekalkten Wänden fleckig gescheuert hatten. Flutartig überschwemmten sie die Promenade.

So strebten die beiden Züge den beiden Enden der Straße zu: Der eine bewegte sich an den langen, an diesem Sonntagabend verstörend leeren Tischen des Marktes entlang zwischen weggeworfenem Papier, welken Salatblättern und Lachen, die sich in den Löchern des Gehsteigs angesammelt hatten und eingefärbt waren von dem tiefen Blau der Leuchtreklame über dem Universalkonsum, dem ersten neuen Gebäude der Stadt. Die Köpfe des anderen Zugs schrammten lautlos am runden Himmelsgewölbe entlang, an dem die pathetischen Farben des Sonnenuntergangs unmerklich ausblichen und in den unpersönlichen Farben des Abends aufgingen.

Es war die Zeit, zu der ich gewöhnlich zu Hause sein musste. An diesem Abend hätte ich mich ohne weiteres verspäten können, denn die Hochzeit ging die ganze Nacht, aber Mihai war nicht da, und so musste ich die Versöhnung in Gedanken noch einen Tag aufschieben. Aus einer Gruppe von Mädchen löste sich Jeni und kam auf mich zu.

»Mihai war heute Abend gar nicht da«, raunte sie. »Komm, machen wir noch eine Tour ...«

»Kennst du den?«, fragte ich sie und kniff sie in den Arm, wobei ich auf einen der Jungs vor der Buchhandlung zeigte. Ich warf noch einen verstohlenen Blick zurück, dann hörte ich sie rufen: »Hahaaa ...« – aber wir waren schon an ihnen vorbei.

»Welchen? Den langen? Nein«, sagte Jeni. »Oder doch ... Ist der nicht längst durch? Ich meine, auch mit der Fakultät. Was sucht der denn noch hier, die Studenten sind doch auch schon weg ...«

»Er war Schüler bei meinem Onkel in der letzten Klasse ... Weißt du denn nicht mehr, es hieß immer, der ist großartig?«

Jeni schüttelte den Kopf, sie hatte keine Ahnung.

»Der war auch einmal bei uns, Bücher ausleihen vom Onkel, das ist viele Jahre her ...«

Er hat mich wohl nicht erkannt, dachte ich verstimmt. Dabei hatte er uns gar nicht gesehen. Er lachte über etwas anderes, den Kopf zur Seite geneigt. Aus dem offenen Hemdkragen ragte sein langer Hals mit dem stark hervortretenden Adamsapfel, der unter der Haut auf und ab hüpfte. Er wirkte gehemmt, wie damals, als er bei uns war und auf der Schwelle verharrte, solange der Onkel in der Bibliothek nach den Büchern suchte, von einem Fuß auf den anderen trat und alle Fragen nur mit ja oder nein beantwortete. Später zeigte mir der Onkel Zeitschriftenartikel unter seinem Namen, die er ihm mit den Büchern geschickt hatte, und sagte, sie seien sehr interessant. Bei der Gelegenheit hatte ich auch gesehen, wie er hieß, aber ich erinnerte mich nicht mehr recht daran.

»Petre«, murmelte ich. »Petre Arcan oder so ...«

»Wer?«, fragte Jeni. »Ach ja, der ...«

Vielleicht sieht er mich ja, wenn wir zurückkommen, sagte ich mir. Ich wusste nicht, wieso, aber ich hatte ihm immer mit derselben Neugier nachgeschaut. Allerdings standen dann an dem Ladeneingang, wo ich ihn gesehen hatte, alle anderen Jungs, außer ihm.

»Worauf warten wir noch?«, fauchte ich Jeni an. »Siehst du denn nicht, dass alle weg sind?«

»Na klar, wenn Mihai nicht da ist, hast du keine Lust mehr...«, erwiderte sie.

Sie war sauer, denn beim *Muncitorul* hatte sie Mircea mit zwei Mädchen von der Gesamtschule gesehen. Die Reihen der Spaziergänger hatten sich gelichtet, wir kamen jetzt schneller an ihnen vorbei. Im Schaufenster des Fotostudios sprangen mir noch einmal die vergilbten Fotos ins Auge. Zwischen den weißen Kerzen, mit der gestärkten Schärpe über der Brust und dem mit breitem Strasssaum besetzten Schleier saßen Braut und Bräutigam, die Köpfe bis auf einen Zentimeter Abstand einander zugeneigt. Die nachkolorierten Lippen waren in einem bemühten Lächeln erstarrt, und die blicklosen Augen starrten auf die öde Straße.

»Los, schneller«, sagte Jeni plötzlich. »Wir sind wirklich spät dran...«

Und beide rannten wir los.

Kapitel VII

Ich war so überzeugt, dass wir uns versöhnen würden, dass jeder Morgen die Farbe der Erwartung annahm. Ich sammelte aus dem Dunkel des Korsos verstohlene Blicke und Gesten, deren Sinn nur ich zu begreifen vermochte. Abends fiel all das in der alten Leere in sich zusammen, aber ich bewahrte es geduldig bis zu dem Tag, der einmal kommen musste. Es fällt ihm schwer, den ersten Schritt zu tun, sagte ich mir, und selbst wenn er es wollte, weiß er wohl kaum, wie und wo. Allerdings verknäulten sich die Erwartungen, ich verhedderte mich darin und spürte, wie ich hängen blieb. Ich bildete mir ein, es sei immer noch alles so, wie ich glaubte, aber die klar umrissene Gewissheit der Dinge verschwamm in der Unruhe. Untergründig war ich es leid, vergeblich zu warten, und so fuhr ich ins Ferienarbeitslager.

*

Ich liege auf dem Bauch auf einem der eisernen Stockbetten mit Trenngittern, die bis zum staubigen Holzfußboden reichen. Es ist dunkel, möglicherweise ist niemand sonst da oder nur ein paar dicke Mädchen mit Pickeln auf der Stirn und im Gesicht, die nicht in den Spiegel schauen, weil sie unglücklich sind mit ihrem Aussehen. Deshalb gehen sie nicht tanzen, auch an diesem Abend nicht. Und im Lager wird ständig getanzt, man hört die Stimmen, die Schritte, das

Stampfen und das schrille Lachen der Mädchen und die durchdringende Stimme irgendeines Jungen: »Komm schon, mach den Kasten lauter, was ist los?«

Draußen ist es wahrscheinlich immer gleich dunkel, ob ich nun da bin oder nicht, die Gaslaterne auf der Brüstung der Veranda flackert vor sich hin; wenn die vom Wind angefachte Flamme aus dem Lampenglas herausleckt, geht jemand hin und dreht sie herunter. Wenn es dann noch dunkler wird, weiß ich gar nicht mehr, was er tut, ich höre sein brutales Lachen nicht mehr, vielleicht sind die beiden die Treppe hinuntergegangen und spazieren durch den Hof des ehemaligen Gutshauses. Ich aber kann den Gedanken nicht mehr ertragen, dass die beiden, Mihai und Mariela, spazieren gehen, ich liege auf dem Bauch und bearbeite mit den Händen das lange, viel zu harte Kissen, in dem ich meinen Kopf nicht versenken kann. Ich versuche meinen Hals und meine Wangen darin zu schmiegen, suche nach dem wohlbekannten Gefühl vor dem Einschlafen, Hals und Gesicht in das Kissen gebettet, auf dem ich seit sechzehn Jahren schlafe. Es ist vielleicht das Angenehmste in meinem bisherigen Leben, sage ich mir, und wenn ich's genau überlege, das Einzige, das mir niemals verloren gehen kann. Und ohne es zu merken, suche ich wieder nach meinem Kissen, aber da ist nur das fremde, voller Watteknubbel, und ich hätte begreifen und aufgeben müssen, aber wieder fällt mir ein, wie Mihai damals zu mir kam, dort, an der hellsten Stelle der Veranda.

»Komm tanzen«, sagte er und tanzte mit der Zigarette im Mund, und die junge Englischlehrerin tat, als sähe sie nichts.

Damals hatte ich zum ersten Mal begriffen, dass das mit uns nichts mehr werden würde, niemals, und dass ich länger als ein Jahr vergeblich gewartet hatte.

Ich stehe vom Bett auf und taste im Dunkeln die schweren dicken Decken ab, schnappe mir ein anderes Kissen und tappe zurück, da stockt mir plötzlich der Atem. Ich habe mir den Knöchel gestoßen und spüre, wie der Schmerz immer heftiger wird und in mir hinaufkriecht, dass ich stöhnen oder weinen möchte. Aber ich halte ihn aus, ich spüre, wie ich ihn aushalte, Sekunde für Sekunde, bis er nachlässt. Dann werfe ich mich mit dem neuen Kissen aufs Bett, aber dieses ist schrecklich weich, zu wenig Watte drin, ich stopfe das andere zwischen Bett und Wand, taste dabei mit heißen Händen den kalten Putz ab, und das tut gut... Da taucht wieder die Veranda auf, ich saß auf der Brüstung, ließ die Beine baumeln und rauchte die Zigarette, um die ich ihn gebeten hatte, als er mich zurückbrachte, ich ärgere mich, weil ich gerne ins Kissen gebissen hätte – wie ich es gelesen habe... Dann drehe ich mich aber wieder auf den Bauch und knäule die ganze Watte in dem halben Polster zusammen, das leise knarrt, der Bezug ist fadenscheinig, aber ich spüre, dass es hart ist, ärgerlich hart, außerdem schmerzt mein Ohr, wahrscheinlich habe ich es gequetscht... Jetzt weiß ich, dass ich leide, ich spüre meinen ganzen bäuchlings gestreckten Körper, er tut einfach nur weh, dabei weiß ich gar nicht, wieso... Und er tut so gut, dieser ständige Druck... Da ist wieder das kindliche Gesicht von Mariela, ihre Brauen unter dem Pony und Mihais Schultern, über ihren Stuhl gebeugt, und sein brutales Lachen, ich kann es nicht mehr ertragen und beginne mit den Beinen zu zucken. Jetzt merke ich, dass ich schon die ganze Zeit rhythmisch mit den Zehenspitzen auf der Matratze herumtrommele, die trocken raschelt, wahrscheinlich ist sie mit Stroh gestopft. Ich will nicht mehr, sage ich, ich will nicht mehr, nein nein nein, und lege die andere Wange aufs Kissen, dann fürchte ich, diese Mädchen, die sich schlafend stellen, könnten mich gehört haben ... Ich habe solche Angst, dass ich mir jede Bewegung verkneife, immer flacher atme, bis ich das Gefühl habe, ich müsste ersticken, dann den Mund wieder öffne, als wollte ich stöhnen ...

Ich muss einschlafen, sage ich mir, wenn ich es genau überlege, ist Mihai mir ebenso egal wie die anderen. Ich sehe, wie er geht, die Schultern leicht nach vorne gebeugt, in seinen weichen Schuhen mit Kreppsohle und dem schwarzen Pullover, den seine Mutter gestrickt hat. Wieso ist es mir peinlich, wie ich da auf dem Geländer der Veranda sitze und mit den Beinen baumele, als wüssten alle, dass ich auf ihn warte, natürlich höre ich dort gar nicht, was die beiden reden, eigentlich interessiert es mich überhaupt nicht ... Es interessiert mich wirklich nicht, nur verstehe ich nicht, wieso gerade mit Mariela – und dann diese viel zu laute Musik.

»Hast du gehört, wie er *putain* sagt?«

Jeni hat bestimmt alles gesehen, wieso lässt sie mich nicht in Ruhe?

»Pass mal auf, wenn das Lied zu Ende ist ... Hast du es gehört?«

Alle tanzen, jetzt tanzt auch Jeni mit einem Kleinen aus der Elf, bestimmt hat sie gemerkt, dass Mihai sich nicht um mich kümmert, da kann ich ihr sonst was erzählen ... Ich weiß nicht mehr, was ich tun soll, und rauche die Zigarette weiter, es ist meine zweite, sie kratzt im Hals und ich würde sie am liebsten wegschmeißen. Meine erste, das war damals, als wir mit der ganzen Klasse zum Crâng gingen und er sagte: »Das ist nichts, du hast keine Ahnung vom Rauchen ... Pass mal auf, so macht man das!«

Und er nannte mich Branea, beim Nachnamen, das ging

mir immer auf die Nerven, und der Rauch zwickte fürchterlich, ich wusste, dass er loslachen wollte, und ließ meine Gesichtsmuskeln erstarren, starr wie jetzt ... Einen Augenblick noch hielt ich durch, wenn er bloß nicht merkte, dass mir fast die Tränen in die Augen schossen, aber wenn ich die Augen so weit offen hielt, sah man es vielleicht nicht. Vielleicht hatte Puiu nur zufällig gesagt: »Mir scheint, du hast nicht viel Spaß heute Abend ...«, oder wussten vielleicht schon alle, dass ich seit Jahr und Tag darauf wartete, dass Mihai sich mit mir versöhnte? Wieso hatte er mich sonst so angesehen im Dunkel des Korsos? Wahrscheinlich hatte er mich überhaupt nicht angesehen, wahrscheinlich hatte es mir nur so geschienen, ach wie lächerlich ... Oder kann man sich so verändern, auf einmal? Wenn ich nur die Treppe hätte hinuntergehen können, es waren bloß drei Stufen, dort standen die Jungs, die nicht tanzen konnten, ein ganzer Haufen, sie lachten dröhnend, so geballt fühlten sie sich sicher, wenn ein Einzelner sich gerührt hätte und die Treppen heraufgekommen wäre, hätten ihm alle nachgeschaut und gesehen, dass er nicht tanzen konnte. So aber kümmerten sich die anderen nicht um den Einzelnen, sie tanzten oder saßen auf den Stühlen in der Ecke, wo das Licht nicht hinkam und wo ich nicht hinschauen konnte, weil Mihai mit Mariela dort waren ... Wenn ich nur die Treppe hätte hinuntergehen können, vorbei an den Jungs, die nicht tanzten, nur dort herumstanden und großspurig und lautstark miteinander redeten, als wäre ihnen das alles egal, als könnten sie tanzen, wollten aber nicht, weil es besser ist, mit den Jungs herumzustehen und über die anderen zu lachen ... Weiter weg wäre es dann dunkel gewesen, und ich wäre über den mit vereinzelten Grasnarben gefleckten kahlen Hof gegangen, dessen Kies unter der neuen Sohle meiner weißen Sandalen knirschte, und hätte die Tür des Haupteingangs geöffnet, dort war unser Schlafraum mit Stockbetten, und ich hatte noch zwölf Tage, denn insgesamt waren es vierzehn, und dann würde ich nach Hause zurückkehren, vorher aber würde ich mich noch aufs Bett legen und auf dem Bauch daliegen, das Kissen in den Armen, allein sein und mir vielleicht nie wieder etwas so heftig wünschen.

*

Natürlich hatte ich gar nichts mehr zu erwarten. Als hätte ich mich verspätet und wäre dadurch endgültig zur Abwesenden geworden. Es war viel schlimmer, als ich mir hätte vorstellen können, in all meinem Warten hatte es immer schon die Furcht vor dem Versagen gegeben, allerdings war sie so klein gewesen, dass ich sie nie bemerkt hatte. Jetzt aber, da ich alles klar vor Augen hatte, schien es mir fast, als hätte ich es geahnt. Ich setzte Worte, Blicke, Gesten anders in Zusammenhang, und dabei wurde in der Tat alles ganz deutlich, wie hatte ich nur so blind sein können, fragte ich mich, einen Augenblick lang hasste ich mich ganz heftig, dann überkam mich eine Demut, an der ich fast erstickte. Das passierte meistens am Morgen auf dem Traktoranhänger, mit dem wir aufs Feld fuhren. Wir setzten uns auf die parallel angeordneten Bänke, die bei jeder Unebenheit wackelten, was Schreie und Pfiffe auslöste; wer keinen Platz kriegte, setzte sich hinten auf die Ladefläche, irgendwie war man da besser dran, man musste wenigstens keinen Staub schlucken. Ich saß neben Jeni und stützte mich an der in großen rostigen Haken hängenden Seitenplanke ab; die Erinnerung an mein Versagen verdüsterte mir die grünen und gelben Weiten, die an uns vorbeizogen, und der seidige Staub wehte in runden, warmen Schwaden. Wenn wir ausstiegen, sah ich die anderen an und konnte sie kaum erkennen: Mit den grau verstaubten Haaren und den schmutzstarrenden Gesichtszügen kamen sie mir vor, als sähe ich sie zum ersten Mal.

Der Anblick war mir zuwider, ich verscheuchte den Gedanken, dass sie in zwanzig Jahren wirklich so aussehen würden. Bestimmt sehe ich auch so aus, dachte ich und wischte mich mit einem säuerlich riechenden, speichelbenetzten Taschentuch ab. Eine Zeitlang gab ich mir Mühe, dass er mich nicht so sah, gab es dann aber, aus Gewöhnung oder Resignation, auf.

Noch etwas anderes tat ich unterwegs auf dem Hänger, während ich unbeweglich neben Jeni saß und darauf achtete, dass mein Lachen und Lächeln mit dem der anderen übereinstimmte. Anfangs fiel es mir sehr schwer, doch an den letzten Tagen gelang es mir perfekt, allerdings bedeutete es mir auch nicht mehr so viel. Ich zwang mich, die beiden genau so selten und so gleichgültig anzusehen wie die anderen, es war, als führte ich mich selbst am Händchen ins Gästezimmer, während jemand in mir nein nein nein schrie und mit ohnmächtiger Wut aufstampfte. Doch ich schleppte mich gnadenlos weiter, und der Gedanke steuerte mich von außen, meine vor dem Sonnenlicht oder vor Überdruss zusammengekniffenen Augen blickten nicht mehr durch. Irgendwann war es dann aber gar nicht mehr der Gedanke, sondern mein riesenhaft gequollenes, über dem unsichtbaren Zucken der Muskeln erstarrtes Gesicht, das kurz vor der Explosion stand. Wie viel Zeit mag vergangen sein, seit ich sie anstarre, dort vorn hintern Fahrerhaus, wo die verliebten Paare sitzen, denen die gegenseitige Zuneigung eine unbestrittene Überlegenheit verleiht?

Die einzige Lösung war wohl, sie beiläufig mit dem Blick zu streifen wie all die anderen, vielleicht war das aber nur ein Selbstbetrug meinerseits, den ich gar nicht merkte. Schließlich konnte ich nicht anders, als sie zusammen zu sehen, in der Kantine mit Lehmboden und gekalkten Wänden an den mit billigen Tellern und großen Blechschüsseln gedeckten Tischen, nachmittags bei den Fußballspielen gegen die Dorfjugend oder abends, wenn die Mädchen auf der Veranda zum Tanz zusammenkamen, mit getuschten Wimpern und sonnenverbrannten Gesichtern und den guten Kleidern, die noch die Knitterspuren aus dem Koffer trugen. Ich sah, wie sie anfangs in einem fort miteinander lachten, wobei Mihai ihr den Arm um die Schultern legte, dann sah ich sie ebenso oft zusammen, allerdings ohne äußerliche Zeichen der Zärtlichkeit, vereint durch jenes Einverständnis des gefestigten Paares, das einem auf den ersten Blick auffällt. Als mir das bewusst wurde, hatte wohl jemand in mir endgültig begriffen. Allerdings merkte ich nicht, wann das war, die Tage hatten kein Gesicht, und in mir köchelte unablässig die Scham, ich war die ganze Zeit nur darauf aus, sie zu verbergen, und manchmal hörte ich nicht einmal mehr die einfachsten Worte von Jeni: »Es hat Mittag geläutet« oder »Pass auf, du hast deinen Koffer offen stehen lassen« ...

Ich allein, unter so vielen glücklichen Paaren, ich allein, während sie Abend für Abend den staubigen Abhang zum Teich hinuntergingen, im alles durchdringenden Zirpen der Grillen, vorbei an verrunzelten Tomaten, Konservendosen, getrockneten Kothaufen und leeren Kognakflaschen, alle Kofferradios mit dem Wunschkonzert bis zum Anschlag aufgedreht. Und darüber die vielen Sterne, zum Verrücktwerden... Ihr warmes Licht oder die der über Tag erhitzten Erde kroch mir durch die Schuhsohlen in die Füße, und in jenem Sommer begann ich mich einzuigeln, in die Ecke getrieben von meiner beschämenden Andersartigkeit.

Mittags roch das Dorf nach Staub und gebratenen Gründlingen. Es erschien mir jetzt in meiner Erschöpfung dermaßen vertraut, als hätte ich Ewigkeiten hier gewohnt. Die krummen Lehmgassen, das Gewusel um die drei Kioske und die Lebensmittelläden, die langgestreckten Höfe mit gilbendem Grün, die distelbestandenen Lehmböschungen, das alles wurde mit einem Mal unwirklich, sobald der Wind am Abend den Sand in Fontänen emporwirbelte, wenn wir in den Hof des ehemaligen Gutshauses zurückkehrten. Weil ich wider besseres Wissen immer noch wartete, jätete ich tagsüber stundenlang immer weiter, stur zwischen dem feinblättrigen Möhrenkraut unter einer Sonne gebeugt, die mir Arme, Nacken, den ganzen Körper im Badeanzug versengte. Noch ein bisschen, sagte ich mir, noch ein bisschen, aber dann konnte ich nicht mehr und stand auf, um mich zu recken. Über dem ganzen Feld sah ich die braungebrannten Schultern der Jungs und große gebleichte Strohhüte, ging Wasser trinken aus einem der Eimer mit Sand auf dem Boden, die am Feldrand standen, und unterwegs vermischten sich plötzlich die Dinge, wurden anders, als sie gewesen waren. Wenn er sich aber, sagte ich mir, wenn er sich nun aber nicht zufällig immer mir gegenüber an den Tisch setzt, wenn ihn gerade mein allzu offensichtliches Warten abgeschreckt hat... Ich schlüsselte das alles in vier oder fünf Hypothesen auf, die nur eines gemeinsam hatten: Ausgeschlossen, dass es ihm gleichgültig war; dann ging ich zurück und jätete stunden- oder nur minutenlang glücklich erhitzt weiter vor mich hin. Dieser Zustand war aber nicht von Dauer, denn da sah ich sie wieder zusammen und spürte augenblicklich, wie der unerträgliche körperliche Schmerz vom ersten Abend aufkam.

Dann gab es allerdings auch ganze Stunden, in denen der Schmerz sich zu erschöpfen schien, fast als wäre er nie da gewesen, zusammengenommen machten sie mehr aus als all die anderen, außerdem wurden es immer mehr, ich hoffte zumindest, es wäre so. Das war meist dann, wenn ein paar von uns ans Meer fahren durften und auf die LKWs kletterten, die die Gemüseläden belieferten, sich dort zusammenkauerten, mit Zeitungspapier gegen die emporwirbelnden Staubfahnen geschützt, und die beiden ließen keine dieser Gelegenheiten aus. (Mihai war mit dem Sportlehrer befreundet, abends tranken sie einen – im Geheimen, wie sie meinten, dabei wussten es alle.) Es gab Sommernachmittage, an denen ich auf der Veranda zurückblieb, um zu lesen, und hin und wieder zu den Kronen der Robinien hinaufsah, die keinen Schatten warfen. Wenn es Abend wurde, gingen wir in Gruppen zum Teich, streckten uns auf den Decken aus, die wir heimlich aus den Schlafräumen verschleppt hatten, rauchten unter dem holzigen Gequake der Frösche zu zweit eine Zigarette, bis dann zu einer bestimmten Stunde, die wir vorausahnten, in Mangalia die Lichter angingen, dort drüben, sehr weit, weiter weg als alles andere. Dann war es gut, bis ich irgendwann ein neues Paar sah und wie einer seinen Kopf auf die Knie oder Schenkel eines Mädchens gelegt hatte. Einen Augenblick lang stockte mir der Atem, gleich darauf verspürte ich wieder den schalen Geschmack der Erinnerung.

Dann ging ich allein weg und vergrub die Hände tief in den Hosentaschen. Langsam schritt ich durch die immer dichter werdende Dunkelheit, es sollte möglichst lange dauern. Sobald ich dort war, drehte ich den gekrümmten Nagel um, der die Brettertür geschlossen hielt. Wie gern hätte ich mich in den Arm genommen und mir übers Haar gestrichen, so aber sagte ich mir in Gedanken: Macht nichts, macht nichts, heute ist schon Dienstag, und lehnte mich verdrossen an die Wand. Bis zur halben Höhe war sie in einem schwärzlichen Grün gestrichen, darüber standen, in den weißen Kalk mit einem Nagel eingekratzt oder mit einem stumpfen Bleistift geschrieben, die heißen oder einfach nur obszönen Wünsche Unbekannter. In der Dunkelheit dachte ich nicht mehr daran und passte nur auf, nicht auf dem feuchten, miefenden Betonfußboden auszurutschen.

Ich konnte nichts tun, ich musste ganz einfach Geduld haben und den Tag abwarten, an dem ich von hier weg konnte, und dabei nicht daran denken, wie sehr ich ihn herbeisehnte. Immer wieder sagte ich es mir an den langen Vormittagen, wenn ich Mais schälte, immer wieder sagte ich es mir schon morgens mit größter Bestimmtheit, wobei ich die weichen, von Blütenstaub starrenden Lieschen Büschel für Büschel herunterriss, während in meinem Inneren jemand unablässig redete wie ein Tonbandgerät, das in einem leeren Zimmer vergessen worden ist. Und plötzlich merkte ich, dass ich längst nicht mehr glaubte, was ich mir ständig wiederholte, ach, meine ganze Geduld war umsonst, nie würde ich diesen dumpfen Schmerz loswerden, der irgendwo unterhalb des Halses bohrte. Mein Gott, wieso konnte ich es kaum erwarten, nach Hause zu kommen, kannte ich doch unser Zimmer mit den konfus schwirrenden Flüstertönen, das Knarren jeder Tür in meinem Rücken und den Weg zur Schule, wo ich Mutter traf, die mit den prallen Einkaufsnetzen vom Markt kam, und die Männer mittleren Alters, die vor den Zeitungskiosks die Sportgazette lasen, und der Korso mit den Gruppen frisch geschorener Gymnasialschüler in blauen Uniformen, die Hand- und Fußknöchel freigaben... Ich setzte mich zwischen die Maishaufen ins spärliche Gras, dem Ersticken nahe, die Tränen glänzten in meinen Augen, lösten sich aber nicht, sondern rannen zurück in die Nasenlöcher und in den Rachen. Um mich herum nahm ich Schreie und Wortfetzen wahr, die Erde klebte an meiner feuchten Haut, ich saß einfach da, der Kopf leerte sich, und plötzlich spürte ich die Ameisen an meinem ganzen Körper.

Am letzten Sonntag vor der Abfahrt fuhren wir mit LKWS ans Meer. Ich sah es zum ersten Mal, und als ich ins Wasser ging, vergaß ich alles. Rhythmisch grün rollte der Himmel gegen mich an und füllte meinen Mund mit Salzgeschmack, mir war, als wäre ich zurückgekehrt zu etwas lang Vertrautem und als zählten die vergangenen Jahre nicht mehr. Das Licht pulsierte im Einklang mit dem Wasser. Hin und wieder rollte eine Welle über meinen Kopf hinweg, dann packte mich in dem durchscheinenden flüssigen Dunkel die Angst, eine endlose Sekunde lang ruderte ich in den Blasen des Strudels aufwärts, dann watete ich weiter, die vernebelten Schiffe, die das Meer bewachten, fest im Blick.

Später schlief ich unter der weißen Mittagssonne ein. Die rote Leinwand mit kreisenden Flecken vor den geschlossenen Augen und das von Schreien durchsetzte Gewimmel der nackten Leiber... Als ich erwachte, hatte ich Kopfschmerzen und das Licht nahm ab, wurde mild und traurig wie an den Morgen im Herbst. Reihenweise übten Jungs am Wasser den Wechselschritt, mit ihren unterschiedlichen Körpern und Gesichtern, mal kindlich, mal von Flaum und Pickeln entstellt. Der Himmelsrand zog sich zurück, das Ufer weitete sich, bis die Luft sich verschattete und das Meer milchig glänzte und mit seinem nunmehr vertrauten Schwappen meine Füße benetzte. Ich marschierte am Ende der Reihe, die Badeschlappen in der Hand, die Küste entlang, die steinig gekrümmt auf das blinkende Licht des Leuchtturms von Mangalia zulief.

*

Als ich zurückkehrte, war der Herbst gekommen und es wurde früher Abend. Ich versuchte den klebrig zähen Schleier des Schlafes zu zerreißen, als ich Mutters Stimme hörte. Ich richtete mich auf und sah im Spiegel die Abdrücke der Knöpfe und Falten des Kissens in meinem geschwollenen Gesicht, betrachtete das sinnentleerte Zimmer, die staubbedeckten Möbel und sah, wie die Nachbarin im Garten nebenan mit der großen Schere die fleischigen Dahlien abschnitt. Was habe ich bloß geträumt, dachte ich verzweifelt, was habe ich geträumt, ich erinnerte mich nicht, es tat mir nur leid, dass ich aufgewacht war. Immer tat es mir leid, dass ich aufgewacht war, und weil ich es ahnte, wollte ich mich zurückwälzen, noch bevor ich die Augen aufschlug. Ich klammerte mich an eine letzte fadenscheinige Traumvorstellung und versuchte an ihr entlang wieder in den Schlaf zu finden, doch je krampfhafter ich daran festhielt, desto schneller gelangte ich an die Oberfläche. Es blieb mir nichts als ein lächerlich verquerer Gedanke, und ich musste mich, ob ich es wollte oder nicht, langsam anziehen, taumelnd und mit einem schalen Geschmack auf der Zunge.

*

»Jeni ist da.«

Ich öffnete die Tür zur Veranda und bat sie herein.

»Crăița feiert am Samstag ihren Geburtstag... Sie hat mir gesagt, ich sollte auch dir rechtzeitig Bescheid sagen...«

»Kommt Mihai auch?«, fragte ich, sobald Mutter die Küche verlassen hatte.

Als Jeni nickte, fiel mir wieder der Staub in den Nasenlöchern ein und die endlose, im Sonnenlicht gleißende Straße, die wie Spielzeug darüber hingleitenden vielfarbigen Autos, die dürren Disteln am Straßenrand, wo eine alte Bäuerin, deren schwarze Fußsohlen unter den faltigen Röcken hervorsahen, reglos neben einem Haufen Melonen saß. Es war eine Unruhe, fast schon ein Schmerz.

»Nein, lass es gut sein, es hat keinen Sinn – ich habe dir doch gesagt, es ist mir egal.«

Vielleicht war es ja auch wirklich so, nur der Gedanke, in dem nichts mehr mitschwang, kehrte reflexartig immer wieder. Woran sollte ich auch denken, während ich mit dem heißen Eisen die feuchtklamme Wäsche bügelte? Der Geruch von Sauberkeit und Seife mischte sich mit dem Dampf des Bügeleisens, und ich bekam Kopfschmerzen, mir wurde zunehmend übel. Es gab nur Geräusche, das Klirren der Teller und Gabeln, die für das Abendessen aufgedeckt wurden, das Rascheln der Papiere, in denen Onkel Ion blätterte, und das Knarren des Fußbodens unter seinem wippenden Fuß, das verhaltene Krächzen des leise gedrehten Radios, *Voice of America*, und die Zeitansage. Der Gedanke an Mihai kam trübe auf wie eine lästige Gewohnheit, dann lief ich, von geheimer Angst getrieben, zum Spiegel und betrachtete mich einige Augenblicke mit aller Bösartigkeit, die ich aufbringen konnte. Wie viel älter war ich geworden? Wer würde mich denn noch »ansehen«?

»Kommt ihr essen?«, rief Mutter und ging wieder in die Küche.

Ich spürte, dass ich die anderen überhaupt nicht mehr sehen wollte, und sagte mir, dass es von nun an immer so sein würde, das Weinen wand sich in meiner Kehle wie ein fremdartiges Tier, ich klaute ein paar Zigaretten aus dem Nachtschränkchen des Onkels und ging hinaus. Irgendwo lehnte ich mich an eine Mauer, die noch warm war, hörte den Zug, der gerade durch die nahe liegende Station fuhr, und die Rabauken des Viertels schossen auf Fahrrädern an mir vorbei. Ich weinte, endlich weinte ich und ließ die Tränen im Gehen auf meine Bluse und auf den Asphalt tropfen. Ein Paar kam vorüber, sie sprachen leise miteinander, um nicht das auf den Schultern eingenickte Kind zu wecken, ich wäre gern stehen geblieben, wusste aber nicht wo.

»Psst, psst«, zischte ein schwarzer Schatten, der sich hinter einem Baum versteckt hielt.

Ich erschrak, rannte los, und der Widerhall meines Laufschritts erschreckte mich umso mehr.

Die Angst ließ mich erschöpft an der Ecke zum Boulevard innehalten, ich suchte nach meinem Leid und konnte es kaum finden, und der Junge, der mich um Feuer bat, versuchte mich unbeholfen mit tröstenden Worten anzubaggern. Ich schwieg, denn jetzt war die Erinnerung erträglich, sogar angenehm, ich wollte mir die Augen trocknen und die Nase putzen, aber ich hatte das Taschentuch zu Hause vergessen. Schließlich gab er auf, und ich ging allein weiter. Ich warf den Kopf in den Nacken, die Linde am Tor reckte ihre blätterschwere Krone zum Himmel, und ich fühlte mich immer besser, so allein. Im Fenster unseres Schlafzimmers war noch Licht.

Am Ende arbeitet Onkel Ion immer noch, sagte ich mir, öffnete die Küchentür und begann nach etwas Essbarem zu stöbern.

Kapitel VIII

Wie konnte Onkel Ion bloß immer weiterarbeiten, ohne sich darum zu scheren, dass nichts dabei herauskam, und ohne darunter zu leiden? Das fragte ich mich später, als ich ihn zu verstehen meinte, wobei ich mir sein Leid seltsamerweise gar nicht mehr vergegenwärtigen und zu eigen machen konnte, soviel ich auch in meinen Erinnerungen wühlte. Hatte ich ihn so wenig wahrgenommen, obwohl ich ihm damals so nahe gewesen war? Steckte hinter seinen Gesten wirklich nichts als die resignierte Ergebenheit, an die ich immer denken musste? ... Vielleicht meinte er ja, ich hätte sein Erfolg sein sollen. Und schwieg deshalb, grau im Gesicht vor verhaltenem Ärger, wenn ich vor dem Spiegel hockte, während Mutter, die Böses ahnte und deshalb seinem Blick auswich, über die abgetretene Schwelle der Sommerküche kam. Zu Jeni, die auf der Veranda auf mich wartete, sagte sie: »Seht zu, dass ihr euch nicht wieder verspätet ...« Dabei betrachtete sie abschätzig Jenis nahtlose Nylonstrümpfe, wie sie damals aufkamen, und den neuen geblümten Seidenschal, der siebzig Lei gekostet hatte ...

»Schneller, sonst läuft euch der Korso noch davon«, brummte Onkel Ion über die Schulter, wenn er mit schlurfenden Pantoffeln die Treppen hinab zum Tisch im Hof ging, einen Stoß Exzerpte in der einen und den dampfenden Kaffeepott in der anderen Hand.

Unter dem verkrüppelten Birnbaum mit den wächsernen

Blättern verweilte er dann in der Stille, die sich nach dem Krachen des ins Schloss fallenden Tores ausbreitete. Dort an dem auf seinen ungleichen Beinen wackelnden Tisch trank er seinen Kaffee bis zur Neige und sog an der Zigarette, den Blick starr auf den rostigen Maschendraht des Geflügelhofs und die krummen Pflaumenbäume gerichtet, die im Abendlicht einer nach dem anderen bläulich zu schimmern begannen. Wenn dann aus dem Haus die Stimme des Nachbarn drang, der sich mit seiner Frau stritt, ging er zu Mutter in die Küche, und gemeinsam säuberten sie den Spinat und die Brennnesseln. Die Sorgen und Nöte der letzten Jahre hatten dazu geführt, dass die beiden versöhnlich an den Anfang ihres Lebens und an das unbekannte Leben ihrer Eltern zurückdachten. Meistens aber widmete Onkel Ion sich in diesen Stunden hingebungsvoll seinen eng und sauber beschriebenen Seiten, die mit jedem Tag, der unmerklich verstrich, zusehends vergilbten. Drei Aufsätze hatte er daraus gemacht, die in den Sitzungen des örtlichen Kulturkreises gelobt worden waren, und er hatte eingewilligt, dass auch der neue Direktor seinen Namen daruntersetzte, der mit seinen Beziehungen zu der Bukarester Fachzeitschrift protzte, wo er sie veröffentlichen würde.

Ich suchte die Aufsätze in den ersten Monaten meines Studiums hoffnungsvoll mehrere Abende lang bis spät in der Fakultätsbibliothek, aber natürlich fand ich sie in keiner der Zeitschriften.

So saß Onkel Ion denn weiterhin an dem Tisch im Hof und ordnete seine Notizen, sorgfältig und unsicher. Dann und wann fügte er noch etwas hinzu, was er gerade gelesen hatte, dabei zündete er, ohne es zu merken, eine Zigarette an der anderen an und wippte unablässig mit dem Fuß.

In seltenen Augenblicken aber, möglicherweise an irgendeinem jener Nachmittage, an denen er aufs Arbeiten verzichtete, wir zu dritt die Stadt hinter uns ließen und auf das morastige, unter den Schritten schmatzende Stoppelfeld hinausgingen, wenn er an einem seichten Teich stehen blieb, wo auf samten schlammigem Grund schwarze Kaulquappen wuselten, und die aufkommende Frühlingsluft witterte, muss er gespürt haben, wie seine Jahre dahindämmerten. Denn er verharrte dann auf der Stelle und bohrte die Schuhspitze in das feuchte Loch, in dem der gerade weggerollte Stein gelegen hatte und aus dem die Ameisen in orientierungslosen dünnen Reihen kopflos in alle Richtungen ausschwärmten. Vielleicht versuchte er dann in Gedanken, sich von den Seiten, die er mit ängstlich übertriebener Sorgfalt immer wieder umschrieb, zu lösen, wie man von dem rostfleckigen Spiegel in der Küche zurücktritt, wenn man sich, peinlich berührt, darin wiedererkannt hat.

*

»Wie kannst du dem auch deine Arbeit von Jahren geben«, fragte ihn Mutter, wobei sie ärgerlich den Kopf herumwarf und ihn ansah. »Wieso lässt du ihn die Artikel mit unterzeichnen, die du erarbeitet hast?«

Wir kamen gerade vom Sonntagsspaziergang nach Hause. Den verstörenden Gefängnisbau hatten wir hinter uns gelassen. An der endlosen Friedhofsmauer flimmerte das noch warme Sonnenlicht, die Marmorkreuze und die spitzen Dächer der Familiengrüfte und die Alleen, in denen die Tauben turtelten, waren verschattet. Am großen, weit offenen Tor zeichneten sich in der feuchten Erde tiefe Radspuren ab, am Zaun häufte sich trockenes Reisig vom Vorjahr und welkes Unkraut von den zum Frühjahr frisch bepflanzten Gräbern. Ich betrat den Friedhof nur einmal im Jahr, wenn wir im Klassenverband Blumen am Denkmal der Sowjetsoldaten niederlegten. Unsere Toten waren nicht hier, deshalb blickte ich gleichgültig über die weiße Mauer. Auch Tante Ştefi hatten sie in ein etwa 40 Kilometer entferntes Dorf gebracht, wo die Ihren alle lagen und wo noch eine Schwester von ihr wohnte.

»Was soll ich allein denn damit anfangen?«, fragte Onkel Ion müde und bückte sich schwerfällig, um einen Schnürsenkel zuzubinden. Sein krampfhaft gebeugter Kopf lief blau an vor Anstrengung. »Du weißt doch, jetzt werden die Jungen gefördert, was brauche ich denn noch, der ich kurz vor der Rente stehe?«

»Das ist ja wohl ein Witz«, fuhr ich dazwischen und blieb ebenfalls stehen. Von hier oben gesehen, erstrahlte die Stadt weiß, als hätte der Regen sie reingewaschen. Der grüne Fleck da unten war der Crâng, der Stadtwald, in einer Ecke machte ich den grell gestrichenen Turm unserer Kirche aus, mittendrin das Postamt und das neue Theater und weiter hinten, noch eingerüstet, die neuen Wohnblocks der Stadt. »Halt die Vorträge doch selbst, hast denn nicht du gesagt, dieser Mirescu taugt höchstens für Sitzungsreden?«

Er hatte sich wieder aufgerichtet und sah mit einem unschlüssigen Lächeln in den Mundwinkeln um sich. Im Licht erschien das Weiß seiner Augäpfel gelblich, seine großen, mit ergrauten Büscheln behaarten Hände hatte er auf dem Rücken verschränkt.

»Wenn man jemandem etwas Gutes tun kann«, setzte er an, mir zu antworten, dann wandte er sich Mutter zu, und seine erdfarbenen Züge strafften sich, die gewohnten Falten wurden zu tiefen Furchen. »Weißt du, was es heißt«, sagte er, »weißt du, was es heißt, das alles im Kopf zu haben und es nur mit sich selbst herumzutragen?«

*

Dass die Vermieter zu Hause waren, erkannte ich an Onkel Ions Schritten, die unvermittelt in ein Schleichen übergingen, als zögen ihn die schweren Kleider zur Erde hinab. Nur die familientypisch breiten Kiefer verkrampften sich, er biss die schadhaften, vom Tabak und von der Zeit angegilbten Zähne zusammen. »Guten Tag«, grüßte er den Vermieter und zog die Tür achtsam und geräuschlos hinter sich zu. Mit dem neutralen Tonfall und der bemühten Korrektheit, mit der er die Laute aneinanderreihte, versuchte er nicht nur die Furcht zu überspielen, dahinter steckte auch Empörung und Verdruss über die erzwungene Hausgemeinschaft.

»Nimm jeden, wie er ist, erwarte nicht dauernd, dass die anderen tun, was du möchtest«, hatte er zu Mutter gesagt, während er die korrigierten Klassenarbeiten eine nach der anderen in der Aktentasche verstaute. »Und wenn du merkst, dass sie auf Streit aus sind, geh ihnen lieber aus dem Weg.«

»Aber was tu ich denen denn, ich putze hinter ihnen her, sogar das Klo… Siehst du denn nicht, dass der Kerl mich wegen allem und jedem anbrüllt? Unser Geflügel hätte ihn morgens geweckt, ich hätte die Stromrechnung nicht bezahlt, und es wären nur noch drei Tage, bis die kommen… Und wenn er nichts mehr hat, was er mir vorwerfen kann, fragt er, wieso wir nicht endlich weg sind, ob wir denn darauf warten würden, dass er mit einem Papier vom Rathaus kommt und uns rausschmeißt ...«

Während sie das sagte, hatte Mutter die Schranktür geöffnet und wühlte in den darin gestapelten Sachen. Sie suchte etwas, wusste aber nicht mehr, was. Plötzlich machte sie auf dem Absatz kehrt, sah ihn mit funkelnden Augen an und sagte mit merkwürdiger, beinahe triumphierender Stimme: »Du wirst schon sehen, der motzt dich auch noch an! Ich wundere mich schon, dass es so lange dauert, aber du weißt, einmal im Monat kriegt er seinen Rappel ...«

*

»Guten Tag«, gab der junge Vermieter den Gruß zurück, während er mit abschätzigen Blicken die Flickenteppiche im Eingang musterte, die Mutter immer mit der Bürste auf dem Waschbrett im Hof sauber schrubbte. Er schlenderte zu seiner eigenen Tür und legte die Hand auf die Klinke, ohne sie hinunterzudrücken. Eine Weile stand er reglos da und brummte dann, ohne sich umzusehen: »Wir waren doch wohl anders verblieben ...«

Jetzt erst wandte er sich Onkel Ion zu, und man sah, dass er rundlich geworden war wie Männer, die seit geraumer Zeit verheiratet sind, so dass der Hosenbund viel zu hoch saß.

»Wieso das denn, Herr Ingenieur?«, entgegnete der Onkel. An den langen Pausen merkte ich, dass er sich zwang, nicht die Stimme zu heben. Er stand ebenfalls auf und schloss die Tür zu unserm Schlafzimmer, dabei warf er einen bekümmerten Blick auf die Papiere, die auf dem Tisch herumlagen.

»Ihr hattet doch gesagt, ihr zieht aus. Andere kümmern sich und suchen, aber ihr ...« Pârvulescu warf den Kopf in den Nacken, sein Gesicht war jetzt rot angelaufen vor Wut oder von dem Schnaps, den er in der Küche getrunken hatte. »Ihr habt offenbar gar nicht im Sinn, auszuziehen. Ihr meint wohl, wenn mein Schwiegervater ein Blödmann war und euch hier aufgenommen hat, wo ihr doch sonstwo hingehört, hätte er nur ein Wort gesagt an der richtigen Stelle...« Seine heisere Stimme wurde immer rauer, bis er unvermittelt zu brüllen begann: »Was glaubt ihr denn, wie lange ich euch noch in meinem Haus ertrage? Nun, ich sag's euch, dass ihr's wisst, ich hab eine Lösung, ich brauch bloß den Mund aufmachen, und schon seid ihr auf der Straße mit eurem Kram und rauft euch die Haare, dass ihr nicht freiwillig gegangen seid...«

Aus dem Zimmer der Vermieter hörte man Schritte und dann nichts mehr, ich wusste, es war Cornelia, die näher gekommen war und nun an der Tür lauschte.

»Was sind das denn für Reden, Herr Ingenieur«, mahnte der Onkel. Seine Worte gingen im Gebrüll des anderen unter, dessen Gesicht mit den breiten Kiefern immer dunkler anlief, während er seinen schweren, in mühsamer Selbstbeherrschung bebenden Leib gegen unseren schiefen Türstock lehnte. »Was sind das denn für Reden, Herr Ingenieur – redet man so miteinander...«

Der Vermieter hielt schnaufend inne und starrte ihn mit blutunterlaufenen Augen an. Vom Kleiderhaken aus, wo ich stehen geblieben war, fixierte ich seinen kahlen Schädel mit den flaumigen Härchen... Onkel Ion schwieg ebenfalls, verstört. In seinen Worten, die er nur halbherzig ausgesprochen hatte, erkannte er die Redeweise des anderen, er hatte sie in seiner Erregung übernommen, ohne es zu merken. Durch das Sprechen war es ihm nicht gelungen, seiner Wut Luft zu machen, sie zuckte fort in seinen müden Schläfen, während er die behaarten Fäuste dagegenpresste, dass das Blut aus ihnen wich. Eine schwere Fliege mit grünlich schimmernden Flügeln flog heftig summend gegen die verdunkelten Wände des Flurs an. Alle drei verfolgten wir ihren Flug bis zu den matten Scheiben des Fensters, das auf die Veranda ging. Dumpf prallte sie dagegen, summte noch durchdringender und nahm ihren Irrflug durch das Zimmer wieder auf.

»Als ich euch hier aufgenommen hab, auch noch die Schwester mit dem Mädel, da ist euch nicht durch den Kopf gegangen, dass die Familien von Volksfeinden nix zu suchen haben in den Häusern von Leuten ...«

»Erst einmal: Uns aufgenommen haben nicht Sie«, sagte der Onkel.

Aber der andere brüllte ihn sofort nieder, und das Gesumm der Fliege, die gegen das Fenster und gegen die Wände prallte, steigerte sich zur gleichen Lautstärke wie das Gebrüll des Vermieters. Da konnte es der Onkel nicht mehr ertragen, ging hin und öffnete die Tür zur Veranda. Er wartete, dass sie hinausflog und dass der andere zum Ende kam, seine Lippen verzerrt vor Müdigkeit und Überdruss. Aber bei jedem unbeholfenen Anflug verfehlte der Brummer die enge Öffnung, prallte gegen das Fenster und flog zurück, bis es dem Onkel plötzlich aufging, dass die Tür zum Hof offen stand und die Nachbarn wieder einmal den ganzen Streit mitkriegten. Da verlor er die Geduld, griff nach einem Handtuch, das am Kleiderhaken vergessen worden war, und fuchtelte zaghaft damit herum. Die Nachtluft draußen wurde kühler, vielleicht zog es die Fliege deshalb nicht hinaus, und sie prallte weiter gegen das Fenster, das alles Licht auf sich vereinte.

»Aber ich red ja immer wie gegen eine Wand, ihr habt ja

andere Sorgen...« Der junge Vermieter hielt unschlüssig inne, vergrub eine Hand in der Hosentasche und klimperte dort mit dem Kleingeld, während sein Bauch das Hemd blähte. Er schien seinen Vorrat an Gebrüll aufgebraucht zu haben, dafür lutschte er mit hektisch zuckenden Mundwinkeln an seinen Zähnen.

»Sie reden, aber genauso wie immer...« Onkel Ion ließ das Handtuch sinken, seine Stimme war fester geworden. Zwar warf Pârvulescu, der die Veränderung nicht mitbekam oder müde geworden war, hin und wieder etwas ein, wurde aber stiller und hörte zu, wenn er dabei auch das Gesicht verzog und mit den Schultern zuckte.

»Erstens haben nicht Sie uns hier aufgenommen, Sie waren damals ja noch gar nicht in der Stadt... Bestimmt hat Ihr Schwiegervater Ihnen gesagt, was er uns so viele Male versprochen hat, dass man uns in Ruhe lassen wird, auch wenn Cornelia geheiratet hat... Nun, vielleicht ist es jetzt anders, Sie sind der Vermieter...«

»Ach, hört doch endlich auf, und du komm essen, soll ich denn die ganze Nacht mit dem gedeckten Tisch warten?«, sagte Mutter, die bei seinen letzten Worten hinzukam.

Endlich zog sich der Vermieter in sein Zimmer zurück, aus dem die Schreie des kleinen Sorin zu hören waren und Cornelia, die ihn mit »Schu-schu-schu« auf den Knien wiegte, wie er es gewöhnt war.

»Ja, ich komme sofort«, antwortete der Onkel. Mit einer neutralen Stimmlage suchte er den Abstand wiederzugewinnen, der ihm noch eine Weile zur Verteidigung dienen würde. Mit geschlossenem Mund atmete er tief, ganz tief durch, dann grub er in seinen Taschen nach Zigaretten und Streichhölzern. Auf der Veranda blieb er vor den drei Stufen stehen, die zur Küche hinabführten, und tastete mit den grobknochigen Händen die raue Mauer ab, dann und wann hustete er röchelnd und spuckte weit auf den Hof hinaus. Wahrscheinlich hatte er eine Vorahnung der schlaflosen Nacht, in der seine Sätze, von Ohnmacht vergiftet, ihn wieder einholen würden. Vielleicht wollte er den Nachgeschmack von Überdruss und Bedauern loswerden, der auch bei der rechtschaffensten Verteidigung zurückbleibt. Vor allem widerte ihn dieses trübe Gemisch aus vereinzelten Wahrheiten an, mit denen beide Seiten auf ihrem Recht bestanden. Von überall strömte die feuchtlebendige Dunkelheit der Frühlingsnacht auf ihn ein, das gefleckte Weiß der blühenden Bäume und das herrische Strahlen des Abendsterns. Gegenüber heulte wieder der Hund, und ein LKW hielt mit rasselndem Keuchen.

»Worauf wartest du noch!«, rief Mutter.

Onkel Ion warf die gerade angerauchte Zigarette weg, und beim Betreten der Küche muss er sich gesagt haben, dass auch dieser freie Nachmittag, auf den er seit einer Woche gewartet hatte, weil er schreiben wollte, zum Teufel war.

*

Hasste Onkel Ion die Vermieter damals genauso wie ich, oder gar so heftig wie Mutter? Denn der Hass, habe ich mir später gedacht, wächst wie die Liebe. Worte und Gesten, die man irgendwann geschluckt hat, kommen immer wieder hoch, voller Ressentiments und verzerrt, man weiß nicht mehr, wie sie waren, wie man die Tage vor der Liebe nicht mehr erinnert. Damals habe ich noch nicht geliebt, sagt man sich verwundert, und keine Schwelle kennzeichnet den wundersamen Augenblick, wenn die Wangen zu glühen und die

Knie zu zittern beginnen vor Liebe oder Hass... Deshalb habe ich mich später gefragt, ob er sie auch gehasst hat, und ich glaube es genauso wenig, wie ich glaube, dass ihn irgendwann die Liebe gepackt hat. Es wäre (denke ich jetzt) für einen unschlüssigen Charakter wie den seinen – für ein Leben jenseits der Mitte, resigniert und angepasst – eine zu große Anstrengung gewesen.

Deshalb glaube ich, er hat auch den Vermieter nicht gehasst, noch nicht einmal im letzten Jahr, als ihn das Gezänk so zur Verzweiflung trieb, dass er mit uns das Haus verließ. Allerdings blieb er dann, keuchend vor Erregung, in den abgelegenen Gassen, in die es uns verschlagen hatte, stehen und betrachtete wehmütig die Ziegelhaufen, die von den abgerissenen Häusern übrig geblieben waren. Neben der im Schutt festgefahrenen Planierraupe stand noch eine Mauer mit merkwürdigen Umrissen. Der grellblaue Anstrich mit abgewetzten Blumenornamenten strahlte eine verschämte Intimität aus, die nicht zu den weißen Mauern nebenan passte. Eine dürre Zigeunerin ging vorüber, die einen Balken auf der Schulter trug. Sie wandte den schief von der Last weggereckten Kopf dem Mann zu, der hinter ihr ging, den speckigen Hut tief in die Augen gezogen, mit schwarzen Fingern die zerdrückte Kippe zwischen die Lippen schiebend.

Hier war die Stadt zu Ende, das Gras überwucherte stachlig und warm den Weg, die LKWS wirbelten Staubwolken auf, die gar nicht mehr zur Ruhe kamen. An den schiefen Lattenzäunen blätterte der Kalk, von Weitem erinnerte ihr Weiß an improvisierte Sanitärinstallationen. Eine Bude mit einem handtellergroßen Fenster, darüber das Firmenschild GOGU'S FRISEURLADEN, Gewerbegenehmigung Nr. 17875. In den Höfen Zwiebelbeete und gelbe Narzissen.

»Hier war ich nicht mehr seit der Alphabetisierungskampagne«, sagte der Onkel.

Neben dem Brunnen am Weg verschnaufte eine füllige Frau neben ihren Eimern. Das vorne geknöpfte, hie und da fleckige geblümte Kleid spannte über ihrem runden Bauch.

Der verhangene Sonntagshimmel sandte warme, regenverheißende Luft auf die Dächer herab. Die Schlange an der Sodawasseranlage zog sich aus dem kleinen Laden die Treppe herunter bis auf den Gehsteig. Wir waren fast in der Stadtmitte. Vor der Konditorei an der Ecke hingen die Jungs am Geländer, grüßten Onkel Ion in vielstimmig wirrem Chor, einige beeilten sich, ihre Zigaretten zu verstecken. Im Gehen beobachtete ich ihn aus den Augenwinkeln, seine Wut schien einer müden Gleichgültigkeit gewichen zu sein.

»Iss gefälligst nicht mehr auf der Straße«, sagte er unvermittelt mit strengem Blick auf die Tüte Kirschen, aus der ich verstohlen naschte. »Und pass auf, da fehlt ein Knopf, nein, nicht dort, am rechten Ärmel... Wieso lachst du, da gibt es nichts zu lachen, du bist schließlich nicht allein auf der Welt. Meinst du denn, du kannst im Leben machen, was du willst?«

»Ja«, antwortete ich und hielt seinem Blick mit einem frechen Grinsen stand.

Darauf sagte er nichts mehr, sah nur hin und wieder im Gehen zu mir herüber, missbilligend und resigniert. Nach einer Weile hatte er wieder alles vergessen, er erzählte mir etwas, und ich wunderte mich über seine Schülerinnen, die vom Kino zum Internat marschierten. Sie gingen eingehakt zu viert oder zu fünft, und ihre straff geflochtenen Zöpfe, die nur drei glänzende Löckchen über den pickligen Stirnen freigaben, peitschten ihre Rücken. Die breiten Knie steckten in weißen Baumwollstrümpfen, und ihre rundlichen Körper reckten sich in der Stadtluft. Sie grüßten ihn mit einem halben Lächeln und nahmen mich in Augenschein, ihre Blicke strichen über mein Gesicht. Auch als wir schon vorüber waren, spürte ich, wie ihre Augen sich an meine Fersen hefteten.

*

»Ich hatte gestern Inspektion«, sagte Onkel Ion und rückte seinen Stuhl vom Gasherd weg, der ihm im Rücken brannte. Während des Essens redete er in einem fort. Nur wenn er sich Wasser eingoss, hielt er inne, krampfhaft darauf bedacht, nichts zu verschütten. »Seit die Brigade der Inspektoren in der Schule ist, war ich mir sicher, dass sie bei mir hereinschneien werden. Als die dann weg waren, hat der Direktor mir ja auch gesagt, auf Sie verlasse ich mich immer, wenn es schwierig wird ...«

»Ach ja, klar doch«, sagte Mutter beim Abräumen. »Jaaa, sicher, kostet ihn ja nichts, wenn er das sagt, aber das Gehalt ...«

»Lass doch«, der Onkel reckte sich behaglich und legte den Kopf auf die Stuhllehne, »lass gut sein, ich bin halt außen vor ...«

»Du kannst nicht fordern«, sagte Mutter unzufrieden und bückte sich mit einem Lappen in der Hand, um die Backröhre zu öffnen. »Schau mal, jetzt, wo sie den Mirescu zum Inspektor gemacht haben, könntest du doch verlangen, dass man dich näher an deinen Wohnort versetzt.«

»Tja ...«, sagte der Onkel. Er versuchte, die Korkkrümel mit einem Zahnstocher aus dem Weinglas zu fischen. Das gelang ihm nicht, er führte es so zum Mund. »Geht auch so«, sagte er, als hätte er sie nicht gehört.

»Du hast den ganzen Mauerputz am Ärmel…« Mutter musterte ihn weiterhin abschätzig.

Aber seine Augen funkelten schon, und er klopfte linkisch die andere Schulter ab, während er durch das schmale Fenster den vor lauter warmer Nachmittagssonne farblosen Himmel betrachtete, der von Kindergeschrei und Hühnergackern erfüllt war. Seine fleischigen Wangen waren tief gefurcht, die fröhlichen Augen von Falten umkränzt. »Lass mal«, sagte er. »Gesund sollen wir sein, ansonsten haben wir eh nicht viel zu teilen auf Erden.«

Reichte ihm das für seinen Seelenfrieden, habe ich mich später gefragt, reichte es ihm zu wissen, dass er der beste und am ungerechtesten eingestufte Lehrer der Schule war? Er lebte nämlich, als hätte er noch ein Leben zu erwarten nach diesem, das nun mal war, wie es war. In seinen Augen war nichts von der Unrast derer, die ihrem Erfolg hinterherliefen, er war nicht Tag für Tag krampfhaft darauf bedacht, zu erzwingen, was ihm versagt geblieben war. Er erwartete die gleiche Wiederkehr zu jeder Stunde nach bekanntem Muster und hatte seine Freude an den Gewohnheiten, an denen er unbeirrt festhielt. Unscheinbar, mit einem genügsamen Lächeln, fristete er sein Dasein unter Leuten und Geschehnissen, aber hatte er, so habe ich mich gefragt, nie mehr gewollt als das?

Kapitel IX

Ich hasse Sonntage«, sagte Mutter und legte ihre Handtasche aus knittrigem braunem Kunstleder an der gewohnten Stelle ab. Samstags kam sie immer später von der Arbeit. Sie schlenderte den Weg entlang, weil sie wusste, dass sie sich nicht mehr beeilen musste. Von jetzt an flossen die Stunden unmerklich über in den nächsten Tag. »Ja«, sagte sie und bückte sich, um noch ein paar Kohlen in den Ofen zu schieben. »Wir hatten vier Zimmer, und du warst gerade erst geboren ...« Sie nahm ihre Arbeit auf, und ihre Hände bewegten sich so flink, dass ich ihnen gar nicht folgen konnte. »Unsere Magd trug einen Hut, wenn sie samstagsabends ausging ...«
Ich lachte laut auf.

»Lach nicht so blöd ... Ich hatte ihr ein paar von meinen alten gegeben. Denn man konnte nicht in die Stadt gehen ohne Hut, und selbst im Sommer nicht ohne Handschuhe und Strümpfe ... Wären die Zeiten anders, hätten wir dich aufs Notre-Dame geschickt.«

»War's dort gemischt?« Ich war heilfroh, dass ich jene »anderen Zeiten« nicht erlebt hatte: Mihai hätte ich damals bestimmt nicht kennengelernt.

»Nur Unsinn hast du im Kopf«, sagte Mutter ärgerlich. Ihr Gesicht wurde mit jedem Tag verhärmter, ihre Lippen immer schmaler und bleicher. In letzter Zeit trennte sie Schals aus Kunstwolle auf und strickte daraus Pullover, die sie dann auf der Arbeit an Kolleginnen verkaufte.

»An Zenovia erinnere ich mich noch...« Ich wollte sie begütigen: An Notre-Dame war ich ja vorbei- und just zu dem Zeitpunkt aufs Gymnasium gekommen, als die gemischten Schulen gesetzlich festgeschrieben wurden.

»Du erinnerst dich an sie?« In ihrer Stimme klang Freude mit, dass sie dorthin zurückkehren und darüber sprechen konnte.

Ob sie sich immer an dasselbe erinnerte, oder ob das alles war, was nach jahrelangem Zusammenleben blieb? Jedenfalls schwieg ich und stopfte über dem hölzernen Pilz den Strumpf des Onkels an der Ferse. Ich nahm mit der Nadel eine Masche auf und versuchte sie mit der gegenüberliegenden zu verbinden, zerrte dabei aber zu heftig daran, so dass das Loch sich zusammenzog.

»Trenn auf und fang noch mal an«, sagte Mutter. »Zenovia? Du warst noch keine vier, als sie von uns wegging, um zu heiraten ... Nein, sie war noch bei uns zur Zeit der Dürre, sie sagte, wir sollten sie noch behalten, sie könne nirgends hin ... Als wir sie genommen haben, konnte sie nicht einmal richtig waschen, bei ihnen auf dem Dorf wurde am Fluss gewaschen, mit kaltem Wasser, und die ganze Wäsche wurde gestärkt.«

»War sie hübsch?«, fragte ich aufs Geratewohl.

»Sie war eine nette Bukowinerin«, antwortete Mutter und stockte, um flüsternd die Reihen abzuzählen. »Sie rieb ihre Kopfhaut mit Petroleum ein, aber darunter brüteten die Läuse, was hatte ich auch damit für einen Ärger, ich wollte ihr die Haare schneiden, aber sie ließ es nicht zu, samstags donnerte sie sich auf und ging auf Tour, sie war ständig aufs Feiern aus. Sie kam immer erst spät nach Hause, und dein Vater ärgerte sich darüber. Einmal hat er sogar das Tor abgeschlossen, aber diese Verrückte ist über den Zaun und durchs Fenster hereingeklettert. Ich fürchtete, du könntest von ihr auch Läuse bekommen, wenn ich mich recht entsinne, habe ich irgendwann auch in deinem Haar ein paar Nissen gefunden.«

Da erinnerte ich mich an den harten eisernen Kamm mit dichten Zähnen und wie ich nach jedem Bad weinte, bevor sie mir das Haar zu schweren Zöpfen flocht.

Die Gassen, in denen kaum noch Häuser standen, lagen immer öder in sonntäglicher Trägheit, die Sonne schien inständig bemüht, in die verstaubten Schaufenster und geschlossenen Fensterläden zu dringen. Nur gegen Mittag versammelten sich kleine Gruppen schwarzgekleideter Menschen an der Straßenecke, das waren die Adventisten. Ich beobachtete sie, begierig, etwas herauszufinden, konnte aber in ihren befriedigt in sich ruhenden Gesichtszügen keine besonderen Zeichen ausmachen. Immer seltener wurden Tore zugeschlagen, und von den übrig gebliebenen, weit auseinanderliegenden Höfen krähten sich die Hähne abwechselnd zu. Langsam geriet das dumpfe Schweigen wieder in Bewegung, und nur ich spürte, wie es im Gleichmaß der tickenden Pendeluhr im Vorzimmer dahinfloss.

Nein, Onkel Ion mochte die Ungeduld nicht, die mich sonntags gegen sechs packte. Sein Gesicht hinter der Brille wurde immer grauer, während er weiter am Katalog der aus der Schulbibliothek geliehenen Zeitschriftenkollektion arbeitete, wobei er aufs sorgfältigste die noch von niemandem gelesenen Seiten aufschnitt, als merkte er nicht, wie ich verstohlen mein gutes Kleid anzog. Als unsichere Mitwisserin sah Mutter von dem beinahe fertigen Pullover auf. An ihrer unbeteiligten Stimme erkannten wir beide mit der durch langes Zusammenleben geschulten Gewissheit ihr Bemühen, natürlich und gleichgültig zu wirken. »Lass sie doch mit den Mädchen in die Stadt gehen...«

Lange Sekunden, das Ticken der Uhr im Vorzimmer ging in mich über, dumpf spürte ich es in der Brust und an den Schläfen immer schneller werden. Wenn er dann brummte: »Schon wieder der Korso...«, dann wusste ich, dass ich springen und mir die Schuhe schnappen konnte.

Es kam aber vor, dass er seine Brille abnahm, sie in der Hand drehte, als wüsste er nichts damit anzufangen, und sich so aufregte, dass er sie ganz vergaß: »Deine Sache«, sagte er, »schließlich ist es deine Tochter, mach, was du willst, sie ist leichtsinnig, von ihr erwarte ich nichts anderes, du aber scheinst nicht zu wissen, auf welcher Welt wir leben...«

»Natürlich, immer ich, als würde ich sie schicken...« Mutters Stimme wurde unangenehm und klang plötzlich dermaßen schrill, dass ich jedes Mal, obwohl ich ja mit nichts anderem gerechnet hatte, zusammenzuckte. »Als wäre es mir nicht lieber, wenn sie hier bei uns bleibt! Wenn sie, sobald sie ihre Hausaufgaben erledigt hat, ein Buch zur Hand nimmt oder noch etwas im Haushalt tut, weil ich das alles nicht mehr geregelt kriege...«

»Ginge es nach euch, wäre ich ein Leben lang eingesperrt in diesem elenden Haus. Die anderen Mädels gehen tanzen und Schlittschuh laufen, die haben ja auch Eltern und ein Haus...«

»Hör einer an, was die jetzt für Sorgen hat«, sagte der Onkel, plötzlich besorgt um seine Brille, die er sanft auf dem Tisch ablegte. »Die Mädchen kriegen Stipendien, die sind nicht in deiner Lage, was weißt du denn, wie viele von den anderen, denen mit einer schlechten Akte, sich in der allgemeinen Aufnahmeprüfung bewerben werden...«

Jetzt war es aus, mit jedem weiteren Satz wurde die Chance geringer, dass ich noch weggehen durfte, aber ich wünschte es mir so sehr, dass ich es nicht wahrhaben wollte und mit einem Kloß im Hals auf das Schlagen der Penderuhr wartete.

»Statt unendlich dankbar zu sein, dass du im Lyzeum bleiben durftest, während so viele in deiner Lage relegiert worden sind, stellst du auch noch Ansprüche...«

Mit zitternden Händen warf Mutter den Pullover zur Seite. In den Redepausen zwischendurch war nur unser Atem zu hören. »Wenn du nicht den Makel deines Vaters als Stempel aufgedrückt bekommen hättest...«

»Als wäre das meine Schuld...« Plötzlich hatte ich Mitleid mit mir, meine Stimme versagte, und ich empfand es als peinlich, wie ich sie verbissen zwang, in mir ein Opfer zu sehen. Sie waren allerdings über die Maßen erhitzt und redeten gleichzeitig.

»Ihm das noch vorzuwerfen, wo er im Gefängnis sitzt und sie auf Tanzen und Spazierengehen aus ist... Selbst ein Fremder...«

Mutters Wort vom Makel hatte mich tief getroffen, ich spürte es im ganzen Körper ebenso wie die Wut, die mich würgte und die Antworten unterdrückte, die ich mir zurechtlegte. Erbost bäumte ich mich im Innersten auf, brachte aber in dem Schweigen zwischendurch nur einzelne Silben hervor.

»Was hat es aber für einen Sinn, es ihr vorzuwerfen? Sie erinnert sich doch kaum an ihn...«

Erleichtert vernahm ich die müde Stimme von Onkel Ion.

»Alle vergessen wir... Und was kann man schon verlangen von einem Kind? Jeder ist für sein Leben verantwortlich«, sagte er und sah Mutter streng an. »Auch daran hättest du denken sollen, als du von dort weggegangen bist...«

»Du weißt sehr wohl, dass ich das nicht mehr ertragen konnte, diese endlosen Gelage und das Pokerspiel bis zum Morgengrauen... Manchmal denke ich schon, ich wollte dieses Kind anders aufziehen, und wenn ich dann sehe, dass sie auch zu einem solchen Leben neigt...«

»Ach was, von wegen: sie neigt, du übertreibst«, sagte Onkel Ion.

Schuldbewusst ertrug ich seinen verständnisvollen Blick und rieb meine feuchten Hände an den Knien.

»In ihrem Alter ist es schwer, das alles zu verstehen, nicht mal ihr Vater hatte den Durchblick, und das war ein gestandener Mann...«

»Als ich geheiratet habe, da hast du was anderes gesagt!«, warf Mutter ein. »Ihr wart beide begeistert, du und Biță, er sei eine gute Partie! ›Die stehen weit über uns, das ist sicher‹, hast du zu mir gesagt.«

»Andere Zeiten, andere Sitten«, sagte er entschuldigend in meine Richtung.

Seinen unsteten Blick mochte ich nicht, hat er sich denn seither verändert, fragte ich mich, oder weicht er mir aus?

»Außerdem haben wir uns für dich gefreut, woher sollte man wissen, welchen Lauf die Dinge im Leben nehmen würden...«

»Was war, ist vorbei« sagte Mutter und biss sich auf die schmalen Lippen. »Wenn Victor jetzt rauskommt« – dabei schossen ihr wieder Tränen in die vor Erbitterung funkelnden Augen –, »wenn er rauskommt, dann kommt er her, dann geht er nicht zu den Seinen... Er hat keinen Grund, zu denen zu gehen... Auch damals hätten wir uns nicht getrennt, wenn seine Familie nicht gewesen wäre, ich kenne ihn ... Wenn er gesagt hat, er kehrt zurück und es wird alles anders, dann wird das auch so kommen ...«

Sie stand reglos da mit geschwollenen Augen und geröteter Nase, die sie dann und wann hochzog. Ich sah sie immer noch feindselig an, ohne jede Spur von Mitleid. Vielleicht war es mein jugendlicher Leichtsinn oder Wunschdenken, aber ich wollte nicht glauben, dass verzeihende Treue in der Liebe auch so aussehen kann.

*

»Ja«, rief der Onkel, »herein ... Ja, herein.« Er hatte als Erster das Klopfen an der Tür gehört. Alle ahnten wir jetzt, wer es sein konnte, wer bis zur Schwelle gekommen war und jetzt unschlüssig, ob er gehen sollte, weiter mit zögerlichen klobigen Fingern von außen gegen das Holz klopfte.

»Wir haben dich doch hereingerufen«, sagte Mutter, presste die Hände gegen die erhitzten Wangen und lehnte sich an die offene Tür.

»Küss die Hand«, sagte die Gestalt. Und schwieg. Aus dem Gesicht ragten eine fleischige Männernase und allzu lange, stachlige weiße Haare aus den Brauen, die sich über den Augenhöhlen bauschten.

»Ich bin hier vorbeigekommen und hab von der Straße Licht gesehen«, murmelte sie heiser und vergrub jetzt erst, im Warmen, die bläulich angelaufenen steifen Hände im Pelz. »Und da hab ich mir gesagt, Ihr seid wohl zu Hause ... Ich hab auch an der Außentür eine Weile geklopft, aber das hört man wohl nicht ...«

»Nein, das hört man nicht, weißt du doch!«, antwortete

Mutter, nahm eine Jacke vom Haken und legte sie sich um die Schultern. »Komm«, sagte sie, »komm mit in die Küche, ich muss eh etwas für morgen vorbereiten.«

Die Alte setzte sich auf meinen Stuhl an der Wand und strich dauernd ihre fleckigen Rockschöße glatt. Sie stank nach altem Urin und Schnaps, mit den rissigen Fingern, deren holzig geriffelte, schwarz geränderte Nägel tief ins Fleisch eingewachsen waren, schob sie ihr graues Haar unters Kopftuch zurück, das sie straff unter dem Kinn verknotet hatte.

»Zieh doch etwas aus, sonst ist dir kalt, wenn du rausgehst…«

Die blauen Gasflammen des Herdes versetzten die Luft im Raum unmerklich in Wallung, nur die Wände fühlten sich immer noch kalt an, wenn man die Hand an den rauen Kalkanstrich mit eingetrockneten Pinselhaaren legte. Die Besucherin streifte den speckigen Pelz ab und zögerte minutenlang, ihn irgendwo hinzulegen. Sie behielt ihn schließlich auf den Knien und hustete, wobei sie sich die schmalen, eingefallenen Lippen mit zwei Fingern zuhielt.

»Trinkst du einen Schnaps?«, fragte Mutter. Sie öffnete das Schränkchen und goss ihr in die kleine Tasse aus gebranntem Lehm ein, aus der wir nicht trinken durften. »Lass die«, sagte Mutter immer, »die ist für die Niculina.«

»Oder hast du schon getrunken?« Sie hatte jetzt die Stimme, mit der sie mich empfing, wenn ich spät vom Korso kam.

Niculina antwortete nicht und hielt ihrem Blick mit gehorsam und unsicher blinzelnden Augen stand.

»Wart mal, dann gebe ich dir vorher etwas zu essen.« Mutter legte ihr einen Kanten Brot und Käse auf einen Teller. »Und was hast du gestern gemacht?«

»Na, putzen war ich bei der Derekterin«, sagte sie kauend. »Sie hat gesagt, ich soll früh kommen und bis Mittag fertig sein, wenn der Herr Oberst nach Hause kommt...«

»Hat sie dir das Geld fürs letzte Mal gegeben?«

»Fürs letzte Mal hat sie's mir gegeben, aber diesmal, hat sie gesagt, soll ich noch warten.«

»Du bist immer da, wenn sie ruft, und die haben Geld wie Heu. Du siehst doch, dass sie ersticken im Luxus«, sagte Mutter.

»So isses, und was die nicht alles im Haus hat... Aber was soll ich tun, gnä' Frau«, seufzte sie. Und fuhr sich mit der rauen Hand, in der die Lebenslinien schwarz eingeprägt waren, über das von der Wärme gerötete Gesicht. »Was soll ich denn tun, man sagt eh immer, Jüngere sollen ran.«

»Wer sagt das, davon habe ich nichts gehört«, sagte Mutter.

»Es heißt, auf der Sitzung, da haben welche gesagt...« Die Alte riss einen Brocken vom Brot und schob ihn mit allen Fingern in den Mund. »Die Leut' sind schlecht, gnä' Frau.« Sie kippte den Schnaps und wischte sich mit dem schmutzigbraunen ausgefransten Jackenärmel den Mund. »Vergelt's Gott«, sagte sie und rieb sich die aus der Erstarrung gelösten Hände. »Warm ist es hier bei Euch...«

Was die alles bereden konnten, stundenlang! Die Niculina kauerte auf meinem Stuhl, und nach der zweiten Tasse Schnaps funkelten ihre altersgelben Augäpfel, aber erst wenn ihre Glieder ganz steif waren, wagte sie ihre Beine in den Strümpfen aus grober grauer Wolle zu bewegen. Mutter schnitt derweil auf dem hölzernen Hackbrett und mit mechanischem Geschick rhythmisch knatternd Möhren, Gurken und Kartoffeln für den Salat, ohne sie aus den Augen zu lassen. Ich nahm mir auch einen Stuhl, setzte mich zu ihnen und gähnte dann und wann verstohlen, blähte die Nasenflügel und spannte die Wangenmuskeln an, um die selbsttätig quellenden Tränen hinter den Lidern zurückzuhalten.

»Der kommt zurück, der Herr Victor«, sagte die Niculina langsam. »Wenn der am Leben ist, kommt er zurück... Ich schau mir auch diese Nachbarin an, der Mann von ihr war Gefangener in Russland, was die auf den gewartet hat... Schlimm ist, wenn man selbst sieht, der ist tot, und man schaufelt Erde über ihn und weiß, der kann gar nicht mehr zurückkommen, und man kriegt kein Mitleid mehr auf dieser ganzen Welt...«

»Was weißt du noch von deiner Tochter?«, fragte Mutter mit einem scheuen Seitenblick zu mir herüber.

»Als sie im Herbst die Jungs hier ins Quartier gebracht hat, da war sie auch bei mir und hat mir zwei Korbflaschen gebracht und Äpfel, denn in dem Jahr hat's genug davon gehabt. Auch Schnaps hat sie gebrannt, Ihr wisst ja, sie hat diesen Kessel irgendwo versteckt...«

»Sie hätte dir lieber andere Sachen bringen sollen.« Mutter hatte ihre strenge Stimme wiedergefunden. »Verdammt noch mal, Mensch, Niculina, lass doch das Saufen, ansonsten bist du ja eine fleißige und tüchtige Frau, aber so darfst du dich nicht beklagen, wenn du ins Gerede kommst.«

»Na ja, solange ich noch kann, werd ich arbeiten, und wenn nicht...«, antwortete sie, als hätte sie Mutter falsch verstanden. »Und wenn nicht, wird der da oben schon Sorge tragen und mich irgendwann auflesen, meine Tochter hat jetzt auch gesagt, komm, Mutter, nach Hause, aber wo soll ich denn hingehen, gnä' Frau«, sagte sie, und weil sie so schnell sprach, sprangen ihre Worte mit Speichelspritzern aus ihrem zahnlosen Mund. »Wieder mit ansehen, wenn sie sich streiten wie die Teufel und mein verfluchter Schwiegersohn loslegt, was, wieder für deine Mutter?, und wie er mir die Bissen zählt. Ich wunder mich schon, gnä' Frau, was der Mensch ertragen kann, lege einem der da oben bloß nicht all das auf, was man schleppen kann ... Nun, ich werd mich auch aufmachen«, sagte sie, zog den Pelz an und zurrte das Kopftuch so fest, dass ich mich fragte, wie sie noch atmen konnte.

»Da ruft jemand«, sagte Mutter, »vielleicht die Nachbarin. Geh doch mal nachschauen, Letiția, ich habe ihr die Nussmühle geliehen, und sie hat gesagt, sie bringt sie heute Abend zurück.«

»Der Kuchen ist bei mir nicht geworden wie bei ihr«, sagte die Nachbarin und packte eine Zaunlatte, um sich daran hochzuziehen. »Aber ich kriege ihn schon hin, wenn ich ihn noch ein paar Mal mache.«

Sie lächelte, und in dem spärlichen Licht, das von der Glühbirne auf der Veranda bis hierher gelangte, glitzerten auf der einen Seite die goldgefassten Zähne. Ich wollte gehen.

»Was war denn gestern, haben die wieder gestritten?«, fragte sie und wies mit dem Kopf nach dem Zimmer des Vermieters.

»Ja«, antwortete ich.

Hastig packte sie mich mit der mehlbestäubten Hand an der Schulter. »Der Mann ist des Teufels, müsst ihr wissen, des Teufels ist der Mann. Auch uns hat er verklagt bei den Zuständigen, mein Mann will ihn gar nicht mehr sehen ... Und Ihre Frau Mutter, die Ärmste, die muss es schon schwer haben, wo sie doch eh so nervös ist ... Sie verstehen, Sie sind ja auch kein Kind mehr, so eine Frau mitten im Leben, ohne Mann ... Da kann man sein wie auch immer, selbst mit einem Zeichen auf der Stirn, es ist immer dasselbe, verstehen Sie ...

Und dann auch keinen haben, der einen verteidigt im Fall des Falles, denn der Herr Professor ist ja nun schon älter und von Natur aus viel zu gutmütig ...«

»Ja, guten Abend«, sagte ich und hatte plötzlich Mutters barsche Stimme.

Im Gehen umfasste ich den Griff der Nussmühle krampfhaft mit meinen glitschigen Händen.

*

»Aha, jetzt könnt ihr aber euer blaues Wunder erleben«, sagte Biță, als er zum ersten Mal unangekündigt samstags erschien.

Er hängte seinen pelzgefütterten ballonseidenen Mantel an den Kleiderhaken und öffnete seine Aktentasche. »Veuve Clicquot«, rief er triumphierend.

Alle starrten wir auf die langhalsige Flasche. Sanft schimmerte das Etikett, und die geflochtene Verdrahtung des Korkens glänzte wie frisch betaut. »Die trinken wir heute Abend«, sagte er, packte sie am Hals und drehte sie nach allen Seiten, damit wir sie besser bewundern konnten. »Zuerst will ich euch aber etwas sagen ...«, und dann, als merkte er es jetzt erst: »Wo ist denn Margareta?«

»Die muss gleich da sein«, antwortete Onkel Ion zerstreut. Dann trat er näher, nahm die Flasche in die Hand und betrachtete sie mit einem verschüchterten und ungläubigen Lächeln. »Wo kriegst du denn solche Sachen her, Mensch?«

»Ich hab eben meine Leute, die mich lieben«, lachte er. »Als meine stellvertretende Direktorin letztens nach Frankreich gefahren ist, hat sie mich gefragt, was soll ich dir denn mitbringen dafür, dass du dich so sehr um meinen Sohn gekümmert hast? Der Nichtsnutz hat schließlich die Aufnahmeprüfung zum Außenhandelsstudium bestanden... Nichts will ich, habe ich gesagt, nur einen Veuve Clicquot, damit ich ihn mit meinem Bruder trinke wie in den guten alten Zeiten...«

»Komm schon, meine Liebe, wo treibst du dich denn herum?«, rief Onkel Ion Mutter zu, die in der Tür stand. »Wir warten nur noch auf dich, Biță hat eine Flasche gebracht, und ich habe eine Bombennachricht...«

»Biță und eine Flasche, o Wunder«, brummte Mutter, während sie ihre Jacke aufknöpfte.

»Du kennst mich eben kaum!« Biţăs rundes Gesicht wurde spitz vor Ärger.

»Da, schau sie dir an, denn du glaubst ja alles erst, wenn du's mit eigenen Augen gesehen hast...«

»Jetzt lasst mich doch auch was sagen«, rief der Onkel, aber von uns anderen schien keiner etwas zu erwarten, so dass er sich, verärgert über die allgemeine Gleichgültigkeit, schwerfällig und feierlich erhob. »Morgen heiratet Emil«, sagte er.

»Was?... Das ist ja... Wen denn?«, fragte Mutter. Allzu fröhlich, allzu aufgekratzt. Ihr Blick schweifte langsam über die Möbel, dann vom Glas der Vitrine noch langsamer zu Onkel Ion, als könnte sie etwas nur langsam begreifen oder versuchte etwas für sich zu behalten.

»Nun, das ist ja erst die Bombe«, lachte der zufrieden. »Die Diaconescu, die für Mathe...«

»Was, ist der verrückt geworden?« Mutters Stimme war schrill vor Empörung. »Wenn die wenigstens jung wäre, dann könnte ich's ja noch verstehen.«

»Eine, die jung ist und den Emil nimmt?«, lachte Onkel Ion, unverdrossen fröhlich. Ob er noch gar nichts gemerkt hatte?

»Wieso, er ist ein ganz besonderer, ein feinfühliger Mann ... Er verdient eine Frau, die ihn versteht und ihn unterstützt«, hielt Mutter in beleidigtem Tonfall dagegen und betonte die letzten Worte.

»Sie ist eine unternehmungslustige Frau mit Sinn fürs Praktische, genau was ihm fehlt«, sagte Onkel Ion, als hätte er sie nicht gehört. »Dass sie gleich alt sind oder sie vielleicht ein paar Jahre älter, was macht das schon aus ...«

»Was die Leute einem aber auch für Überraschungen bereiten im Leben«, hauchte Mutter und sank langsam auf einen Stuhl.

»Ganz und gar nicht«, entgegnete Biţă mit einem Zahnstocher im Mundwinkel. »Gerade so was kann man von einem Menschen wie ihm erwarten ... Alle Welt glaubt, er hätte den Kopf in den Wolken, dabei sind das die großen Egoisten, die es sich im richtigen Moment bestens einzurichten wissen. Ich glaube, ich kenne ihn sogar. Ist das nicht so einer, der die Taschen ständig voller stumpfer Bleistifte hat?«

Er stand auf, schob die Stühle beiseite und ahmte Emils zaghaft tapsenden Gang nach, wobei er seine kräftigen Schultern hängen ließ und zum Zeichen trauriger Verträumtheit die üppig schwellenden Lippen an den Mundwinkeln nach unten verzog. Für einen Augenblick legte sich die unsichere Höflichkeit des Herrn Emil in zerknitterten Falten über ihn, alle lachten wir unser grausames, insgeheim schuldbewusstes Lachen und versammelten uns um den Tisch.

»Und worauf trinken wir jetzt? Doch nicht auf den!«, rief Biţă. »Wir haben doch unsere eigenen Freuden ...« Er wandte sich zu mir und sah mich wortlos an. »Du hast Glück«, sagte er nach einer Weile.

Ich machte große Augen und wäre fast errötet unter seinem Blick. Ich fürchtete, er würde etwas aussprechen, was ich bis dahin geheim gehalten hatte.

»Ich weiß es ganz sicher, ab diesem Jahr verlaufen die Aufnahmeprüfungen anders... Es gibt Anweisungen, dass die Akte nicht mehr in Betracht gezogen wird. Und darüber hinaus...«

Ich sah ihn gelassen an, als hätte ich das immer schon gewusst. Jede neue Bewegung der Welt war für mich bestimmt und ein Zeichen zu meinen Gunsten, denn mir sollte nichts Unerwartetes passieren...

»Aber wahrscheinlich wisst ihr es ja schon...« Wieder schwieg er und sah Mutter fragend an. Da sie aber stumm blieb und nur mit reglos geweiteten Augen langsamer atmete, sagte er: »Victor ist draußen, seit fast einem Monat...«

»Seit fast einem Monat?«, fragte Mutter. Und ich spürte, wie sie ihre Stimme senkte, damit sie gefasst klang.

»Ich dachte, er hat euch ein Zeichen zukommen lassen«, fuhr Biţă leiser fort. »Er war bei mir und hat sich bedankt, er wusste von der Eingabe und hat alle Pakete bekommen...«

Ich stand auf und ging zwischen den Möbeln und ihren Körpern hindurch, die stehen geblieben waren wie sperrige Gedanken. Im Vorbeigehen sah ich verstohlen in den Spiegel. Sie sahen mich nicht, und Onkel Ion konnte nicht rufen: »He, hör auf, dich zu bewundern, sieh lieber, wo du hintrittst«, wie immer dann, wenn er mich dabei ertappte, wie ich in den dürftig geputzten stumpfen Vitrinenscheiben nach meinem Abbild suchte. Der Mief der Gewöhnung stand in meinem Gesicht ebenso wie in dem Zimmer, das sich gegen jede Veränderung sperrte. Von irgendwo draußen kam das Unvorhergesehene, aber sobald es angekommen war, verkümmerte es in bekannten Gesten und einförmigen Augenblicken. Oder konnte nur ich es nicht wahrnehmen, hatte ich es nicht sehnlich genug erwartet und nicht daran geglaubt? Unwillkürlich warf ich einen flüchtigen Blick zu Mutter hinüber.

Sie sagte nichts mehr, nur unterm Tisch knetete sie ihre geschwollenen, schrundigen Finger. Schweigend wichen wir alle ihrem Blick aus und starrten auf die niedrige Decke und die Vorhänge. Vielleicht hatte in ihrer unbeirrbaren Zuversicht, dass er wiederkommen würde, immer schon der Schrecken vor der schweigenden Leere dieses Augenblicks gesteckt, den sie vorausgeahnt hatte ...

»Nun, er wird schon Zeit finden, hier aufzutauchen«, sagte Biţă bemüht fröhlich.

Und wieder das Schweigen. Beinahe ungeduldig erwartete ich ihre Tränen, die sonst so leicht kamen, aber es erschienen nur rote Flecken in ihrem Gesicht und an ihrem welken Hals. Reicht es aus, dass man etwas sehr stark will, fragte ich mich, und schon schreckt man es ab, ist das denn wirklich so?

Vorgestern waren wir auf dem Heimweg vom Korso, als Mihai zu uns stieß. »So früh geht ihr?«, fragte er und sagte dann: »Ich begleite euch, ich gehe in dieselbe Richtung.« Er hatte sich zwischen uns gesetzt und redete die ganze Zeit nur mit Jeni; wenn ich mich zu ihm drehte, sah ich seine Augen mit den Lachfalten und den nach dem Bad gezogenen Scheitel, aus dem einzelne Haare emporragten. Da war ich fast sicher, dass er seine Gleichgültigkeit zur Schau trug wie am Anfang, vor vier Jahren, als er mich durch Aura wissen ließ, wir sollten Freunde werden. »Auf Wiedersehen«, sagte er zu Jeni, als wir an der Ecke waren. Und dann lehnte er sich wieder an den von den Regenfällen modrigen, schiefen Zaun unter dem vom Winter geschwärzten Maulbeerbaum. »Ich höre, du hast jetzt einen anderen Freund«, sagte er und stemmte die Hände in die ausgebeulten Manteltaschen. Wie gut kannte ich doch dieses hechelnde Lachen, das die vom heimlichen Rauchen auf dem Klo schon gelb gewordenen Zähne freilegte. »Ich habe ihm gesagt, er soll sich nicht einmischen«, fuhr er fort, »denn wir werden uns schon wieder versöhnen, von allen hast nur du mir etwas bedeutet und Mariela.« Über seine Schultern sah ich in den fremden Hof, wo drei auf dem Wäschedraht vergessene Männerhemden und ein paar Kissenbezüge im Wind flatterten. Weshalb habe ich ja gesagt?, habe ich mich viel später ärgerlich gefragt, vielleicht nur um sein sattsam bekanntes Gesicht mit gelbem Flaum an dem spitzen Kinn, die eingefallenen Wangen und den saugenden Mund wieder zu erleben, dessen Zähne an meinen erstarrten Lippen genagt hatten.

»Ich decke dann den Tisch«, sagte Mutter leise, da klopfte jemand an die Tür.

Das Klopfen wiederholte sich, und Biță riss die Tür weit auf. Die Sekretärin von Mutters Dienststelle stand auf der Schwelle, mit schief geknöpftem Mantel und verstörtem Blick.

»Frau Branea«, sagte sie, »entschuldigen Sie bitte, dass ich so hereinplatze, aber wissen Sie, die Niculina ist gestorben...«

Eine Sekunde lang schwieg sie, dann fuhr sie fort. Ihre Stimme eilte ihr voraus, dann hielt sie wieder inne, aber ihre Augen blieben starr auf das Fenster gerichtet. Das aschgraue Winterlicht war plötzlich gelbstichig geworden, als kündigte sich später Schnee an, es hing schwer zwischen den kahlen Bäumen und den Pfosten der Terrasse, deren Kalkanstrich rissig geworden war.

»Heute Mittag haben sie die Tür aufgebrochen und sie steif mitten im Zimmer gefunden. Sie hat wohl etwas gespürt und jemanden rufen wollen, ist aber nicht mehr dazu gekommen … Hirnschlag, hat der Doktor gesagt, der sie untersucht hat, sie hat wohl noch ein paar Stunden gelebt, aber ohne Bewusstsein … Ach, Frau Branea«, sagte sie und drehte sich zu uns, »wenn Sie gesehen hätten, wie sie aussah, sie haben sie liegen gelassen, bis der Arzt gekommen ist, sie war am Kopf böse verletzt, wahrscheinlich hat sie noch gekämpft. Die eine Nachbarin, die es gemeldet hat, sagte, sie hat sie gegen Tagesanbruch dauernd röcheln gehört, sich aber nichts dabei gedacht, sie hat sich nicht vorstellen können, dass … Sie war in einem furchtbaren Zustand, sie hatte sich, Verzeihung, vollgemacht, und ich musste dann kommen und Sie rufen«, sagte sie zu Mutter.

Aber Mutter schluchzte jetzt, den Kopf an den Türrahmen gelehnt.

»Weil Sie ja zuständig sind für die Versicherung von der Gewerkschaft und weil man beschlossen hat, dass die Institution einen Teil der Beerdigungskosten trägt …«

So hässlich sterben Menschen, dachte ich, und nur diese Neugier, bei der mir schauderte, ließ mich weiterhin in das fahle Gesicht der Sekretärin starren. So hässlich und so schwer, stundenlang bäumt sich jedes Körperteil gegen den Tod auf. Blau angelaufen von den Stößen, schwillt der Kopf um die allzu langen buschigen Brauen, Schaum tritt vor den verzerrten Mund, der vergeblich nach Luft schnappt, die zerwühlten Kleider stinken nach neuem Urin und nach Schnaps … Sie wird nicht mehr anklopfen abends, sagte ich mir, wollte es aber in den nächsten Tagen nicht begreifen oder nur nicht wahrhaben.

»Sie wird gestern Abend mehr getrunken haben als gewöhnlich«, sagte Onkel Ion, »und das war's dann...« Sein Blick verfinsterte sich. »Irgendwie ist es aber besser so, als wenn sie gelähmt geblieben wäre, wer hätte sie denn pflegen sollen...«

Mutter sah ihn mit böse funkelnden Augen an, und ihr Schluchzen hallte, nachdem sie damit aufgehört hatte, in der Stille umso vernehmlicher nach.

»Wenn es darum ginge«, sagte sie, »wenn es darum ginge, wäre es für viele besser, wenn sie ein schnelles Ende hätten, statt anderen zur Last zu fallen, denen sie egal sind... Gehen wir...« Das sagte sie zur Sekretärin, während sie ihren Mantel vom Haken riss.

»So kannst du doch nicht gehen«, rief Onkel Ion. »In diesem Zustand... Beruhige dich doch erst mal...«

Aber Mutter war schon über die Schwelle getreten, und die Sekretärin versuchte sie mit trippelnden Schritten einzuholen.

Zweiter Teil

Kapitel x

Das gleißende Morgenlicht fuhr mir mit dem Lärm fremder Stimmen auf dem Flur in die Träume. Mir schien, ich hätte sie schon lange gehört, als ich mir erbittert die stachlig raue Decke über den Kopf zog, unter der das Leintuch weggerutscht war. Doch die Sonne schien weiterhin unerbittlich darauf, in dem warmen bläulichen Dunkel konnte ich kaum atmen und war dem Ersticken nahe. Die Geräusche kamen immer näher, Poltern, Rascheln und von Lachen durchsetzte Wörter. Ich warf die Decke von mir, reckte meinen steifen Körper und betrachtete, als sähe ich es zum ersten Mal, das kahle Zimmer mit nichts als den Wandschränken, die mit krummen Ziffern nummeriert waren. Die mit großen braunen, gelb geblümten Laken überzogenen Betten waren aufgereiht wie in einem Krankenhaus, auf dem Tisch stand eine leere Karaffe mit drei trüben Gläsern, um sie herum zwischen Brotkrümeln lagen Haarnadeln und Spangen. Die Luft roch nach Neuem und nach Vorläufigem, aber die Mädchen schienen das nicht zu merken. Sie bewegten sich gewohnt lässig, ließen Schubladen und Türen knallen, kamen und gingen mit Handtüchern über der Schulter und Seifenschalen aus buntem Plastik in der Hand, aus denen Wasser aufs Linoleum tropfte.

»Es ist zu hell«, beschwerte sich eine neben mir, am Abend zuvor hatte ich gehört, dass sie Clara hieß.

Sie streckte den Arm aus, legte ihre Brille auf das Nachtschränkchen und rieb sich mit den Handknöcheln die Augen. Sie war wahrscheinlich seit langem wach, denn sie hatte schon in einem schäbigen, dicht beschriebenen Heft gelesen. Die orangegelbe Decke mit weißem Besatz hatte sie übers Bett geworfen, lag auf dem Bauch und schlenkerte mit den Beinen, die nackt bis zu den von bläulichen Äderchen durchzogenen Kniekehlen aus dem Pepita-Morgenmantel hervorsahen.

»Wir haben gestern Abend die Jalousien vergessen, lass du sie doch runter«, sagte sie zu mir und sah mich von der Seite an, wobei sie ihren Kopf schief in die Handfläche stützte.

Ihr sommersprossiges Gesicht hatte einen anderen Ausdruck angenommen, wie bei allen Kurzsichtigen, wenn sie ihre Brille absetzen: Plötzlich waren ihre Augen ganz klein und blickten irgendwie verwundert. Zögerlich stand ich auf, ich war es nicht gewohnt, mich den vielen Blicken auszusetzen, so im bodenlangen Nachthemd, das mir Mutter vor der Abreise aus Flanell geschneidert hatte. Während ich zum Fenster stolperte, brachen zwei Mädchen in der Tür ihr Gespräch ab, um mich zu beobachten. Nur Marta wühlte in der Hocke im Schrank, ich bemerkte ihre auf dicken Papierwickeln eingedrehten Haare und die nackten Schultern, die aus dem durchsichtigen Nylon-Unterrock hervorsahen. Was Jalousien sind, wusste ich nicht. Doch in dem Schweigen, das sich gesenkt hatte, packte ich das breite Band am Rand des Fensters und zog daran, wie ich meinte, dass Clara es am Vorabend getan hatte. Eine unsichtbare Sperre knackte, und ich sprang erschrocken zur Seite: Die Jalousien rauschten mit hölzernem Knattern herunter, ich zog meine Hand zurück, als hätte ich mich verbrannt.

»Jetzt schau dir die bloß an ...« Das Gekicher kam von der

Tür. »Behutsam ziehen, meine Liebe, langsam, hast du so etwas denn noch nie gesehen?«

Ich war erstarrt. Mit geballter Faust zerrte ich an meinem Nachthemd. Ich wartete, dass das Gelächter in meinem Rücken abflaute, und mahlte mit den Kiefern, breit wie die von Onkel Ion, wobei ich mich über den Schatten freute, der sich senkte und, so hoffte ich, meine schamroten Wangen verdunkelte.

»Nun ja, das Mädel wird so etwas ja wirklich noch nie gesehen haben, vielleicht hat sie eben keine Jalousien zu Hause ...«

Langsam ging ich zurück, als hätte ich nichts gehört. Diese Verteidigung hätte Clara sich sparen können. Ich machte mein Bett, spannte das zerknüllte Laken, bauschte das Kissen auf und wagte es nicht, zu ihnen aufzusehen. Ihr Landpomeranzen, schimpfte ich in Gedanken, ihr Landpomeranzen, wie Biţă es so oft zu Mutter und mir gesagt hatte. Ihr Landpomeranzen, ihr werdet schon sehen, ihr habt keine Ahnung, drohte ich insgeheim und richtete meine funkelnden Blicke plötzlich auf sie, aber keine sah mehr zu mir herüber. Die beiden in der Tür tuschelten, die Handtücher in der Hand, Clara las ohne Brille, das Heft ganz dicht vor den Augen, und Marta hockte immer noch vor dem Schrank und wühlte darin herum.

*

»Ich habe die Kleine zu uns geholt«, hatte Marta am Vorabend gesagt, und ich hatte, die Hand noch an der Türklinke, das siegreiche Gefühl gehabt, Zutritt zu erhalten auch in ihre Blicke, die auf mich gerichtet waren.

Ich als Einzige trat etwas Neues an, ich allein betrat, ohne auch nur eine Geste zu wiederholen, die endlose Dauer des Augenblicks, zu dem sie nicht mehr zurückfinden konnten.

»Guten Abend«, hauchte ich, aber keine antwortete mir. Vielleicht hatten sie mich nicht gehört.

Auch am Abend zuvor hatte Clara gelesen, bäuchlings auf dem Bett ausgestreckt, die Waden in ständiger Scherenbewegung. Mit angestrengt verkniffenem Mund hatte ein Mädchen mit kurzgestutzten Locken am Tisch vor einem kleinen Spiegel, der an einem leeren Wasserglas lehnte, seine hochgezogenen Brauen gezupft. Die beiden, die vorhin an der Tür lehnten, hatten sich, zu zweit auf einem Bett, irgendetwas erzählt, wobei sie immer wieder auflachten und die eng beieinander liegenden Köpfe zur Seite warfen.

»Die kommt aus derselben Stadt wie ich, wir waren auf derselben Schule«, hörte ich Marta, und dann eine andere, gedämpfte Stimme: »War ja klar, dass die uns noch jemanden reinsetzen würden, ich hab euch gleich gesagt, wir sollten das Bett auf den Gang schieben…«

Zu spät wandte ich mich um und konnte nicht mehr feststellen, wer das gesagt hatte. Da stand ich nun mit offenem Mantel, trat von einem Bein aufs andere und wusste nicht, wo ich meinen Koffer abstellen sollte.

»Sieh mal zu, vielleicht tritt dir eine etwas von ihrem Spind ab, wir haben halt nur sechs«, sagte Clara und machte weiter Unterstreichungen in ihrem Heft, in dem man die schillernden, mit Kopierstift geschriebenen Buchstaben kaum erkennen konnte.

»Hast du vor der Aufnahmeprüfung nicht im Heim gewohnt?«

»Nein, bei einem Onkel, aber das ging nicht mehr«, flüsterte ich.

Jetzt sehnte ich mich zurück nach dem Ganzen, nach der Junggesellenwohnung von Biță, dem Klappbett, auf dem ich geschlafen hatte, den Morgenstunden, wenn er – immer nach mir – aufgestanden und pfeifend in die Kochnische gegangen war, um mir vor jeder Prüfung Kaffee zu kochen. Und nach diesem ganzen Sommer, ein endloser Tunnel, durch den ich mich vortastete in die fremde Stadt, deren Leben unter dem Fenster im vierten Stock und dabei so fern und geheimnisvoll rauschte.

»Du wirst dich schon eingewöhnen«, sagte das Mädchen am Tisch und beugte sich mit gerunzelter Stirn über den kleinen Spiegel, um einen Pickel am Kinn auszudrücken. »Du wirst sehen, es ist besser als bei Verwandten ... Ich habe auch welche, bei denen ich wohnen könnte, aber die haben ständig ein Auge auf einen und wollen wissen, was man tut und wo man hingeht ...«, zischte sie zwischen den Zähnen, dann knallte sie den Spiegel auf den Tisch, erhob sich gähnend und begann sich auszuziehen, wobei sie jedes einzelne Kleidungsstück sorgsam faltete und über die Stuhllehne hängte.

»Du glaubst wohl, das ist eine wie du, Predescu«, kicherte es aus einem der Betten.

Marta kam und gab mir einen kleinen schwarzen Schlüssel an einer Schnur. »Räum deine Sachen in meinen Schrank, Letiția.«

»Um die mache ich mir keine Sorgen«, antwortete die Predescu, beugte ihren fülligen weißen Oberkörper mit den rötlichen Trägereindrücken und suchte am Kopfende des Bettes nach dem Pyjama. »Ich seh schon, wie in ein paar Monaten die Männer abends nach ihr fragen und ich hinuntergehe, um ihnen zu sagen, dass sie nicht zu Hause ist. Was bleibt uns anderen denn sonst auch übrig? Wir sind ja verheiratete Frauen ...«

Erstaunt sah ich sie an. Das Wort Männer hatte sie so bestimmt und wissend ausgesprochen, wie ich es noch nie gehört hatte. Ich schielte nach ihren Fingern, doch keine trug einen Ehering. Die beiden auf dem Bett hatten gemerkt, wonach ich Ausschau hielt, und lachten genüsslich.

»Lasst sie doch in Ruhe, habt ihr denn sonst nichts zu quatschen?«, fuhr Marta sie an. Dann, leise, zu mir: »Häng nur deine Kleider in den Schrank, lass alles andere im Koffer, es hat eh keinen Platz ...«

»Nur gut, dass auch die Marta jemanden hat, dem sie Anweisungen geben kann«, sagte die Predescu, dann begannen sie zu streiten, ob das Licht abgedreht werden sollte oder nicht.

Ich setzte mich auf eine Ecke des Bettes und wartete, dass sie ein Ende fanden, dass es dunkel wurde und auch ich mich ausziehen konnte. Irgendwann ging Marta und drehte am Schalterknopf, wobei sie sagte, es sei elf und so abgemacht, daraufhin ging Clara, das Heft in der Hand, hinaus und knallte die Tür, nur die beiden auf dem einen Bett tuschelten weiter, bis die Predescu keifte: »Verdammt, das ist ja die Höhe, wenn ihr nicht schlafen wollt, geht doch hinaus ...«

Dann huschten ihre verschwommenen Schatten durch den Raum, sie stießen an eine Ecke des Tisches, dass die Gläser darauf klirrten. Durch das Lichtviereck der Tür, in dem sie standen, kam über den Gang das Tropfen des Wasserhahns im Bad, dann verhallten ihre Schritte auf dem grünen Linoleum. Es war wieder dunkel, die eine in der Ecke schnarchte schon, und Marta warf sich auf der Matratze herum, dass die Federn krachten. Stumm und starr presste ich meine Wange ins Kissen, spürte das neue Bett am ganzen Körper und konnte mich überhaupt nicht mit ihm anfreunden. Das Zimmer mit seinen großen Fenstern war nach außen hin offen. Von unten brandete dumpf der Straßenlärm herauf, und das immergleiche und doch verstörende Rattern der Straßenbahn ließ mich immer wieder aufschrecken. Woher kam dieses ängstliche Glücksgefühl, das unter meinen Lidern kaum wahrgenommene Gesichter und unbekannte Straßenbilder auftauchen ließ? Was werde ich denn jetzt machen, fragte ich mich, und die Erregung ließ mich ängstlich erschauern bis in die Fingerspitzen. Auf dem Gang ging hin und wieder eine Tür auf und fiel krachend ins Schloss, aus einem Zimmer war ein Kofferradio zu hören. Ich versuchte festzustellen, wie spät es war, schaffte es aber nicht, denn hier in der hintersten Ecke war das Dunkel der Nacht vom Neonlicht vernebelt. Ich schlich zum Fenster und verharrte eine Weile, die Ellbogen auf das Fensterbrett gestützt. Hoch oben, über den Blocks, leuchteten Großbuchstaben auf und erloschen gleich wieder, gebannt verfolgte ich, wie sie rot aufblinkten: LEST TÄGLICH DIE SCÂNTEIA. Die Schwingtür des gegenüberliegenden Restaurants spuckte Paare und Rudel lärmender Zecher auf den Bürgersteig. In der Nähe wankte die Gestalt eines Mannes langsam die Treppen zu einem Pissoir hinauf.

»Was machst du da, gehst du nicht schlafen?«, wisperte Clara.

Sie war so leise eingetreten, dass ich sie nicht gehört hatte, und jetzt legte sie ihr Heft auf das Nachtschränkchen. Wie auf frischer Tat ertappt, schlich ich zu meinem Bett und versuchte mich mit ihm anzufreunden. Die Erwartung, die im Raum stand, verdunkelte sich im Schlaf ebenso wie der tiefere Sinn, der mir wohl verborgen blieb.

*

»Hast du heute keine Vorlesung?«, fragte Clara.
»Um elf.«
»Da bist du ja schon spät dran, es ist bald zehn.«
Ich riss mein Handtuch vom Bettgestell. Die beiden an der Tür hatten sich auch aufgerafft und fragten von der Schwelle: »Wer geht mit duschen?« Also ging ich hinterher.

Es roch stickig nach heißem Dampf und durchfeuchtetem Wandanstrich. In den Ecken rann das Wasser von den Oberleitungen an den Rohren der Zentralheizung herunter. Unter den gelb gestrichenen und hie und da mit einem Nagel zerkratzten Fensterscheiben lagen die Morgenröcke, aus denen die zerknüllten Wäschestücke hervorsahen. Die Fersen in die überschwemmten Gummieinlagen gestemmt, reckten die Mädchen ihre nackten Körper unter dem stäubenden Wasserstrahl, nasse Strähnen klebten an den Köpfen, die Gesichter waren gerötet und die Augen nur halb geöffnet vor lauter Genuss. Hin und wieder ging die Tür auf, und ein Mädchen schlitterte auf dem nassen Zementboden bis zum Spiegel, um seinen hohen Haarknoten zu begutachten, aus dem sich im Nacken Locken kringelten.

»Tür zu!«, kreischten dann alle und wehrten mit verschränkten Armen den kalten Luftzug ab.

Dabei war die schon wieder weg, ihre Schritte hallten auf der Treppe, dann wagte sich eine aus dem gelb gekachelten Verschlag der Dusche hervor, schob ihren nackten Körper auf Schlappen bis zur offenen Tür und knallte sie genervt zu.

»Was machst du denn da, ziehst du dich nicht aus?«, riefen sie zu mir herüber.

Langsam ließ ich die Zahnbürste sinken. Im Spiegel vor mir hatte ich sie alle im Blick. Ich wandte mich um, den Kopf gesenkt, als wollte ich nichts sehen, dabei schielte ich mit verstohlener Neugier hinüber. Ihre Nacktheit bot sich üppig dar, genüsslich prägte ich mir die unterschiedlichen Formen der Brüste und Hinterteile ein. Keine war wie die andere, und auch ich musste mich dort in dem furchterregend gekachelten Verschlag mit meinem Körper ohne den Schutz der Kleidung konfrontieren.

»Wenn du dich genierst, geh da hinten in die Ecke, die Birne dort ist schon vor einer Woche ausgebrannt...«

Ich aber schüttelte stur den Kopf, ging ans Fenster und öffnete zähneknirschend einen Knopf nach dem anderen. Unter ihren Augen, die mich gar nicht sahen, zog ich mir das Unterhemd über den Kopf, gab meinen Körper der dunstig feuchten Luft preis und schob ihn auf unsicheren Beinen bis zu der Nische mit den gesprungenen Fliesen. Die Tür ging auf wie vorhin, jemand kam herein und ging hinaus. Meine Füße standen in einer Pfütze, der Abfluss war von Haarbüscheln verstopft, doch ich hatte keine Lust, mich zu bücken und sie herauszuziehen. Meine Hände zitterten, ich wusste nicht weshalb, hilflos drehte ich an den Hähnen herum, das allzu kalte und allzu heiße Wasser brannte auf meinen Schultern, ich sprang zur Seite und rutschte auf dem feuchten Zementboden aus. Abermals versuchte ich, die Wassertemperatur zu regulieren, und strengte mich an, mit jeder meiner Bewegungen ihre nachzumachen, berechnend und fremd. Nur dann und wann schien mir, als wäre ich noch irgendwo draußen und betrachtete von dort sie und mich, nach wie vor mit genüsslicher Neugier.

*

»Der blonde Typ, der dich gestern hat rufen lassen, ist das dein Freund?«, fragte mich die Predescu. Sie war fertig angezogen, auf dem Sprung zum Seminar, und kämmte sich vor dem angelehnten Fenster. In ihrer Stimme lag so wenig Neugier, dass ich sofort in möglichst gleichgültiger Tonlage antwortete: »Bloß ein ehemaliger Mitschüler ...«

Es war immer dasselbe Elend mit Mihai. Seine alte Lässigkeit und sein brutales Lachen hatten etwas Aufdringliches, ich konnte nicht begreifen, wieso mir das bisher nie aufgefallen war. Auf der Straße redete er zu laut und lachte über nichts und wieder nichts, ich schwieg und beobachtete ab und zu seine unsicheren Bewegungen, in denen ich befremdet meine eigenen wiedererkannte. Trotzdem ging ich immer hinunter, wenn er mich rufen ließ, um nicht allein im Zimmer zurückzubleiben.

Mich bedrückte auch, wie wir uns alle zu später Stunde im Dunkeln am Fenster drängten, um in der hell erleuchteten Wohnung gegenüber einen jungen Mann zu beobachten, der seine Hose öffnete und mit mechanisch beschleunigtem Schwung die Hand an seinem Glied rauf und runter fahren ließ. »So ein Widerling«, raunte dann wohl eine, aber keine von uns rührte sich vom Fenster weg, bis das Licht dort drüben erlosch.

»Ich habe eine ganz tolle Kneipe entdeckt«, erzählte Mihai unterwegs.

Auf der Allee knirschten die dürren Hülsen des Johannisbrotbaums. Es war warm, sehr warm, man konnte meinen, es sei Sommer, aber die hochroten Hagebutten im Gebüsch wurden schon runzlig. Mit verhaltenem Knacken lösten sich feucht glänzende Kastanien aus der Schale. Zwischen den Gehsteigen glitten bunte Autos über den langgezogenen

Boulevard, die Luft war staubgeschwängert, und es roch ein wenig nach trockener Erde und kraftloser Sonne.

»Es ist unwahrscheinlich toll dort, auf der Piața Rosetti, man steigt eine Holztreppe hinab, wir gehen mal zusammen hin.«

Lustlos hörte ich ihm zu, die Vorlesungen, von denen er dauernd redete, waren wie meine, mir aber erschienen sie langweiliger. Das matte Herbstlicht lag auf den Markisen, die über den Schaufenstern schräg auf den Bürgersteig herausragten. Ich betrachtete sie und die Leute, denen wir begegneten, ihre Gangart war mir fremd, mir schwindelte bei dem hastigen Gewusel der Körper... Diese Straßen, die wir entlanggingen, kannte ich schon lange, sie waren wie die im Kino, die Wohnblocks hatten große eisengerahmte Glastüren, durch die man in geräumige Eingangsbereiche blickte, in denen es beständig kühl sein musste. Ungewöhnliche Menschen gingen dort ein und aus, ohne auf meinen Blick zu achten, der ihnen neidisch erregt folgte. Auf den Tischen eines Antiquariats stapelten sich gelbstichige Bücher, noch unaufgeschnitten, die Blätter pappten unter dem Druck zusammen. Der Geruch des Lebens aus »anderen Zeiten« berauschte mich, wenn ich mich über sie beugte, um darin zu blättern, mit dem Staub rieselten Papierkrümel auf den Tisch. Das alles muss ich lesen, aber was zuerst?, fragte ich mich.

»Komm schon, bist du endlich fertig?«, rief Mihai von der Straße her.

Ich rannte ihm zwischen den eiligen Passanten nach, deren Rücksichtslosigkeit uns hinderte, zueinander zu kommen. Verwirrt sah ich mich um, da erspähte ich vor einem Schaufenster seine Schultern, die eines frühreifen jungen Mannes. Als er sich umwandte, erkannte ich mich in seinem erstaunten Blick und beeilte mich, den meinen mit Gleichgültigkeit zu tarnen. Vor einem mehrstöckigen Kaufhaus wogte die Menge über den breiten Gehsteig hinaus, an hölzernen Anzeigetafeln klebten Kino-, Theater- und Ausstellungsplakate, allerdings andere als jene, die ich mir wenige Tage zuvor einzuprägen versucht hatte. Vor uns fächerten sich die Straßen plötzlich auf, wir blieben unschlüssig stehen und stritten leise, damit die Vorübergehenden nichts mitbekamen. Sie hätten gemerkt, dass wir uns in Bukarest nicht auskannten. Unmerklich war es Abend geworden, der Wind wehte Straßenbahnbilletts und die ersten welken Herbstblätter über den Gehsteig.

*

»Deine Kommilitoninnen haben nach dir gefragt, eine kleine Dunkle und eine mit vorstehenden Zähnen«, empfing mich die Predescu, als ich ins Zimmer trat.

»Ach ja, Marilena und Nana ...«

Fast die Hälfte der Mädchen meiner Gruppe wohnte im Heim, aber zu den Vorlesungen und in die Kantine ging ich nur mit den beiden. Jede wohnte auf einer anderen Etage, sie kamen und warteten auf mich, denn ich war nie zur verabredeten Stunde fertig. Ich schielte hinüber zum Tisch, wo auf ausgerissenen Heftblättern die Wurststullen aus Graubrot lagen, die statt Frühstück ausgegeben wurden.

»Meine kannst du haben«, sagte Clara.

Sie las wie gewöhnlich auf dem Bett, diesmal ein Buch. Sie war die Einzige, die im Zimmer lesen konnte, mochte das Stimmengewirr und Durcheinander um sie herum noch so groß sein, und sie hatte, soviel ich wusste, keinen Freund.

»Nimm auch meine, eine reicht dir eh nicht«, sagte die Predescu.

Sie ging zum Tisch und drückte die mit Lippenstift verschmierte Zigarettenkippe im Deckel eines Senfglases aus, dann verzog sie das Gesicht und führte das Marmeladenglas, das als Vase diente, an die Nase.

»Verdammt«, fauchte sie aus der Tür, die sie mit dem Ellbogen aufstieß, »jedes Mal, wenn du Dienst hast, vergisst du, den Blumen frisches Wasser zu geben!«

Ich beeilte mich, die angebissene Stulle auf den Tisch zurückfallen zu lassen, schnell genug, dass sie es noch sehen konnte, und legte mich schmollend aufs Bett. Die anderen sahen einen Augenblick zu mir herüber, dann redeten sie wieder über eine Vorlesung, bei der man nichts verstand und niemand mitschreiben konnte. Nur Lili sagte, sie komme mit. Die sind mir so was von egal, eure Blumen, zischte ich so, dass keine es hörte, nicht einmal Clara. Die sind mir so was von egal, eure Blumen, sagte ich und schielte nach der Stulle auf dem Tisch. Am liebsten hätte ich mich schlafen gelegt, aber es war noch fast zwei Stunden hin, bis das Licht abgedreht wurde, und im Lesesaal war zu dieser Zeit kein Platz frei. Angebissen hab ich sie ja eh, sagte ich mir und griff nach der Stulle. In diesem Augenblick trat die Predescu ein, das Blumenglas in der Hand.

*

Die Blumen waren mir wirklich egal. Die Mädchen kauften sie, wenn sie zu dritt oder zu viert aus der Kantine kamen. Doch noch bevor sie gingen, toupierten sie sich vor den kleinen viereckigen Spiegeln, die sie auf dem Tisch an irgendetwas lehnten, schminkten sich und stellten sich dann in Strümpfen auf die Betten, um sich in den Scheiben der geöffneten Fenster zu betrachten. Sie gingen immer Punkt zwölf, wenn die Kantine aufmachte, und während sie die an den Ecken bestoßenen weißen Tabletts vor sich her trugen, auf denen die Suppe zäh schwappte, hielten sie Ausschau nach ihrem Tisch und ihren Plätzen, die sie mit den kunstledernen Handtaschen belegt und in dem von blassgrünem Neonlicht überstrahlten Getümmel ein Weilchen unbeaufsichtigt gelassen hatten.

»Schau mal, da ist der Hübsche von der Mathematik«, kicherten sie hinter ihren Löffeln.

»Halt den Mund, siehst du denn nicht, dass der herüberschaut, der hat dich ...«

Sie rissen die üblichen Witzchen, die in einem freudlos genervten Lachen untergingen.

Und kamen dann auf Diskussion zurück, die allabendlich im Zimmer geführt wurde: Tut man's, oder tut man's nicht?

Darin lag eine Besessenheit, die ich schon fast als Widerstreit von Lehrmeinungen empfand, ansteckend und doch zum Verzweifeln. Im Übrigen wurde in den vielen gemeinsam verbrachten Stunden die Verunsicherung jeder Einzelnen zu Witzeleien und Tratsch vermanscht. Ich begann mich auch an das »Spektakel« in der Wohnung gegenüber zu gewöhnen, obwohl ich nicht recht begriff, was dort geschah. Ich traute mich nicht, eines der Mädchen danach zu fragen oder irgendjemandem zu gestehen, dass ich bis dahin nicht gewusst hatte, dass das Geschlecht eines Mannes so aussieht – rosa bis lila und komisch in seiner Größe. Im dunklen Fenster flackerte die rote Leuchtreklame zum Monat der Geschenke oder für die Ausstellung einheimischer Erzeugnisse, und in unsere Stimmen mischte sich das nahe Ächzen der Trolleybusse.

»Der Kerl, der die Steluța gestern früh angemacht hat, der hat ihr versprochen, er gibt ihr fünfhundert, wenn's ein Mädchen ist. Wenn nicht, macht er ihr ein Geschenk ...«

»Ach was, eine gehauen hat er ihr ...«

»Die Rodica hat es ganz bestimmt erwischt, sie hat mich gefragt, ob ich einen Arzt weiß. Natürlich hat sie gesagt, es ist nicht für sie. Alles blöde Ausreden ...«

»Hast du mitgekriegt, dass dieser Nelu nicht mehr bei der Lili gewesen ist, seit er sie aufs Kreuz gelegt hat?«

Voller Erwartung, dass sie gerufen würden, kämmten sie sich abends im Bad über dem Waschbecken, in dem Haare, Traubenschalen und Papierfetzen schwammen, und zogen den Lidstrich nach.

»Was sind diese Mädel doch schlampig, wie das wohl mal aussehen wird bei denen zu Hause«, brummte die Putzfrau und stützte sich neben dem Mülleimer auf den langen Besenstiel.

Die eine oder andere fortgeschrittenen Semesters nickte dazu und kümmerte sich weiter um ihre Kochwäsche, Blusen, Feinripphöschen aus der Kinderabteilung und ein Männerhemd, sorgsam darauf bedacht, ihrem Gesicht mit den ersten Ringen unter den Augen ja nicht im Spiegel zu begegnen.

Die Mädchen der höheren Jahrgänge waren anders, so schien es wenigstens mir, die ich mit ihnen zusammen wohnte. Sie gingen kaum noch tanzen und hatten samstags oder sonntags feste Verabredungen.

»Halt du den Mișu ein wenig hin, bis ich sein Hemd gefaltet habe«, bat mich schon mal eine. Erst später kam sie dann herunter in den Aufenthaltsraum und trug einen Anorak über ihrem Morgenmantel, den sie mit dem Gürtel hochgerafft hatte.

Mittlerweile hatte auch ich herausgefunden, wer der Freund der einen oder anderen war und wie die Treffen abliefen, denn wenn sie zurückkamen, erzählten sie alle der Reihe nach. Im Winter gingen sie öfter ins Kino oder, wenn es kalt war und sie kein Geld hatten, ins Kaufhaus *Victoria*, monatelang teilten sie sich zu zweit eine Essenskarte, und von dem so gesparten Geld kauften sie sich einen Pulli aus dem Kunsthandwerksladen *Romarta* oder Schuhe für dreihundert Lei.

»Im Sommer verloben wir uns«, verkündete manchmal eine im Dunkeln.

Ich merkte dann, wie die anderen sich in den Betten wälzten, sie hassten sie dumpf für die Zielsicherheit, mit der sie losgesegelt war und Land entdeckt hatte.

Nun, die Jahre, die ich jünger war, gewährten mir noch eine gewisse Freiheit. Mit dem Gedanken, dass ich noch Zeit hatte, konnte ich dann und wann auch allein bleiben am Samstagabend, ich kaufte mir keine Blumen und wischte lustlos Staub, wenn ich Stubendienst hatte.

»Was die Kleine doch für ein Durcheinander macht…«, tuschelten sie manchmal miteinander.

Ich tat weiter, als würde ich schlafen. Wenn ich in einem höheren Semester bin, sagte ich mir, werde auch ich mich verloben und heiraten wie sie. Nur durfte er keinem ihrer Freunde ähneln, und bis dahin wollte ich auch noch etwas Besonderes erleben, worauf ich seit Jahren wartete. Allerdings wusste ich nicht, wie oder wo das zu finden war, also blieb ich manchmal am Samstagabend allein im Zimmer zurück.

*

Zurück blieb ich eigentlich mit Marta, wenn die anderen tanzen gingen oder verabredet waren. Immer seltener durchbrach in unserem Rücken der Knall einer Tür die Stimmen auf dem Flur und das Rauschen des Wassers in der Dusche und auf dem Klo. Dass der Abend zu Ende ging, wussten wir, wenn der letzte Signalpfiff für eine kam, die im Erdgeschoss wohnte, ein Motiv aus der Neunten Symphonie. Die Witzeleien auf seine Kosten hatten wir satt, so dass wir uns nicht einmal mehr mit halb toupierten Frisuren und offenen Morgenmänteln aus dem Fenster lehnten. Unten am Treppenabsatz warteten noch ein paar Jungen, in ihre guten Samstagsjacketts gezwängt und erstarrt unter den Blicken, die sie in jedem Fenster vermuteten. Vor dem Tor verhandelte eine große Gruppe lauthals und mit schrillem Gelächter, wo es hingehen sollte, ein paar Mädchen, die nichts vorhatten, unterhielten sich, auf den Fensterbrettern kniend, mit Unbekannten. Zwischen ihren Knien und Schultern lugten verstohlen andere hinaus, die auf sich warten ließen, dahinter lagen die Zimmer mit den zerwühlten Betten, den frisch gebügelten Kleidern auf den weißgestrichenen eisernen Bettgestellen und den Tischen, auf denen die Wurst- und Käsebrote vom Frühstück vor sich hin gammelten.

Zurück blieben nur ich und Marta, wobei ich nie sicher sein konnte, ob sie nicht vielleicht doch verabredet war. Hinter ihrem Rücken lachten wir sie aus, denn sie erzählte nie etwas. Ich glaube allerdings, irgendwann hat auch sie etwas erzählt, damals, als sie sich schon zwei Stunden im Voraus kämmte und immer wieder den Rock auslieh, der ihr einmal Glück gebracht hatte. Damals war sie immer viel früher fertig und begann darauf zu warten, dass einer sie rufen ließ, wobei sie ungeduldig zwischen Bad und Zimmer hin- und herwanderte. Unzufrieden musterte sie sich in dem beschlagenen Spiegel, zögerlich setzte sie ihre Schritte auf dem Linoleum des Flurs. Manchmal überwand sie sich, dann sah ich, wie sie sich in einem Nebenzimmer auf ein Gespräch einließ, doch gleich darauf kam sie rasch zurück, das steife Armband der russischen Uhr im Blick, für die sie die dreihundert Lei ausgegeben hatte, die zum Monatsanfang von daheim gekommen waren.

»Hat mich niemand gesucht?«, fragte sie verzagt.

Später wagte sie sich dann gar nicht mehr aus dem Zimmer. Sie starrte auf das Fenster und zuckte jedes Mal zusammen, wenn die Tür aufging.

»Eine Predescu, die soll runtergehen«, rief ein Mädchen herein, das von unten kam.

Marta wandte sich wieder zum Fenster und wartete, während die Mädchen nach und nach das Zimmer verließen. Auch die letzten hatten erfahren, wo getanzt wurde, und gingen, wobei sie in der Tür noch einmal nach ihren grauen Studentenausweisen kramten – völlig unnötig, denn Mädchen kamen überall hinein. Es war mit einem Mal so still, dass man den Lautsprecher im Nebenzimmer hörte. Ich kroch unter die blaue Bettdecke, endlich konnte ich lesen, dann und wann tastete ich nach dem Schuhkarton im Nachtschränkchen voller Hörnchen mit Marmeladenfüllung, die mir Mutter geschickt hatte. Ich steckte eins in den Mund, da fiel mir Marta ein.

»Möchtest du auch?«, fragte ich.

»Was denn? Ach, nein...«, kam es vom Fenster.

Sie hatte den langen geblümten Vorhang um sich geschlungen. Später dann hörte ich, wie sie sich bewegte, sie hatte das Warten aufgegeben, riss den Anorak vom Haken, rannte die

Treppen hinunter bis zu der Konditorei an der Ecke und auch gleich wieder zurück.

»Möchtest du?«, fragte sie.

Ich kippte den Orangenlikör, der so süß war, dass er brannte. Sie schenkte auch ihren Becher halb voll, stellte ihn neben dem Bett auf den Boden und zündete sich mit letzter Hoffnung auf die Wirksamkeit einer Geste und theatralischem Ungeschick eine Zigarette an. Sie hustete ein paar Mal, dann lag sie mit geschlossenen Augen da; der verschlissene Morgenmantel raschelte bei jeder Bewegung. Vielleicht versuchte sie jene paar Nächte zu begreifen, nach denen sie geheimnisumwittert und triumphierend ins Zimmer gerauscht war.

*

Allerdings hatte ich keine Lust, alle Abende so verstreichen zu lassen, lange genug hatte ich Mutter zugesehen, wie sie vergeblich gewartet hatte, Jahr für Jahr. Deshalb ging auch ich hin und wieder mit den Mädchen tanzen, wir tauschten Röcke und Pullis untereinander und kämmten uns der Reihe nach vor den beschlagenen Spiegeln im Bad, das alles unter hektischem Türenknallen. Irgendwann waren wir dann alle fertig, versammelten uns am Treppenabsatz und gingen kichernd und durcheinanderschwatzend hinunter. Draußen war es noch warm, doch die Kastanienblätter waren verschrumpelt, als hätte der Frost sie versengt. Eine Berührung hätte gereicht, und sie wären mit kurzem trockenem Knistern zerbröselt wie verbranntes Papier. Sobald wir auf die Straße hinaus traten, erstarrten unsere Gesichter in einem fast feierlichen Ausdruck, wir tuschelten nur noch miteinander, gingen Arm in Arm zu zweit oder zu dritt, ohne uns umzusehen und ohne auf die

Sprüche zu antworten, die uns hinterhergerufen wurden. Langsam schritten wir so dahin unter den Baumkronen, die in den roten Sonnenstrahlen bronzen schimmerten wie Haufen von ausgeglühtem, schlackebestäubtem dünnem Blech. In den Straßen ruhte nur das intensive rote Licht, das sich von einem Augenblick zum anderen veränderte. Da war etwas seltsam Verstörendes, das wir in uns trugen, ohne es zu wissen, wir meinten, es sei um uns herum und strömte von allen Seiten auf uns ein wie das flirrende Licht des anbrechenden Abends.

Noch ehe wir unser Ziel erreichten, verlor der Himmel seine Farbe und schloss seine Wolkendecke über uns. Blind blieben unsere Blicke in der aschgrauen Luft stecken. Ein stumpfes Leuchten ging nur noch von den gelben Kronen der Robinien aus, deren Blätter auf den Gehsteig und auf unsere Schultern herabflatterten, obwohl kein Lüftchen wehte. Schon aus der Straßenbahn sahen wir die Menge, die sich vor den schwarzen Eisengittern versammelt hatte, je näher wir kamen, desto deutlicher wurde das Rumoren. Wir drängelten uns hindurch, wobei wir eng beieinander blieben und die Nachzügler an den Tragriemen der zwischen den Körper eingeklemmten Handtaschen hinter uns her zogen. Wir wussten nur, dass wir hergekommen waren, um eingelassen zu werden, also stießen wir keuchend zwischen fremden Knien und Schultern vor und zerteilten die Wolke, in der sich billiges Parfüm und Kleidermief, Kantinendünste und fremder Schweißgeruch mischten, bis wir schließlich spürten, dass wir wieder durchatmen konnten. Dann holten wir tief Luft, fast waren es Seufzer, die beiden Jungs mit roter, von einer Stecknadel gehaltener Armbinde hielten die Tür einen Spalt auf und musterten uns, als wollten sie uns zählen, während wir uns vorsichtig, aber rasch hineindrückten.

»Ausweis«, riefen sie plötzlich, wenn die Letzte von uns durchschlüpfte. »Ohne kommt keine rein ...«

Nun standen auch die Jungs von draußen in der Tür und riefen uns dasselbe nach. Wir hörten nicht hin, blieben ein paar Meter weiter stehen und begutachteten uns gegenseitig – kein freudiger Anblick. Die Kleider waren verrutscht, die Haare wirr, die Alleen waren lang und öde, und die plötzliche Stille verunsicherte uns. Wir richteten uns her, so gut es ging, und folgten zögerlich dem Klang der Musik, die zu uns herüberschallte.

Weil der Herbst anhielt, wurde noch draußen getanzt, zwischen den langen Petunienrabatten und anämischen Springbrunnen aus verrottetem Metall. Im Licht der Glühbirnen glänzten die im alten Saft stehenden Blätter, und von den Mauern hingen rote Efeuranken.

Plötzlich stoppte jemand die Musik, und im ohrenbetäubenden Rauschen und Knacken der Verstärkeranlage wurde gezählt: eins, zwei, drei, vier. Pfiffe und heisere Schreie fuhren von allen Seiten dazwischen, dann konnten wir einen Augenblick lang unser Flüstern und das Schleifen der Schritte hören. Darauf ging es dröhnend weiter, *Buona sera, signorina, buona seraaa* – an der Sicherheit der Bewegungen und am grundlos lebhaften Lachen war vorab zu erkennen, ob eine an diesem Abend ständig aufgefordert werden würde oder nicht.

»Lasst uns abhauen, dieser Idiot macht mich verrückt, ich werd ihn nicht mehr los«, bettelte eine, die sich offenbar belästigt fühlte.

Manchmal willigten wir ein, zu dritt oder viert oder fünft, wenn wir annahmen, dass der Abend, der schlecht begonnen hatte und jetzt irgendwie auch schon wieder zu Ende war, in einer anderen Ecke des Hofs von vorn beginnen könnte. Dann schlängelten wir uns während des Tanzes zwischen den Paaren hindurch, lachten dabei, als täten wir etwas Verbotenes, und blieben erst in der gegenüberliegenden Ecke stehen. Eng zusammengedrängt schielten wir nach den Gesichtern um uns herum, setzten zum Reden an, man konnte sich aber kaum verständlich machen, so dass die Satzanfänge zwischen uns in der Luft hängen blieben. Gleichzeitig taten wir, als merkten wir nicht, wie die Jungs uns mit ihren Blicken maßen und dann links liegen ließen. Auch sie standen zu zweit oder zu dritt herum, die Hände in die Hosentaschen vergraben oder am Rücken verschränkt. Sie hatten sich feucht gekämmt, und ihre Wangen glühten noch von der scharfen Rasur. In den Pausen zündeten sie ihre Zigaretten an, einer erzählte was, und alle bogen sich vor Lachen. Dann traten sie wieder heran und sahen sich forschend um, als suchten sie jemand Bestimmtes.

»Das ist der, der die Sanda angemacht hat«, zischte eine von uns und tänzelte, um sich besser ins Licht zu setzen.

Wir wandten uns nach der anderen um, die in einer dunkleren Ecke ins Gespräch vertieft war und nicht mit uns zurückkehren würde an diesem Abend.

»Nichts als komische Fressen... Gehen wir doch«, bettelte eine andere, die bei den letzten Tänzen allein am Rand zurückgeblieben war.

Niemand ging auf sie ein, also schwieg sie und umklammerte mit beiden Händen den Griff der Handtasche, die sie vor sich hielt, als wollte sie sich schützen. Als die Pause zu Ende ging, schlug sie plötzlich den Blick nieder. So verharrte sie, weil sie wusste, was jetzt folgte, *Voolaare* – die hatten dasselbe Band noch einmal eingelegt. Sie wusste auch, welcher Mann sich unserer Gruppe nähern würde, sie wusste es, noch bevor er sich auch nur andeutungsweise entschlossen zeigte, als er noch einmal an der Zigarette zog und sie, nur zur Hälfte geraucht, fallen ließ und unter der Schuhsohle austrat, während er einen Knopf seiner Jacke schloss und die verrutschte Krawatte zurechtrückte. Sie hielt den Blick weiterhin gesenkt, er trat ein paar Schritte an uns heran, jetzt, wisperte sie nur für sich, jetzt, ihr Herzklopfen übertönte die dröhnende Musik, und mit gesenkten Augen wusste sie, dass die andere neben ihr lächelt und nickt und die beiden losschlendern, sich in dem Gedränge ein Plätzchen zu suchen, und wie er sagt: »Sind Sie auch in Biologie?« Oder: »Zu viele Leute hier heute Abend, sonst...«

Plötzlich gestand sie sich ein, dass sie gewusst hatte, dass es so kommen würde. Mit gesenktem Blick spürte sie, wie auch die anderen Männer näher kamen, und schließlich hob sie den Kopf. Ihre Gesichtszüge waren starr, die Augen funkelten heftig, aber in dem Dunkel um diesen metallenen Wasserspender sah man nichts als ihren schiefen Haarknoten. Sie verfolgte das Zucken der ineinander verklammerten Körper in dem spärlich beleuchteten Hof, ihr Kopf dröhnte von der ohrenbetäubenden Musik und den dumpfen Stimmen um sie herum, doch langsam entspannte sich ihr Körper, als wäre sie eine Sorge los. Sie wusste, was jetzt kam, *Buona sera, signorina, buona seraaa*, und bis zur nächsten Pause hatte sie nichts zu tun als den Kopf zu wenden, um hinter vorgehaltener Hand ihr Gähnen zu verbergen.

*

Der kann es nicht sein, sagte ich mir, ohne mir den Jungen, der mich gerade aufgefordert hatte, überhaupt anzusehen. Ich dachte an seine schmalzigen Locken, die verbogenen Kragenspitzen, die feuchtkalten Hände, die Standardphrasen, die er mir ins Ohr flüsterte, und zugleich an den säuerlichen Geruch von Zigarettenrauch oder Parfüm. Der kann es nicht sein, sagte ich mir, ließ mich aber von ihm bis zum Wohnheim begleiten, so gingen alle Mädchen vom Tanzen heim, dann standen sie noch lange an der Tür, um sich für das nächste Mal zu verabreden, wenn man gemeinsam ins Kino gehen oder in der Stadt Tee trinken wollte. Über der Uferpromenade hingen erste Herbstnebel, der Staub der Stadt ging darin auf und schwebte über den von spätem Grün bewachsenen Ufern. In den Parks am Weg gab es nachtdunkle Flecken, die ich ebenso mied wie die Berührung des Fremden, der neben mir ging. An den beleuchteten Enden der Allee sah ich Paare, die ich weder um ihr Getuschel noch um die Umklammerungen beneidete, entschlossen schritt ich in Richtung Wohnheim voran, als hätte ich alles, was ich an diesem Abend zu tun hatte, gut zu Ende gebracht.

Dennoch blieb auch ich, von verborgenen Ängsten umgetrieben, an der Treppe stehen und verabredete mich. Dieser kann es nicht sein, sagte ich mir, wenn ich ihn während des Films misstrauisch von der Seite ansah und meine Finger in seiner warmen Hand ruhen ließ. Der Rückweg von welchem Kino auch immer führte, das wusste ich, durch den Park, der Kies der Allee würde unter unseren Schritten knirschen. Je näher er mir kam, desto weiter war ich von mir selbst entfernt, in der Dunkelheit blieben nur seine fremden Augen und seine hastigen Hände.

»Ich tue dir ja nichts, wieso weichst du mir aus, gefalle ich dir denn gar nicht?«

Ich antwortete nicht, ließ nur meinen verschleierten Blick schweifen, der Park war in eine bodenlose Finsternis getaucht, und plötzlich ging mir unter dem Beben seines Körpers, der sich an den meinen schmiegte, und der Berührung seines feuchten tabakgegerbten Mundes eine Frage auf.

»Beim wievielten Treffen musst du zulassen, dass er dich küsst?«, fragte ich sie.

Wieso lachten die denn? Gern hätte ich überall unpersönliche Verlässlichkeit gehabt. Als solche erschienen mir die Vormittagsvorlesungen, die Essenszeiten, der Lesesaal und das abendliche Zusammensein. Und die Bibliothek mit ihren dicken Bücherwänden, an denen sich die Bibliothekarin auf ihrer fahrbaren Leiter emporreckte. Durch die weiß bestäubten Fenster mit schmiedeeisernen Gittern fielen Flecken von gelblichem Licht auf die von den Ellbogen blank gescheuerten Tische. Hin und wieder kam in irgendeiner Ecke ein Raunen auf, wenn Coupons von Bestellzetteln aus den Büchern gerutscht und durcheinandergeraten waren. Dann hoben sich die anderen Köpfe über den mit weißer Farbe nummerierten Tischen mit nervösem Zischen, der von dem runden Zifferblatt mit fein ziseliertem schwarzem Zeiger gemessene Arbeitseifer war gestört. Manchmal hörte ich gar nichts in meiner Versunkenheit jenseits der Seiten. Ich wusste, dass vor Jahren Onkel Ion an diesen Tischen gelesen hatte, dennoch konnte ich nicht glauben, dass er wirklich hier gewesen war, denn jetzt erst begann doch alles, mit mir. Ich arbeitete mich vor durch das Chaos von Ideen und Daten, ab und zu wurden meine heißen Augen feucht zwischen den kalten Lidern, sein Rausch von damals riss mich mit und verschärfte meine Ungeduld. Wenn ich dann, spät, den Kopf hob, würgte mich der Ekel, die Fenster schimmerten von der Schwärze da draußen. Verstört ließ ich den Blick schweifen, der von den vielen Büchern abgelenkt war, so dass ich nicht mehr wusste, was und wie weit ich hoffen sollte. Dann saß ich mit müden, weich über die hohe Stuhllehne hängenden Armen im Lesesaal, der sich kurz vor der Sperrstunde geleert hatte. Der vor so viel Kälte mehlige Schnee knirschte auf dem Weg, und der Frost klebte meine bebenden Nasenlöcher bei jedem Schritt rhythmisch zusammen. Ich rutschte über eine lange Eisbahn, die von vielen Absätzen vor mir zerkratzt worden war. Laut lachte ich über die nunmehr bekannte Straße und die erstarrten Schaufenster. In mir war etwas Unbestimmtes, das mich hin und wieder überkam, worauf ich kicherte und mir sagte: *morgen, morgen*. Ich war dem Verstehen sehr nahe und reckte mich vom Rand dorthin, wo ich es vermutete.

Kapitel XI

Er hatte an dem runden Bronzeknauf gedreht und die massive Holztür mit den staubdurchsetzten Rissen aufgestoßen, jetzt stieg er vor mir die paar Stufen ins Kellergeschoss hinunter, wobei er seine Taschen nach dem Schlüssel absuchte. Die Hand an der Türklinke, verharrte ich auf der Schwelle und versuchte das Zimmer wiederzuerkennen. Es schien tiefer, als es eigentlich war, denn die vereinzelten Möbel standen weit auseinander, ein schmales Sofa an dem einen und ein paar Bücherregale an dem anderen Ende. Auf dem Fußboden Stöße von Büchern und Vorlesungsskripten mit starren Pappeinbänden, unter dem Tisch leere Wein- und Wodkaflaschen. Es roch nach altem Zigarettenrauch, der längst in die Wände und in die niedrige Decke gezogen war. Lässt sich wohl schwer lüften, dachte ich mir und betrachtete die hoch angesetzten kleinen Fenster, durch die man auf das schmutzige Hofpflaster sah. Nur vor dem letzten wankte ein kahler Strauch mit verholzten Stacheln, von dessen Spitze eine einzige herbstliche Rose herabhing, deren bläulichrote Blätter unter dem ersten Schnee erschlafft waren. Marta hatte mir gesagt, dies sei einmal die Garage des Hauses gewesen. Wieso aber, fragte ich mich, war ihr das Zimmer so seltsam vorgekommen, vielleicht nur, weil Barbu hier wohnte? An der Wand über dem Sofa baumelte ein billiger schmiedeeiserner Kerzenhalter. Ich erkannte auch die in einer Nische installierte Nachtlampe, das Fenster hatte einer seiner Freunde bemalt, der sich jahrelang um einen Studienplatz an der Architektur beworben hatte und jetzt den Abschluss machte. Auch das wusste ich von Marta.

»Gefällt es dir?«, fragte Barbu. Er hielt die Weinflasche zwischen den Knien und drehte den Korkenzieher hinein. Seit wir eingetreten waren, war er ganz anders, er redete viel und war in ständiger Bewegung, ohne Sinn und Zweck.

»Ja«, antwortete ich und ließ meine Augen über die grellen Farbflächen gleiten, rot und grün. Sie gefielen mir nicht, aber ich war mir sicher, das lag nur an meiner Unkenntnis in Sachen moderne Malerei; sofort plagte mich mein Gewissen, dass ich auch hier einiges nachzuholen hatte.

Seine Aufregung erschien mir unsinnig, ich sah nichts Besonderes in meinem Besuch, außer dem fremden Zimmer, das ich verstohlen in Augenschein nahm. (Von Mutter wusste ich, es gehört sich nicht, dass man sich zu neugierig umschaut, wenn man eine Wohnung zum ersten Mal betritt.)

»Und wie geht es Marta?«

Ich erriet seine Worte mehr, als dass ich sie hörte, sie wurden vom Geplätscher des Wassers übertönt. Er war zu dem Waschbecken in der Ecke gegangen und spülte zwei Gläser.

»Ich glaube, es geht ihr jetzt gut«, antwortete ich und verzog leicht das Gesicht.

*

Ich fand es ärgerlich, dass wir immer zuerst von ihr sprachen, wie damals beim ersten Mal, als wir uns zufällig in der Bibliothek begegnet waren. Es war kurz nachdem zwischen ihnen alles aus war, ich hatte es gemerkt, noch bevor Marta davon erzählte. Sie wartete Samstag abends nicht mehr auf ihn, sie ging nicht mehr zu Vorlesungen oder Seminaren, nur durch gutes Zureden war sie dazu zu bewegen, einmal am Tag mit essen zu gehen. Sie lag in dem langen fadenscheinigen Morgenmantel mit angezogenen Knien auf dem Bett, die Haare fielen ihr ins Gesicht, nur manchmal, wenn sie uns lachen hörte, fuhr sie auf und musterte uns mit verstörten Augen voller Misstrauen aus dem Verdacht, sie wäre der Grund des Gelächters.

»Es tut mir leid«, sagte mir Barbu damals.

Ich hatte ihm einiges von ihr erzählt und ihm eine Versöhnung nahegelegt. Er wirkte verbittert, eine leichte Röte war in seine Wangen gestiegen, und er wandte seinen Blick ab. Hätte ich lieber den Mund gehalten, sagte ich mir, senkte ebenfalls den Blick, weil ich nicht wusste, was ich tun sollte, und kratzte mit der Schuhspitze über den Beton. Es war anmaßend gewesen, ihn anzusprechen, ich kannte ihn kaum; wir waren uns in der Tür begegnet, als ich eine Pause machen wollte, und er hatte mich genauso sachlich wie jetzt gefragt, wie es Marta gehe.

»Es tut mir leid, aber ich glaube, auch für sie ist es besser so... Auch wenn es ihr eine Zeitlang schwerfällt, wir... Nein...«

Er wusste nicht weiter und trat von einem Fuß auf den anderen, dann wandten wir uns beide zum Fenster. In der lauen Luft des Nachmittags funkelten die Kirchtürme gegenüber wie riesige Christbaumkugeln, unten auf dem Gehsteig trieb der Wind haufenweise raschelndes Laub zwischen die Beine der dahineilenden Passanten. So, beim Blick aus dem Fenster, spürte ich wieder die Erregung, die mich um diese Stunde erfasste, wenn ich über den Dächern des Korsos den Sonnenuntergang betrachtete, und ich vergaß

Marta sofort. Das schwergoldene Licht brannte in mir, gern hätte ich es aufgehalten und aufgehoben, bis auch ich etwas begreifen würde, aber zu meinem Leidwesen spürte ich, wie es langsam im graubestäubten Rot des Himmels unterging, der vor meinen Augen erkaltete. Die Sonne erlosch, während sie hinter den Blocks verschwand, ihre helle Scheibe war nur noch ein Spiegel, von Lichtflecken durchsetzt. Noch einmal betrachtete ich sie, nur mehr ein riesiges stanniolglitzerndes Rund, dann wandte ich mich um.

»Liest du normalerweise auch hier? Ich kann mich nicht erinnern, dich schon mal gesehen zu haben«, murmelte ich, verlegen um einen Themenwechsel bemüht.

Er sagte, er sitze an seiner Diplomarbeit und komme her, weil die Bücher hier schneller gebracht würden.

»Ich lese auch in der Bibliothek«, sagte ich, »aber wenn ich ein Zimmer für mich allein hätte, würde ich nur dort lernen. Es muss großartig sein, ein Zimmer für sich zu haben, für sich allein ...«

»Andererseits hätte man nicht alle die Bücher hier«, bremste er meinen Überschwang und schmiss die Zigarette in den Blechnapf.

*

Damals überlegte ich, ob ich Marta sagen sollte, dass ich ihn getroffen hatte. Es erschien mir besser zu schweigen, und ich mied manchmal grundlos ihren Blick, vor allem wenn ich an dem Tag mit ihm gesprochen hatte. Sie hatte wegen unentschuldigten Fehlens eine Abmahnung bekommen und ihr Stipendium verloren; wenn sie nicht im Zimmer war, sagten die Mädels, sie müsse wahrscheinlich das Jahr wiederholen, und beschuldigten Barbu, dass er sie so lange hingehalten hatte, und manchmal auch sie, weil sie nicht gemerkt hatte, dass es ihm »nicht ernst« gewesen war. Dann aber schien Marta ganz plötzlich einen Neuanfang zu wagen, so plötzlich, als hätte sie in den schlaftrunkenen Stunden, die sie in dem langen Morgenmantel mit achtlos toupiertem wirrem Haar und den verklebten Augen im schläfrigen Gesicht zusammengekauert auf dem Bett gelegen hatte, unverhofft Energie angesammelt. Die Prüfungen rückten näher, und sie las jetzt ständig im Bett, ohne auf den Lärm im Zimmer zu achten. Sie hatte lange gefehlt und deshalb keine Notizen; darum wartete sie, bis das Licht ausging, lieh sich irgendein Heft und ging ins Bügelzimmer, aus dem sie erst gegen Morgen wiederkam. Barbu traf ich immer in der Bibliothek, und manchmal, wenn wir eine Pause machten, gingen wir in die Konditorei unten Kaffee trinken. Allerdings sah ich mich dabei ständig ruhelos um, ohne zu wissen, weshalb, dabei hütete ich mich nur davor, Marta zu treffen.

*

»Sie hat ein Bedürfnis nach bedingungsloser, fast schon demütiger Hingabe«, sagte er, während er seine Zigarette in dem Tellerchen unter der Kaffeetasse ausdrückte. »Außerdem will auch sie heiraten – wie alle ihre Kommilitoninnen.« Das Gesicht mit dem weichen fliehenden Kinn verzog sich zu einem schmalen hämischen Grinsen.

»Irgendwie kann man das ja auch verstehen«, gab ich leise zurück und dachte mir, eigentlich muss man ja wissen, was man will, und es ist gut so.

Ihm wollte ich das allerdings nicht sagen.

Er wühlte in den Taschen und zog ein paar zerknüllte Pfennige in der geballten Faust hervor, um zu zahlen. Im Spiegel über dem Tisch erkannte ich mein schmales Gesicht, die Haare, die ich hatte wachsen lassen, so dass sie in wirr gekringelten Locken in den Nacken hingen, die blauen Schuhe mit abgestoßenen Spitzen und den durchgesessenen, gelb und braun karierten Rock. Was für abenteuerliche Farbkombinationen, ich bin ein Papagei, ein Papagei, sagte ich mir, plötzlich bedrückt und nur darauf bedacht, meinen eigenen Anblick zu meiden. Ich reckte den Arm, um ihn in den Ärmel des Mantels zu stoßen, den Barbu mir hielt. Dabei sah ich auch, dass seine Krawatte verrutscht war und ein Jackenknopf gerade noch an einem Faden hing. Ich zog den Arm zurück, die Hand hatte sich im Futter verhakt, und versuchte es von neuem. Mir war, als starrten uns von den umliegenden

Ich hatte die Vorstellung, ich wollte nichts von ihm, deshalb sah ich ihm bedenkenlos in die Augen. Manchmal ging mir durch den Kopf, ich sollte ihm nicht zuhören, wenn er so über Marta sprach, schließlich war sie meine Freundin. Gleich darauf aber tröstete ich mich mit dem Gedanken, unsere Komplizenschaft versetze mich in eine neutrale Welt: eine Welt jenseits des banalen Unterschieds zwischen Männern und Frauen, eine Welt, in der sich meine peinlich spießige Frage erübrigte, ob es sich lohnt, »es zu tun«.

»Das ist nicht das Wichtigste – für Frauen vielleicht. Für einen Mann dagegen...«

In seinen Worten erschienen mir seine Gedanken deutlich wie durch ein frisch geputztes Fenster. Wie hat ihn Marta mehr als zwei Jahre lang geheimnisvoll und rätselhaft finden können?, fragte ich mich. Das ist doch nur ein kleiner Egoist, der sich etwas einbildet auf sein Glück, ein Mann zu sein. Mir schien, ich verstand mehr als sie beide oder alles besser. Selbstsicher ließ ich meinen Blick über die leichten roten Plastikstühle schweifen. Einige Paare aßen, die Mäntel über

Karten zwischen ihren dichtgedrängten Knien und Fußsohlen durcheinander, dann bemühten sie sich, das Spiel wieder herzustellen und mahnten sich gegenseitig, still zu sein.

»Natürlich hast du wieder das Abendessen verpasst«, sagte Marilena und sah mich prüfend an. »Und wieso stehst du da wie ein Ölgötze? Komm und iss...«

Sie deutete mit der Schulter in Richtung Tisch. Neben der kleinen hölzernen Kiste, auf deren herausgebrochenen Brettchen noch die verwaschenen Buchstaben der Anschrift zu lesen waren, lagen ein Stück mit rotem Paprika bestäubter Speck, in dem Deckel eines Senfglases ein paar Brocken Sülze, ein entzweigerissener Hefezopf, gefüllt mit grünen und roten Stückchen türkischen Honigs, und ein paar runzlige Winteräpfel.

»Ich habe keinen Hunger«, entgegnete ich und schloss mit zögerlicher Hand die Tür.

Erst jetzt spürte ich, wie meine Bewegungen in der hier herrschenden Hitze weich wurden. Die Melodien rauschten in meinem Kopf durcheinander, und in jeder einzelnen steckte etwas von der schmerzhaften Peinlichkeit.

»Stell dich nicht so an«, sagte Marilena und verzog das Gesicht. Sie klappte das Heft zu und beugte sich damit zum Nachtschränkchen.

»Von wem ist das?«, fragte ich leise und zeigte auf die Kiste.

»Von mir jedenfalls nicht«, sagte sie beiläufig.

Mir fiel ein, dass sie sich vor einiger Zeit mit ihren Leuten überworfen hatte, es war dabei um ihren Freund Sandu gegangen. Ich strich Senf auf das Stückchen Sülze und griff tastend in den Haufen Brotscheiben, die aus der Kantine entwendet worden waren, sie waren bröslig, gedörrt in der trockenen Hitze des Heizkörpers.

»Ist halt so, wenn man zu spät kommt«, sagte Marilena, als sie meinen Blick bemerkte.

Das war es also, von Anfang hatte ich in der Hitze des Zimmers, in dem Dunst der vielen Körper und Schuhe gespürt, dass etwas über allem schwebte, ein bestimmter Geruch nach Alkohol. Ich stellte den Becher mit dem Bodensatz von Rotwein auf den Tisch zurück.

»Esst ihr noch?«, fragte Marilena und begann, ohne eine Antwort abzuwarten, hastig die Reste abzuräumen. Sie wickelte sie in die fettfleckigen Zeitungsblätter und legte sie zwischen die Doppelfenster.

»So, das hätten wir, komm, gehen wir zu Nana, ich glaube, sie ist noch im Lesesaal …«

*

Ich ging hinter ihr her und ließ die Hand mit ausgestreckten Fingern bei jedem Schritt mitschwingen. Während ich so an der Wand entlangschlich, stieß sie gegen jeden Türrahmen, einen nach dem anderen. Hinter den Türen waren Stimmen zu hören, einige davon kannte ich schon, es gab Gelächter, irgendwo auch einen Streit. Nur die Zahl auf den weißgestrichenen Blechtafeln änderte sich, jeweils um einen Zähler.

»Bleib hier, ich rufe sie schon«, flüsterte Marilena und schubste mich mit dem Ellbogen zur Seite.

Die langen Neonröhren an der Decke tauchten die Gesichter in ein weißes Licht, in dem sie älter erschienen. Viele waren an diesem Abend im Lesesaal, manche hatten ihre Stühle aus den Zimmern heruntergebracht und saßen seitlich an der Wand, man merkte, es war Prüfungszeit. Eine las weit zurückgelehnt, die Beine auf dem Tisch. Von der Tür aus sah ich ihre Sohlen in Ringelsöckchen.

»Nana!«, rief Marilena.

Zu dritt zogen wir uns zurück an unseren gewohnten Platz neben der Schwingtür, die auf den Innenhof ging.

»Weißt du, wann die da heimgekommen ist? Vor einer Viertelstunde …«

In den Gängen rauschte das Schweigen, und in der stumpfen Fensterscheibe spiegelte sich mit gelblich schimmerndem Gleichmut die Leuchtkugel der Deckenlampe. Schon die Stille der Mauern, die ich kannte, und die gewohnten Scherze der beiden Freundinnen bewirkten, dass ich spürte, wie meine Bedrückung wich. Der unbestimmte Schmerz hatte sich irgendwo versteckt, und plötzlich sah ich mich anders. Woher kam mir nur diese steife Gestalt auf der Schwelle wie in einer Filmszene, mit zerknautschtem Rock und panisch nach dem Schalter tastenden Fingern, der hektisch sich überschlagenden Stimme, so bekannt vor?

»Das ist ja allerhand«, schimpfte ich verärgert. »Schau ich denn auf die Uhr, wenn du abends nach Hause kommst?«

»Habt ihr mich aus dem Saal geholt, damit ich mir eure Streitereien anhören muss?«, sagte Nana und gähnte. »Ach, fast hätte ich es vergessen, die von 579 hat gesagt, sie gibt mir morgen die Zettel mit den Fragen …«

»Wozu brauchst du Zettel?«, sagte Marilena. »Uns prüft eh nicht der Professor, der ist gestern zu einem Kongress nach Deutschland gefahren. Ich glaube, es kommt einer von dem anderen Studiengang, dieser Lange, der Arcan.«

»Arcan, den kenne ich«, platzte ich heraus.

Dabei hatte ich seine linkische Gestalt vor Augen, wie er bei uns zu Hause im Vorzimmer von einem Fuß auf den anderen trat, während er wartete, dass Onkel Ion die Bücher für ihn aus seiner Bibliothek holte.

»Was ist das denn?«, fragte ich und richtete mich als Erste an dem Heizkörper auf.

Zuerst dröhnte es dumpf aus dem Innenhof, dazu Scherbengeklirr. Ich zog den dünnen Vorhang beiseite und schaute hinaus. Alle nach innen gehenden Fenster, selbst die gelb gestrichenen der Badezimmer, standen offen. Die Mädchen beugten sich in ihren kunstseidenen Schlafröcken oder Pyjamas über die Brüstung, schrien etwas, das ich nicht recht verstand, und schmissen leere Gläser oder Flaschen hinunter. Die kurzen Aufschläge häuften sich, sie verdichteten sich zu einem ununterbrochenen Rasseln, das von rhythmischem Geschrei durchsetzt war. Mit ranzigem Fett verschmierte Gläser, in denen sie das gebratene Fleisch von daheim aufbewahrt hatten, Kompott- und Marmeladengläser mit eingedickten Resten und verfilzten Haarsträhnen, leere Wein- und Likörflaschen, sogar kleine Fläschchen für Hustensirup. Zwischen den schlecht beleuchteten Wänden des Innenhofs mit ihrem bröckelnden Putz und den hohen zylindrischen Mülltonnen funkelte ein Haufen Scherben. Plötzlich verstand ich auch, was sie riefen: Waaarmes Waaasser, waaarmes Waaasser – es war wohl abgestellt worden.

Der Lärm in den Gängen schwoll ab. Aus dem Lesesaal kam mit steifen Schritten ein Mädchen, die langen Schöße des Morgenrocks behinderten sie bei jedem Schritt. Wieso wir uns wohl so ähnlich sind, solange wir hier sind, dachte ich beim Anblick ihrer wirren Haare und ihres bleichen Gesichts im fahlen Licht der Deckenlampe. Ein paar Stunden zuvor hatte ich die Vorstellung gehabt, ich wäre dieses stereotype Leben für immer los, jetzt aber war ich niemand anders als dieses Mädchen, das an der Wand entlangstakste, und sie niemand anders als ich.

»Nach den Ferien«, sagte Marilena, »wird der neue Flügel des Heims freigegeben ... Schauen wir mal, wen wir mitnehmen, denn dort gibt es Fünferzimmer ...«

Ist ja auch was, zu fünft, sagte ich mir und klammerte mich an dem kalten Handlauf fest. Dann sind wir unter uns, ich werde abends im Zimmer lesen können, ich werde mir sogar ein paar Bücher von zu Hause mitbringen, eine Arbeit für den Kreis annehmen und mich weder mit Barbu noch mit Mihai noch mit einem anderen Jungen verabreden. Seit Monaten wartete ich, dass etwas geschah und ich aus diesem Heim rauskam, obwohl ich wusste, dass Mutter und Onkel Ion nie das Geld für ein Zimmer in der Stadt haben würden.

»Wann fahrt ihr nach Hause?«, fragte ich sie.

»Nach den Prüfungen halt, wann denn sonst ...«, sagte Nana zögerlich.

Unvermittelt ging Marilena weg, eine Weile noch war das Flappen ihrer ausgetretenen Sandalen auf dem Linoleum zu hören.

»Tschüss«, hatte sie gesagt und gewinkt, ohne sich umzusehen.

»Was hat die denn, dass sie so verschwindet?«, fragte ich und beugte mich über das Geländer.

In fächerförmigen Stufen wand sich die Treppe hinunter bis zum Pult des Pförtners.

»Weißt du denn nicht, dass sie mit den Ihren zerstritten ist? Sie hat niemanden, zu dem sie in den Ferien fahren könnte ... Sandu ist im Ausbildungslager, dabei hat sie sich seinetwegen gestritten, sie sind zu ihr nach Hause gefahren damals im Herbst, als er nicht mehr zu den Nachprüfungen zugelassen wurde und sie befürchteten, er würde zum Wehrdienst eingezogen. Ich weiß nicht, wer von beiden auf die Idee mit dem Heiraten gekommen ist, ich glaube, sie. Ihre Eltern kannten ihn, sie wollten gar nichts davon hören. Sie haben ihr gesagt, entweder sie macht Schluss mit ihm, oder sie wollen nichts mehr von ihr wissen. Es hat Streit gegeben, sie ist mit Sandu weg und hat ihnen seither nicht mehr geschrieben...«

»Ach was, als würden die sie jetzt nicht aufnehmen, wenn sie nach Hause fährt...«

»Sie sagt, das würde bedeuten, dass sie einwilligt, sich von Sandu zu trennen... Natürlich könnte sie das irgendwie hinkriegen, aber du kennst sie ja...«

Was für ein seltsames Paar, sie und Sandu, sagte ich mir und hatte ihn plötzlich vor Augen, wie er träge an der Eingangstür lehnte, wenn er auf sie wartete. Und doch hätte ich jetzt an ihrer Stelle sein mögen, hätte gern so stark an jemanden geglaubt, dass ich mich seinetwegen mit Mutter und mit Onkel Ion streiten würde.

*

»Er ist zu dick an der einen Seite«, protestierte Nana und tastete auf dem krümelübersäten Tisch nach dem Spiegel.

»Habe ich denn schon gesagt, du kannst ihn dir anschauen?«, schimpfte Marilena.

Sie bohrte ihr noch eine Nadel in den Haarknoten und trat ein paar Schritte zurück, um ihn zu begutachten.

»Ich habe dich hergerichtet, dass dich nicht mal mehr deine Mutter erkennen würde...«

»Ich muss aber vor ihr rein...«, schmollte ich.

»Was hättest du denn gewollt? Dass ich komme und dich im Bett kämme? Halt!«, fuhr sie Nana an. »Nimm die Hand vom Kopf, sonst ist alles im Eimer ... Eine bin ich los«, sagte sie dann leiser und fuhr sich mit der Hand über das erhitzte Gesicht. Sie befeuchtete den Kamm in dem Glas mit trübem Wasser.

»Du aber auch ... Es würde dir nicht einmal einfallen, dich ein bisschen vorzukämmen, faul wie du bist«, brummte sie. »Still, Kleine«, sagte sie, als ich leise winselte. »Sei bloß still, du hast einen Kopf wie ein Schaf, das in die Disteln geraten ist ...«

»Ich komme zu spät«, drängte ich leise mit dem Blick auf die Uhr, die an einer Tischecke tickte. »Was machst du denn?«, fragte ich sie von der Tür aus.

»Ich bin eh erst später dran«, sagte Marilena.

Mit flinken Händen entledigte sie sich aller Haarnadeln, glättete mit den Handflächen die Haare über den Ohren, griff sich vom Bett den steifen Unterrock mit mehligen Flecken von der eingebügelten Stärke, schmiss ihn auf den Teppich, stieg mit Schuhen an den Füßen hinein und zerrte ihn hoch, wobei sie den hinten abgewetzten Veloursrock schürzte. So zog sie ihn an, zurrte ihn schließlich am Verschluss fest und knautschte, weil er zu weit war, noch zwei Falten hinein.

»Wieso gehst du denn nicht endlich?«, rief sie zu mir herüber.

Ich stand in der Tür, sah ihr zu und zögerte. Eigentlich hatte ich mich noch gar nicht entschieden, ob ich ihr sagen sollte, sie solle in den Ferien zu mir nach Hause kommen. Dann aber wunderte ich mich, dass Marilena nach nur einem einzigen halbherzigen Einspruch zusagte, als hätte sie damit gerechnet.

*

»Was war auf deinem Zettel?«, riefen sie durcheinander und drängten mich an die Wand.

Ich hörte die Frage nicht, meine Wangen glühten, und meine feuchte Hand, die das Heft mit den Zensuren umklammert hielt, zitterte. Nur zwei, drei von den Mädchen blieben in meiner Nähe, die anderen gingen auf dem unbeleuchteten Korridor auf und ab oder rauchten in dem Vorraum zum Aufzug. Die Tür ging quietschend auf, sie rannten wieder herbei, doch heraus trat nur die Assistentin. Auf der Treppe blieb ich kurz stehen, sah mich vorsichtig um, ob auch niemand in der Nähe war, und betrachtete ein paar Sekunden lang meine Note. Ich durchquerte die Eingangshalle, die vom Stimmengewirr summte, stemmte mich mit beiden Händen gegen die schwere Eingangstür und trat hinaus auf die Straße.

Von Schuhsohlen zertrampelt, war der in der Nacht gefallene Schnee inzwischen staubgrau. Beim Auftreten wurde er mit trockenem Rascheln zur Seite gedrückt wie Sand und gab das holprige schwarze Eis darunter frei. Es herrschte ein merkwürdiges Licht, bleich vernebelt wie der weiße Himmel, langsam, mit verkniffenen Augen, ging ich hindurch, von den Bäumen rieselte Schnee, vielleicht fiel auch frischer, kalt spürte ich ihn in meinem Gesicht. Das Gewusel rundum schien wie in Watte gepackt, der Schnee hatte die Stadt zum Verstummen, er hatte Stille gebracht. In diesem Licht wäre ich gerne mit jemandem an meiner Seite gegangen, ich ertappte mich, dass ich traurig an Barbu dachte. Ich begriff nicht, wieso die Stadt ihrem Schnee über Nacht so zugesetzt hatte. Mein Atem war angesäuert von den Zigaretten, die ich geraucht hatte, bevor ich aufgerufen worden war. Ich ging schnell, an den Haltestellen hatten sich viele Leute angesammelt, vor Kälte trippelten sie auf der Stelle und rieben sich die

Hände. Die winterlich kahlen Bäume reckten ihr wirr verschränktes Geäst in den milchigen Himmel, aus den Schornsteinen der Häuser stiegen Rauchschwaden, strichen wie ein gewaltiger Atemhauch über die Zweige und zogen weiter. Das Licht schien den Nebel zu verdichten, der einen mit seinem kalten, stickigen Staubgeruch umfing, ich spürte, wie sich das Schweigen des Winters darin einrollte. Von den Balkonen hingen schlaff und zerknittert die bunten Tücher der Flaggen zum nahen 30. Dezember – dem Tag der Republik. Ein Feiertag mit Fahnen und Reden, den ich nie in Einklang zu bringen vermochte mit meiner merkwürdigen Erinnerung an eine Zeit, da wir sangen: »Es lebe der König«, wie wir es im Kindergarten gelernt hatten. Die Leute eilten an mir vorüber, aus den schweren Einkaufsnetzen schauten Fleischpäckchen, Orangen und Zuckertüten hervor. Gleichmütig beneidete ich sie um die Silvesterfeier, die ihnen bevorstand, und verschob meinen Eintritt in ein Leben, das dem ihren gleichen würde, um ein weiteres Jahr. Das gerötete, grau verschattete Gesicht von Barbu stand hinter meinen Lidern, umnebelt vom Misstrauen der Einsamkeit.

In unserem Zimmer war niemand. Überall lagen Stöße von Heften und Büchern herum. Ihrer Bezüge entkleidet, standen zwei Betten mit gestreiften Matratzen da, die Predescu und Clara waren schon am Vorabend abgereist und hatten ihre Bettwäsche abgegeben. Ich begann meinen Koffer zu packen, rannte auf und ab, um meine verstreuten Siebensachen einzusammeln, und dachte dann und wann verbittert an Barbu. Immer dasselbe Bild, wie er in den fast leeren Lesesaal der Bibliothek kommen würde, wie sein Blick über die Tische schweifen und mich vergeblich suchen würde, wobei er, je länger er vergeblich nach mir spähte, bemüht wäre, das

Interesse in seinem Blick zu unterdrücken. Immer dasselbe, dieselbe Tür, die er mit vorsichtiger Hand aufstößt, um keinen Lärm zu machen, und wie seine Augen nur abwesenden Augen begegnen. Morgen wird das sein, sagte ich mir, oder übermorgen oder genauso gut einen Tag später. Meine Abwesenheit gärte in mir, zugleich spürte ich, wie meine Einsamkeit mich ausfüllte. Hin und wieder kam mir der Gedanke, dass vielleicht auch er mich nicht mehr sehen mochte und nicht mehr suchen werde, aber es fiel mir jetzt ganz schwer, so etwas zu glauben. Lieber rief ich mir wieder und wieder vor Augen, wie er die Tür öffnete und wie er von der Schwelle aus nach meiner angestammten Ecke am Fenster spähte. Eilig faltete ich die letzten schmutzigen Handtücher zusammen, stopfte sie in den Koffer, dazwischen noch ein Buch, das ich mitnehmen wollte, dann kniete ich ächzend auf dem Deckel und ließ den Verschluss zuschnappen. Ich erfreute mich am Anblick der sich öffnenden Bibliothekstür, des grauen Mantels, der vorne kürzer zu sein scheint, weil Barbu die Brust herausreckt, während er verblüfft auf den leeren Stuhl starrt, wo er mich nicht sieht.

Kapitel XII

Der Bahnhof wurde renoviert, gelb schimmerte der noch feuchte Putz zwischen dem rostigen Gestänge des Gerüsts. Langsam ging ich hinunter, den Koffer in der Hand. Im Gewimmel des Bahnsteigs schoben Frauen, frisch frisiert für die Reise nach Bukarest, hektisch Kinder vor sich her, denen sie den Schal vor den Mund gebunden hatten. Aus der offenen Tür der Bahnhofskneipe drang der saure Weindunst, den ich seit jeher kannte. Bauern in steifem grauem Filz verharrten reglos in Erwartung des Vorortzugs neben den grünen Holzbänken, die mit Körben und Plastiksäcken vollgestellt waren. Nur aus einem der Gepäckstücke reckten zwei Gänse ihre langen, beweglichen weißen Hälse, wie abgeschnitten vom Reißverschluss.

Ich hatte sie gesehen, bevor sie mich entdeckten. Ich wusste nicht, wieso mir ein warmes Mitgefühl in die Kehle stieg, als ich auf den niedrigen schmiedeeisernen Zaun zurannte, von dem sie sich nicht rührten aus Angst, sie könnten mich verpassen. Mutter hörte mich rufen und kam auf mich zu, mit dem entschlossenen Schritt einer Frau, die seit vielen Jahren allein lebt. Sie hat schon ein bisschen zugenommen, sagte ich mir, während wir uns näher kamen und sie mich schließlich in die Arme nahm. Ihre Brust war voller geworden und wölbte sich unter dem flaumig grauen Mantel mit abgewetzten Taschen, aber ihre dunkel geränderten Augen unter den vor Schlaflosigkeit schweren Lidern waren stumpf und ihre

Wimpern von den hängenden Brauen verdeckt. Den sollte er wenigstens kürzen lassen, dachte ich irgendwie peinlich berührt, als ich den überlangen Mantel von Onkel Ion sah. Unter dem von der Nässe aus der Form geratenen Hut hing die erdfarbene Gesichtshaut schlaff bis zu den breiten Kiefern herab. Er kam mir mit einem verlegenen, fast schüchternen Lächeln entgegen.

»Wir hatten gehofft, wir könnten dich in der neuen Wohnung empfangen«, sagte er und bückte sich nach meinem Koffer. »Wieso bleibst du stehen?... Nein, umgezogen sind wir schon, sonst hätte der Pârvulescu uns mit unseren ganzen Habseligkeiten auf die Straße gesetzt, aber die Wohnung der Vormieter ist nicht rechtzeitig fertig geworden, also werden wir noch eine Zeitlang mit ihnen zusammen wohnen, höchstens einen Monat, glaube ich...«

»Und ich, was tu ich jetzt bloß? Ich dachte, es ist alles erledigt, so habe ich euren Brief verstanden und habe Marilena zu uns eingeladen... Sie hat Streit mit ihren Eltern, und in drei Tagen macht das Heim zu, wegen Schädlingsbekämpfung...«

Betretenes Schweigen, die beiden waren bedrückt, wir gingen über den Boulevard und ließen den Bahnhof hinter uns. Wieder die einstöckigen, blassgrünen Reihenhäuser für die Bahnangestellten, an den stachligen schwarzen Sträuchern hinter dem schmiedeeisernen Zaun funkelten kleine, durchscheinende Eisperlen.

»Da haben wir's!«, murmelte Mutter.

An der verwitterten hölzernen Anschlagtafel blätterten feucht die Kinoplakate ab. Mechanisch sah ich hin und auch gleich wieder weg. Es waren alte Filme, die ich schon vor einem Monat gesehen hatte. In ein paar Monaten war die

Stadt geschrumpft, sie kam mir fremd vor. Wie aus einem längst vergessenen Traum tauchten die gelblichen Fassaden dieser Häuser mit zwei oder drei breiten Stufen vor der Eingangstür auf. Die ungewohnte Stille dröhnte mir in den Ohren, hinter meinen Lidern drängten sich immer noch die bunten Autos auf den breiten Boulevards, flimmerten die Leuchtreklamen. Hier standen nur vereinzelt unverputzte Blocks, daneben verschneite Schutthaufen, aus denen sich sperrige Betonfertigteile mit rostigem Eisengestänge reckten. Hinter dem Kirchhofzaun ragte die grelle Kuppel zwischen vier Kränen, die, in ihrer Bewegung erstarrt, mit ausgestreckten Armen aufeinander zeigten. Jenseits der Kirche unsere ehemalige Straße, die zum steinigen Bachbett abfiel. Am Ende ein großes Loch, das als Müllschlucker herhielt, und eine Bäckerei mit geschlossenen Läden. Mir schien, als sähe ich auch diese Straße zum ersten Mal. Seltsam, sagte ich mir, diese beiden Orte gibt es zur gleichen Zeit, und man braucht nur zwei Stunden, um vom einen zum anderen zu kommen.

»Du machst Sachen, ohne nachzudenken«, seufzte Mutter außer Atem und lehnte sich ans Treppengeländer.

Es miefte schwer nach Krautwickeln und frischem Mauerwerk. Ich holte Luft, um ihr zu antworten, ließ es aber sein, als ich ihre Handschuhe sah, die mir erstaunlich bekannt vorkamen. Plötzlich fiel es mir ein, es waren meine, ich hatte sie im Herbst zurückgelassen, weil sie so alt waren, sie hatte sie mit schwarzem Garn geflickt, das fiel aber nur an ein paar Fingern auf.

»Wieso lädst du das Mädchen ein, wo du doch weißt, wie wir wohnen?«

»Lass das jetzt«, sagte Onkel Ion und deutete mit einer Grimasse auf die Türen, hinter denen Stimmen und Fernsehgeräusche zu hören waren. »Wir reden, wenn wir drinnen sind...«

Wir betraten den dunklen Vorraum ebenso leise und ängstlich, wie wir es bei den Pârvulescus getan hatten. Aus der Küche hörte man Öl in einer Pfanne zischen.

»Und wieso, sagst du, fährt die nicht nach Hause zu ihren Eltern?« Langsam legte Mutter ab, ihre Augen blickten trübe. Es fiel mir schwer, die Möbel wiederzuerkennen, sie standen ganz anders, die Anrichte am Fenster, mitten im Zimmer der große Esstisch, an dem man kaum vorbeikam, an der gegenüberliegenden Wand das Schlafsofa des Onkels. Wo haben sie bloß die Bibliothek hingestellt, fragte ich mich, und den Kleiderschrank?

»Habe ich dir denn nicht geschrieben, dass sie mit ihren Eltern zerstritten ist? Sie wollte im Herbst heiraten...« Ich schwieg, weil ich nicht den Mut hatte, das alles näher zu erläutern.

»Nein, du hast sie ja nicht mehr alle! Mischst dich da in alle möglichen Sachen und ziehst uns mit hinein... Wer weiß, womit du nächstes Mal kommst – vielleicht willst auch du nach einem Trimester heiraten?«

Meinst du, es nimmt mich jemand, einfach so?, wollte ich zurückgeben und dachte verbittert an Barbu.

»Die Mädchen heiraten alle während des Studiums, so ist das jetzt, nicht wie zu eurer Zeit«, antwortete ich. Meine Wangen begannen zu glühen vor Erregung.

»Dann heirate halt auch und mach Schluss mit allem!«

Auch Onkel Ion war niedergeschlagen, er saß auf dem Bettrand und wippte nervös mit dem einen Bein.

»Du hast es verdient, dass wir dich deinem Schicksal überlassen...«, sagte Mutter und ging zur Tür. Als sie sie öffnete, flogen die Blätter des Onkels wirr durcheinander. Sie kam zurück, bückte sich ächzend, las sie auf, schichtete sie wahllos übereinander und knallte ein Buch darauf.

»Leg sie so hin, wie sie waren«, murrte der Onkel gereizt. Allerdings stand er selbst sofort auf, ging zum Tisch und ordnete sie nach den akkurat eingekreisten Seitenzahlen am oberen Rand.

»Da gäbe es noch eine Lösung«, sagte er und sog an der erloschenen Zigarette. Er verzog das Gesicht und streckte die Hand schwerfällig nach den Streichhölzern auf dem Nachtschränkchen aus. Dankbar sprang ich auf, riss eins an und sah ihm gerade in die Augen.

»Zu dieser Wohnung gehört ein großer Verschlag im Untergeschoss«, sagte er. »Dort haben wir alle Möbel untergestellt, die hier nicht reinpassen, auch die Bibliothek... Nur so, provisorisch...« Er hielt inne und sah Mutter fragend an. »Wir könnten auch dieses große Bett hinuntertragen, Platz ist genug... Wir, Margareta und ich, könnten ein paar Tage in dem Verschlag übernachten... Dem Mädchen kannst du sagen, wir hätten noch irgendwo ein Zimmer, damit es ihr nicht peinlich ist... Ein paar Tage, da kommt keiner um, ich denke, das geht...«

Ich schwieg und rang die Hände im Schoß, sie waren feucht geworden. Ich wollte das nicht annehmen, wusste aber, dass es keine andere Lösung gab. Mutter wagte ich nicht anzusehen, sie atmete schwer, es war eher ein Keuchen.

»Diese Schlepperei hat aber auch gar kein Ende...«, murmelte sie irgendwann. Ihre Stimme klang weich, vielleicht hatte sie es satt, Onkel Ion ständig zu widersprechen, oder sie sah ein, dass dies wirklich die einzige Möglichkeit war.

*

Ich hatte schon genug von diesen weißen Wänden mit Löchern von den Nägeln unserer Mitbewohner und den Möbeln, die so schnell verstaubten, als wüssten sie um das Provisorium und den Wartezustand. Und dann all die kleinen Dinge, die unnötig herumlagen, Kleider- und Haarbürsten, Bücher, Gläser, der Schuhlöffel und eine Tischlampe ohne Schirm, die nicht eingesteckt war. Sie alle hatten den gewohnten Duft von daheim verloren ... Der Heizkörper war zu schwach, vielleicht fröstelte ich aber auch vor Müdigkeit. Ich kauerte mich in dem großen Bett zusammen, die Federn krachten und bebten auf die altbekannte Weise lange nach, ich bettete meinen Kopf zum Schlafen auf dem längst vergessenen Kissen. Nein, ich wollte nicht daran denken, und doch begriff ich jetzt, dass in der Großzügigkeit, mit der ich Marilena eingeladen hatte, auch etwas Zwanghaftes lag. Lange Zeit hatte ich gemeint, ich sei anders als Mutter und als Onkel Ion, ich war mir sicher gewesen, dass ich die Umsicht hasste, mit der sie den Schein wahrten, und ihre Scham, in jenem Haus zu wohnen, jetzt aber war auch mir nicht klar, was Marilena hier bei uns zu suchen hätte. Ich hatte es nur getan, um mich ihr gegenüber großzügig zu erweisen, ich hatte mich bemüht, ihr ähnlich zu sein, aber mein wahres Wesen war, wie sich zeigte, ein anderes. Ich fühlte mich wie dann, wenn ich das Paket, das ich gerade von daheim bekommen hatte, öffnete und auf dem Tisch ließ, ohne darauf zu achten, wer sich daraus bediente, wenn ich mich zwang, den anderen alles zu gönnen und nicht mehr zu nehmen als sie, und dennoch, ohne es zu wollen, die Kuchenstücke zählte, die zwischen den zuckerbepuderten Blättchen übrig waren, und mich fragte, ob Mutter, als sie ihn gebacken hatte, gerade Gehalt bekommen oder sich etwas geliehen hatte.

Mutter holte den Staublappen hinter dem Schlafsofa des Onkels hervor und begann über die Anrichte zu wischen.

»Ganz zerkratzt ist sie, die Ärmste«, sagte sie und trat einen Schritt zurück, um sie zu betrachten.

Auch ich stand auf und begann, weil ich nicht wusste, wo anfangen, die Bündel an der Wand aufzuknoten. Darin alte, halb verschlissene Kleider, Reißverschlüsse, zerknautschte Hüte, eine Kaffeemühle, schartige Unterteller.

»Was für ein Kram ... Wo soll das denn hin?«, fragte ich versöhnlich.

Unvermittelt sprach Mutter mich an: »Wo reitest du uns da bloß rein ... Diese Leute, ihre Eltern, die wissen ja wohl auch das Ihre ... Meinst du, uns würde es passen, wenn uns jemand so was antäte?«

»Aber was habt ihr denn damit zu tun?«, gab ich etwas kleinlaut zurück.

*

Stufe für Stufe gingen wir hinunter, die Augen aufmerksam gesenkt. Die Last schnitt mir schmerzhaft in die Finger. Es miefte und stank nach Fäulnis, aus den weiß gestrichenen Rohren tropfte Wasser.

»Bleiben wir stehen, verschnaufen wir ein bisschen«, sagte Onkel Ion. Er lehnte die Rückenlehne des Bettes gegen die Wand und versuchte schwerfällig, die verspannten Schultern zu lockern. »Los, noch ein Stückchen, dann haben wir es geschafft, nur noch das Schlafsofa ...«

Er stieß die Tür zu dem Kellerverschlag weit auf. Durch das vergitterte Fenster drangen staubflimmernd weiße Lichtbalken herein, in nächster Nähe hörte man Trippeln, dann tat es einen dumpfen Schlag gegen die Mauer. Es waren die Kinder, die vor dem Block Ball spielten. In den Regalen der Bibliothek lagen feuchte Bücherstapel, mit Schnüren gebündelt. Die Stühle stapelten sich bis zur niedrigen Decke, an der eine gelbe Birne voller Fliegenschiss hing. Vorsichtig gingen wir an den Schubladen des Schranks entlang, in denen das gute Geschirr aufbewahrt wurde.

»Es wäre besser, wenn ich hier schlafe«, sagte ich, während mir vor Atemnot übel wurde.

Mit Onkel Ion hoben wir die Rückenlehne an, um sie in den Rahmen einzusetzen.

»Du schon wieder...«, antwortete Onkel Ion mit pfeifendem Atem und fasste nach der Kippe, die ihm im Mundwinkel ausgegangen war. »Du bleibst oben mit dem Mädchen, lass mal, du wirst sehen, wie toll wir hier schlafen. Und morgens, noch bevor ihr wach seid, haben wir in der Küche auch schon unseren Kaffee getrunken.«

Plötzlich lachte er auf. »Endlich hat auch Margareta eine Gelegenheit, ihr Tischservice hervorzuholen. Schon ewig hebt sie es auf für den Tag, an dem die Gäste ihrer Tochter auftauchen... Oder was suchst du denn da?«, fragte er Mutter.

»Die Silberlöffelchen, weißt du vielleicht, wo ich sie hingetan hab?«, antwortete sie. Vor sich hin brummend beugte sie sich über den geflochtenen Korb, den wir den »Korb aus der Notunterkunft« nannten, und wir machten uns weiter an dem Bett zu schaffen.

»Da sind sie ja«, rief sie und wickelte triumphierend die schwarze, an den Ecken bestoßene Schachtel aus einem zerrissenen alten Barchentnachthemd. Das Futter aus abgesteppter Seide war an den Zwischenwänden stellenweise durchgescheuert, die ziselierten geschwungenen Löffelstiele waren gelblich bis schwarz gefleckt.

»Ich gehe hinauf und scheuere sie mit Zahnpasta«, sagte sie und sah uns beglückt an. Eine Weile noch waren ihre Schritte zu hören, wie sie sich auf der Treppe entfernten.

*

»Der stellvertretende Direktor hat mir heute gesagt, wenn ich einverstanden bin, könnte er es einrichten, dass mir das Parteibuch zurückgegeben wird. Ich habe ihm, natürlich auf Umwegen, zu verstehen gegeben, dass das keinen Sinn mehr hat ...«

Keuchend bückte sich Onkel Ion, um die Schnürsenkel zu lösen, und kam gleich auf etwas anderes zu sprechen: »Was ist nun mit dem Mädchen? Wann kommt sie?«

»Weißt du doch ... Letiția holt sie morgen früh vom Bahnhof ab.« Mutter ließ ihn nicht aus den Augen, ihr Atem flog vor Erregung. »Wieso schweigst du denn jetzt? Sag alles, wenn du schon damit angefangen hast ...«

»Was soll ich denn sagen? Er sagt, es hätte nicht sein müssen, man habe Fehler gemacht ...«

»Und du hast natürlich nicht gefragt, wieso sie es nicht früher gemerkt und dich in einer Art und Weise gefeuert haben, dass du ewig lang ein Bündel mit warmen Sachen bereitgehalten hast für den Fall, dass sie kommen und dich verhaften ...« Ihre Mundwinkel verzerrten sich zu einem seltsamen, ironisch mitfühlenden Lächeln, als wäre das, was der Onkel heute erlebt und wobei er wie gewöhnlich eine günstige Gelegenheit verpasst hatte, keineswegs eine Überraschung für sie.

»Was hätte ich denn noch fragen sollen, es sind ja nicht mehr die von damals«, entgegnete er sofort mit einem Lächeln und öffnete seine pralle Aktentasche. »Kommt, trinken wir ein Glas Wein«, sagte er, »da ist die Flasche, aber stell sie erst mal in der Spüle kalt.«

Als ob sie gar keine Geschwister wären, dachte ich und beobachtete sie, so lange haben sie nun zusammengelebt und scheinen doch nichts voneinander angenommen zu haben, eher im Gegenteil. Dabei kommen sie wohl beide gleich schlecht zurecht und geben sich noch nicht einmal Rechenschaft darüber ...

*

Als ich Mutter fragte, wandte sie sich verstört und misstrauisch zu mir um und sah mich an, als wollte sie mein Alter schätzen. Als Erstes öffnete sie die Küchentür und sah hinaus auf den leeren Gang, um sicherzugehen, dass unsere Mitbewohner noch nicht zurück waren und auch der Onkel nicht in der Nähe war.

»Da war was in seiner Akte«, antwortete sie leise. Ihre Stimme war tonlos. Sie stellte die Waschschüssel auf einen Stuhl, weichte den Lappen ein und begann den Gasherd zu reinigen. Sie beugte sich so weit hinunter, dass ich ihr Gesicht nicht sehen konnte.

»Was hätte ich dir denn früher schon sagen können? Weiß man, was ein Kind von diesen Dingen versteht und was es weiterplappert? ... Allerdings wundere ich mich, dass du nichts gehört hast im Haus vor ein paar Jahren, als die Sabina Minciu bei uns war ... Sie war damals extra in die Stadt gekommen, um Ion zu besuchen, sie war hier im Lyzeum Lehrerin gewesen, nach einem Studium der Literatur und der Philosophie. Eine gescheite Frau, sie hatte sogar ein Stipendium in Paris gehabt, allerdings auch ein wenig mit den Kommunisten kokettiert ... Das waren vielleicht Diskussionen damals ... Beim Machtantritt haben die faschistischen Legionäre deinem Onkel, der damals Direktor war, Druck gemacht, er sollte sie feuern ... Er als deren Mitläufer hat die Haftung für sie übernommen. Also haben sie die Frau in Ruhe gelassen, und so sind die beiden Freunde geblieben ... Und das alles hat er ihnen zur Zeit der Überprüfungen zweiundfünfzig in einer Parteisitzung von sich aus erzählt. Er und Ştefania waren nämlich, als sie sahen, worauf die Dinge hinausliefen, den Sozialdemokraten beigetreten. Und neunundvierzig beim Zusammenschluss fanden sie sich plötzlich bei den Kommunisten wieder.«

Ich schlug die Augen nieder und glättete meinen Rock über den Knien; sie hat vielleicht abgewartet, dass ich noch wachse, dachte ich, begriff aber nicht, wieso der Onkel nichts erzählt hatte, niemals. Vielleicht hatte er es einfach hinausgeschoben, Jahr um Jahr, sich beunruhigt in mir wiedererkannt und sich gefürchtet vor den Verdächtigungen, die jetzt in mir aufkamen.

Hatte er genauso gedacht, fragte ich mich, damals, als die Hände um ihn herum hochgingen und er einstimmig ausgeschlossen wurde? Solange er sich das selbst einredete, konnte ich nichts tun, ab wann aber hatte gerade diese einstimmige Geste ihm, dem auf Jahre hinaus Bestraften, nach und nach Zweifel und Schuldgefühle eingeträufelt? Geradezu peinlich war er darauf aus, den flüchtigen Gruß der Freunde von früher abzupassen, während die darauf achteten, ja nicht mit ihm zusammen gesehen zu werden, ihren Blick ängstlich auf den Boden hefteten und vorsichtshalber die Straßenseite wechselten, um ihm nicht zu begegnen. Vielleicht hätte ich es an ihrer Stelle genauso gemacht, muss er gedacht haben, wo er doch selbst einen Kompromiss eingegangen war. Dennoch glaube ich manchmal, er hat sich etwas vorgemacht, als könnte er sich irgendwo verstecken und widerstehen im Schutz des einzigen Lächelns, das ihm noch geblieben war, dem der passiven Gutmütigkeit.

»Eigentlich hat er sich das alles selbst zuzuschreiben, er hätte Gras darüber wachsen lassen können, viele haben viel Schlimmeres getan und sind jetzt obenauf ...«

Unschlüssig blieb Mutter vor dem Herd stehen.

»Da kam der damalige Kreisparteisekretär zu ihm, Ion war noch Lyzeumsdirektor, und forderte, er solle ihm sein Abschlussdiplom geben, dabei hatte er gar keinen Unterricht besucht. Er hatte nur vier Klassen geschafft, ein Nichtsnutz, ein Niemand ... Der ist schon lange in Bukarest, ein ganz hohes Tier ... Ion wollte ihm nicht wehtun, du weißt ja, wie er ist, aber etwas Unrechtmäßiges zu tun, dazu konnte er sich auch nicht durchringen, also riet er ihm, er solle sich am Abendlyzeum einschreiben. Das war gerade eröffnet worden. Er versprach ihm, man würde in Betracht ziehen, dass er sehr beschäftigt war, und ihm helfen ... Doch der Baciu, so hieß der Kreissekretär, der brauchte keinen Unterricht, der wollte das Diplom, sofort ... Er hat es gekriegt, nachdem er einen anderen Direktor eingesetzt hat, vorher aber hat er Ions Akte durchforstet und die Sitzung zum Parteiausschluss veranstaltet.«

Ab da müssen die Jahre sich gleichgeblieben sein, die hoffnungslose Krankheit von Ștefania, die auf dem Schwarzmarkt gekauften Medikamente, die neue Schule, die in einem

Außenbezirk gegründet wurde und in der er unterrichten durfte, nachdem Baciu in die Hauptstadt gewechselt hatte, und seine Arbeiten, die immer revisionsbedürftiger wurden, je länger er sie zurückhielt.

»Damals ist immerhin einer wohl zu seiner Verteidigung aufgestanden, der hatte aber gleich eine Abmahnung weg, und dann haben sie alle geschwiegen. Nach der Sitzung sind etliche zu ihm gekommen und haben sich entschuldigt, er solle sie doch verstehen... Es passierte so viel Schlimmes überall, und die Sitzung war vorbereitet, das hat man ganz klar gesehen, vor allem als Baciu geredet hat, die ganze Stadt weiß, hat er gebrüllt, wie er andere ausgebeutet hat... Und da ist der Ion im Saal aufgestanden und zum Tisch des Präsidiums gegangen, schwarz im Gesicht und von Krämpfen geschüttelt, mit diesen Händen?, hat er gefragt und hat sie ihnen entgegengehalten, mit diesen Händen?«

Groß und fleckig waren sie, die Haut war auch nach all den Jahren immer noch gegerbt, vielleicht aus der Zeit, als er gerackert hatte, um sich selbst über Wasser zu halten, vielleicht aus der Zeit danach, als er während der Krise die Stelle verloren und jede Arbeit angenommen hatte, ehe er schließlich einen Posten als Nachtkorrektor ergatterte. Seine ungeschlachten Finger lösten die Knoten, die seine Zeitschriftensammlungen, seine zerfledderten Bücher und vergilbten Abhandlungen zusammenhielten, all das, was die Bombenangriffe und die Umzüge überstanden hatte und was er ohne Angst hatte behalten können, nachdem er die ausgemusterten Schriften in einem löchrigen Waschkessel im Hof verbrannt hatte. *Ausgemustert*, was für ein lächerliches Wort, dachte ich damals, als ich neben dem flammenden und rauchenden Kessel hockte, in dem Mutter mit einem Stock die verkohlten Umschläge um und um wendete, damit sie ganz verbrannten.

»Die ganze Schulbibliothek haben sie gemustert«, hatte Onkel Ion am Abend zuvor gesagt, als er aus der an den Ecken bestoßenen schwarzen Aktentasche die Bücher holte, in denen ich blätterte, enttäuscht, dass ich keine Bilder darin fand. »Nach Titeln und nach Fotos und nach allem Möglichen haben sie ausgemustert, diese hier habe ich gerettet ...«

Mutter hatte nur scheel geguckt und sie links neben der Bibliothek gestapelt, wo sie in den letzten Jahren den Schmutzeimer hinstellte.

Ich glaube, Onkel Ion hat nicht wahrhaben wollen, dass er nie mehr etwas würde veröffentlichen können – das glaube ich jetzt. Er hat gedacht, er müsste nur abwarten, dass seine Sünden in Vergessenheit geraten, dass ich größer werde, es könnte sich nur um Tage oder Monate handeln, dass die Dinge sich änderten, wer weiß, und er wieder Ruhe und Zeit für sich selbst hätte. Selbst Jahre schienen irgendwann nicht mehr zu zählen, er wartete einfach ab. So habe auch ich ihn dann erlebt, als ich größer wurde, wie er am Tisch im Schlafzimmer seine Zettel ordnete und sie behutsam in vergilbte Umschläge steckte, wobei er mechanisch mit dem Fuß wippte und gedankenverloren an seiner Zigarette zog. In den Winternächten hörte ich, wie er leise aufstand und sich am Tisch entlang tastete auf der Suche nach dem Eimer, nein, dort ist er nicht, hätte ich ihm zurufen wollen, aber ich schwieg und vergrub mein Gesicht im Kissen, dann hörte ich zähneknirschend das Plätschern des Urins. Wenn es dann aber Frühling wurde, ging er hinaus, die verblichene Baskenmütze im Nacken, wobei er das kranke Bein nachschleppte.

»Das war vielleicht ein Mond heute Nacht!«, sagte er morgens lächelnd.

Einmal blieb ich lange auf und las in der Sommerküche fürs Abitur. Als ich fertig war und hinausging, trat auch er auf den Hof. Meine Augen brannten von der stechenden Hitze der Gasflamme, so dass ich ihn erst spät sah, wie er reglos an dem weißen Pfosten der Veranda lehnte. Es hatte bis eben geregnet, aus den Rinnen tropfte es, und der Birnbaum war in den paar Stunden, die ich ihn nicht gesehen hatte, aufgeblüht. Ich erinnere mich nicht, was wir damals geredet haben, doch alle Jahre wieder kommt es vor, dass ich unvermittelt in eine feuchte Dunkelheit hinaustrete. Es ist immer dieselbe Nacht, mit einem Freudenschauer erkenne ich sie wieder, in den Dachrinnen gluckert es, und die Bäume stehen in vollem Saft, in weißer Blütenpracht... Ich weiß nicht, was mir, die ich gar nicht dort bin, dabei begegnet, das Dasein des Onkels in mir oder das ewige Abwarten...

Kapitel XIII

Langsam erlosch das Licht des Abends und schimmerte mit warmen Reflexen an den Mauern nach. Ich mochte diese Stunde in der wachen Stadt, das Gewimmel, durch das ich ging, das Quietschen der Autos. Das frostige Rot des Sonnenuntergangs funkelte in den Fenstern, an denen ich vorüberging, und zog mit mir von einer Scheibe zur nächsten. Der Himmel wirkte stählern von dem Frost des nahenden Abends, die dünne Luft war reglos, so reglos, dass ich spürte, wie eine Farbe in die andere überging. Nur das schwarze Gewirr der Äste zeichnete sich deutlich vor dem kalten Himmel ab.

Ich betrat den leeren Eingangsbereich. Irgendwo oben auf der Treppe hallten verspätete Schritte. An dem schwarzen schmiedeeisernen Käfig des Aufzugs hing immer noch das Plakat. Große schiefe Buchstaben in Rot und Grün kündigten den Arbeitskreis dieses Abends an mit dem Vortrag, den Cornel Ungureanu vom vierten Studienjahr halten würde. Die Korridore waren anders, als ich sie von tagsüber kannte, das Knarren der einen oder anderen Tür rundete die Stille ab. So wird es aussehen, wenn ich den Abschluss geschafft habe und irgendwann zufällig wiederkomme, dachte ich, allerdings ohne Überzeugung. Alles erschien mir unwahrscheinlich, diese mit blassgrüner Ölfarbe gestrichene Wand, die verwinkelten Treppen, die von fremden Händen glatt gescheuerten Handläufe der Geländer, das alles kannte ich inzwischen so gut... Irgendwo klirrte Eisen, ich zuckte zusammen und drehte mich um. Die Putzfrau hatte den Spüleimer vor das Klo geknallt, dann hörte ich, wie der Besen über den feuchten Betonfußboden strich.

Vor der Tür des Amphitheaters blieb ich stehen. Von drinnen kamen unbekannte Stimmen und Gelächter. Ich zögerte und überdachte die Bewegungen, mit denen ich eintreten würde. Schließlich muss es ja nicht unbedingt heute sein, sagte ich mir, ich komme lieber nächstes Mal. Ich hatte mich schon zum Gehen entschlossen, als ich erst recht die Klinke hinunterdrückte und eintrat.

Ich setzte mich im Mantel hin, das alte Holz ächzte und die hochgeklappten Sitze krachten nacheinander hinunter, dass es nur so hallte im Saal. Als ich aufzublicken wagte, sah ich zwei Jungs, die rauchten und die Beine vom Heizkörper baumeln ließen, zwei oder drei andere standen Schmiere an der Tür wie vor einer Vorlesung, die übrigen Leute drängelten sich in der vorderen Reihe. Man sah, dass sie zu dem Kreis gehörten und sich gut kannten. Von der einen, die etwas erzählte, wobei sie sich ständig mit der schmalen Hand mit langen rotlackierten Fingernägeln durch die Haare fuhr, hatte ich gehört, sie sei mit einem Assistenten verlobt, sie trug einen ausgefransten Pulli und einen kurzen Lederrock. Die hohen Stiefel gingen ihr bis über die Kniescheiben.

»Die hat ihn schlicht plattgemacht, sobald er die Vorlesung abschließt, ist sie auch schon hinter ihm her«, sagte die Gestiefelte und konnte sich nicht einkriegen vor Lachen.

Die Zuhörer begannen ebenfalls zu grinsen.

»Sie hinterlässt auch beim Lehrstuhl Zettel für ihn, abends ruft sie ihn zu Hause an... Vor Angst zieht er meistens den Stecker – der zählt schon die Monate bis zur Prüfung... Er wird sie mit geschlossenen Augen durch die Prüfung bringen, hat sie zu uns gesagt, sie befürchtet nur, dass andere sie durchfallen lassen und sie im Herbst von vorn anfangen muss... Ich habe ihr gesagt, sie muss zusehen, dass er sich auch um alle anderen kümmert...«

»Eigentlich muss hier eine radikale Lösung her, er sollte die Fakultät verlassen«, warf einer der Jungs ein, wobei er in irgendwelchen Papieren blätterte. Als Einziger trug er Anzug und Krawatte, dazu eine goldgerahmte Brille; ich war fast sicher, dies war Cornel Ungureanu, viertes Studienjahr.

Alle lachten sie los, außer ihm. Ich grinste ebenfalls mit schiefem Mund, ließ es aber gleich sein, es sah ja eh keiner her.

»Er kooommt«, riefen die von der Tür und schlenderten zu den vorderen Bänken, während ich erleichtert aufatmete.

Das kommt mir bekannt vor, dachte ich mir, bloß woher? Sie hatten sich wie ein Präsidium am Katheder versammelt, in der Mitte Petru Arcan. Ein schmächtiger Junge mit wirrem Haarschopf, fast unmerklich wankte er und stützte sich mit den Handflächen auf dem Katheder auf.

»Ich erteile Genossen Cornel Ungureanu das Wort, er liest über...«

Es sieht aus wie eine gewöhnliche Sitzung, sagte ich mir und war plötzlich enttäuscht von der Erkenntnis. Gibt es denn nirgends einen Ort, wo die Dinge anders laufen als in einer Sitzung? Dafür beschwor der Text von Cornel Ungureanu aus dem vierten Studienjahr eine andere Welt herauf. Ich lauschte mit krampfhaft hochgezogenen Brauen, dann und wann stolperte ich über sonore Wörter, die ich selbst nie verwendete. Ich werde sie lernen müssen, dachte ich, ich werde sie in ein Heftchen schreiben, wenn ich Zeitschriftenartikel lese, aber zuerst werde ich diejenigen vergessen müssen, an die ich mich in der Schule gewöhnt habe. Doch je aufmerksamer ich zuhörte, desto weniger begriff ich, mein wirrer Kopf ging unter in dem Schwall von Namen und Titeln, von denen ich bis dahin nichts gehört hatte. Nein, sagte ich mir verängstigt und begeistert und rang die feuchten Hände unter der Bank, niemals werde ich so weit kommen, dass ich von dort, von dem Tisch auf dem Podium, dergleichen vorlesen kann, niemals... Von meiner Unwissenheit umnebelt, verschwammen meine Gedanken, während ich verstohlen in den Saal schielte. Sie, die anderen, die wussten und verstanden zweifellos alles, deshalb steckten sie die Köpfe zusammen und flüsterten sich etwas zu oder gähnten oder sahen auf die Uhr oder zum Fenster hinaus.

»Meldet euch bitte zu Wort – vorerst aber, wenn ihr Verständnisfragen habt, richtet diese an den Referenten...«

Der schmächtige Junge setzte sich wieder, stützte seine Stirn in die Handfläche und legte seinen Füller neben das leere Blatt. Sofort senkte ich die Augen, für einen Moment hatte ich geglaubt, er habe mich angesehen. Von meiner ganzen Begeisterung war nur noch die Furcht übrig. Wenn das alles doch nur zu Ende wäre, sagte ich mir, bevor die merken, dass ich nicht in der Lage bin, auch nur ein Wort über die Arbeit zu sagen.

Es war sonnenklar, unter diesen hier war ich ein Eindringling.

*

»Na, wie war's? Hast du auch geredet?«

Ich zuckte die Achseln und begann mich auszuziehen, wobei ich mich fragte, ob es einen Sinn hatte, noch einmal hinzugehen.

Angeödet drehte ich mich mit dem Gesicht zur Wand und begann am Putz zu kratzen, bis der Kalk mir unter den Fingernägeln brannte. Dieser Abend war wie alle anderen, im Vergleich zu dem Zimmer der fortgeschrittenen Semester hatte sich nichts geändert, jetzt waren wir genau wie die. Eigentlich sehe ich ja auch gar keine Möglichkeit, anders zu sein, dachte ich mir und kniff die Lider zusammen vor so viel Licht.

Die Mädels lachten dermaßen laut, dass nebenan jemand an den Heizkörper klopfte.

Marilena griff sich eine Sandale vom Boden und schmiss sie statt einer Antwort an die Wand, dabei fiel ihr Blick auf Didi, die sich vor dem Fenster mit hochgezogenen Rollläden auszog.

»Menschenskind, Mädel, der ganze Boulevard schaut dir zu, wie du dein Geschirr abmachst …«

»Na und, ist das etwa deine Sache?«, entgegnete die andere mit plötzlich verändertem Gesichtsausdruck und warf den Büstenhalter wütend aufs Bett.

Sie fingen wieder damit an, und ich wusste, es würde dauern. Ich gähnte und vergrub mein Gesicht ins Kissen, ich hatte es satt. Wie wohl das Zimmer aussah, in dem Petru Arcan wohnte? Ich dachte an all die Fenster, in die ich hineinsah, wenn ich abends mit Mihai spazieren ging, an die bücherstrotzenden Regale, die bis zur Decke reichten, und manch einen silbernen Kerzenleuchter, der im rötlichen Licht der Nachttischlampe glänzte. Ich war sicher, dass er in ein solches Haus gehörte. Mir aber, mir würde nie etwas Besonderes gelingen, nicht einmal eine Arbeit für den Arbeitskreis ... Im Einschlafen vermengten sich die Worte, verzogen sich die Gesichter und versanken in etwas Anderem. Ich schlafe ein, spürte ich verwirrt, während alles floss und ich mit.

*

»Wer von euch ist Letiția Branea?«

Etwas Schlimmes war im Gange. Ich murrte und zog mir die stachlige blaue Decke wieder über den Kopf, aber das Licht hatte das Dunkel aus meinen Augen verscheucht. Ich zwang mich, sie zu öffnen, dann hörte ich wieder den Satz, der vorhin in meinen Schlaf gedrungen war.

»Wer von euch ist Letiția Branea? Da hat jemand angerufen, sie soll sofort nach Hause fahren ...«

Verstört richtete ich mich auf. Auf der Türschwelle stand der Pförtner. Ich begegnete seinem unsicheren Blick.

»Da ist jemand schwer krank – ein Onkel ... Ich habe nicht alles verstanden ...«

Vor lauter Schweigen hörte ich meine Kleider rascheln, während ich mich anzog, die Mädchen hatten die Köpfe über den Kissen aufgerichtet. Die Luft, durch die ich ging, war eine andere als die ihre, das Zimmer schien mir in Watte gepackt, und mein Blut sirrte vor Angst. Wer war das bloß, die sich da hastig bewegte, die Sachen packte und das Geld für die Reise abzählte? Ich verharrte weiter unter ihren erleichterten und mitleidigen Blicken, hob dann mein verändertes Gesicht und schlüpfte schlafwandlerisch in die mir zugedachte Rolle mit der Ahnung oder dem Anfang eines Schmerzes, dem ich beim Wachsen zuschaute und den zu tragen ich bereit war, so wie ich es gelesen und im Kino gesehen hatte.

Ich trat hinaus auf den öden Boulevard. Meine Schritte auf dem Pflaster hallten weithin. Nur die Ampeln und die Blinker der Autos leuchteten als grüne und rote Flecken auf. Wenn sie zur Post gegangen sind, um anzurufen, dann ist noch nichts passiert, sagte ich mir. Für den Augenblick überzeugte mich der Gedanke, gleich darauf aber führte ich die Hand zum Mund und biss ungeduldig auf meine Fingerkuppen. Die allzu frühe Stunde des schwarzen Morgens stieg kalt in mir auf, ich kannte sie schon lange, diese Stunde, ihren feuchten, frostigen Geruch. An einem solchen Morgen hatte mich Mutter, schluchzend vor Müdigkeit und Kälte, zu Onkel Ion gebracht, nachdem bei uns eine Haussuchung durchgeführt worden war. Es war die Stunde der erwachsenen Leute, die früh aufbrechen, weil sie es weit haben bis zur Arbeit, auch jetzt sah ich sie fröstelnd mit hochgeschlagenen Kragen und ausdruckslosen Gesichtern, in denen noch der Schlaf lag. Mir schien, als wäre ich seither gar nicht mehr gewachsen, ich fürchtete mich noch immer vor der Dunkelheit, durch die ich tappte. Im weißen Licht der Straßenlaternen bildete das Astwerk mit den gleißenden Wassertropfen konzentrische Kreise. Ich eilte zwischen den morgendlich vereinzelten Menschen hindurch, wie damals hatte ich Angst vor ihrem wirklichen Leben, das sie jede Nacht von neuem begannen. Begann etwas auch für mich? Weiter konnte ich nicht denken, ich ging an ihnen vorbei, und auch sie wussten nicht, dass über meinem Kopf das Zeichen des Unerhörten schwebte, das mich in der kalten Luft schaudern ließ.

In dem leeren Gang des Eisenbahnwagens stand nur der Schaffner mit seiner in Hüfthöhe hängenden Tasche vor der

Klotür. Durchgeschüttelt von dem schlingernden Zug, trat ich ins Abteil zurück. Auf dem Platz neben mir wimmerte ein wachgerütteltes Kind, die Mutter drückte seinen hochschnellenden Kopf immer wieder zurück ins Kissen. Im rötlichen Licht der Deckenlampe ächzten zwei Pendler mit schmutziggrauen wattierten Arbeitsjacken im Schlaf und scharrten ab und zu mit den schweren, dreckverkrusteten Stiefeln. Die Luft war stickig heiß und stank nach altem Schweiß und Zwiebeln. Kam daher der Brechreiz? Ich stakste über ihre gereckten Beine ans Fenster und lüftete eine Ecke des ausgefransten schmutzigbraunen Vorhangs. Hinter der beschlagenen Scheibe entspann sich grau der erste Morgen, vor dem ich Angst hatte. Jetzt ist es noch gut, noch ist es gut, solange ich nichts weiß, sagte ich mir und schlug die Hände vors Gesicht. Ich hätte mir gewünscht, dass diese Reise ewig dauerte, aber ich stand wieder auf und ging auf dem öden Gang auf und ab und zählte die verbleibenden Haltestellen an den verkrampften Fingern ab.

Der Bahnhof dröhnte mir mit seinem Lärm unterdrückter Stimmen und pfeifender oder zischender Züge in den Ohren. Als wäre ich nie von hier weggefahren, stieg ich wieder die hohen Stufen hinab, wie ich sie zwei Wochen zuvor hinabgestiegen war. Auf dem schmierigen Boden Kippen, Papierschnipsel und Fahrkarten. Es stank nach billigen Zigaretten und nach Kälte, im scharfen Neonlicht hatten die übernächtigten Männer fettig glänzende Kanten in den bartverschatteten Gesichtern. Doch da stand niemand an dem niedrigen eisernen Zaun, allein ging ich durch die Luft, die bläulich den Morgen ankündigte. Ein blutrotes, von Wolken durchsetztes Band hing über den neuen Blocks, auf die ich zueilte. Zum ersten Mal würde ich eine Wohnung betreten, die jetzt ausschließlich unsere war, denn in der Zwischenzeit waren auch die Mitbewohner ausgezogen. Betreten würde ich sie, aber was würde ich vorfinden? Fast rannte ich die öde Straße entlang. Das blutrote Band wurde immer breiter, während ich rannte, noch wusste ich nichts von der Angst und wusste auch nicht, ob ich welche hatte.

Von unten sah ich, dass unser Fenster beleuchtet war, ein unerwartetes Licht an diesem Morgen, der grau und kühl über den Häusern hing. Das warme gelbe Licht beruhigte mich sofort. Wenn Licht brennt, ist nichts passiert, sagte ich mir, nahm je zwei oder drei Stufen auf einmal, und die Stille des Blocks hallte in mir nach. In den Augen trug ich das beruhigende gelbe Licht, das ich von unten gesehen hatte, trug es so bis vor die Tür, in deren Schloss ich den Schlüssel steckte, und bis auf die Schwelle, dann erst schrie ich. Ich schrie und hielt auch gleich inne, als ich mich schreien gehört hatte, und vergrub mein Gesicht in den Händen.

»Nein ...«, hatte ich geschrien. »Das kann nicht sein!«

Denn es konnte nicht sein, er konnte nicht auf unserem Esszimmertisch liegen, ausgestreckt am falschen Ort, starr und reglos, aber dennoch er, nein, er konnte nicht dort liegen wie ein Toter ... Nach jedem Schrei, den ich von mir vernahm, erwartete ich, dass alles vorbei wäre, er aber blieb an diesem unpassenden Ort auf dem Tisch, den man ausgezogen hatte wie für Gäste.

»Schau«, rief Mutter und stürmte mir entgegen, als hätte sie nur auf mein Kommen gewartet, »ich war die Letzte, die ihm noch sagen konnte, dass es nicht wahr ist. Schau«, schrie sie und streckte die Hände, die nicht verstehen wollten, nach dem Tisch aus.

Ihr Gesicht erkannte ich auch nicht wieder, das Gesicht

jenes Kindes, das sie gewesen war und das ich nicht kennen konnte, hatte sich über die Falten unter den offenen Haarsträhnen gelegt.

Ich stand neben ihm, ungläubig und verständnislos, der gute Schulanzug breitete sich weich über den starren Körper. Ich wusste, dass das kein Toter war, dass er es war, deshalb neigte ich mich, um seine kalte Stirn und das weiche Fleisch seiner Wangen mit den vom Tod geweiteten Poren zu berühren. Nur die auf der Brust abgelegten Hände mit den großen grauen Haarbüscheln und die Fingernägel wurden von Stunde zu Stunde blauer, auch das Gesicht wirkte ermüdet von der Reglosigkeit. Das Fenster schimmerte von der gnadenlos weißen Sonne oder vielleicht von den Tränen, und seine Schülerinnen kamen eine nach der anderen, blieben auf der Schwelle stehen oder traten näher und bekreuzigten sich.

»Die Mädchen haben dir Blumen gebracht, Ion«, rief Mutter und schluchzte dermaßen auf, dass man sie nach nebenan geleitete.

Sie traten näher, um ihn besser zu sehen, und mich packte das Mitleid vor der peinlichen Ohnmacht des Toten, der er jetzt blieb mit einem Lächeln, das immer schmaler wurde in dem scharfen Geruch der Freesien und der brennenden Kerzen. Was sucht ihr bei uns, verschwindet, wollte ich ihnen sagen und ihnen das Zimmer aus den Augen reißen, in dem doch unsere Gewohnheiten zu Hause waren, in dem seine ruhigen, all die Jahre eingeübten Bewegungen sich unsichtbar zwischen die Dinge gelegt hatten. Aber sein anderes Leben, das ich nicht gekannt und nie kennenzulernen versucht hatte, das blieb für immer das ihre, erst jetzt ging mir das auf. Ich erinnerte mich an das eine Mal, als er mich in seinen Unterricht mitgenommen hatte, ich saß in der letzten

Bank. Er ging durch die Reihen und lachte irgendwie anders, als ich es von daheim kannte. Er hatte nicht den schleppenden, gebeugten Gang, und der einen oder anderen wandte er sich mit einer Vertraulichkeit zu, von der ich geglaubt hatte, er hätte sie nur für mich übrig. Ohne zu wissen, weshalb, hatte ich ihn damals verärgert und vorwurfsvoll beobachtet und darauf gewartet, dass es läutete, und dann darauf, dass die alle, die sich da um sein Katheder geschart hatten, verschwanden. Als er endlich zum Kleiderhaken ging, um seinen Mantel zu holen, stand auch ich auf und warf denen einen triumphierenden Blick über die Schulter zu.

Jetzt aber blieb er da liegen, ohnmächtig und fremd, zwischen mir und ihnen. Sanft erschlaffte sein Lächeln in der Wärme der Sonne und des siedenden Heizkörpers. Die abgeblendeten Spiegel lauerten unter Handtüchern, und die Möbel drängten sich wie vor einem weiteren Umzug. Vielleicht ist es nur das, sagte ich mir, schloss die Augen und wartete, dass jemand, der dafür sorgte, dass mir nichts passiert, die Zeit umkehrte, er aber vergrub sich weiter unter erschlaffenden Freesien und Hyazinthen, und rundum tropfte unablässig das Wachs.

»Ihr müsst ihn mit Formalin behandeln«, flüsterte mir jemand zu.

Im Nebenzimmer erzählte Mutter schluchzend von neuem, wie es gewesen war, wie sie in die Küche gegangen war, um die Flamme unter der Teekanne abzudrehen, und wie sie ihn, als sie zurückkam, röchelnd vorgefunden hatte. Er war über dem Tisch mit den Klassenarbeiten zusammengesunken, die er korrigierte, um sie am nächsten Morgen zu verteilen. Hier hielt sie regelmäßig inne: »Wieso habe ich nichts gemerkt«, stieß sie hervor, »wieso habe ich nichts gemerkt ...«

Sie erzählte es immer gleich, es kamen immer wieder dieselben Worte, als suchte sie jedes Mal nach etwas, das sie übersehen hatte. Sie gelangte wieder dorthin, wo sie innehielt, denn hier wurde das Ganze endgültig, und dann begann sie zu weinen, ein hässlich schluchzendes Kinderweinen, das ihr Gesicht verzerrte.

»Ihr müsst ihn mit Formalin behandeln, das geht so nicht mehr«, wiederholte jemand an meinem Ohr.

Ich wollte es nicht wahrhaben, nickte aber bereitwillig, unterdrückte meinen Weinkrampf und wischte im Gehen die farblose Flüssigkeit ab, die zwischen seinen immer schmaleren Lippen hervorzutreten begann.

*

War ich in diesen Tagen zum Schlafen gekommen? Ich wusste es nicht mehr. Meine Schultern bebten wie von Schüttelfrost. Ich war ständig auf dem Sprung, wegen der Sterbeurkunde, dann, um einen zu suchen, der ihn mit Formalin behandelte, schließlich auf dem Friedhof, um einen Platz für ihn auszusuchen. Die Luft auf der Straße roch feucht, an den Zäunen lagen noch schmutzige Schneereste mit rissiger schwarzer Kruste, über allem aber lag eine dünne Schicht Staub, der zu Morast geworden war. In den langen Pfützen leuchtete etwas Blaues. Verstört sah ich nach oben, ja, der weiße Himmel hatte Risse bekommen, der seit fast einem Monat ständig weiße Himmel riss auf und ließ das Blau hervorblitzen. Die Tür zu unserer Wohnung stand sperrangelweit offen, Leute, die ich kaum kannte, traten ein und gingen wieder, die Hüte in der Hand. Zwei Kinder, die in der Nase bohrten, lugten von der Schwelle aus in unser Esszimmer. An der

Bibliothek des Onkels vor den zerfledderten Buchrücken und gestapelten Aktenordnern lehnte ein neues Holzkreuz. Hier stand sein Name, der auf keinem der Bücher zu lesen war, feierlich und fremd: INRI ION SILIŞTEANU. Die warme Luft roch stechend nach Formalin und Freesien. An den Tischbeinen raschelten die Papierbänder der Kränze.

»Passt auf, dass die nicht Feuer fangen, Gott bewahre«, sagte jemand und zog sie von den gekrümmt brennenden Kerzen weg.

Ich saß neben ihm und verdeckte dann und wann mein tränenüberströmtes Gesicht mit den Händen. Ich wusste sehr wohl, wie jede Geste meines Schmerzes bei denen ankam, die eintraten und gingen, es war, als freute sich mein Schmerz, dass er von so vielen Zeugen umgeben war. Dennoch konnte ich ihn nicht so den Blicken der anderen preisgeben, die ihn mitschleppten und zur Erinnerung machten, so dass die Jahre des endgültigen Alters zu einem einzigen Tag zusammenschnurrten. Seine Ohren waren von einem durchsichtigen wächsernen Weiß, das Fleisch des Gesichts hing herab, grau von dem Bart, der weiter wuchs. Zwischen den nunmehr ohne jedes Lächeln verkniffenen Lippen rann weiter jene eisige Flüssigkeit hervor, die weichen Kleider verhüllten seine fremde Starre. Immer weiter entfernte auch ich mich, da ich den steifen, nach Formalin und nach Freesien und nach Wachs riechenden Schlaf in mir spürte. Den Schlaf, den auch ich in mir trug, der noch alles sah, aus dem heraus er mit meinen Augen – sie glaubten noch nicht an seinen Tod – jenseits seiner seidig braunen geschlossenen Lider alles wahrnahm, was mit ihm geschah, ein letztes Mal. Wie sie ihn, der so schwer herabhing, anhoben und zwischen den senkrechten, mit billiger Leinwand ausgeschlagenen Bretterwänden betteten, ein kleines Kissen unter dem Kopf, wie sie die Blumen zur Seite schafften, damit sie nicht Schaden nahmen, und wie sie ihn langsam und vorsichtig hinuntertrugen, wobei sie sich unsicheren Fußes Stufe um Stufe hinabtasteten. Wie im Treppenhaus, Etage für Etage, die Türen aufgingen und hinter uns wieder ins Schloss fielen, wie der Motor des LKWs brummte, den die Schule gestellt hatte und der mit heruntergelassenen, feierlich drapierten Seitenwänden neben der Kinderrutsche hielt. Wie sie ihn unter Ächzen und Stöhnen hinaufhievten und das Kreuz an die Rückseite der Fahrerkabine lehnten.

»Wie ist das alles nur so schnell vergangen?«, raunte Mutter und wandte mir ihr vom Weinen verwüstetes Gesicht zu.

Der Morast war noch klebriger geworden und reichte jetzt bis zur halben Höhe unserer Schuhe.

»Die Zeit... ich weiß nicht... so schnell ist sie vergangen... das Leben«, murmelte sie, als wollte sie mich fragen.

Plötzlich waren ihre Augen wach. Jetzt erst, in der vorderen Reihe des Trauerzugs, begriff sie endgültig, wenn auch nur für kurze Zeit, jetzt erst hatte sie ihr Leben und all unsere gemeinsam verbrachten Jahre im Blick. Das Licht der Erkenntnis erlosch genau so schnell unter ihren Tränen, die von neuem zu fließen begannen. So schnell, wie konnte sie nur, fragte ich mich und nahm hilflos ihren Arm.

Von einem Erdhügel redete der Direktor, den kahlen Schädel dem Nieselregen ausgesetzt. Kleine Tropfen rannen über seine Wangen, vielleicht waren es auch Tränen, ich wusste es nicht. Die stockende Rede würde der Onkel nur noch durch mich hören und dabei versuchen, sich in den feierlichen Worten wiederzuerkennen, in der lehmigen Grube wimmelten die Würmer mit zuckenden bläulichen Schwänzen. Er würde wissen, wie sie die Kränze mit wehenden regengetränkten Trauerbändern in die armselige Weide neben dem Kreuz hängten, und würde noch hören, wie die Erde weich auf den hölzernen Sargdeckel klatschte. Von hier oben würde er auch die Stadt sehen, die zwischen den Hügeln lag, wie er sie immer gesehen hatte, den schwarzen Fleck des kahlen Crâng und den grell gestrichenen Glockenturm unserer Kirche und in dem Neubauviertel die Fenster der Wohnung im dritten Stock, wo er gerade mal einen Monat gelebt hatte.

*

Eine Zeitlang roch die Wohnung immer noch nach Tod. Er war durch sie hindurchgegangen und hatte Stille hinterlassen – und sein leeres Schlafsofa und das Öllämpchen, das Nacht für Nacht brannte. Der Geruch von vielen Blumen, Kerzen und Weihrauch und die Spuren süßlichen Parfüms waberten in den Zimmern, in denen unsere Schritte fremdartig hallten. Darum nahmen wir uns in Acht vor unseren Stimmen, redeten im Flüsterton und aßen verschämt und hastig an einer Ecke des Tisches. Nach den Tagen mit viel Gerenne und vielen Leuten wuchs eine stumpfe Stille, nur wir beide waren hier geblieben, der Tod war unser. Es regnete jeden Tag, die an den Fenstern herunterrinnenden Tropfen waren uns verhasst, jenseits davon begann ein anderer Frühling, den er nicht mehr sehen würde. Nichts von dem, was von nun an mit mir geschah, würde er wissen, mein Leben blieb wie das seine im Tod stecken. Jetzt erst begriff ich, wie sehr ich, wenn ich mich durchs Leben bewegte, auf seine Beachtung angewiesen war. Und mir fiel all das ein, was zu fragen ich immer aufgeschoben oder nicht einmal überlegt hatte. Das Wasser rann immer weiter, schlug mit kalten Tropfen gegen die Scheiben, und im Innenhof hörte man die Regenrohre gluckern. Wenn wir wüssten, dass er irgendwo in der Stadt ist, würden wir ihm eilends den alten schwarzen Regenschirm mit den verbogenen Stäben bringen. Oh, wie hatten wir ihn nur so aufgeben können, seinen vertrauten Körper, der plötzlich keinen Wert mehr hatte?

*

Ich hätte zurückfahren müssen, schob es aber jeden Abend weiter hinaus, ging mit Mutter zum Friedhof und mied den Korso auf dem Rückweg, zog ihn in die Länge, als erwartete ich, ihm zufällig zu begegnen. In einer Staubwolke räumte die Planierraupe, jedes Mal an einer anderen Stelle, noch vorhandene Mauerreste ab, Leute in Arbeitskluft standen dabei und brüllten herum. Auch ich blieb in der Menge stehen, ich war ihm nicht begegnet und konnte mir nicht erklären, wo er jetzt sein mochte. Dann hasste ich die Straßen und die Häuser, die übrig geblieben waren, und die Gerüste, die immer höher gezogen wurden. Ich hasste sie so, wie Mutter die Dinge hasste, die sie so viele Jahre verwahrt und abgewischt hatte und die sie jetzt verbittert weggab, weil sie es nicht verwinden konnte, dass diese ein längeres Leben hatten als der Onkel. Und wieder irrte ich durch bevölkerte und menschenleere Straßen, nein, ich hatte nicht gewusst, dass eine ganze Stadt nur von zwei oder drei Menschen bewohnt ist.

Nachts sah ich in dem ungewissen Dunkel seine in der Bibliothek aufgereihten Ordner. Mir wurde bewusst, dass ihm nichts gelungen war, und ich erstickte den Schrei im Kissen, wenn das Mitgefühl mich überkam. Ich hatte ihn noch so gut vor Augen, wie er bedächtig Stufe um Stufe in den Hof hinunterging, die Umschläge mit den Exzerpten in der einen und den dampfenden Kaffeetopf in der anderen Hand, ich wusste noch genau, wie er sich schwerfällig bückte, um die Schnürsenkel zu binden, und wie er seinen guten Anzug bürstete, bevor er in die Schule ging, ich wusste, wie er mir über die Schulter sah, wenn ich las, und wie er die Weinflasche zwischen den Knien hielt, wenn er sie entkorkte, und mich fragte:

»Was gibt's noch auf der Fakultät?«

Sein Leid aber, das ich jetzt erst ahne, wo war das gewesen?

*

Ich war zurück in Bukarest, morgens ging ich zu den Vorlesungen oder in die Bibliothek, und mittags kam ich aus der Kantine.

»Mein Onkel«, antwortete ich frostig, wenn sie mich fragten, sobald sie das schwarze Kostüm sahen, das Mutter mir aus seinem Hochzeitsanzug geschneidert hatte.

Nein, ich nahm sie ihnen nicht ab, die Verlegenheit, die nur einen Augenblick anhielt, er hatte mir den Schmerz geschenkt, und mit ihm ging ich durch die Frühlingsluft, die mir weich über das Gesicht fächelte. In den knospenden grauen Zweigen turtelten die Tauben, und an den Rändern der blanken Gehsteige sprossen spitze Grashalme zwischen gelblichen Straßenbahnbillets und schmutzigem Schokoladenpapier. Eine Straßenfegerin spießte die Papiere mit einem Draht sorgfältig wie für einen Bratspieß auf, in dem über Trainingsanzug und wattierte Arbeitsjacke gestreiften Kittel wirkte sie seltsam luftig angezogen. Sie alle gingen eilig an mir vorüber, stellten sich vor den Geschäften in Schlangen an oder standen einander gegenüber an den Tischen, auf denen die Spuren abgeräumter Becher blass schimmerten. Die ersten Straßenhändler, die traditionelle bunte Anstecker anboten, die man als »Märzchen« an Frauen verschenkte, sprachen, vor Kälte trampelnd und die Hände reibend, die Passanten an, aber die ließen sich Zeit bis zum Andrang der nächsten Tage. Auch ich ging mitten unter ihnen, ohne zu wissen, wohin, unter dem kalten Abendhimmel, und in meinem Kopf nur die paar Worte, PFLICHT, SELBSTLOSIGKEIT, EHRE, ANSTAND, auf die ich immer wieder zurückkam, voller Misstrauen und Ressentiments, weil sie mir sein versäumtes Leben vor Augen führten. Ich empfand sie wie künstliche, trügerisch bunte Ballons, die im dünnen Abendnebel schwebten, es war unmöglich, sie denen näherzubringen, die da herumwuselten, selbst mir waren sie fremd.

Nur ihn versuchte ich jetzt heranzuholen, und in Gedanken umkreiste ich ihn, versuchte ihn festzulegen und war dabei vielleicht ungerecht. Ich wollte ihn für immer so sehen, wie er sich an seine eigenen Gebote hielt und wie er zögerte zwischen dem Kompromiss und der Abneigung oder der Bequemlichkeit, ihn einzugehen. Doch mit jedem meiner Schritte zurück veränderte ich meine Vorstellung von ihm, und ich spürte, wie er mir dabei abhandenkam und zur abstrakten Idee wurde. Was immer ich mir sagte, ich sagte es ihm, verspätet und vergeblich, seine ohnmächtigen Zweifel erkannte ich als die meinen, etwas an ihm war in mir und würde es weiterhin sein. Er war nur gestorben, damit ich all das verstand, was ich bisher, da ich das Böse nicht mehr vom Guten zu scheiden vermochte, lediglich erahnen konnte.

Ich hatte seinen Tod gebraucht, damit alles anders wurde, durch das Mitleid, das mich überkam, wurde mir bewusst, dass ich etwas anderes versuchen würde als das, was er gemacht hatte, nur wusste ich nicht, was das war, und ich ging die Straße entlang, den Blick zu Boden gesenkt. Aber das Warten auf ihn jenseits der Zeit führte nirgends hin als auf den entlegenen, vom Regen ausgewaschenen Pfad, wo sein Name auf einem wasserüberströmten Holzkreuz zu verbleichen begann. Nein, kein Preis schien mir zu hoch, um etwas zu machen, ich würde alles versuchen, was er nicht versucht hatte, alles, wovon er mich abgehalten hatte, ohne es mir zu sagen. Ich erinnerte mich noch, wie er mich ansah mit vor verhaltenem Ärger ergrautem Gesicht, und mir wurde angst vor der Unerbittlichkeit meines Blicks, in dem er gebannt bleiben würde, aber auch das zählte nicht mehr, denn jetzt lebte nur noch ich.

*

»Eine Zeitlang habe ich dich absichtlich nicht mehr aufgesucht«, sagte Barbu und zog den Plastikstuhl mit dem schweren Eisengestell näher heran. »Ich wusste aber alles, was du machst, in dieser Zeit ...«

Er raschelte mit dem billigen Papier der Zigarettenpackung Marke Carpați ohne Filter. Seine Augen verharrten auf meinem Gesicht, wenn ich wegsah, und glitten zur Seite, wenn ich ihn ansah. Er war also nicht in die Bibliothek gekommen, hatte nicht meinen leeren Stuhl betrachtet und wusste auch gar nichts von der Woche nach den Ferien, als ich jedes Mal, wenn die Tür aufging, zusammengezuckt war und aufgesehen hatte. All das erschien mir jetzt so lange her ...

Ohne ihm zu antworten, streckte ich die Hand nach der Zigarettenpackung aus. Sein verständnisvoll fürsorglicher Blick irritierte mich genauso wie die Bestimmtheit seiner Worte, ich wäre am liebsten aufgestanden und gegangen. Doch ich blieb schweigend sitzen und schlürfte von dem kalten Kaffee.

»Lassen wir die dumme Geschichte von damals, machen wir es, wie du willst«, sagte er.

Schräg lehnte er an der Wand des Eingangsbereichs.

Mir war es egal, ob er nie mehr zurückkehren oder mich morgen genauso erwarten würde mit seinem wässrig weichen Blick, den ich nur zu gut kannte. Das breite Trauerband hatte sich gelöst und rutschte zu meinem Ellbogen hinunter, ich zog es wieder hoch und sah hinüber zu den Paaren, die auf der dunklen Allee schäkerten. Alles hier stand im Zeichen von Onkel Ions Tod, das ich in mir trug. Wäre es nicht so gewesen, hätte ich nicht die feuchte Hand nach Barbu ausgestreckt, die ihn suchte, obwohl es ihm gleichgültig war.

*

Die Dinge, zu denen ich zurückkehrte, waren undefinierbar fremd geworden, anders, als ich geglaubt hatte. Die Gestalt von Barbu an der Straßenkreuzung, wo er auf mich wartete, erschien mir knabenhaft, wenn er sein Gesicht vor Verlegenheit verzog. Ich verharrte in dieser seltsamen Gleichgültigkeit, die Augen starr auf meinen Schmerz gerichtet, den ich so gut kannte, dass ich ihn gar nicht mehr spürte. Dadurch gewann ich zum ersten Mal die Oberhand und ahnte zugleich: Für mich gab es keinen Weg zurück zu ihm. Er küsste mich schnaufend, mit einem verschleierten Glanz in den

Augen, den er früher nicht gehabt hatte und in dem ich manchmal zu Unrecht die Tränen vermutete, die ich selbst unter den Lidern trug. Nie war er mir ferner gewesen als jetzt, da ein merkwürdiges Mitleid mit allem und jedem meine Hände dazu zwang, ihm durch das fettige Haar zu fahren.

Ich trat mit vor Schlaflosigkeit brennenden Augen näher an das Fenster, durch das ein neuer Morgen hereinschien. Unten sprossen ungeheuerlich die Blätter des Frühjahrs, noch nie hatte ich gespürt, wie die Knospen unter dem schmerzlichen Druck der Säfte aufsprangen. Klebrig schrumplige Blättchen erschauerten lautlos, darunter dampfte der warme Asphalt, muntere Spatzenschwärme zirpten wie dünner Regen. Die Bäume erschienen mir grün verschleiert, es roch nach Flieder. Wann ist der denn aufgeblüht?, fragte ich mich. Ich wusste es nicht, Barbus Augen waren jetzt genauso grün, und ich gewahrte seinen sehnigen jungen Körper neben mir. Ich bewegte mich unter einer Glocke des Schweigens, und in nächster Nähe brodelte und wuchs unsichtbar eine neue, eine andere Welt ...

Immer seltener gelang es mir, Onkel Ion wiederzufinden. Mein störrischer Kinderblick hatte ihn verloren, und wenn ich ihn jetzt heraufbeschwor, zersprangen mir ganze Jahre in den Händen und übrig blieben nur Scherben von Worten und Gesten. Die ganze Stadt wuchs über ihn hinweg, stellte ich fest, wenn ich Samstag für Samstag Mutter besuchte. Neue Blocks und eilige Menschen verwischten seinen Gang und seinen Schatten auf den Straßen, und auf den von ihm beschriebenen Seiten gilbte die Sorgfalt weiter vor sich hin. Hartnäckig versuchte ich ihn zurückzuholen, aber jeder Augenblick des Tages trug ihn weiter weg. Immer seltener weinte ich, in den Kissen verkrochen, um ihn und hatte immer weniger, was ich ihn fragen wollte. Es war so gut gewesen mit ihm, manchmal, aber wieso, das wusste ich nicht mehr und hatte vergessen, warum ich ihn suchte.

Nur manchmal tat sich eine traurige Leere auf in der Welt und ich spürte, wie alles, was er gewesen war, darin auf mich wartete. Vielleicht trug ich ihn, den Vergessenen, schon in mir, ohne es zu wissen, und fand in seinem Gesicht immer wieder die Ruhe, an die ich nicht glauben wollte und die ich ihm ohnmächtig gönnte.

Kapitel XIV

Irgendwo aber musste er noch sein, und dieser Ort war für mich nach wie vor kein anderer als unsere Stadt. Es war schon fast ein Jahr her, seit ich mich daran gewöhnt hatte, ihn weit weg zu wissen, deshalb gab es ganze Stunden, in denen sein Tod mir so ungewiss erschien, als wäre er gar nicht gewesen. Auf dem rissigen Belag der verwinkelten Straßen musste sich sein Schatten wohl schwerfällig weiterschleppen, in dem mit Möbeln vollgestellten Zimmer saß er wahrscheinlich weiterhin mit mechanisch wippendem Fuß und exzerpierte aus Büchern und Zeitschriften.

Wo aber mochte er für Mutter noch sein, wenn sie abends den Schlüssel ins Schloss steckte und die Tür zu den beiden Zimmern öffnete, die nun schon fast zu viele waren, erstarrt in der Stille, vor der sie sich fürchtete, und wenn sie eine Zeitlang auf der Schwelle verharrte und den Tisch im Esszimmer betrachtete, auf dem keine Teller mehr ihren angestammten Platz hatten, und die allzu aufgeräumte Küche, in der es nicht nach Essen roch? Wie mochten ihre Nächte sein, wenn sie immer wieder aufschreckte im nassgeschwitzten Nachthemd, wenn sie zögerte, sich umzuziehen, und wenn ihre schlaftrunken verstörten Augen, geweitet vom Schrecken der Erinnerung, am blutroten Flackern des Öllämpchens hängen blieben? Wie mochte sie, erschöpft vom Weinen, wieder einschlafen und wieder erwachen und mit einer mittlerweile reiflich eingeübten Geduld der Stunde entgegensehen, wenn das graue Licht des Morgens durch die vergilbten Fransen des Vorhangs schien? Dann stand sie auf, ohne Eile, denn sie hatte keinen Kaffee mehr aufzusetzen für sie beide und für niemanden mehr ein Frühstück zu richten. In der Tür schaute sie in ihrer Handtasche noch einmal nach den kleinen Kerzen und dem Ölfläschchen und dem Mitbringsel für den Friedhof, seufzte unhörbar und zog die Tür fest hinter sich zu.

»Es geht über meine Kräfte, nicht hinzugehen ... Wie stellst du dir das vor, ich wäre so nahe und ginge nicht zu ihm ...«

Ihr zerfurchtes Gesicht verzog sich vor kindlichem Starrsinn, ihre Nase rötete sich, und unvermittelt begannen die Tränen zu fließen. Denn irgendwo musste er ja noch sein, und für sie konnte das nirgends sein als eben dort. Deshalb ging sie die Straße bergan, an deren Ende sie die weiße Mauer sah, die sich um die Gräber zog, die wenigen Grüfte und die Marmorkreuze mit ausgebleichten Porträtfotos.

Ich aber hielt es für unmöglich, dass nicht auch sie sich manchmal gewünscht hätte, in eine fremde Stadt zu ziehen wie in ein unbekanntes Land. Damals, vor langer Zeit, konnte ich ihr Desinteresse nicht verstehen, es schien mir unverzeihlich. Ich saß vor dem zerfledderten Atlas des Onkels und wollte die Länder mit Rot, Orange und Blau nachzeichnen.

»Halt dich nicht an diesen Atlas – das ist Europa vor dem Krieg«, sagte Onkel Ion, als er mir über die Schulter sah. »Nimm besser deinen ...« Und er schob mir den russischen Atlas unter, den sie mir gekauft hatten, als ich vierzehn war und meinen Personalausweis bekam.

»Wie?«, fragte ich Mutter verblüfft, steckte den Farbstift in den Mund und begann darauf herumzukauen. »Wie? Da gibt es so viele Länder, und du warst in keinem von ihnen?«

»Du bist vielleicht gut ...« Sie zuckte mit den Schultern,

legte die Nadeln aus der Hand und spannte das fertige Stück, um zu sehen, wie viel sie noch zu stricken hatte. »Als hätte ich für so etwas Zeit gehabt... Bevor ich geheiratet habe, musste ich mich irgendwie durchschlagen, die Schule schaffen, Prüfungen ablegen, ich war im Internat... Dann kamst du, und der Krieg...«

Sie zerrte an dem Wollfaden, der mit einem dumpfen Knall riss, denn er hatte sich um das Tischbein gewickelt. Sie bückte sich, nahm die beiden Enden auf, verknotete sie und sagte dann: »Wo will man denn hin mit einem kleinen Kind in solchen Zeiten... Dich zu Hause lassen hatte ich nicht das Herz... Aber ich war zwei oder drei Mal mit deinem Vater in Sinaia, wo der Alte eine Villa hatte... Einmal auch in Balcic«, fügte sie nach einer Weile hinzu, als wollte sie mich versöhnen.

Gereizt und verständnislos sah ich sie an und begann meinen Stift zu spitzen. Nein, die Millionenstädte, von denen ich jetzt lernte, deren Wirtschaft oder deren Denkmäler waren ihr längst egal. Sie bedeuteten ihr ebenso wenig wie die Galaxien oder die fünf Erdteile. Wie der Südpol oder die Sahara. Aus dem Vorzimmer hörte man die Pendeluhr schlagen, und sie fuhr auf wie von der Tarantel gestochen.

»Ich habe das Abendbrot vergessen«, flüsterte sie, steckte die Stricknadeln in den Wollknäuel, wickelte alles in das gestrickte Teil und legte es aufs Nachtschränkchen. »Wenn du mit deinen Karten fertig bist«, sagte sie verlegen, »komm auch in die Küche...«

Ich musste dennoch versuchen, sie irgendwie von dort wegzulocken, wenn auch nur für ein paar Tage, das sagten alle. Mit Ach und Krach überredete ich sie, nach Bukarest zu kommen, damit wir die Feiertage bei Bița verbrachten.

*

»Du hast mich hergeschleppt, damit ich still und starr wie eine Mumie warten muss, bis er geruht aufzustehen«, murrte Mutter und machte sich in der Kochnische zu schaffen.

Das Feldbett, auf dem sie geschlafen hatte, lehnte zusammengeklappt am Kleiderständer.

»Psst, psst«, zischte ich und deutete auf das hell erleuchtete Zimmer.

Biță hatte die Rollläden hochgezogen und pfiff im Bad.

»Bist du schon da?«, fragte er und trat plötzlich in die Tür. Sein gestreifter Morgenrock stand offen und ließ die spärlich graubehaarte fleischige Brust sehen.

»Die neue Generation, in die wir so viele Hoffnungen setzen, leidet an Schlaflosigkeit ...«

Verdrossen ging Mutter mit dem Staublappen an ihm vorbei. Bițăs gute Laune kam ihr vor wie ein Sakrileg, ich hätte sie nicht zum Kommen bewegen können, wenn ich sie nicht daran erinnert hätte, wie er an unserem Esszimmertisch geschluchzt hatte, auf dem der Onkel lag. Allerdings war sein Leben hier in keiner Weise vom Schmerz gezeichnet, und ich hatte keine Ahnung, wie die Feindseligkeit auszuräumen war, mit der Mutter ihn betrachtete.

»Er trägt noch nicht mal Trauerflor«, raunte sie mir zu, während sie sein Sakko bürstete, mit dem er morgens aus dem Haus ging.

»Er trägt ihn an dem anderen Sakko, er ist halt allein ... Wer sollte ihn ihm auch überall annähen?«

»Die, die ihn dauernd anrufen«, gab sie sofort zurück, hielt sich aber gleich darauf den Mund zu. Auf der Stelle bereute sie, dass sie sich »vergessen« und über solche Dinge mit mir gesprochen hatte.

»Den Kaffee mache ich«, rief Biță.

Zwischen den Worten hörte ich das Zischen des Aftershave, und der wohlbekannte Duft drang bis zu uns in die Kochnische.

»Mach ihn, du trinkst ihn ja auch«, antwortete Mutter missmutig und hielt ihm den satzverkrusteten Henkeltopf hin.

»Möchtest du denn keinen?«, fragte er zerstreut und wuschelte mir mit der warmen Hand durch die Haare.

»Lass nur, wir tun uns was Gutes, soll sie doch dabeisitzen, mal sehen, ob ihr das gefällt...«

»Also von mir aus kann von nun an...«, ächzte Mutter mit erstickter Stimme, die er nicht hören konnte.

Er hatte die japanischen Tassen aus der Vitrine auf ein Tablett gestellt und dann eine Schreibtischschublade geöffnet und ein angebrochenes Päckchen Kent auf den Tisch geworfen.

»Die sind ja ganz staubig, wie kannst du die so hinstellen?«, schimpfte Mutter und rannte mit den Tassen ins Bad. Dort moserte sie vernehmlich herum. »Bring sie auch noch auf die Zigaretten, bring sie nur drauf, auch Ion hat seinen Kopf verräuchert...«

Ich kicherte leise, blinzelte Biță verschwörerisch zu und schmiegte meine Wange an das rissige Leder des Sessels, in dem ich mich zurückgelehnt hatte. Ich spürte, wie ich darin versank, betäubt von Trägheit und dem Duft des Kaffees. In den langen Lichtstreifen tanzten Staubteilchen flink wie Wimpertierchen. »Er wollte alles Mögliche machen, und schließlich wurde aus allem nichts«, sagte Mutter, wenn sie über Biță redete. Jetzt aber wäre ich gerne er gewesen, hätte die schmucken silbernen Manschettenknöpfe anlegen und den weichen ausgeschnittenen Pullover über den Kopf streifen mögen, wobei aus dem Halbschatten die mattgoldenen Buchstaben auf den abgegriffenen Ledereinbänden von Büchern herüberschimmerten, die ich irgendwann gelesen hätte.

»Ciao«, rief Biţă uns von der Schwelle zu und warf den weißen ballonseidenen Mantel mit ledernen Knöpfen über die Schulter. »Wenn jemand anruft, sagt ihr, ich sei schon lange weg und um zwei wieder zu Hause ...«

Das würde er nicht sein, denn an keinem der Tage war er zu der Uhrzeit zurück, die er angegeben hatte. In der Kochnische färbte Mutter mit unterdrückter Feindseligkeit Eier, rote, blaue und grüne. Ab und zu hielt sie inne und wischte sich mit dem farbverschmierten Handrücken die Tränen aus dem Gesicht.

»Gehst du noch weg?«, fragte sie mit jener ausdruckslosen Stimme, die gleichgültig klingen sollte, und stellte den Farbtopf zum Kühlen an die Seite.

Ich traute mich nicht, ihr einen Spaziergang vorzuschlagen, denn selbst für einen Schaufensterbummel hatte sie keine Geduld. Ich bat sie nur, bis zum Wohnheim mitzukommen, wo ich meine Wäsche abholen wollte.

Sie blieb unten im Gesellschaftsraum, in ihren schwarzen Mantel gehüllt und das selbstgeschneiderte Mützchen tief in die Stirn gezogen. Die Hälfte der Mädchen war nach Hause gefahren, denn Montag war der 1. Mai. In unserem Zimmer traf ich nur Marilena an. Auf meinem Bett lag ein offener schwarzer Holzkoffer, und auf der Ecke saß eine hagere Frau. Über ihrer krausen Dauerwelle flatterte ein durchsichtiges freesienfarbenes Kopftuch, ihre großen Füße in steifen Sandalen, und ihre Hände waren sonnengebräunt. In dem ebenso gebräunten Gesicht hob sich nur der grellrot geschminkte Mund ab.

»Das ist Letiția, von der ich dir erzählt habe«, sagte Marilena und zeigte auf mich.

Ihre Mutter stand auf und drückte mir Küsse auf beide Wangen, wobei sie mir ihre knochigen Hände auf die Schultern legte.

»Bitte, sag doch auch was, vielleicht geht's ja dann ... Wie lange ich schon bettele, dass sie über die Feiertage nach Hause kommt ...«

Marilena schwieg und sah zum Fenster hinaus: Wahrscheinlich hoffte sie, dass Sandu zurückkäme, der seit einer Woche im Ausbildungslager war.

»Ich nehme nur ein paar Sachen aus dem Schrank und bin gleich wieder weg. Mutter wartet unten ...«

»Siehst du, an den Feiertagen sind alle bei ihrer Verwandtschaft, man sitzt zusammen, nur du bist hier allein wie der Kuckuck ...«

Als sie aber sah, dass Marilena schweigend ihre Sachen in den Koffer zu packen begann, flüsterte sie, als könnte jedes laute Wort die Tochter umstimmen: »Wir kommen mit hinunter ...« Sie setzte sich neben Mutter an das Glastischchen.

»Sie haben Schweres durchgemacht, liebe Frau«, sagte sie und legte ihr die knochige Hand auf die Schulter. »Die Tochter hat mir von dem Unglück erzählt ... So ist es halt, wohin man schaut, nur Elend, eins ums andere, auch wir hatten mit meinem Mann ein Unglück, liebe Frau, er hat es an den Augen, und die haben ihn dreimal opiriert ... Zuletzt hier in Bukarest, da sind wir zu einem Dokter gekommen, der hat ihn an den Augen genäht ...«

»Wie ist das denn gekommen?«, fragte Mutter.

»Vom Zug, sagen sie, liebe Frau, wir haben nämlich ein Motorrad, und er fährt herum ohne nix, und da hat ihn der

Zug erwischt, hat der Dokter gesagt, wo ihn opiriert hat, der hat da nur erstarrten Eiter herausgeholt, von hier nämlich ...« Und mit ihren schwieligen Fingern fuhr sie sich über den Nasenrücken. »Mein Gott, was hat er gelitten, noch nicht mal das konnte er essen, was ich ihm mit dem Löffel eingeflößt hab' ... Und wenn ich ihn so gesehen hab', ein gestandener Mann, und dem muss man's einflößen wie einem kleinen Kind, da hat mich das Weinen überkommen, ich konnt' mich nicht beherrschen, du tränkst wieder die Mäuse, Maria, hat er gesagt, so ist er halt, furchtbar komisch ... Und in dem Sommer, da hab' ich nix mehr auf die Reihe gekriegt, auch die Kinder hab' ich allein zu Haus' gelassen, meine Schwiegermutter, die ist schon mal gekommen, aber was konnte die schon tun, die ist ja auch alt. Und als das Mädel nach Bukarest gehen sollte, wer sollte sie da hinbringen, das hätte ihr Vater gemacht, aber so, wer hätte es tun sollen? Da sind viele Kinder aus dem Dorf gegangen, und sie mit, und wie Gott es gewollt hat, ist von denen allen nur sie aufgenommen worden ... Oh, wenn ich nur dran denk' ...« Sie zog schniefend die Nase hoch und erzählte weiter, mit weinerlich heiserer Stimme. »Als sie dann ins Spital kam und sagte, schau mal, Vater, man hat mich aufgenommen, da hat er nur so gefuchtelt mit den Händen und hat sie nicht zu fassen gekriegt ...«

»Jetzt geht es ihm aber gut?«, fragte Mutter.

»Ja schon, im Herbst hat ihm der Dokter die Augen aufgemacht, er kann schon sehen, aber nicht wie früher. Er kriegt Pension von der LPG, hundertfuffzig Lei.« Plötzlich wurde ihre Stimme kalt, und sie richtete sich kerzengrade im Sessel auf. »Dann aber hatten wir im Herbst das andere Elend, mit dem Mädel«, sagte sie und neigte sich zu Mutter. »Die steht auf einmal da mit diesem Jungen, dem Sandu, und will nur noch heiraten, jetzt sagen Sie bloß, was hätten Sie da getan? Wenn es wenigstens ein gesetzter Mann gewesen wäre, aber wir kannten ihn ja, wir wussten einiges und dass sie mit ihm geht, aber ihr Vater hat ihr nur immer gesagt, sie soll sich den aus dem Kopf schlagen, weil er, er lässt sie nicht ...«

»So ist das mit den Töchtern, nichts als Sorgen«, sagte Mutter und sah mich vorwurfsvoll an.

»Wenn du wüsstest, was jetzt überall für ein Gedränge ist«, sagte Marilena, während sie auf dem Fensterbrett in ihrer abgegriffenen Briefesammlung blätterte.

Postkarten, Umschläge mit zittriger Schrift von Greisenhand, Glückwünsche und Grüße auf vornehmem Papier aus der Schreibmappe in großer und allzu gerundeter Schrift – die kamen vom Militär.

»Lass mal, irgendwie ist es schon gut, dass du fährst«, raunte ich ihr zu, sie aber wurde rot vor Zorn und zog ihre Hand aus der meinen.

*

Einen Ostertag könnte ich auch so erkennen, sagte ich mir, als ich von Bițăs Balkon in der vierten Etage hinunterschaute. Ich würde ihn ganz einfach erkennen, wenn ich hier hinunterschaute. Der Straßenlärm war abgeschwollen, nur irgendwo weit weg ratterten noch ein paar Straßenbahnen, die Stadt hatte die pflichtschuldige, hysterische Umtriebigkeit vor den Feiertagen mit ihren Häusern aufgesogen. Das Licht strahlte nicht mehr in diesem unnatürlichen und schwer zu ertragenden Weiß, auch das Grün der Bäume hatte das Wachsen eingestellt. In den Schaufenstern der geschlossenen Gemüseläden lagen Haufen von Spinat, Bündel kümmerlicher Zwiebeln und weiße Berge von Eiern. In den Fleischerläden hingen arg rot angelaufene gefrorene Lämmer, die in letzter Minute vor Ladenschluss geliefert worden waren, grinsend an den Fleischerhaken. Selbst wenn es auf der Straße wieder wimmelte, konnte man an den gemächlichen Schritten erkennen, dass es ein Feiertag war: Die einen gingen zu den anderen und brachten Päckchen und in Papier eingeschlagene Weinflaschen mit. An einer Ecke des Rasens war ein Säufer erwacht, hatte seine entzündeten Triefaugen aufgerissen und ließ beim Anblick seiner rötlichen Kotze lachend dem Schluckauf seinen Lauf.

»Du bist besoffen wie ein Schwein«, schimpfte eine Frau mittleren Alters. Ihr Gesicht funkelte in der Hitze, und ihr ganzer schwabbelnder Körper war schweißüberströmt. Sie schleppte eine prallvolle Einkaufstasche wie an gewöhnlichen Tagen. Hinter den frisch geputzten Fensterscheiben schimmerte dasselbe Varietéprogramm, die Fernseher liefen vor gedeckten Tischen, und ihr allgegenwärtiges, von allen Seiten strömendes Gedudel vervielfältigte sich und legte sich über die ganze Stadt. An den Haltestellen warteten die Leute in Gruppen, reckten ihre Hälse nach dem blanken Schienenstrang, schimpften über den Nahverkehr wie in den verregneten oder verschneiten Morgenstunden. Zu ihren Füßen trockneten die Fahrkarten in der Sonne, und nebenan hockten zwei Zigeunerinnen wachsam neben ihren Körben mit Tulpen, die sie mit Wasser besprizt hatten.

»Nur dass du's weißt«, sagte Mutter, trat heraus auf die Schwelle zum Balkon und lehnte sich an den Türrahmen. »Nur dass du's weißt, ich wollte es dir immer schon sagen, ich habe ein paar Ordner von Ion mitgebracht. Ich habe mir gedacht, du könntest vielleicht etwas damit anfangen – jemanden finden, der sie veröffentlicht...«

»Ich könnte was? Meinst du, ich könnte etwas?«, fragte ich verblüfft, mit unsicherer Stimme.

Sie aber fuhr fort, auf einmal schmallippig vor Verbitterung: »Es wäre einen Versuch wert. Wenigstens so viel sollten wir für ihn tun...« Worauf ihre Stimme wieder weicher wurde: »Vielleicht gibt's unter deinen Professoren jemanden. Oder ehemalige Schüler von ihm...«

»Ich kenne keinen, der könnte... Für so etwas braucht man Beziehungen...«

Mutter wandte mir nur ihr unerbittliches Gesicht zu und musterte mich, wie sie Bițǎ musterte, wenn er morgens gut gelaunt aufstand.

*

Ich lehnte mich wieder über das Balkongeländer und betrachtete die rauchgeschwärzten wachsbeträufelten Steinfliesen vor der Kirche. Windschiefe überhängende Kerzen krümmten sich dort in der Sonne. Sie hatten die Nacht durch gebrannt, dass das Dunkel der Straßen von den Lichtern in den Händen der Leute erhellt wurde. In den Gässchen um die Kirche ergoss sich die wuselnde Menschenmenge von den Gehsteigen auf die Fahrbahn und brachte den Autoverkehr zum Erliegen. Besorgte Frauen, die ihre Kerzen in weißen, für Speiseeis bestimmten Plastikbechern vor sich her trugen, riefen nach ihren Kindern, die Jugendlichen, manche eng umschlungen, standen grinsend am Rand und hatten ihre Transistorradios aufgedreht. Der aufkommende Wind trug hin und wieder die Stimme des Priesters heran, dann geriet die Menge unter dem rötlich angeleuchteten Blattwerk der Bäume in Wallung. Vorne waren schon ein paar Kerzen angezündet worden, und etliche Leute bahnten sich mit den Schultern einen Rückweg zu den Autos, wobei sie ihre Lichter mit der gewölbten Hand schützten. Die anderen standen demütig und verärgert wie in einer Schlange an, zündeten ihre Kerzen, die der Wind immer wieder ausblies, stets von neuem an und verständigten sich durch Zurufe, um möglichst schnell zum Essen oder zum anschließenden Fest zu kommen. Man hörte das Wachs zischen, die Mädchen strichen ihre langen Haare zurück, damit sie nicht Feuer fingen, und die kleinen Kinder in den Armen der Eltern wimmerten vor Angst angesichts der vielen Leute.

»Kooommet und hooolet das Liiicht ...« Der Priester rief in die Menge, die schon so lange mit brennenden Kerzen wartete. Und mit einem Mal brandete das Lied durch die Straßen und erhob sich über der Stadt.

Sie nahmen es immer wieder von Anfang auf und sangen es, ein jeder hörte nur die eigene Stimme, die sich unter den vielen anderen verlor. »Christ ist von den Toten erstanden, mit dem Tod über den Tod hinweg schreitend ...«

Sie wussten nicht, was sie sangen, über die Stimme eines jeden erhoben sich die Stimmen der anderen und stiegen hinauf in die Nacht des neuen Frühlings, durch die rosigweißen Kastanienblüten und die blauen Fliederbüsche empor. Man hörte Autos durchstarten, in Scharen lösten sich die Menschen und eilten zu den üppig gedeckten Tafeln mit bunten Eiern und frischem Salat und Schweinebraten, der statt des Lammbratens herhalten musste. Sie würden anstoßen und aufstehen und tanzen und den Augenblick vergessen, der sich schwer auf sie herabgesenkt hatte, während sie gesungen hatten, ohne zu wissen, was.

»Und jenen in den Grääbern das Leeeben neu bereitend ...«

Nur Mutter wusste, was die da sangen, während sie ihnen hier oben, auf dem Balkon der Junggesellenwohnung von Biţă, lauschte. Die Ellbogen auf das Geländer gestützt, lehnte sie störrisch, mit feindselig verkniffenen Lippen da. Hinter ihr die alten Möbel, die Biţă schon lange aufgegeben und jetzt, da er sie nicht loswerden konnte, dem Regen preisgegeben hatte. In den Rissen des Holzes hatte sich der Staub eingenistet. Da standen Stühle mit nach oben gereckten Beinen, aus dem Leim gegangenen Lehnen und zerfleddertem Bezug, ein alter Schrank mit hängenden Scharnieren, die kleine Kiste, in der Biţă seinen Müll sammelte, daneben eine Blumenvase voll grünlichen Wassers, das nach Sumpf müffelte. »Er ist nicht auferstanden«, seufzte Mutter mit dem Rücken zum Zimmer, wo wir vor roten und grünen Eiern und dem Hefezopf, den Biţă aus der Konditorei Scala gebracht hatte, auf sie warteten. Wie hätte er auch auferstehen sollen? Er war nicht auferstanden und hatte keinem von denen, die in den Gräbern warteten, ein Leben bereitet, das Holzkreuz war mittlerweile schwarz geworden vom Frühjahrsregen, und aus der durchtränkten Erde sprossen kleine Unkrautpflänzchen und strähnige Büschel Schleierkraut. Wäre er damals auferstanden, würde er jetzt wieder auferstehen, aber es war nie irgendeiner auferstanden. Und sie war, statt dort zu bleiben und jeden Tag zu ihm auf den Friedhof zu gehen, hierher gekommen... Warum nur? Sie begann, leise schluchzend, bitterlich zu weinen.

»Komm schon, Margareta, wir wollen anstoßen«, rief Biţă ungeduldig.

»Lasst mich in Ruhe«, sagte sie, und ihre gebeugten hageren Schultern zuckten. »Lasst mich...«

Sie hasste die Festlichkeit im Haus und die Straßen, auf

denen die anderen weiterhin in kleinen Gruppen dahinzogen und lachend die brennenden Kerzen vor sich her trugen, und diesen neuen Frühling, der sich wieder vom Tode zum Tode erhob. Die wussten es nicht, weil es sie nicht betraf, denn an diese Dinge denkt man erst, wenn sie einem zustoßen. Einen Augenblick lang wunderte sie sich selbst, als ihr bewusst wurde, dass auch sie bisher nie daran gedacht hatte. Und selbst wenn man's weiß, was kann man schon tun?, dachte sie und fuhr sich mit der Hand durch die vernachlässigte Dauerwelle, zog die Balkontür hinter sich zu und setzte uns das düstere Gesicht und den steifen Körper vor.

Kapitel xv

Um diese Zeit wurde es ruhig, und in dem Zimmer hinter den geschlossenen Rollläden war es kühl und dunkel. Es machte wieder einen nackten, provisorischen Eindruck wie damals, als ich es zum ersten Mal gesehen hatte, mit den weißen Eisenbetten unter den gleichen braunen, groß und gelb geblümten Überdecken. Ich sah noch einmal hinüber zu Marilenas leerem Bett, wie sie es bei ihrer Abreise gestern Nachmittag zurückgelassen hatte.

»Wenn ihr nur nichts passiert ist...«, flüsterte Nana, die meinem Blick gefolgt war.

Sie steckte die Nelken, die Silviu ihr gestern Abend gebracht hatte, eine nach der anderen in eine Milchflasche.

»Passiert wird ihr schon was sein in dieser Nacht«, kicherte Didi. Sie hockte auf ihrem Bett und lackierte ihre Zehennägel mit weißem Perlmutt.

Nana ordnete die Blumen in der Flasche, als hätte sie gar nichts gehört. Auch ich unterdrückte ein Lachen und schielte verstohlen zur Seite. Wie schaffte es Nana bloß, keinen Augenblick zu vergessen, dass wir alle Freundinnen waren, und nie etwas Schlechtes über eine zu sagen, die nicht dabei war?

»Wieso bleibst du nicht? Wir sind ganz still...«, sagte Nana zu mir, als sie sah, dass ich mein Heft unter den Arm klemmte.

Ich wusste selbst nicht, warum ich nicht bleiben und zusammen mit ihnen lesen mochte, auch nicht, weshalb ich den Augenblick kaum erwarten konnte, wenn alle hinunter zum Essen gingen und ich ein paar Minuten allein war. Vielleicht war es nur, weil ich, soweit ich zurückdenken konnte, das Zimmer stets mit anderen geteilt hatte.

Als ich aus dem dunklen Korridor hinaustrat, stach mir das Licht in die Augen wie riesige funkelnde Splitter. Die reglose Luft war schwül und stickig. Ich stakste über die auf Bettvorlegern, Decken und Morgenmänteln ausgestreckten Körper und suchte mir ein Plätzchen am Geländer. Der Beton der Terrasse wurde nur vom Regen gespült, und an den Ecken und Kanten sammelte sich der Schmutz in langen dünnen Rinnsalen. Mit vom Sonnenlicht verzerrten Zügen lagen die Mädchen da, die Arme im Nacken gekreuzt, nur wenige versuchten in dem geschwätzigen, von Gelächter durchsetzten Heidenlärm zu lesen. In meiner Nähe spielte eine kreischende Gruppe Siebener, ich kannte sie und wandte ihnen den Rücken zu, damit sie mich nicht einluden, es waren Martas ehemalige Zimmergenossinnen. Die gebräunteren unter ihnen hatten Wasser in leeren Joghurtgläsern dabei, ab und zu standen sie auf und benetzten ihre Gliedmaßen, damit die Sonne besser wirkte.

»Hey«, rief jemand, ich wandte mich um und suchte verwirrt in dem Gewühl nackter Arme und Beine.

Von gerade gegenüber winkte mir die Predescu zu.

»Du auch?«, fragte ich, als ich den wulstigen dicken Ehering mit zahlreichen eingravierten Sternchen sah, der vor lauter Neuheit heftig glitzerte... »Seit wann?«

»Ach, schon lange... Seit einem Monat...«

Es erschien mir nicht ungewöhnlich, eher im Gegenteil. Die fiebrige Spannung vor der nahenden staatlichen Zuteilung von Arbeitsplätzen äußerte sich in der wachsenden Zahl von Eheschließungen. Immer weniger Mädchen des Abschlussjahrgangs blieben am Samstag abends allein, und immer weniger fanden sich bereit, mit Jüngeren tanzen zu gehen. Sie kannten das Gedränge vor den Toren, den rasselnden Lautsprecher und die monotone Reihenfolge der Melodien auf den bekannten Tonbändern. Vor allem aber kannten sie die paar Jungs ihres Jahrgangs, die als einzige unverheiratet geblieben waren, die sie schon im ersten Jahr beim Tanz kennengelernt und mit denen sie sich vielleicht noch ein paar Mal getroffen hatten, ohne dass etwas daraus geworden wäre. Darum gingen sie ihnen aus dem Weg oder wandten sich ab, wenn sie sie sahen, und setzten ein gelangweiltes Gesicht auf, wenn sie zwischen den Paaren hindurchgingen, wobei auch diese ihnen auswichen.

»Die bekannten Fressen... Der Glatzkopf, der seinerzeit hinter Magda her war... Diese Leute scheinen nichts anderes im Kopf zu haben«, antworteten sie lustlos, wenn die anderen, die gerade vom Treffen mit ihren Ehegatten oder Verlobten kamen, herablassend und wehmütig fragten: »Na, was ist noch los beim Tanz?«

Das hielt sie manchmal sogar davon ab, am folgenden Samstag wieder hinzugehen, so dass sich am Wochenende eine beunruhigende Leere vor ihnen auftat.

»Ich muss...«, sagte die Predescu und stand auf. Die allzu weiße Haut ihrer prallen Schenkel war rot gefleckt, als hätte sie sich verbrüht. »Mich erwischt sie sofort, wenn ich noch bleibe, bin ich heute Abend wie ein Krebs, und Mişu geht nicht mehr ins Theater mit mir...«

»Gehst du schon wieder ins Theater? Als ich dich vorige Woche getroffen habe, bist du auch ins Theater gegangen...«

»Was kann man schon tun«, lachte sie und steckte ihren Spiegel in die Tasche. »Wir haben der Reihe nach alle Filme und alle Theaterstücke mitgenommen, die uns noch fehlten ... Jetzt ist Schluss mit Bukarest ...«

Wie sie das so leichthin sagt, sogar lachen kann sie dabei, wunderte ich mich. An ihren Haarwurzeln und im dunklen Flaum des Damenbarts traten kleine Schweißperlen hervor. Während sie sich nach dem Glas mit warmem Wasser, den verstreuten Stiften und dem Heft bückte, in dem sie gelesen hatte, trat ich ein paar Schritte zurück und stützte die Ellbogen auf das Geländer, zog sie aber sofort wieder weg. Die Sonne hatte den Blechbeschlag des Handlaufs zum Glühen gebracht. Wenn es ihr so leichtfällt zu sagen, Schluss mit Bukarest, hat sie wohl verzichtet, sagte ich mir. Ob es eine Zeit gegeben hat, als sie so wie ich hoffte, hierzubleiben? Und ist sie erst danach, als sie gesehen hat, wie schwer es ist, wie alle anderen zu der Einsicht gelangt, dass es nur darauf ankommt, nicht allein in irgendeines der Dörfer verschlagen zu werden, die am Schwarzen Brett im Foyer der Fakultät aufgelistet sind? Bei dem Versuch, mich abzustützen, ohne das Geländer zu berühren, schrammte mein schlaffer Körper am rauen Putz der Mauer entlang. Die Hitze hatte meine Gedanken und meine Bewegungen mit angstvoller Ungewissheit gelähmt. In den Monaten seit Onkel Ions Tod hatte mir jeder Tag weitere konfuse und unangenehme Gewissensbisse verursacht. Ich war immer zu spät dran gewesen, das spürte ich jetzt in der Sonne, die mir die Tränen in die Augen trieb und meine Hände vor Ungeduld zittern ließ. Als hätte auch ich eine Zuteilung vor mir wie sie, so bedrohlich erschien mir der Sommer, der vor mir lag. Von der Reklame auf dem Dach gegenüber, die jede Nacht rot in unser Zimmer strahlte, war am Tag bloß ein Gewirr schwarzer Drähte übrig, in dem nur schwer zu entziffern war: LEST TÄGLICH DIE SCÂNTEIA. Darunter breitete die Stadt ihre winzigen weißen Bauten zu meinen Füßen aus, ein idealer und ferner Entwurf. Unter dem verwirrenden Eindruck ihrer Weitläufigkeit kam eine merkwürdige Freude in mir auf. Vielleicht hatten sie überhaupt nie auch nur im Sinn gehabt, hierzubleiben, so dass sie jetzt auf gar nichts verzichten mussten. Ich musste unbedingt heute schon damit aufhören, alles hinauszuschieben, bis ich einsehen würde, dass mir nichts gelungen war – wie Onkel Ion. Über der reglosen, grauen und öligen Dâmbovița rauschten die schwer herabhängenden Kronen der alten Bäume in dem dünnen Wind, nur vom Grün des Laubes tropfte fleckig Schatten ins Wasser. Dort unter der abschüssig ausgewaschenen Uferbank lagen drei Männer in aufgeknöpfter Arbeitskluft, auf die Ellbogen gestützt, am brackigen Wasser und aßen. Ich sah, wie sie sich nacheinander zu dem Stück Zeitungspapier beugten, um Brot und Wurst zu schneiden. In ihren verlangsamten Bewegungen schien die Zeit irgendwie stillzustehen, ich aber wusste, dass es nicht so war. Zumindest für mich nicht so war.

»Schau doch noch mal bei uns vorbei.« Die Predescu wandte mir ihr gerötetes Gesicht mit der schmalen, von dem drahtig gekräuselten Haar erdrückten Stirn zu.

Ich nickte und ließ mich mit geschlossenen Augen auf die Decke fallen. Ich spürte, wie kühl meine Lider waren, doch mein Körper zerfloss in der heißen Sonne, und den monotonen Lärm um mich herum nahm ich wie das Rauschen eines Wassers wahr. Mir war nicht klar, wieso ich überhaupt keine Lust mehr hatte, bei ihnen vorbeizuschauen. Es hätte nicht sein müssen, denn Marta war viel nachgiebiger allem und jedem gegenüber, seit sie Dinu regelmäßig traf und die Hochzeit im Sommer in Aussicht hatte. In jedem Satz sprach sie von ihm – vielleicht ohne es zu wollen, aber ich vermutete, sie wollte jede Erinnerung an die Verwicklungen mit Barbu aus unserem Gedächtnis löschen. »Als ich mit Dinu zusammen war«, sagte sie, oder: »Dinu hat mir das verboten ...« Ihre Notizen waren wohlgeordnet und die Bücher auf dem Nachschränkchen gestapelt, aber sie las nicht mehr wie besessen bis in die Nacht hinein. Eher ging sie ins Bad und ins Bügelzimmer und erledigte ihre eigene und Dinus Wäsche, die sie irgendwann spät, sorgfältig gestärkt, sauber gebügelt und gefaltet zurückbrachte. In ihre Stimme, selbst in ihre Bewegungen war eine kategorische Sicherheit getreten, die sie bisher nicht gehabt hatte. Milde lächelnd fragte sie mich: »Wie geht es dir so?«, und strich mir übers Haar, achtlos und mit einem Gesichtsausdruck, in dem die Überzeugung stand, dass sie alles wisse, was mir noch passieren konnte.

Meistens fand ich alle auf einem Haufen in einem Bett. Sie rechneten sich die Möglichkeiten aus, Stellen zugeteilt zu bekommen, die in der Nähe der Städte ausgeschrieben waren, in denen ihre Männer sein würden, diskutierten über die Anordnung der Zimmer und darüber, ob man den Herd oder die Küchenmöbel zuerst kaufen sollte. Ohne das Gekicher von früher, mit einer Ernsthaftigkeit, die sich eher auf das Bewusstsein dessen, was ihnen zustand, als auf Gewohnheit gründete, redeten sie viel über Schwangerschaften und Abtreibungen, wobei jede Beispiele aus eigener Erfahrung beisteuerte.

Wenn wieder Schweigen eintrat und sie nichts mehr zu sagen wussten, wandte sich die eine oder andere an mich.

»Und du«, fragte sie aufmunternd, »hast du auch jemanden?«

Sie starrten mich alle an, und ich errötete vor Ohnmacht und Wut.

»Lasst sie doch in Ruhe«, sagte Marta. »Sie hat noch Zeit...«

»Wieso das denn?«, fauchte die Predescu und wischte sich mit der halben Serviette, in der ihre Frühstücksstulle eingepackt gewesen war, den Lippenstift ab. »Damit ist jetzt Schluss, sie muss jemanden finden und sehen, ob der es ernst meint, sonst...«

Clara, die bis dahin bei all dem Lärm gelesen hatte, nahm plötzlich ihr Buch, das voller Zettel steckte, ging hinaus und knallte die Tür.

»Die aber auch«, schnitt ihr die Predescu eine Grimasse hinterher, »die hat all die Jahre nichts als gepaukt...«

»Das glaubst aber nur du... Gestern habe ich sie unten telefonieren sehen... Ihr Vater hat Beziehungen im Ministerium, sie hat es mir selbst gesagt...«

Dabei erinnerte sich jetzt jede an längst vergessene Bekanntschaften, an die man sich hätte wenden können. Da ich damit vertraut war, hatte ich Barbu bei einer Begegnung, als er von seinem Freund sprach, dessen Vater ein Bonze gewesen war, forschend von der Seite angesehen und auf Weiteres gewartet. Eindringlich musterte ich ihn, sein kindliches Gesicht, das kleine fliehende Kinn, plötzlich erschien mir sein Lachen gekünstelt und ich hatte ihn im Verdacht, er wollte das Gesprächsthema wechseln. Verärgert ging ich weiter neben ihm her, und mir fiel ein, dass er nie vom Heiraten sprach. Dabei wäre ich außerstande gewesen, jahrelang hier auf ihn zu warten, wie es andere Mädels machten, deren

Männer in der Provinz waren. In ein paar Monaten wurde auch er zugeteilt, und da er nicht in Bukarest gemeldet war, sah ich keine Chance, dass er hierblieb. Ich war deshalb überzeugt, dass bald alles aus sein würde, wenn ich ihm das auch nie sagte und nichts in dieser Richtung unternahm.

Ich zuckte verdrossen mit den Schultern und erhob mich schwerfällig von der Decke. Ich war steif, und mir brummte der erhitzte Schädel. Mit matten Handbewegungen begann ich meine Sachen einzusammeln.

*

»Schon zwölf?«

Ich sprang zum Nachtschränkchen, um mir Seife und Handtuch zu holen. Das wäre ja allerhand, wenn ich mich verspätete, schließlich hatte ich so lange auf den Tag gewartet, an dem ich endlich erfuhr, dass ich Petru Arcan im Institut antreffen würde.

Zum offenen Badezimmerfenster schien der aller Farbe beraubte Himmel blendend weiß herein, von einer unsichtbaren Sonne hinter ihm angestrahlt. Ich wollte mit den Arbeiten meines Onkels zu Petru Arcan gehen, aber tat ich das nur für ihn oder auch für mich? Ich huschte unter die hinterste Dusche, die keine Brause hatte, und der schwere Wasserstrahl prasselte auf meinen Rücken, als wollte er ihn anknabbern. Die Vögel flatterten am offenen Fenster vorbei; ohne hinzusehen, nahm ich ihr unablässiges Hin und Her hinter geschlossenen Lidern wie ein Gewirr gebrochener schwarzer Linien wahr. Alles empfand ich anders als sonst, wie in einem unverhofften Neuanfang begriffen. Offenbar erwartete ich für die nächsten Wochen irgendwelche Veränderungen. Allein, denn das war ich jetzt, allein musste ich mich durchsetzen in einer Welt, in der die wertlosen, vergilbten Papiere von Onkel Ion zu richtigen Büchern gemacht werden könnten. Wie diese Welt aussah, in die ich mich aufmachte, das konnte ich mir nicht vorstellen... Für mich bestand sie nur aus Namen, die ich in Zeitschriften und auf Buchumschlägen gelesen oder vom Onkel gehört hatte. Jeder Bewohner dieser Welt (davon war ich überzeugt) war in ständiges Studium vertieft. Die Eintönigkeit tat seinem unverdrossenen Eifer keinerlei Abbruch, Selbstzweifel oder Überdruss fochten ihn nicht an, und schon er hatte mich spüren lassen, dass ich unwürdig war, über die Schwelle dieses Hauses zu treten... Das Pochen des aufgewühlten Blutes an den Schläfen zählte die Sekunden, die mir noch blieben bis dahin, und ein merkwürdiger Druck wie von gestauter Luft hatte sich irgendwo in meiner Brust zwischen den Rippen eingenistet. Den Lidschatten in der Hand neigte ich mich zum Spiegel, der plötzlich erfüllt war von meinem starren Auge, das vor lauter Konzentration nichts mehr sah. Meine schüchterne Hartnäckigkeit steigerte sich beinahe bis zum Starrsinn. Ich wusste nur noch, dass ich weitergehen musste, damit mich Onkel Ions Versagen nicht einholte, und meine Hände zitterten vor ängstlicher Erregung.

*

An der Straßenbahnhaltestelle blühte verspätet ein Pfirsichbaum. Wie er da wuchs, beengt vom Pflaster und den grauen Mauern ringsum, erschien er unwahrscheinlich und künstlich mit seinen weißrosa Blüten wie aus Papier. In fieberhafter Hast erreichte ich die Glastür, gegen die ich mich mit der

Schulter und dann, als sie sich nicht rührte, mit beiden Händen stemmte. Sie schloss sich geräuschvoll hinter mir und schleifte mein Bild mit sich, den mit einem Schnürsenkel gebundenen Pferdeschwanz und die billigen Schuhe, ganz verstaubt von dem langen Weg hierher. An dem geflochtenen Gitter des Fahrstuhls blieb ich nicht stehen, allzu viele Pfeile und Knöpfe leuchteten da immer wieder auf und erloschen, er hatte auch keinerlei Ähnlichkeit mit dem im Wohnheim oder dem in Biţăs Wohnblock, und ich wollte nicht, dass hier jemand merkte, dass ich nicht damit umgehen konnte. Schnaufend vom hastigen Treppensteigen, betrat ich den langen Gang, dessen Teppich meine unbedeutenden Schritte aufsog. An den in umgekehrter Reihenfolge nummerierten Türen hingen gelbe Glastäfelchen, auf denen in schwarzen Großbuchstaben stand: DIREKTOR DOKUMENTATION SEKRETARIAT KADERABTEILUNG. Auf anderen wiederum stand nichts. Verwirrt blieb ich vor jedem stehen, ging wieder zurück, durch eine der angelehnten Türen erspähte ich hin und wieder eine leere oder eine mit Papieren überhäufte Schreibtischecke. Satzfetzen drangen bis zu mir, ich versuchte sie zu behalten und zu verstehen, wobei ich konzentriert die Stirn in Falten legte. Ich war mir sicher, sie steckten voll tiefer Bedeutung, und konnte mir nicht erklären, wieso diese verloren ging, ehe sie bei mir ankamen. Zwei Männer in hellen Anzügen mit Aktentaschen in der Hand traten aus einem der Zimmer und gingen zum Aufzug.

»Hör doch auf«, sagte der kleinere, als er auf meiner Höhe war. »Was heißt das schon, er ist sein Mann? In dieser Lage wird er seine Haut nicht für ihn zu Markte tragen, er wird ihn fallen lassen ...«

Ich hätte gerne gefragt, wo ich Arcan finden könnte, traute

mich aber nicht. Nachdem sie im Aufzug verschwunden waren, hielt ich mich an eine füllige wasserstoffblonde Frau, die mit Adressenlisten vorbeiging. Ich zögerte so lange, ehe ich den Mund aufmachte, dass sie schon weit voraus war. Sie ging ans Ende des Gangs, von wo das Rattern einer Schreibmaschine zu hören war. Dieser Lärm, unsichtbar wie die Luft, erschien mir als geheimnisvolles Zeichen jener Welt, zu der ich Zutritt suchte – um jeden Preis.

»Der Genosse Arcan ...«, sagte ich fragend und schob die angelehnte Tür weiter auf.

Die eine Maschine stand unter einem schwarzen Überwurf, an ihr saß niemand. Die füllige Frau machte eine Handbewegung: »Dritte Tür links ...«

War es denn möglich, dachte ich verwundert, dass ihre Brauen schlecht gezupft waren und ihr billiger Lippenstift bröselte?

*

»Ja, was gibt's?«, fragte er, ohne aufzusehen.

Er blätterte in einem Typoskript und runzelte hin und wieder die Stirn. Sein Schreibtisch voller Bücher und Stapeln von Ausgaben der Zeitschrift des Instituts stand am gegenüberliegenden Rand eines Teppichs, der so groß war, dass ich zögerte, noch einen Schritt zu tun, und an der Tür stehen blieb.

»Ich weiß nicht, ob Sie sich noch an mich erinnern«, stammelte ich leise. Das war der Satz, den ich mir zurechtgelegt hatte, nur hatte er ihn wahrscheinlich gar nicht gehört.

Er hob die weichen Augenbrauen, und ich war sicher, Hektik in seinem Gesicht zu erkennen. Sie rührte wohl daher, dass ich ihn bei der Arbeit gestört hatte, oder daher, dass er mich nur anzusehen brauchte, um festzustellen, dass nichts, was eine wie mich zu ihm führte, ihn interessieren könnte.

»Ich weiß nicht, ob Sie sich noch an mich erinnern«, wiederholte ich. Mein Mund war staubtrocken, und verzweifelt merkte ich, wie peinlich mein so oft geübter Satz klang. »Ich hatte auch eine Prüfung bei Ihnen ...«

Dabei durchquerte ich das Zimmer, das sich immer weiter auszudehnen schien, wobei meine Schuhspitzen sich bei jedem Schritt in den weichen Teppich bohrten wie in Sand und sich dabei verhakten. Lange dauerte es, bis ich aufrecht vor ihm stand, während die Unruhe mich feucht überrieselte und meine Wangen glühten. Ich spürte, wie die Haut darüber spannte, als hätte ich sie heftig mit Seife gerieben.

»Ja, doch, das Gesicht kommt mir bekannt vor ... Eigentlich habe ich nur noch wenige Stunden an der Hochschule ...« Er hatte das Typoskript weggeschoben und sah mich nun etwas aufmerksamer an. Ich war verstört, weil ich keine seiner unsicheren Gesten von damals wiedererkannte; plötzlich ging mir auf, dass die Entfernung zwischen uns mit den Jahren gewachsen war, so dass all die blinde Zuversicht, mit der ich zu ihm gekommen war, mir lächerlich erschien. Ich suchte den Schreibtisch nach einem freien Plätzchen ab, auf dem ich die Schriften meines Onkels hätte ablegen können, schließlich behielt ich sie und legte den Ellbogen darüber.

»Mein Onkel ...«, begann ich. Ich sprach schnell, mit gesenktem Blick, ich traute mich nicht, ihn zu heben aus Angst, ich könnte etwas in seinem Gesicht entdecken, das mich durcheinanderbringen würde. Als ich fertig war, packte ich mit fahrigen Händen die Rolle und schob sie ihm über die anderen Papiere hinweg zu. Er ließ sie liegen, ohne sie anzurühren, und lehnte sich weiter im Sessel zurück. Das Zucken des Mundwinkels diente offenbar der nostalgischen Selbstvergewisserung, wenn ihn jemand beobachtete.

»Ja, ich erinnere mich an Ihren Onkel, er war mein Lehrer, in der Tat...«, wiederholte er.

Etwas wie ein Schrecken durchfuhr mich.

»Er war zweifellos ein besonderer Mensch... Vorwerfen könnte man ihm höchstens, dass er sich selbst behindert hat, weil er sich die Kraft nicht zutraute... Ja, seine Grenzen hat er sich irgendwie selbst gesetzt, freiwillig...«

Ich atmete auf, erleichtert und enttäuscht. Das Bild Onkel Ions hatte bei mir auf der Kippe gestanden, es hätte gereicht, dass Arcan anders über ihn redete, und ich hätte meine Meinung über ihn sofort geändert. Verbittert spürte ich, wie unsicher und wankelmütig ich war. Jetzt sprach er, mit Pausen, wobei man ihm bei der Verfertigung der Gedanken zusehen konnte, hie und da erkannte ich die formelreiche Sprache seiner Fachartikel. Als fände er nicht zu seinem gewöhnlichen Tonfall zurück, sagte ich mir später, als es mir gelang, meine ersten Eindrücke zu formulieren. Vielleicht spürte er auch selbst etwas, denn er suchte gleich einen vertraulicheren Ton.

Da erst schaute ich überrascht auf. Sein Lachen klang verkrampft, allerdings in einer sportlich jugendlichen Lautstärke. »Wir werden richtiggehend bombardiert mit solchen Angeboten, und die Zeitschrift des Instituts bringt kaum unsere eigenen Arbeiten unter...«

Er überflog die vergilbten Seiten, die ich gebracht hatte, wobei er seine starken knochigen Finger gespreizt darauf abstützte. »Sie können sich gar nicht vorstellen, wie viele Leute so arbeiten, viele Jahre lang ihre Energie an bizarre Projekte verschwenden, weil sie nicht wissen, wie sie sie sonst einsetzen sollen ... Mit wie vielen habe allein ich schon gesprochen, überwiegend Rentner, die schon zwanzig Jahre beharrlich an einem Gegenstand gearbeitet haben. Sie sind besessen von Einzelheiten und nicht mehr in der Lage, sie in irgendeine Ordnung zu bringen ... Es ist die reinste Sisyphosarbeit, mit ihnen zurande zu kommen, und ich gehe ihnen nach Möglichkeit aus dem Weg. Denn sehen Sie, alle diese Hoffnungen auf eine späte Veröffentlichung – schon eher eine verspätete, denn die letzten zehn, fünfzehn Jahre fallen ja auch ins Gewicht – sind komisch und tragisch zugleich ...«

Anfangs hatte ich ihm mit zustimmendem Nicken zugehört. Während ich ihn bewundernd und ergeben anlächelte, staunte ich, dass ich dazu in der Lage war, und war gleichermaßen verärgert und zufrieden mit mir. Nach und nach aber horchte ich genauer hin und war mir sicher, aus dem Wortschwall eine Ablehnung herauszuhören. Ich nickte weiter, aber meine angespannten Mundwinkel bebten. Die Sonne strahlte durchs Fenster, und über der Allee hatte die Hitze weißen Dunst gesponnen. Ich fühlte mich plötzlich ausgelaugt.

»Allerdings bin ich überzeugt, dass das bei Ihrem Onkel nicht der Fall ist ...« Ich fuhr auf, seine Stimme hatte sich verändert, und sein Blick flackerte für einen Augenblick, als er mich ansah. Allerdings igelte er sich so schnell wieder ein, dass ich mich fragte, ob ich mich nicht getäuscht hatte. »Ich werde sogar eine Ausnahme machen«, lachte er, »und das alles lesen, bis Sie, sagen wir, in einer Woche, wiederkommen, damit wir gemeinsam sehen, was wir damit machen können ...«

Er erhob sich, um mich hinauszugeleiten, und schob die

Stühle krachend an den Tisch. Die ganze Zeit über hatte er eine beherrschte Nervosität ausgestrahlt, die mir als Zeichen von Konzentration oder Kraft erschien.

»Mein Onkel erzählte von Ihnen, damals, als Sie sein Schüler waren...«, flüsterte ich. »Und manchmal habe ich Sie auch in der Stadt gesehen...«

Er blieb stehen und hob die Brauen. Diesen Ausdruck wissenden und geschmeichelten Erstaunens hatte er sich schon damals zugelegt, als ich ihn in unserer Stadt sah, dazu hatte er den leicht wiegenden Gang ausgebildet, in dem die ganze Unsicherheit von einst gebannt war, und die neue Haltung des Körpers, der eins war mit dem maßgeschneiderten Anzug. Er schwieg und ging weiter neben mir durchs Zimmer. Von seiner schlaksigen Gestalt am Geländer vor der Buchhandlung *Das Russische Buch*, dem mit einer übergroßen steifen Baskenmütze bedeckten Kopf, dem dünnen Hals mit spitzem Adamsapfel, der beim Lachen auf und ab hüpfte, wie sie vor meinem geistigen Auge standen, hatte er keine Ahnung.

»Damals müssen Sie ja ein kleines Mädchen gewesen sein«, lachte er. »Eigentlich sind Sie ja auch jetzt...«

Ich lächelte ebenfalls, die kurze Erinnerungsszene hatte mir ungeahnte Macht über ihn verliehen. Während ich ihn so schief von der Seite ansah, stolperte ich über die Schwelle. Mit hochrotem Kopf tastete ich nach etwas, woran ich mich festhalten konnte. Er lachte genüsslich und grausam, hielt mich an der Schulter fest und nahm meine Hand in die seine, wobei er den Gang entlang deutete.

Als ich aus der Glastür trat, ergoss sich die Luft draußen über mich wie heißer Atem. Das Gebäude mit den am Gehsteig geparkten Autos blieb zurück, unfassbar riesig hob es sich, je weiter ich mich entfernte, immer deutlicher vom Himmel ab. Ich kam nur schwer voran, die Weite des Platzes schien mich, betäubt wie ich war, aufzusaugen. Wem galt diese unsichere, verschämte Freude, Onkel Ion oder mir selbst? Ich schnitt eine Grimasse, als ich an die unterwürfige Stimme zurückdachte, mit der ich ihn angesprochen hatte, und biss mir ärgerlich auf die Fingerkuppen. Unter dem durchscheinend bunten Vordach der Haltestelle saß eine Frau auf der hölzernen Bank und löffelte Eis aus einem weißen Plastikbecher. Sie hielt ihn weit von sich, und die klebrigen braunen Tropfen fielen zwischen den unförmigen Knien hindurch, die wegen der Hitze auseinander standen. Am Zaun ließen blaue Iris, ermattet von der dampfenden Schwüle, die versengten Blätter hängen, warm roch es nach frisch gemähtem Gras. Ich betrat den blau überwölbten Kantinensaal, er war fast leer, denn bald wurde geschlossen. Die stickige Luft war geschwängert vom Essensgeruch, auf den weißen Tabletts und in den Bergen nicht abgeräumter Teller gammelten Speisereste vor sich hin. Ein paar große Fliegen summten über den Tischen, andere prallten gegen die mit blauen Kunststoffjalousien verschatteten Fensterscheiben und suchten einen Weg nach draußen. Hastig und lustlos schlang ich mein Essen hinunter, ständig darauf bedacht, nicht aufzublicken. Der Tag verlief wie gewohnt im Sand, ich spürte, wie er erschlaffte, ebenso erschöpft wie ich.

Langsam stieg ich die Treppen hinauf, wobei ich mit der Hand am Geländer nachhalf. Durch das Dachfenster des Treppenhauses sah ich den plötzlich weiß bewölkten Himmel. Auf der Straße wurde es ruhig, ein scharfer Wind versetzte die Luft sanft in Bewegung und kündigte Regen an.

Auf Zehenspitzen betrat ich das Zimmer. Während ich

mich auszog, hörte ich, wie die Regenrohre unter dem Ansturm des Wassers ächzten und krachten. Große Tropfen prasselten gegen die Scheiben, und ich ging das Fenster schließen, in dem sich der Wind verfing. Die Luft wurde schwarz und schillerte dann in allen Farben, wobei das Grün des Rasens hervorstach. Von den Balkons gegenüber riefen ein paar Mütter nach ihren Kindern. Der unerwartete Regenguss ließ den Asphalt dampfen, in den Pfützen auf dem Gehsteig brodelten immer größere Blasen. Mit geschlossenen Augen warf ich mich aufs Bett, das ganze Zimmer roch nach nasser Erde und nach Lindenblüten. Das heftige Brausen des Regens vernahm ich als den sehnlich erwarteten Abschluss dieses Tages.

Kapitel XVI

Ich wusste, dass sie jeden Tag zum Friedhof ging und dabei, da sie die Stadtmitte durchqueren musste, die nun einmal auf ihrem Weg lag, die unvermeidlichen Bekannten (ihre, vor allem aber seine) mied, allerdings immer damit rechnen musste, dass die sie mit überflüssigen Floskeln behelligten.

»Ich habe es gehört«, sagten sie langsam und traurig und fassten nach ihrer Hand, die Mutter mit kaum verhohlener Feindseligkeit zurückzog. »Er war ein ganz besonderer Mensch, viele Leute trauern um ihn … Wer hätte das gedacht, er war so voller Vitalität und noch jung … Gerade jetzt, wo die Dinge sich für ihn zum Guten wendeten … Vielleicht waren es auch die Jahre, die er hat leiden müssen …«

Sie nickten schicksalsergeben und selbstzufrieden, aber ihre Worte bestätigten ihr nur die Wirklichkeit des Todes, an den zu glauben Mutter sich immer noch verstockt weigerte, weshalb sie sich auch dauernd vorwarf, dass sie der Formalinbehandlung zugestimmt hatte. Sie gab sich alle Mühe, die Tränen hinter dem starren Gesicht zurückzudrängen, doch irgendwann konnte sie nicht mehr an sich halten und ließ es zu, dass ihr Gesicht sich hemmungslos in einem nahezu unanständigen Weinkrampf verzerrte. Und plötzlich tauchte in den vom Schluchzen zerrütteten Zügen, unter der verknittert alternden Haut, unter dem ergrauten Haar ihr vergessenes Kindergesicht empor, das mit verstörten Augen auf die unbegreifliche Wirrnis der Welt starrte.

»Die Leute sehen das Unglück nicht gern«, sagte sie mir, wenn sie sich umständlich über diejenigen beklagte, die ihr, vielleicht aus Rücksicht, aus dem Weg gingen.

Sie aber hegte und pflegte ihr Gefühl der Vereinsamung in der Wohnung, die sie mit Schweigen und den in der Stille knackenden Möbeln und den Dingen erwartete, in denen die Zeit zerbröselte – dem Aschenbecher und dem Füller und der Schublade mit den Hemden des Onkels. Sie hütete sich, etwas daran zu verändern, und sollte sie noch eine ganze Weile in diesem Zustand bewahren.

»Dort war ich glücklicher, selbst mit diesen Bestien von Pârvulescus, die ihn um den Verstand gebracht haben...«, sagte sie mir, während sie die Kerzen und das Ölfläschchen und das Staubtuch, mit dem sie Kreuz und Einfassung säuberte, in ihre Handtasche räumte.

Dann machte sie sich mit dem schleppenden Schritt des Onkels auf, der unmerklich auf sie übergegangen war. Mir schien allerdings, als ahmte sie ihn nur nach, um ihn zu behalten, wie sie auch die Gewohnheit übernommen hatte, vor dem Einschlafen im Bett die Zeitung zu lesen.

»Was hat dich denn gepackt, wo du doch nie auch nur eine in die Hand genommen hast?«

Dazu schwieg sie, ehe es laut, allzu laut aus ihr herausbrach: »Lasst mich doch in Ruhe, was habt ihr denn alle mit mir? Noch nicht einmal das...«

Da war sie dann wieder, vom Unverständnis erdrückt, ganz das Opfer.

*

Doch jenseits der Mauer, über die das Dach der einen oder anderen Gruft emporragte mit erstarrten Engeln, die grünlich schimmernde Steinfackeln in den Händen hielten, fand sie jetzt die Ruhe, in die sie einst heimgekehrt war, wenn sie nach Hause kam.

»Gestern Abend habe ich das Lämpchen wieder erloschen vorgefunden«, sagte sie vorwurfsvoll zu der Alten, die ihr mit einer Harke, die sie durch den knirschenden Kies hinter sich her zog, entgegenkam.

»Küss die Hand«, murmelte die, wobei sie mit der lahmen Hand mit schwarzen Fingernägeln das ausgebleichte Kopftuch langsam so weit in den Nacken schob, dass sie sich durch das schmutzige Haar fahren konnte. »Das kann nicht sein.« Ihr altes, von überfälligen, tief in der welken Haut sitzenden Mitessern wie von Pockennarben zerfressenes Gesicht zog sich mit einem Ausdruck des Staunens in die Länge. »Da wundre ich mich aber sehr, wieso! Das kann nur der Wind sein, der hat sie ausgeblasen, weil ich hab' sie angezündet, auch dieser Frau, die da mit dabei ist, der hab' ich gesagt, die gute Frau kommt, die soll sie am Brennen sehen, denn da ist die dahinter, dass sie die ganze Zeit brennt ... Versteh' ich nicht ...«

Sie ging brabbelnd ein paar Schritte hinter Mutter her, der schwarze Kittel umflatterte ihre dürre Gestalt. Die über den ausgetretenen Männerschuhen herabhängenden braunen Strümpfe ließen durch die sich weitenden Löcher bei jedem Schritt die knochigen und von klebrigem Staub verkrusteten Fersen sehen. »Ihr werdet sehen, wie schön die Blumen angegangen sind, die Ihr letztes Mal gesetzt habt, und ich mein', in ein paar Tagen kommt auch das Gras ...«

Mutter schwieg, auf den Augenblick fixiert, auf den sich

die Erwartung des ganzen Tages richtete. Sie ging immer schneller, die Kastanienbäume mit den gerade erst fächerförmig sprießenden saftstrotzenden Blättern waren ihr mehr als vertraut. Die Marmorkreuze mit den vergilbten ovalen Porträts und die mit fleischigen Narzissen und Hyazinthen voll gesteckten Gläser davor, über denen die Bienen summten, sah sie gar nicht mehr, so gut kannte sie das alles schon. Ein paar alte Zigeunerinnen fegten die Allee, und durch ihr Gekreische tönte das Gurren der Tauben. Mutter war an dem Wasserbecken auf halber Strecke angelangt, und je näher sie kam, desto mehr Frösche schnellten aus dem grünlichen Wasser. Auf dem Seitenweg, den sie einschlug, stand das seit Jahren sich selbst überlassene Gras besonders hoch, und darin wuselte es unsichtbar von Mäusen oder vielleicht Eidechsen.

»Für wen ist das?«, fragte sie, als sie das Kreuz mit frisch gemalten Buchstaben sah, umgeben von welkenden Kränzen.

»Ach ja«, sagte die Alte, »ein Neuer, vom Sonntag.« Sie fuhr sich mit dem speckigen Ärmel über den Mund und zog hingebungsvoll die Nase hoch. »Ein Ingenieur, der zwei große Kinder hinterlässt... Ach nein, der ist drüben, an der anderen Allee... Wer ist dieser bloß, mein Gott, ich hab's vergessen... Ich vergess', gute Frau, ganz fürchterlich... Dies ist ein Junge, der ersoffen ist, mein' ich...«

Mutter war angekommen. Von Weitem schon sah sie die Krypta und das unter dem Regen des Frühjahrs leicht geneigte und geschwärzte Kreuz. Vielleicht erwartete sie von Mal zu Mal, dass es hier zu einer Begegnung kam, darum sagte sie nie: »Ich gehe auf den Friedhof«, sondern immer: »Ich gehe zu meinem Bruder, dem Ärmsten.« Dabei war alles unverändert, die Bäume grünten rundum, und es duftete nach Sommer. Mutter schluckte heimlich den Kloß hinunter, legte ihre Tasche auf eine Ecke des Grabsteins und packte umständlich die Kerzen und die Streichhölzer aus.

»Hier war ein Blumentopf, den die Schüler am Sonntag gebracht haben«, sagte sie tadelnd zur Alten, wobei sie sich aufrichtete und den Rücken streckte.

»Der ist wohl weg, gute Frau, man kann ja die Augen nicht überall haben ... Der Herr strafe sie, diese Diebe, die kennen keine Sünde nicht. Die stehlen und bringen's sonstwo hin ...« Jetzt scharwenzelte sie um Mutter herum, die gehen wollte. »Etwas von einer Hose hab' ich Euch gesagt oder so, vielleicht ist noch was da von dem guten Herrn ... Seht doch, wie gut die Schuhe sind, die Ihr mir habt gegeben ... Mein Mann hat auch gesagt, wieso hast denn du so was, Weib, gib sie lieber mir ... Und was ist mit mir, hab' ich gesagt, wie soll ich denn rumlaufen den ganzen Tag auf dem Friedhof ...«

»Hier ist das Öl«, sagte Mutter, als hätte sie nichts gehört, und wickelte das Fläschchen aus dem Zeitungspapier. »Aber das Lämpchen will ich nicht mehr erloschen vorfinden, sonst sag ich's dem Verwalter. Und das ist für dich«, sagte sie und gab ihr das Päckchen. »Bettel bloß nicht mehr um Kleider, ich habe dir jede Menge gegeben, du kannst dich nicht beklagen, was ich noch habe, brauche ich für mich oder mache es meiner Tochter zurecht ...«

»Vergelt's Gott«, sagte die Alte und packte mit krummen Fingern zu. »Der Herr schenke seiner Seele Ruh'. Ich geh' jetzt, gute Frau, ich hab' da noch ein paar Gräber zu versorgen ... Wenn was ist, ruft nur, ich hör' schon, es ist nicht weit.«

Da wäre noch was, dachte Mutter, etwas wäre noch, aber ich gebe es ihnen nicht, es ist mir zuwider, wie sie in seinen

Kleidern an der Sonne liegen. Und sie verharrte gekrümmt über seinem Kreuz und beweinte ihn mit einer immer gelasseneren Verzweiflung. Mittlerweile spürte sie, wie ihre Bewegungen und Worte von seinem unsichtbaren Blick aufgenommen wurden. Das war der Moment, in dem ihr Glaube, bestärkt durch die Stille, ihm begegnete – bis die Luft dann erfüllt wurde von dem Gebrüll der Fußballfans. In der Nähe des Friedhofs, im neuen Stadion der Stadt, war das Spiel zu Ende. Sie sah sich dann mit ernüchterten Augen um, sah, dass es Abend wurde, und schnäuzte sich heftig, während sie die welken Blumen in die Tasche stopfte. Vor der Krypta verharrte sie noch eine Weile, weil sie nicht wusste, wie sie sich losreißen sollte, schlug noch ein paar Mal zaghaft das Kreuz über der Brust und ging; auf der Allee grüßte sie hin und wieder Frauen mit durchsichtigen schwarzen Trauerstrümpfen, die ebenso einsam waren wie sie.

»Sie hatten mir doch irgendwas von einem Kreuz erzählt...«, sprach sie den Verwalter an und blieb vor seiner Bude stehen.

Der erhob sich vom Tisch, klappte das verschlissene Register zu und dehnte mit den in die Taschen gerammten Händen seinen Hosenbund über dem weich gewölbten Bauch. »Und zwar?«, sagte er und schob Mutter die breiten Männerschultern mitsamt den Dünsten entgegen, die aus den feuchten Flecken in den Achselhöhlen stiegen.

»Ein Kreuz, Sie wissen ja, von der dritten Seitenallee, links...«

»Ach ja«, erinnerte er sich, schob den speckigen Filzhut mit einem Finger nach oben, so dass seine verschwitzte Stirn mit den roten Striemen zu sehen war. »Ich kenn das Kreuz... Warten wir noch ab, gute Frau, sagen wir zwei oder drei

Monate, und wenn es bis dahin keiner für sich beansprucht, dann bleibt es bei unserer Abmachung. Wir machen's dann zurecht, perfekt machen wir's hier zurecht für Sie. Ich red' dann mit dem Steinmetz ...«

»Dass Sie ja nicht vergessen und es einem anderen geben«, sagte Mutter und verzog sich aus dem Dunst von Gnadenbrot, Kerzen und fauligem Dunkel ans Tageslicht.

»Aber ich bitte Sie! Das ist alles abgemacht, ich habe Sie nur nicht gleich erkannt, hier kommen so viele Leute vorbei, die kann man nicht alle im Sinn behalten ... Sehn Sie doch selbst, wie ich hier sitz', ich rühr' mich nicht, du bist umgezogen vor der Zeit, sagt mein Weib, geh doch schon mal weg da, nachher bleibst du eh dort. Wie sollte ich denn weggehn? Wenn man diesen Leuten nicht hinterher ist, gammeln die nur rum. Man hat hier halt kein Programm, acht Stunden absitzen und Feierabend machen wie andere Leute ...«

Sie ging dann, und unterwegs wehte sie der allzu süße Moorgeruch der Weiden an, die weißlich schimmerten in der Nacht. Tief drang er in sie ein, bis hin zu den fernen Jahren der Kindheit, doch sie vergaß ihn sofort, ohne ihn richtig wahrgenommen zu haben, und zählte die Tage bis zum nächsten Gedenkmahl, das in die Fastenzeit fiel, und überlegte, was es dann geben sollte. »Fisch«, sagte sie sich, »und wenn nicht, dann eben fastenmäßig fleischlose Krautwickel ... Teller müsste es auch geben, obwohl, wenn ich ihn fragte, würde er sagen: Zigaretten ... Genau, Zigaretten darf ich nicht vergessen«, seufzte sie, »auch wenn gerade die ihn den Kopf gekostet haben ...«

*

»Der will aber richtig Geld von Ihnen, gute Frau, der gottverfluchte Spekulant, für ein herrenloses Kreuz«, sagte die Sekretärin und strich das ziemlich ausgebeulte Kleid an ihrem weichen Körper glatt. »Aber na, wenn man ein neues nimmt...« Sie hielt sich mit beiden Händen an den zugespitzten Zaunpfählen fest und reckte ihr wächsernes Gesicht darüber. »Kommen Sie doch kurz rein, im Haus ist es kühl...«

»Um diese Zeit nicht mehr«, sagte Mutter, »ich gehe jetzt lieber, denn seit heute Morgen bin ich auf den Beinen...«

»Ist auch besser so«, antwortete die andere und sah sich flüchtig im Hof nach ihren Kindern um. »Ist auch besser so«, wandte sie sich wieder an Mutter, »dann schlafen Sie traumlos die ganze Nacht...«

»Na ja, mein Schlaf...« Mutter stockte, dabei hatte sie sagen wollen: Nur ich weiß, wie ich Nacht für Nacht aufstehe und stundenlang dasitze und vor lauter Stille das ganze Haus in meinem Kopf dröhnt...

»Wissen Sie, Frau Branea«, fiel der Sekretärin plötzlich ein, als sie sah, dass Mutter sich zum Gehen anschickte. »Heute, gleich nachdem Sie gegangen sind, gab's einen Skandal. Die Neue hat sich mit der Direktorin gestritten, die wären fast aufeinander losgegangen. Ihr macht hier, was ihr wollt, hat sie zu denen gesagt, aber ich geh' und zeig' euch an. Bis zum Bürgermeister geh' ich und sag', sie sollen ermitteln, ich hab' Zeugen, hat sie gesagt, woher sie's hat, weiß ich nicht, ich weiß nur von der armen Niculina, dass sie bei der Direktorin zu Hause Teppiche gesehen hat, die aus den Inventarlisten gestrichen worden sind, auch Vorhänge und sonst einiges... Die beiden arbeiten Hand in Hand, die Direktorin und die Verwalterin, aber mit dieser Neuen läuft das nicht mehr, denn der Mann von der Neuen ist eine große Nummer beim Bezirk, der hat sie in der Hand ...«

»Ach so«, sagte Mutter und merkte plötzlich auf. »Aber haben wir denn nicht auch den Mund aufgemacht? Und was hatten wir davon? Wir haben keine Prämien mehr gekriegt. Die haben ihre Männer ganz oben ...«, seufzte sie mit lang angestautem Groll. »Und wenn eine Prüfung kommt, dann weiß die sie schon einzuwickeln, sie schließt sich mit denen im Büro ein und ...«

»Nein, so wird's nicht mehr gehen«, sagte die Sekretärin und umklammerte die Zaunpfähle. »Ich sag's Ihnen, ich war zwar nicht dabei, aber die hat keine Angst, sie hat eine Position, und ihr Mann auch.«

»Ich muss jetzt gehen«, antwortete Mutter. »Ich muss noch zum Konsumladen, etwas einkaufen, denn zu Hause habe ich nichts mehr zu essen ...«

Unterwegs aber überlegte sie, dass sie eigentlich gar keinen Hunger hatte. Wozu noch einkaufen, schwankte sie, was brauche ich denn schon, das Mittagessen in der Kantine reicht mir. Der saure Geruch in der alten Küche im Hof mit dem vielen zum Spülen gestapelten Geschirr und Essensresten, über denen die Fliegen summten, kam in ihr auf, sie dachte an das Gerenne jener Tage. Es war besser damals, sagte sie sich, auch wenn ich nie fertig wurde mit der Arbeit und manchmal am liebsten im Stehen eingeschlafen wäre.

Sie ging an den kleinen, noch nicht abgerissenen Häusern mit Tomaten- und Zwiebelstreifen in den Vorgärten entlang. Aus einem stets geöffneten Tor drangen Staub- oder Zementwolken von einem Betonmischer, und die Arbeiterinnen einer Schicht aus dem hinteren Teil des unendlichen Fabrikhofs waren gerade auf dem Heimweg. Mit gesenktem Blick nahm

Mutter nur die Beine wahr, über denen gewichtige, sich unter den Sommerkleidern abzeichnende Hinterbacken wabbelten. Die warme Luft stand, und ihr schien es, als atmete sie kaum. An dem grünen Erfrischungsstand an der Ecke hatte sich eine Schlange gebildet, auch sie trank wie alle anderen mit gierigen Schlucken aus der Flasche, ihre Gesichter glänzten, die Haare klebten an der Stirn. Sie näherte sich jetzt dem Neubauviertel, zu beiden Seiten des Weges lagen weitläufige Brachen, an deren Rändern farblos strähniges Gras, Löwenzahn und Disteln wuchsen. Aus einem Gebüsch drang Verwesungsgestank, und für einen Augenblick überließ sie sich fast lustvoll angewidert dem Geruch. Die letzten Blocks standen zur Hälfte fertig zwischen Gerüsten und Kränen, in einem Rohbau hingen schon Vorhänge oder Zeitungspapier, standen sogar Blumentöpfe im Fenster. Rund um die unfertige Rutsche tollten Schwärme von Kindern schreiend hinter dem Ball her, auf den grünen Bänken nebenan strickten Frauen und dämmerten alte Leute vor sich hin. Mutter machte einen Bogen um den Konsum, der nach Putz und frischer Ölfarbe roch. Davor Kistenstapel mit leeren Flaschen. Es war noch nicht geöffnet, ein Häuflein Frauen mit Einkaufsnetzen in der Hand schwatzte, zwischen ihnen wuselten Kinder herum. Abseits las ein Mann Zeitung. »Dann kaufe ich halt doch noch etwas«, sagte sie sich und blieb in der menschenfeuchten Luft stehen. Sie spürte die Körper um sich und die lange geübte Geduld. Wenn ich jetzt noch jemanden dabei hätte, könnte der sich an der Kasse anstellen, und wir wären viel schneller fertig... Sie hörte, wie die Hand der Kassiererin ärgerlich in die Tasten haute, und betrachtete ihr platinblondes Haar, ohne es zu sehen. Es wird regnen, sagte sich Mutter, ganz bestimmt, diese Schwüle... Auch dort bei ihm wird es regnen, bloß gut, dass wir damals die Grabstelle mit Krypta gefunden haben... O Gott, seufzte sie und durchsuchte ihre Brieftasche, der Ärmste, wenn er doch noch ein paar Jahre bei mir geblieben wäre, es wäre doch nicht zu viel verlangt gewesen, dass wir gemeinsam erlebt hätten, wie das Mädchen aus dem Gröbsten raus ist...

»Das war ein Fünfziger«, sagte sie und zählte noch einmal die drei Scheine durch, die sie übrig hatte.

»Von wegen fünfzig, fünfundzwanzig waren's«, keifte die Kassiererin und riss die Geldschublade auf, in der das Kleingeld klirrte. »Hier hab ich sie hingetan, wo haben Sie Ihre Augen?«

»Es war ein Fünfziger«, wiederholte Mutter, aus Angst vor den Augen rundum kam sie sich nackt vor und begann zugleich vor Entrüstung zu beben. »Ich weiß es genau, ich hatte einen Fünfziger dabei, da...«

»Was weiß ich, was Sie damit gemacht haben? Wie, soll ich denn draufzahlen, weil Sie mit den Gedanken woanders sind?«

»Noch nicht mal anständig reden können Sie«, sagte Mutter; die Wut über die Demütigung pochte heiß gegen ihre Schläfen. »Ich werde mit dem Verantwortlichen reden, so geht das doch nicht.«

»Meinetwegen!«, schrie die Kassiererin. »Meinetwegen beschweren Sie sich, wo Sie wollen... Der Nächste! Wer ist dran?... Los, weiter, ich werd' doch nicht die Nacht mit der hier verbringen...«

Mutter trat nicht zur Seite, sondern verharrte in dem stickigen Stimmengewirr, wobei sie die Brieftasche auf und zu klappte.

»Hier war er...«, sagte sie und sah die anderen erwartungsvoll an, doch die hatten nichts gesehen oder hatten es eilig.

»Nun lassen Sie mal«, rief jemand von hinten, »und beim nächsten Mal passen Sie besser auf ...«

Im Gehen umklammerte sie das weiche Päckchen in grobem Papier mit ihren Fingern so fest, als wollte sie es wegwerfen. Es war bestimmt ein Fünfziger, sagte sie sich, ich hatte ja nur den, aber je länger sie daran dachte, desto verworrener erschienen ihr die Umstände. Sie nahm einen neuen Anlauf, um die Dinge in Ordnung zu bringen: Nein, gewechselt habe ich ihn nicht, die Kerzen habe ich von zu Hause mitgebracht ... Wieder überkam sie wilder, ohnmächtiger Hass, und sie beeilte sich, nach Hause zu kommen, denn am liebsten wäre sie umgekehrt. Und als wäre sie umgekehrt, war alles wieder da und raubte ihr den Atem, die lärmende Hitze im Konsum und ihre abweisenden, misstrauischen Blicke und das verzerrte Gesicht der Kassiererin, die sofort zum Gegenangriff überzugehen wusste, ohne sich darum zu scheren, ob sie recht hatte oder nicht. Wenn sie nur nicht schweigen und nach Hause gehen müsste, vergiftet von dem Zweifel an ihrem Recht und diesem unerträglich verdrossenen Selbstmitleid, mit pochenden Schläfen und einer Entrüstung, die alles um sie herum rot verschleierte ...

Der Abend wirbelte den Staub auf wie eine Nebelwand und ließ über den Blocks zwischen zwei Wolken eine glatte rote Sonne hervortreten. Langsam ging sie die Treppen hinauf, doch als sie oben war, wusste sie nicht weiter. Aus einer angelehnten Tür im zweiten Stock drang durch den üppig mit Teppichen ausgelegten Flur eine bekannte Melodie. Und ihr schien, als gelangte sie gar nicht bis zu ihrem Gehör, sondern verhedderte sich in der Luft.

»Guten Abend«, sagte die Nachbarin. »Unsere Sache ist durch, alles geregelt! Ich habe noch einmal mit dem Vorsitzenden gesprochen, ab Montag ist die Wäschekammer geöffnet...«

»Endlich...«, murmelte Mutter und kramte in der Handtasche nach den Schlüsseln. »War auch höchste Zeit.«

»Ach, fast hätte ich's vergessen«, sagte die andere. »Ein Mann hat Sie gesucht, vorhin...«

Später sollte Mutter erzählen, sie habe von Anfang an, schon als sie in der Tasche nach dem Schlüssel wühlte, ein Vorgefühl gehabt, und der Augenblick vor der geschlossenen Tür sei ihr zur Ewigkeit erstarrt. Aber der Blick zurück über Jahre hatte die Dinge mit Sinn aufgeladen und sie miteinander verbunden. Sie wurden auf- und abgewertet, bekamen positive und negative Vorzeichen wie in der Algebra, aber alles hatte eine Bedeutung, alles verkettete sich mit einer einzigen Zielrichtung.

»Was für ein Mann?«, fragte Mutter mit einer Stimme, in der keine Hoffnung mehr liegen sollte.

»Was soll ich sagen? Er hat gesagt, er ist eng verwandt mit Ihnen und er kommt heute Abend wieder... Ich habe ihm gesagt, Sie müssten jeden Augenblick da sein...«

Doch er kam bereits die Treppe herauf und war auch schon bei ihnen.

»Von Ihnen haben wir gerade gesprochen«, rief die Nachbarin.

Jetzt erst ließ Mutter den Schlüssel im Schloss stecken und taumelte gegen das Geländer. Da stand sie nun mit zusammengezogenen Brauen und um den Handlauf gekrampften Fäusten und versuchte ihn wiederzuerkennen.

Kapitel XVII

Didi lief an der Seite des Saales zwischen denen, die auf den Film warteten, auf und ab. Einige waren schon nach einer halben Stunde gegangen, als sie sahen, dass die Assistentin nicht auftauchte.

Von der Bank, in der ich saß, sah ich Ene und Sergiu beim Tischfußball zu. Sergiu Stănescus kindlich spitze und Enes klobige Finger mit schwarzgeränderten und von Haut überwucherten Nägeln schnippten die funkelnden Münzen. Die anderen Jungs lehnten lässig an der Wand und schauten zu. Die Mädchen standen gelangweilt mit ihren Handtaschen am Kleiderständer, hin und wieder sahen sie hinüber zum Katheder, ob das Match noch nicht zu Ende war.

»Tooor!«, brüllten die Jungs.

Nur Sergiu hatte mit vor Erregung schriller Stimme noch etwas einzuwenden.

»Das wär's dann ...«

Ene hatte seine Fäuste auf das Katheder gestemmt. Sein langes, fettig glänzendes Haar überdeckte die Hälfte seines siegesgewissen Gesichts.

»Es ist gegen die Regel«, wiederholte Sergiu und zuckte mit den schmalen Schultern unter dem bis obenhin zugeknöpften weißen Hemd.

Er war der Einzige in der Gruppe, der Tag für Tag eine Krawatte trug.

»Bleib mir doch vom Leib mit deinen Regeln, Menschenskind, was is', hast du's mit den Augen?«

Ene scharrte die Münzen zusammen, wandte sich ab und griff nach der Zigarettenpackung in der Brusttasche seines karierten Hemdes, das er zur Hälfte offen über der Hose trug.

»Der Dumme bin ja ich«, brummte er, »denn ich lern' es nie und mach' mir Stress mit einem Stümper wie dir ...«

*

»Du sollst zur Kaderabteilung.« Wieso war Bucur plötzlich neben mir?

Ich stand auf, meine Knie waren plötzlich weich, und meine latente Unterwürfigkeit ließ meine Stimme höflich säuseln. Und das vor Bucur, dessen Grammatikfehlerquote wir uns abends im Zimmer genüsslich ausrechneten ... Vor Bucur, der trotz der Rekorde an Grammatikfehlern bei den Prüfungen nur Neunen und Zehnen kriegte. Bucur, dem großen Macker in den universitätsweiten Kommunistischen Jugend-, Studenten- und sonstigen Verbänden.

»Ich allein?«

»Aus deiner Gruppe nur du ... Da sind noch zwei aus der anderen Gruppe, ich gehe die nachher suchen ...«

Er zog ein Streichholz aus der Schachtel, bohrte damit zwischen den Zähnen, wandte sich ab und ging zur Tür. Feucht überlief mich ein undeutliches Schuldbewusstsein. Ich ging bis zur Tür, legte die Hand auf die Klinke und ging dann mit ebenso unsicherem Schritt zurück. Das Pochen des Blutes an den Schläfen betäubte mein Gehör mehr noch als der Lärm rundum, mit dem die Leute ihre Sachen packten, einander zuriefen und die Sitze zurückklappten.

»Ich muss zur Kaderabteilung«, raunte ich Nana ins Ohr und sah ihr tief in die Augen.

Doch sie nickte nur, streichelte mechanisch meine Hand und wandte sich Silviu zu.

Dann musste er zur Kaderabteilung, dann musste sie zur Kaderabteilung... – wie oft hatte ich diesen Satz schon gehört? Und warum kam nach diesem Satz nichts mehr? Was passierte mit denen, die zur Kaderabteilung mussten?

Ich blieb noch bei Nana, ich wartete auf ein Zeichen, aber sie redete weiter, ohne auf mich zu achten, der war völlig egal, was mir passieren würde, dachte ich feindselig. Was konnte mir denn eigentlich passieren? Ich hatte keine Ahnung, aber in meiner Erinnerung gab es bruchstückhafte und unerklärliche Geschichten, die ich irgendwann (eigentlich immer wieder, seit es mich gab) gehört hatte. Ich durchquerte die wie immer zu dieser Stunde summende Eingangshalle. Ich setzte mich auf die Bank in der Nische und suchte in der Tasche nach einer Zigarette. Ich musste ein bisschen sitzen und nachdenken, ich konnte nicht unvorbereitet da hingehen. Mit fahrigen Händen zündete ich mir die Zigarette an. Ich musste herausfinden, was die mir vorwerfen konnten, und mir Antworten zurechtlegen. So hatte Onkel Ion es mir beigebracht, folglich machten es alle so. Da war nur noch etwas, was mir schleierhaft erschien und mich noch angreifbarer machte. Ich war außerstande, mir etwas von dem vorzustellen, was mich erwarten mochte, mir schwirrte der Kopf von zahllosen Geschichten über Verhaftungen und Verhöre.

Dabei war ich bereit, alles, was sie mir vorwerfen mochten, sofort mit gesenktem Kopf anzunehmen. Woher nur kam dieses tiefe und undeutliche, aber lebhafte Schuldempfinden, das es bei mir immer schon gegeben haben musste? Nach ein paar Zügen war ich dem Ersticken nahe, der schale Geschmack im Mund steigerte sich zum Brechreiz. Ich stand auf und warf die Zigarette in den Blechnapf, der auf einem hohen Stahlträger schwankte. Durch die Schwingtür betraten immer wieder alte Bekannte die Eingangshalle, einige sahen mich nicht und gingen vorbei, andere winkten mir mit unverbindlicher Freundlichkeit zu. Ich setzte mich wieder hin und stützte den Kopf in die Hände; eigentlich wusste ich nichts Genaues darüber, weshalb Vater verhaftet, weshalb Onkel Ion ausgeschlossen worden war... Mir fielen die merkwürdigen Fragen des Herrn Emil ein, Mutters Vorwürfe, das unschlüssige Schweigen des Onkels... Verärgert dachte ich an sie zurück, warum hatten sie mir nie irgendetwas erzählt? Wahrscheinlich hatten sie sich vor mir in Acht genommen...

Es ist besser, man sagt von sich aus alles, ehe sie meinen, man habe versucht, sie zu täuschen, so hatte mir Onkel Ion damals bei der Aufnahme geraten, als wir gemeinsam das Eintrittsformular für die Fakultät ausfüllten. In den letzten Jahren sind viele, die etwas weggelassen haben, denunziert und von der Fakultät ausgeschlossen worden, hatte er mir erklärt. Sollte mir am Ende dasselbe passieren? Mein Atem ging schwer vor Angst, die Luft war wie verfilzt, hatte ich vielleicht etwas verschwiegen? Was hätte ich noch angeben müssen? Etwas über Vater vielleicht, mutmaßte ich und ballte die Faust um den Daumen, aber was hatte er getan? Ich drückte den verbogenen Daumen ganz fest, denn aus allem, was sie gesagt hatten, war mir klar geworden, dass vor allem seine Brüder Politik gemacht hatten. Sobald von Politikmachen die Rede war, wurde in meinen Augen alles kategorisch und negativ, nur zu gut hatte ich noch ganze Sätze aus dem Geschichtsbuch von Roller im Gedächtnis, das ich nach bestandener Aufnahmeprüfung ins Feuer geworfen hatte, in den Ofen in der alten Wohnung. Die Monströse Koalition, die bürgerlich-gutsherrlichen Parteien, die das Land in den Krieg... die königliche Kamarilla... die National-Bäuerlichen, Liberalen, Konservativen... Gewöhnlich geriet ich ins Staunen, wenn ich mir überlegte, dass diese meine Verwandten, eigentlich unbedeutende Menschen, wo doch ihr Name nirgends verzeichnet war, Eingang in mein Geschichtsbuch gefunden hatten. Auch wenn einige von ihnen noch lebten, blieben sie für mich, die ich sie nur von Fotos kannte, auf immer und ewig dort in jenem unbegreiflichen Leben vor einem Vierteljahrhundert oder noch früher, mit Kutschen, weiten Hosen, Frauen mit Hüten und Handschuhen mitten im Sommer, mit ihren privaten Geschäften und politischen Parteien. Ich betrachtete sie gewissermaßen von oben, mit verächtlichem Mitleid, weil sie nichts von dem gewusst hatten, was folgen würde. Ich hatte wirklich keinerlei Beziehung zu ihnen (das konnte ich dem in der Kaderabteilung ruhig sagen), sie interessierten mich nicht, und ich verstand sie nicht, wie ich auch nicht verstand, dass es Mutter und Onkel Ion, die zur gleichen Zeit lebten wie ich, auch damals schon gegeben hatte.

Ich sah auf die Uhr in der Eingangshalle, es waren erst zehn Minuten verstrichen. Ich redete mir zu, ich musste aufstehen und gehen, ehe die Allmächtigen in der Kaderabteilung noch böser wurden. Mich selbst wiederum bettelte ich an, das Ganze noch ein wenig hinauszuzögern, weil ich mir im Kopf noch nicht alles zurechtgelegt hatte. Zumindest jene verworrene Geschichte um Onkel Ion, die kannte ich, die hatte Mutter mir erzählt. Hätte es aber nicht sein können, dass ich sie nicht kannte? Er war ja nur mein Onkel, sagte ich mir in Gedanken, außerdem ist er gestorben. Die Toten zählen nicht. Stimmt, wir haben zusammen in einem Haus gelebt, würde ich dem in der Kaderabteilung sagen, aber nur, weil wir nirgends sonst wohnen konnten, Mutter war damals von Vater weggegangen, weil sie nicht zurechtkam mit seiner Familie-die-Politik-machte... Ja, das ist es, sagte ich mir erleichtert und erfreut, als wäre die zu lösende Gleichung plötzlich aufgegangen. Die Furcht ließ für ein paar Augenblicke nach, vielleicht war sie auch nur wie ein schwelender Schmerz, an den man sich gewöhnt. Ja, so könnte man es sagen. Sogar Onkel Ion, selbst er würde, wenn er hier wäre, mir raten, das zu sagen, versuchte ich mich rasch zu überzeugen.

Wie konnte dieses Ding denn nur so befremdlich heißen – Kaderabteilung, wie ich es immer schon gehört hatte? Wie konnte es nur so heißen? Eine Tür, die sich vor meinen ängstlichen Schritten auftut, und jenseits davon ein kleiner Mann mit langen grauen Haarsträhnen, über die glänzende Glatze gekämmt, auf der einiges Geschirr zerschlagen worden ist. Was kann dir einer, der dir übel will, nicht alles antun, hatte der Pârvulescu gesagt, er zeigt-dich-bei-der-Kaderabteilungan, er denunziert-dich-bei-der-Securitate.

Er wandte sich mir zu, die Kaffeekanne in der Hand, betrachtete mich fragend über den Rand der Brille, in der ich mein Gesicht erblickte, ohne Augen und mit durch die dicken Gläser ungeheuerlich in die Breite gezogener Nase. Dann goss er weiter den Topf mit den zwischen behaarten Blättern knospenden Usambaraveilchen.

»Einen Moment, ich bin gleich fertig«, sagte er und schüttete mit einem Schwall das ganze Wasser darüber.

*

»Und sonst ist nichts passiert, seit du diese Angaben gemacht hast?«, fragte er und stützte die Ellbogen auf den Tisch.

Unter dem stachligen Schnurrbart sah man zwei weit auseinanderstehende tabakgelbe Zähne. Er fixierte mich mit stechendem Blick, kniff die Lippen über der Zigarette zusammen und tastete auf dem Tisch nach dem Feuerzeug. Ich lächelte ihn an, obwohl meine Mundwinkel bebten und ich fühlte, wie meine im Schoß verkrampften Hände zitterten. Meine Finger rieben sich aneinander wie an fremden Gegenständen, ich wusste nicht mehr, was zu mir gehörte und woran ich mich festhalten sollte, um Mut zu schöpfen.

»Wo ist es bloß?«, brummte er und sah sich auf der Glasplatte des Schreibtisches um. Vor ihm lag nur mein Formular zur Aufnahme in die Fakultät, auf dem ich meine Schrift erkannte.

»Hier ist es ja.« Triumphierend zog er das Feuerzeug unter einer Ecke des Blattes hervor. »Deinen Vater hast du bis vor einem Monat nicht gesehen? Du weißt nicht genau, wann er entlassen worden ist?«

»Wie ich Ihnen schon sagte, Mutter hat sich von ihm getrennt, bevor er verhaftet wurde. Weil sie nicht zurechtkam mit seiner Familie-die-Politik-machte... Sie wissen, was ich meine, oder? Und deshalb ist Vater auch nicht gleich zu uns gekommen... Sie verstehen... Er hat bis vor einem Monat nichts von sich hören lassen.«

»Was hast du mir sonst noch mitzuteilen?«, fing er von vorn an, und so wiederholte auch ich stockend alles, was ich zu Anfang gesagt hatte.

»Nur was ich schon sagte, Mutters Bruder, der mit uns im Haus gewohnt hat, ist gestorben...« Als ich das sagte, versuchte ich verhaltene Trauer zu mimen, wenngleich ich in diesem Angstzustand nichts von meiner wirklichen Trauer wiederfand. Mir war, als hätte ich alles, was ich über mich sagte, in jenen Minuten, die ich in der Eingangshalle verharrt hatte, erfunden. Ich war hier die Einzige, die anders als alle anderen zweifellos eine Schuld verhehlte, die ich nicht kannte, mit der ich aber aufgewachsen war, die ich erkannt hatte in der ängstlichen Nachgiebigkeit von Onkel Ion, in seinen Worten, in seinem schleppenden Gang an der Wand entlang. Und plötzlich gab ich mir Rechenschaft, dass es überhaupt keinen Sinn hatte, etwas zu verheimlichen, ich erstarrte vor Schreck und meine Wangen glühten. Hatte ich nicht immer schon gehört, dass sie alles wussten, viel besser als man selbst? Außerdem war es auch gar nicht schwer, alles viel besser zu wissen als ich.

Er schwieg immer noch und drückte die weiter qualmende Kippe im Aschenbecher aus. Ein schwarzer, harter Zigarettenkern, den er in den Aschenbecher drückte, bis es knackte. Die Tabakfäden quollen aus dem dünnen Papier, und der weißliche Rauch stieg weiter in weichen Schwaden auf.

»Und jetzt ist mein Vater zu uns zurückgekehrt... Er wohnt wieder mit Mutter zusammen«, sagte ich und versuchte, meine Worte möglichst sachlich klingen zu lassen.

»Und der Vater – der ist nicht verurteilt worden, hast du geschrieben?«, fragte er und wischte mit einem zerknüllten Papierfetzen den Tintentropfen ab, der sich auf seinem Finger ausbreitete.

»Nein – er ist nur aus ermittlungstechnischen Gründen einige Jahre festgehalten worden«, antwortete ich, zufrieden, weil die Formel mir noch geläufig war. Und ich begann sogleich schneller zu reden. Ich hörte, wie ich mich in der Eile verhaspelte. Meine Stimme plätscherte unnatürlich, und mein starres Lächeln sollte auch ihm eines entlocken »Er ist vor längerer Zeit entlassen worden, vor etwas mehr als einem Jahr oder schon länger, ich erinnere mich nicht genau, denn zu uns ist er jetzt erst zurückgekehrt... Ich kannte ihn gar nicht, Sie können sich ja vorstellen, als Mutter von ihm wegging, war ich klein... Sie verstehen, er ist jetzt wieder eingegliedert, gewissermaßen rehabilitiert, so hat er es uns im Übrigen auch gesagt, er hat, als er wieder frei war, nicht gleich zurückkommen wollen, er wollte sich erst eine gewisse Situation schaffen, damit wir nicht glauben, er kommt notgedrungen... So hat er es auch mir gesagt, als ich ihn getroffen habe, vor einem Monat war das, Mutter hatte mir geschrieben, und da bin ich nach Hause gefahren, ich bin ja sowieso oft gefahren, denn seit der Onkel gestorben ist, war Mutter sehr allein, Sie verstehen... Ich habe mir gedacht, er ist vielleicht auch zurückgekommen, weil er davon erfahren hat – das habe ich mir gedacht, ohne dass er etwas gesagt hätte, für mich war es, als sähe ich ihn zum ersten Mal, das können Sie sich ja vorstellen...«

Mir kam es vor, als hätte ich noch nie so viel geredet, soweit ich zurückdenken konnte. Ich wartete darauf, dass er mir ins Wort fiel, und fürchtete zugleich, dass er es tun würde, das hätte ja bedeutet, dass das, was ich sagte, ihm nicht ausreiche, und was hätte er denn sonst noch fragen können?

Er führte die Hand zum Mund und gähnte. »Wenn du die anderen beiden siehst, sag auch ihnen, sie sollen hier vorbeikommen, aber möglichst bald, nächste Woche bin ich im Urlaub...«

Das war also alles, sagte ich mir und ging mit immer noch weichen Knien die Treppe hinunter. Kleinkram, wunderte ich mich, wie lächerlich erschien mir doch die Angst davor und mein in vorauseilendem Gehorsam geneigtes Haupt, das alles hinzunehmen oder alles zu verneinen bereit war, noch konnte ich dieser Angst allerdings nicht entgegentreten. Wieso war ich so glimpflich davongekommen, hatte sich denn wirklich etwas geändert in der Welt, in der wir lebten, oder war das Schuldgefühl, das ich dermaßen lebendig in mir vorgefunden hatte, überhaupt grundlos?

Es fiel mir schwer, das alles jetzt zu ergründen, ich hatte dazu ebenso wenig Lust wie daran, mich zu erinnern, dass ich so schnell bereit gewesen war, meinen Onkel zu verleugnen. Meine Freude war schal, ich wusste, dass ich irgendwann darauf zurückkommen, das alles aufmerksam bedenken musste, aber nicht jetzt, sagte ich mir kopfschüttelnd, nicht jetzt, ein andermal, wenn ich mehr Zeit habe, ein andermal ...

*

»Wo bleibst du denn?«, fragte mich Domnica. »Die anderen sind dann zum Film ... Ene hat herumgebrüllt, ohne dich geht er nicht ...«

»Hat Nana dir nichts gesagt?«

Sie schüttelte den Kopf. Wenn sie ihr gar nichts gesagt hatte, dann hatte sie wirklich nichts Ungewöhnliches dabei gefunden. Für einen Augenblick fragte ich mich, ob es die Sachen, vor denen ich Angst hatte, wirklich gab und nicht nur Übertreibungen von Onkel Ion und Mutter waren. War es wirklich so gewesen, wie ich aus ihren bruchstückhaften Aussagen geschlossen hatte? Jene Jahre blieben im Ungewissen, ihre Schatten legten sich ab und zu über mich, aber in ihren verwirrten und verschreckten Blicken waren sie mir immer gegenwärtig.

»Ich war bei der Kaderabteilung...«, antwortete ich mit einer wegwerfenden Handbewegung.

Da fiel mir ein, dass Domnica sich um ein Stipendium beworben hatte, im Unterschied zu mir. Das bedeutete, dass sie eine ganz andere Akte hatte, das bedeutete, dass sie nichts zu befürchten hatte, dass sie sich nicht fürchten musste wie ich.

»Und was wollte er?«, fragte sie.

Ich sah sie prüfend an, ihr Gesicht war unverändert, nur ein paar staunende Falten waren auf ihre Stirn getreten. Vielleicht würde sie es trotzdem verstehen, dachte ich mir und zögerte, ob ich ihr erzählen sollte, welche Angst ich gehabt hatte, und sie fragen, ob diese irgendwie gerechtfertigt war. Vielleicht verheimlichte auch sie etwas, so wie ich, also versuchte ich mir in Erinnerung zu rufen, was ich über ihre Familie wusste, es war so gut wie nichts. Ihr Vater war irgendein Techniker, und gleich in den ersten Wochen, als wir uns noch gar nicht richtig kannten, war sie aufgrund vorher abgesprochener Vorschläge ins Leitungsbüro des Kommunistischen Jugendverbandes unseres Jahrgangs gewählt worden.

»Ach, nichts... Er wollte hören, ob ich noch etwas hinzuzufügen hätte...«

»Vielleicht wegen deines Vaters...«, sagte sie mit einer Stimme, die ich, wie mir schien, noch nie gehört hatte.

Für den Augenblick war ich mir sicher, dass sie mehr über mich wusste als ich selbst. Doch dann versuchte ich mich selbst zu beruhigen, schließlich hatte ich ja den Mädchen auf dem Zimmer erzählt, dass Vater zu Mutter zurückgekehrt war, nach jahrelanger Trennung. Zwar war sie damals nicht dabei gewesen, sie war Delegierte der Vollversammlung, den anderen aber war alles merkwürdig erschienen, merkwürdiger sogar als der Tod meines Onkels. Ein paar Tage lang verhielten sie sich anders als sonst, beobachteten mich mit verstohlener Neugier, wenn ich ins Zimmer trat. An ihren verlegenen Blicken merkte ich, dass sie über mich geredet hatten, und wenn ich von zu Hause kam, verkniffen sie sich allzu direkte Fragen.

Jedenfalls schien es mir nicht ratsam, sie danach zu fragen, aber auch sie sagte nichts mehr; sie wühlte in der Handtasche nach dem Kantinenbon und fragte: »Kommst du zum Essen?«

Die Luft des Nachmittags schwirrte vom Flaum der Pappeln, er wirbelte wie Schnee über dem runden blauen Oberlicht und landete dann doch langsam auf dem Asphalt, wo er sich in den staubigen Rissen verfing. Ein paar Flocken blieben in unseren Wimpern und Haaren hängen, unter unseren Füßen häuften sie sich wie Wattebäusche, ihr Weiß verkümmerte zu schmutzigem Grau.

»Ich treffe mich mit Mihai«, antwortete ich, und plötzlich ging mir auf, dass ich ihn in letzter Zeit unerträglich fand.

Jedes Mal, wenn ich von ihm kam und die Stufen hinaufstieg, war ich ein Nervenbündel, weil ich nicht den Mut gehabt hatte, ihm zu sagen, dass wir uns trennen sollten. Statt es ihm zu sagen, schob ich das nächste Treffen möglichst weit hinaus in der Hoffnung, er käme von selbst drauf. Er aber sagte nichts als: »Ich vertraue dir« – und neigte seinen hochgewachsenen sportlichen Körper mit treuherzig stumpfem Blick zu mir herab. Ist das Vertrauen oder Gleichgültigkeit?, fragte ich mich und suchte nach einer Rechtfertigung. In seinem mürrischen Schweigen vermutete ich einen unausgesprochenen Vorwurf, ich wusste, dass er seit fast einem Jahr in mir diejenige suchte, die ihn jahrelang jeden Abend auf dem Korso erwartet hatte. Er wusste offenbar nicht, dass ich eine andere geworden war. Geblieben war mir nur die Vertrautheit mit seinem Lachen, mit der Art und Weise, wie er mich um die Schultern fasste oder in die Sonne blinzelte, deswegen lächelte ich, wenn ich ihn sah, und dann versanken wir wieder stundenlang in Schweigen, weil wir nicht wussten, was wir uns sagen sollten. Wieso hatte er so lange gebraucht, bis er zu mir zurückgekehrt war? Schon damals war es zu spät, als er mich nach Hause brachte und wir unter dem kahlen Maulbeerbaum stehen blieben, wo er mir sagte, wir sollten wieder Freunde sein, wieso aber hatte ich das damals noch angenommen?

Ich hatte es satt, mir dauernd zu sagen, dass er das alles mit sich herumtrug, es war sehr wirr und sehr weit weg, ich wusste nicht mehr, wer schuld war, nur mein Unvermögen, es ihm zu sagen, ärgerte mich.

»Hör mal, ich würde dich bitten, Mihai einen Zettel von mir zu bringen, ich schreibe ihn jetzt gleich, und du bringst ihn ihm, ja?«

Ich muss etwas anderes anfangen, ich muss es wenigstens versuchen, sagte ich mir und schob den Teller mit dem pampigen Eintopf weg. An den Tischen rundum machten es fast alle Mädchen genauso, es war Samstag, und keine wollte nach Zwiebeln stinken. Ich muss es wenigstens versuchen, sagte ich mir und ertappte mich plötzlich dabei, dass ich an Petru Arcan dachte. Ich erinnerte mich an seinen leichten, luftigen Händedruck, der kaum einer Berührung gleichkam.

War das etwa der Grund, weshalb ich mich von Mihai trennen wollte? Ich übersprang den Gedanken, mir schien, als wollte ich nur allein sein und mein Ding machen, wie Domnica.

*

»Was hast du mir da bloß aufgetragen?«, schnaufte sie. Sie war gerannt und hatte sich auf den Stuhl neben mir gesetzt, den ich ihr mit der Handtasche freigehalten hatte. »Er stand vor der Konditorei, ich weiß nicht, ob er begriffen hat, er ist bleich geworden, hat aber nichts gefragt, er hat sich den Zettel gar nicht angesehen, hat ihn eingesteckt und ist sofort gegangen, er hat die Straßenbahn genommen ...«

Das heißt, er hat es schon lange begriffen und darauf gewartet, sagte ich mir. Die Makkaroni waren zerkocht, ich schob auch sie beiseite und stützte meinen Kopf in die Hände.

»Weißt du, er hat mir sehr leidgetan«, sagte Domnica mit vollem Mund.

»Mir tut das auch leid«, flüsterte ich. Es tat mir wirklich leid, aber anders, als ich sie wissen ließ. Sie mochte denken, dass es mir um ihn leidtat, aber ich spürte wieder die Leere um mich und die Furcht. Nach all der Zeit, in der ich mich lustlos mit ihm getroffen und mir dabei vorgeworfen hatte, dass ich meine Zeit vertrödelte, gestand ich mir erst jetzt ein, dass er mir dennoch nahestand und dies mir eine gewisse Sicherheit gab. Im ersten Augenblick war ich drauf und dran, zu seinem Wohnheim zu rennen, ihn rufen zu lassen und ihm zu sagen, dass es dumm von mir war. Ich war sicher, er würde es noch annehmen, hatte er doch unbeholfen versucht, etwas von der jahrelangen Trennung zu reparieren, wie er selbst sagte. Das aber hätte geheißen, dass dieser Abend genauso ablaufen würde wie all die anderen. Nein, nur das nicht, sagte ich mir, stand vom Tisch auf und nahm Domnicas Arm.

Draußen stank es nach verbranntem Gummi oder nach Abdeckerei, der Gestank überlagerte den Duft frischen Grüns, obwohl sich über uns ein dichtes Dach von gerade erst entfalteten, noch nicht ausgewachsenen Blättern wölbte. Je mehr wir uns über die Allee dem Heim näherten, desto lebendiger wehte der bittere Geruch der regennassen Pappeln heran. Unter unseren Sohlen knirschten die ersten dürren Blätter. Der Himmel war wolkenverhangen, grau wie Stein, das Abendlicht gilbte dahin und gewann eine merkwürdige Materialität. Ich sah es sich verdunkeln wie gedämpftes Bühnenlicht. Plötzlich wurde mir schwindlig, die Umrisse der Straße verschoben sich, die Häuser traten näher, und die Menschen weiter weg bewegten sich ruckartig. So veränderte sich, nur weil es Abend wurde, die Welt um mich, wie sich auch das Licht veränderte, das ölig und diffus in der Luft schwamm.

»Was ist los mit dir – denkst du immer noch daran?«, fragte Domnica und drückte meine Hand.

Merkwürdigerweise taten lediglich die Jahre weh, die vergangen waren, als seien es nur sie, von denen ich mich jetzt trennte. Kurz schien ein starres Bild jenes Nachmittags auf, bevor er mir sagte: »Schau mal, so geht es nicht weiter ... Wärst du nicht, wie du bist, dann wäre auch ich anders ...«

Immenses Licht, in dem wir beide standen, die Aktentaschen in der Hand, auf dem Heimweg von der Schule. Ich sah mich, als sähe mich jemand anders, als wäre das nicht ich selbst, die sich daran erinnerte. Ich beugte mich über den kleinen, engen und tiefen Brunnen, aus dem mir die Frische entgegenschlug, und suchte dort unten nach meinen hageren Schultern, die sich unter dem ausgebleichten Stoff der allzu langen Uniform abzeichneten, und nach dem Kopf mit den kurz gestutzten Haaren, die wirr nach allen Seiten standen, seit ich mir beim Verlassen des Klassenzimmers das weiße Haarband heruntergerissen hatte. Nur einen Augenblick lang nahm ich ihn wahr und sah dann, wie die Züge in dem verschatteten Wasser schwankten, weil ein rotgerändertes Blatt hineingefallen war. Vom Kloster im Crâng kam das Hämmern des Läutbretts, zwischen den gepflegten Tomaten-, Raps- und Zwiebelbeeten duftete es nach Wildminze, die ich mitsamt den behaarten Blättern der Klette unter meinen Sandalen zertreten hatte. Die Zeit empfand ich als schmerzlichen Stich, damals war alles, was ich berührte, plötzlich wieder neu gewesen, selbst der Abschied von Mihai, dem ich verschreckt und neugierig entgegensah. Mein damals noch kindlich verschwommenes Gesicht verweilte zwischen den moosbewachsenen Brunnenwänden. Vielleicht war es immer noch dort aufgehoben, mit in dem gekräuselten Wasserspiegel schwankenden Zügen.

*

Wieso erschien mir das Leben all der anderen Mädchen immer viel lebendiger, unvorhersehbarer als das meine? Wie viele Samstage, an denen ich Mihai treffen sollte, war ich doch missmutig weggegangen und hatte Domnica, die ihre Cousine besuchte oder ins Theater ging, um ihre Ruhe beneidet. Sie hatte einen Freund, der war Student in Klausenburg, sie schrieben sich oft und sahen sich selten, nie ging sie samstags tanzen, sondern saß stundenlang am Fenster und sah hinunter auf den Boulevard.

»Komm doch mit, und wir versuchen, noch Karten zu kriegen für irgendein Stück«, forderte sie mich auf, und ich begann mich anzuziehen wie sie, ohne Eile.

Auf der Straße welkte der Tag im allgegenwärtigen Gedränge dahin, an den Ampeln standen Autos Schlange, deren Insassen aus Bukarest hinaus wollten. Vor dem Theater türmte sich ein Haufen Schutt von dem abgerissenen Gebäude gegenüber, die Luft war weiß von Mörtelstaub. Von einem Erdhügel aus hielt ein Arbeiter den Wasserschlauch drauf. Aus den auf freier Strecke haltenden Straßenbahnen kletterten Leute, verärgert und unschlüssig, die einen überquerten schimpfend den Boulevard, um einen Trolleybus zu kriegen, die anderen gesellten sich zu der Menge der Schaulustigen. Da lag ein Moped mit verbogenem Lenker, rundum Scherben und ein schwarzer Fleck, der sich immer weiter ausdehnte, vom Bürgersteig aus sah es nach Blut aus, aber es war nur Öl. Unter all den kleinen Gruppen tauchte immer mal wieder einer auf, der fragte: »Was ist los? Ist jemand gestorben?«

Da niemand antwortete, weil niemand etwas gesehen hatte, ging er zur nächsten Gruppe und fragte dasselbe, und irgendwann bekam er zufällig zu hören: »Sie haben ihn mit dem Notarztwagen weggebracht...«

Der dunkelhäutige Fahrer war auf dem Bordstein in sich zusammengesunken, das Hemd über der schmalen Brust offen, die Arme auf den Knien tastend ausgestreckt. Eine Frau mit grell geschminktem welkem Gesicht strich ihm über die Schulter, die sich unter dem verwaschenen Hemd abzeichnete, jemand reichte ihm eine Blechkanne mit frischem Wasser.

»Ein Junge auf dem Fahrrad hat alles gesehen, der andere hatte Grün, der Junge wäre ein guter Zeuge.«

Der Fahrer schien nichts zu hören, unter dem Hemd sah man sein Schlüsselbein und die Haut, die darüber zuckte. Der Blick der rot unterlaufenen braunen Augen huschte über die Gesichter rundum. Ein hilfloser Blick, der wohl aus der Kindheit herrührte und in dem die Furcht vor der Strafe flackerte, die unbestimmte Empfindung, dass ihm etwas Schlimmes passiert war, schlimmer als alles, was er jemals befürchtet hatte. Er faltete die großen schwieligen Hände über den knochigen Knien, die ebenfalls zuckten.

»Er wartet, dass die Miliz ihn holt...«, raunte hinter mir eine Hausfrau mit einem von Spinat und Salat überquellenden Netz.

Drei Bengel, die durch die Menge hetzten, rammten mich mit ihren Ellbogen. »Unfall, Unfall«, brüllten sie vor Lachen.

»Was glotzt du so?«, schimpfte Domnica leise und zog mich an der Hand zur Theaterkasse.

*

Wir kamen aus dem mit Stille gepolsterten Saal. Die Sessel waren lautlos gegen die Lehnen zurückgeschnappt, und wir gingen an dem geschlossenen Büfett vorbei, wo auf der Marmortheke noch die feuchten Ringe von den Gläsern mit Zitronenlimonade und in den Vitrinen die kleinen Riegel mit Rum- oder Milchschokolade zu sehen waren. Hinter uns ließ sich der pflichtschuldige Beifall vernehmen, der die Schauspieler an die Rampe rief, in nächster Nähe aber die Schritte der beiden Männer, die versuchten, mit uns ins Gespräch zu kommen.

Die Nacht wuchs mit den Schatten der Blätter an den Bäumen. Schwer hingen sie herab, die unsichtbaren Äste bogen sich unter der Last, sie reckten sich über die Zäune auf die Straße, blind und irgendwie bedrohlich. Doch die Leute sahen nichts als unbestimmte grüne Flecken, über die sie im Vorbeigehen ihre Blicke schweifen ließen, ebenso wenig ahnten sie von den hölzernen Fangarmen der Wurzeln unter dem Asphalt. Immer öder lagen die Straßen im bläulich schimmernden Weiß der Neonlichts, Stühle standen in den Türen der Lokale, die geschlossen hatten, während die Kellner sich noch immer um die leeren Tische zu schaffen machten. An den Haltestellen oder Straßenecken standen einsame Männer, ihre Standardsprüche und ihre lauernden Körper, bereit, uns zu folgen, waren allgegenwärtig. Unsere schwarzglänzenden Schatten glitten vor uns her. So viele einsame Männer, denen ich begegnete und die ich mied, weil ich auf den einen wartete, ohne zu wissen, woran ich ihn erkennen sollte. Das ferne Brausen der Stadt schwoll ab wie der Puls eines Kranken, es ging auf den Sonntag zu.

Die beiden, die hinter uns her waren, hatten uns eingeholt.

»Wie fandet ihr die Vorstellung?«, fragte der Brillenträger. Er trug ein kariertes Hemd über der Hose, das farblose schüttere Haar umrahmte eine Glatze. Er wurde aufdringlich und legte Domnica die Hand auf die Schulter, als wollte er ihr über die Straße helfen.

»Ich muss mit meiner Freundin hinauf«, hörte ich, wie sie ihn abblitzen ließ.

Als ich mich umwandte, machte sie mir Zeichen, dass wir die irgendwie loswerden mussten. Ich war sicher, dass auch er es gemerkt hatte, aber er tat so, als wäre ihm nichts aufgefallen.

»Das gibt's doch nicht, Samstag Abend um diese Zeit, kommt doch, gehen wir noch irgendwo hin«, beharrte er. Er versuchte weiterhin, ihren Arm zu nehmen, doch sie riss sich immer wieder los und sah sich verstört um.

»Wonach suchst du denn?«, fragte ich sie.

»Nach dem Wohnheim«, antwortete sie leise, und nur ich verstand ihren trüben Blick. Den hatte ich manchmal selbst, wenn ich in Gedanken eine Straße übersehen hatte, denn die Stadt war noch so neu, dass sie sich mir plötzlich spiegelbildlich verkehrte, links und rechts vertauscht waren und die Gebäude einem seitenverkehrt erschienen.

»Das ist auf der anderen Seite, meine Liebe«, raunte ihr der Mann zu, und in seiner fürsorglichen Stimme vernahm ich den Hohn, ohne dass ich etwas dagegen tun konnte.

Wutentbrannt grub ich meine Fingernägel in den Griff der Handtasche. Ich ging neben dem anderen und blieb hin und wieder stehen, um Domnica zuzuwinken.

»Sie wohnen im Heim?« So verschattet erschien seine Nase klein über dem ausladenden Unterkiefer.

»Ja«, zischte ich.

Wie oft hatte es diesen Abend schon gegeben, wie oft hatte ich schon gehört: »Sie wohnen im Heim?«, und dabei den hintergründigen Blick bemerkt.

Wie oft hatte ich gespürt, wie ich mich unter ihnen verlor, wenn wir im Rudel hinunter zum Essen gingen, wenn wir zum Tanzen aufbrachen oder vom Tanz zurückkehrten, alle in den gleichen kurzen Röcken, die wir immer weiter kürzten, alle mit den gleichen Frisuren, die wir voneinander abschauten, mit den gleichen Scherzen, mit denen wir uns in unserer eigenen Welt verkapselten? Irgendwo gab es da einen unsichtbaren Kreis, und ich schaffte es nicht, auszubrechen und zu der zu werden, die ich war, als solche sichtbar für jenen Blick, der mich erkennen würde. Vielmehr zuckte ich zusammen bei der Frage: »Sie wohnen im Heim?«

Ich zuckte zusammen, wenn ich an den Männern an der Treppe vorüberging und aufschnappte, wie sie sagten: »Ich hab eine Kleine aus dem Heim aufgerissen und abgeschleppt…«

Ging es nur mir so? Das Unvorhersehbare bestand stets in ein paar Spaziergängen, einem Kinobesuch und einem Zimmer mit Musik, wo jemand mich bedrängte – was sich nach und nach zu einer Besessenheit auswuchs jenseits der theoretischen Frage: Soll ich es jetzt riskieren? Soll ich »es« tun? Lohnt es sich, lohnt es sich nicht, wie lange will ich noch warten?

Hinter mir hörte ich den mit der Brille, wie er mit Domnica Konversation machte: »Ich habe ihn schon einmal am Bulandra-Theater gesehen, aber damals waren Sie wohl noch nicht Studentin, da waren Sie noch in der Provinz... Auch ich war in Turnu Severin, ich hatte einen Kommilitonen, den Manu Dumitru...«

Beide waren wir verkrampft, stolperten mit den spitzen Schuhen über den Asphalt und machten uns immer verzweifelter Zeichen. Doch sie wussten genau, weshalb wir dann und wann stehen blieben, und wandten sich ab, als sähen sie nichts. Das falsche Lachen, mit dem sie den Arm um uns legten und uns weiter schubsten, sollte das denn immer so sein, immer die gleichen Samstage, dieselben alleinstehenden Männer, die einen immer in die gleichen Restaurants, in dieselben Räume mit Musik zu drängen versuchen? Eine lächerliche Jagd, wer jagte wen?

»Ich bin spät dran«, stieß ich plötzlich hervor. »Auf Wiedersehen...« Noch bevor ich eigentlich wusste, was ich tat, rannte ich los auf der finsteren Straße.

Hinter mir hörte ich noch, wie Domnica erschrocken aufschrie, und die Beteuerungen der anderen. »Wir bringen dich schon nach Hause, du wirst dich nicht verspäten... Deine Kommilitonin, die ist halt etwas wild. Du brauchst dich jetzt nicht anstellen wie ein Mädel vom Land...«

Immerhin war wenigstens dieser Samstag vorbei. Hinter mir hörte ich: »Pssst ... pssst ...« Dazu schwere Schritte. Ein Schatten löste sich von einem Baum. Ich rannte weiter, und als ich eine Hand an meinem Arm spürte, schrie ich dermaßen auf, dass ich mich über meinen eigenen tierischen Schrei wunderte und über die Angst, mit der ich durch die öde Stadt rannte, viel zu müde, noch etwas zu erwarten oder zu suchen. Der andere ließ von mir ab, wobei er vor sich hin brabbelte, wahrscheinlich einen Fluch.

Meine Gedanken eilten zurück zu dem finsteren Gesicht von Onkel Ion. Mir schien, ich hatte den heutigen Schrecken verdient, schon wegen der schuldbewussten Unruhe, mit der ich jahrelang auf den Zeitpunkt gelauert hatte, wenn ich auf den Korso gehen wollte. Schon wegen der Leichtfertigkeit, mit der ich heute in der Kaderabteilung bereit gewesen war, ihn zu verleugnen. Mein Gedanke strich über alle mir bekannten Männergesichter und klammerte sich verzweifelt an das von Petru Arcan. Schnaufend stieg ich die Treppen bis zum Pförtner hinauf und streckte ihm meinen Studentenausweis entgegen. Ich hatte mich verspätet.

Dritter Teil

Kapitel XVIII

Ich hatte überhaupt keine Zeit diese Woche«, sagte Petru Arcan und stand auf, um mich zu begrüßen. »Ich war so verplant, dass ich es vergessen habe ... Erst als Sie mich angerufen haben, ist es mir eingefallen, und mittlerweile habe ich mir das auch angesehen, was Sie mir letztes Mal dagelassen haben ...«

Ich blieb auf halbem Weg stehen und senkte den Blick, damit er meine Enttäuschung nicht bemerkte, aber meine Wangen glühten vor Zorn über die Demütigung. Er hatte noch nicht einmal daran gedacht, und ich hatte sorgfältig die Tage gezählt, damit genau eine Woche verstrich und ich nicht etwa zu spät oder zu früh wiederkam. Während ich so da stand und zähneknirschend den Teppich anstarrte, dachte ich, es wäre am besten, sofort zu verschwinden mit den vergilbten Blättern meines Onkels, die ich verloren unter all den anderen auf dem Schreibtisch liegen sah, und diese Polstertür nie wieder zu öffnen. All die stolze Feigheit von Onkel Ion stieg plötzlich in mir hoch, ich spürte sie in den vor Verlegenheit weichen Beinen, die sich weder vor noch zurück trauten. Und doch glaubte ich nicht restlos alles, was ich mir störrisch einredete. Es hätte ja bedeutet, dass ich den Gedanken, den ich seit Wochen mit mir herumtrug, aufgab und damit meine Vorstellung von einem Eintritt in die Welt des Studiums und des Erfolgs. Eigentlich wartete ich weiter auf ein Zeichen, und sei es noch so klein, dass ich bleiben konnte.

»Trinken Sie einen Kaffee?«, fragte er. Ohne eine Antwort abzuwarten, ging er mit aufmunterndem Lächeln an mir vorbei und rief etwas durch die Tür.

»Ich weiß nicht, wo mir der Kopf steht vor lauter Arbeit«, bemerkte er, als er zurückkam.

Er setzte sich mir gegenüber und presste die langen knochigen Finger an die Schläfen mit den krausen Haaren, unter denen ich mit einer merkwürdigen Genugtuung, als wäre es eine unerwartete Offenbarung, etliche weiße entdeckte. Es war so still, dass ich selbst zusammenzuckte, als ich meine Schuhsohlen über das Parkett schleifen hörte. Durchs Fenster sah ich auf den verwaisten Platz in der dunstigen Nachmittagssonne. Alles andere geschah jenseits, von dort kam das gleichmäßige, monotone Rauschen der Stadt, und der Ton schraubte sich spiralförmig durch die weit geöffneten Fenster ins Zimmer. Hier jedoch waren nur wir, die Schritte auf dem Gang wurden vom Teppich geschluckt und die Stimmen von den Wänden aufgesogen, ehe sie zu uns drangen.

Ich nickte, obwohl er mich nicht ansah. In seinen von vielen Pausen unterbrochenen müden Worten erkannte ich die Bedeutung der Dinge, die seinen Alltag ausmachten, und bezog die wehmütige Hochachtung davor auch auf mich selbst – wer weiß, weshalb, vielleicht auch nur, weil er ausgerechnet mir davon erzählte. Mein gekränkter Ärger von vorhin war verflogen, und ich staunte nur betroffen über meine verwegenen Ansprüche. Wie hätte er sich denn an mich und die Arbeiten meines Onkels, deren Wert ich gar nicht kannte, erinnern sollen, mitten in diesem weitab von allem anderen ablaufenden Ritual, in dem die wissenschaftlichen Arbeiten auf eine dermaßen geheimnisvolle Art und Weise herausgegeben wurden, dass ich mir überhaupt keine Vorstellung davon machen konnte? Ich saß mit angespannten Muskeln auf der Stuhlkante und war überzeugt, dass er es zu schätzen wusste, wie ich aus einem Beschützerinstinkt heraus schwieg, um ihn zu schonen.

»Aber zurück zu unserer Sache…«, sagte er. Er hatte auf einmal eine ganz andere Stimme, als er sich die Papiere meines Onkels vornahm und sich eine Zigarette in den Mundwinkel steckte, vorerst ohne sie anzuzünden. Zu meiner Enttäuschung verwies er die Dinge auf ihren Platz und stellte den Abstand zwischen uns wieder her.

»Ich glaube, ich habe mir ein Bild davon machen können, worum es geht… Sie haben mir wohl nur ein Kapitel aus einer umfangreichen Arbeit gebracht…«

Ich nickte automatisch wie zuvor.

»Alles kommt natürlich nicht in Frage, aber das war ja auch nicht Ihre Absicht, oder? Sie sind ja schließlich zu einer Zeitschrift gekommen. Soviel ich auf den ersten Blick erkennen konnte, müssten ein paar überflüssige Stellen gestrichen werden… Zudem hatte er offenbar keinen Zugang zu gewissen Quellen, so dass er sich auf das beschränkt hat, was er dort finden konnte. Und da ist noch etwas, vielleicht die Hauptsache: Die Arbeit müsste aktualisiert und perspektivisch auf den heutigen Stand gebracht werden, Sie verstehen ja, was ich meine? Ein bisschen politisiert müsste sie werden, nur ein bisschen…«

Ich war mir immer noch sicher, dass nichts draus werden würde; ein spätes und beschämtes Mitleid überkam mich beim Blick auf die regelmäßige kleine Handschrift meines Onkels auf der Rückseite eines Blattes. Allzu oft hatte ich mittlerweile schon vergessen, dass ich seinetwegen gekommen war, und nur an mich gedacht.

»Es wäre dennoch schade, wenn wir darauf verzichteten. Mit diesen Änderungen, die sich auf die Struktur wohl gar nicht auswirken würden, könnte man durchaus Interesse finden, aber wer hat die Geduld, eine Arbeit neu aufzuzäumen, die noch nicht einmal seine eigene ist? Am Institut ist jeder mit seinen planmäßigen Vorhaben beschäftigt, wenn er für jemand anderen arbeitet, verspricht er sich zumindest Vorteile davon... Also sind Sie die Einzige, die es versuchen könnte. Zumal Ihnen dies von Nutzen sein könnte, da Sie sich mit den Grundsätzen wissenschaftlichen Arbeitens einigermaßen vertraut machen könnten. Wenn nötig, kann ich Sie dabei beraten. Nun, was meinen Sie? Wieso sehen Sie mich so erschrocken an?« Petru Arcan lachte laut und selbstgefällig, nahm das durchsichtige Gasfeuerzeug vom Tisch und zündete sich die Zigarette an.

Ich hatte den Gedanken verdrängt, vielleicht war ich ja aber gerade deshalb mit den Arbeiten meines Onkels zu ihm gekommen. Da ging mir allerdings auf, wie wenig ich wusste, wie unsicher und orientierungslos ich war. Ich verhaspelte mich ganz schlimm, als ich mit glühenden Wangen und Ohren etwas zwischen Einwilligung und Entschuldigung stammelte.

»Ich glaube, wenn Sie sich anstrengen, klappt das«, sagte er gleichmütig, als hätte er mir gar nicht zugehört, und räumte die Bücherstapel beiseite.

Durch die Tür trat die Aufwartefrau mit dem Kaffee. Ich lehnte mich auf dem Stuhl zurück und gab mir Mühe, möglichst schicklich und feierlich dazusitzen. Zum ersten Mal hatte ich das Gefühl, bedient zu werden, und kam gar nicht darauf, dass es sich um einen banalen, zum Arbeitsablauf gehörenden Brauch handelte. Ich wunderte mich nur, dass die

Tassen nicht zueinander passten und das Tablett aus Plastik war.

»Vielleicht sollte ich die Arbeit lieber hier lassen, damit Sie sie vollständig lesen«, versuchte ich einen Aufschub zu erwirken.

Er aber winkte ungeduldig ab. »Diesen Monat ist gar nichts drin, ich habe Ihnen ja gesagt, wie beschäftigt ich bin«, antwortete er fast barsch und deutete mit der Hand auf den Haufen Typoskripte an der Ecke des Schreibtischs. »Es geht um den Folgeband einer wissenschaftlichen Buchreihe, er muss zum Nationalfeiertag am 23. August erscheinen, und ich bin auch Mitglied in der Koordinierungskommission ...« In seiner rauen Stimme klang Selbstzufriedenheit mit. Vieles schien auf ihn zu warten, was ohne ihn nicht erledigt werden konnte; ich hatte vergessen, dass er sich wenige Augenblicke zuvor darüber beklagt hatte, und nickte jetzt ergeben. »Aber ich habe vollstes Vertrauen«, setzte er gleich hinzu und versuchte seiner Stimme einen weicheren Klang zu geben. »Ich weiß, dass Sie eine fleißige Studentin sind, ich werde Ihnen zeigen, worauf Sie achten müssen. Sie werden auch andere Bibliotheken aufsuchen, an der Fakultät ist nicht alles zu finden. Wenn Sie etwas für längere Zeit benötigen, sagen Sie's mir, wenn ich es habe, leihe ich es Ihnen für ein paar Tage ...«

Die alte Gewissheit, beschützt zu werden, die ich seit Onkel Ions Tod verloren hatte, kam wieder in mir auf. Wie schwer mir doch zumute war, seit ich nicht mehr mit ihm über die Bücher sprechen konnte, die ich las, seit er mir nicht mehr kategorisch und doch sanft sagte, was ich weiter zu tun hatte.

»Haben Sie meine Telefonnummer? Notieren Sie«, sagte Petru Arcan und sah mich lang an. »Gegen Abend bin ich immer zu Hause.«

Meine Hand zitterte leicht, als ich den Bleistift vom Tisch nahm. Sein mir unbekanntes Leben rückte näher an mich heran, mit einem freudigen Schauer wunderte ich mich, dass es mir so offen stand.

»Schauen wir mal, was von dem hier Sie gebrauchen könnten«, sagte er und zog ein großformatiges Verzeichnis aus dem Regal hinter sich. Er fuhr mit dem Finger die Liste der Titel hinunter, wobei er bei dem einen oder anderen innehielt. Ich schrieb ihn dann auf das Blatt, auf dem die sechs Wunderziffern obenan standen, über die ich von nun an jederzeit, sobald ich ihn brauchte, an ihn herankam. So verging eine halbe Stunde, vielleicht waren es auch nur ein paar Minuten, da läutete das Telefon.

»Ich grüße Sie«, sagte er mit einem halben Lächeln in den Hörer. »Natürlich, ich stehe zur Verfügung ... Aber klar!«

Ich reckte meine Beine, die ganz steif waren, unter dem Tisch und unterdrückte ein Gähnen. Das rote Auge des Telefons blinzelte weiter, und die Stimme von Petru Arcan klang anders als bisher. Ohne dass ich mitbekam, was er sagte, wurde mir klar, dass seine höflichen, zuvorkommenden Scherze Respektbezeugungen waren. Langsam erhob ich mich, ging ans Fenster und betrachtete die Rondelle mit den starren Blumen unten, die der offiziösen Anmutung des Gebäudes entsprungen schienen.

»Entschuldigen Sie bitte«, sagte er, nachdem er den Hörer aufgelegt hatte, und erhob sich mit einer Eile anderer Art; er öffnete die Aktentasche und ordnete seine Papiere. »Wir machen ein andermal weiter, wenn Sie möchten, in ein paar Tagen ... Ich muss jetzt gleich los, es geht um die Buchreihe ... Wenn Sie ins Zentrum wollen, kann ich Sie ein Stück mitnehmen.«

Jetzt kamen mir die dunklen Gänge, in die Stimmen und Telefonläuten sickerten, altbekannt vor. Verwaschen zeichneten sich unsere Gestalten in dem durchscheinenden Glas am Ende des Korridors ab. Petru Arcan ging mit den großen Schritten eines hochgewachsenen Mannes, während ich nebenher trippelte, ständig in Gefahr, den Anschluss zu verlieren.

»Wo soll ich Sie absetzen?«, fragte er und lehnte sich bequem zurück.

»Vor der Fakultät«, sagte ich schnell und schrak zusammen bei dem Gedanken, er könnte gerade dadurch auf den Riesenabstand zwischen meinem unbedeutenden Leben und dem seinen gestoßen werden.

»Haben Sie Vorlesungen? Sind Sie etwa spät dran?«, fragte er mit einem Blick auf die Uhr.

»Heute habe ich keine Vorlesungen«, antwortete ich, obwohl ich der Frage am liebsten ausgewichen wäre.

»Was dann?« Er zog eine Augenbraue hoch, dann schwieg er und wartete.

»Ich gehe in die Bibliothek ...«

»Ach so, tüchtig, tüchtig«, sagte er ironisch und ermunternd. »Aber in welcher Gegend der Stadt wohnen Sie denn?«

Ich griff nach dem Deckel des Aschenbechers in der Tür und stammelte, während ich mich daran festklammerte, beschämt: »Im Heim, am Boulevard ...«

Mir war plötzlich sehr heiß, aber ich rührte mich nicht. Jetzt würde ich alles verlieren, was ich gewonnen hatte, ich hatte noch nicht einmal die Kraft, mich an dieser ersten und wahrscheinlich letzten Gelegenheit zu freuen, die Stadt hinter der vor Machtfülle strahlenden Scheibe eines Dienstwagens zu durchqueren.

»Können Sie denn dort lernen, arbeiten?«

Ich empfand seinen Ton als neugierig und mitfühlend. Mich streifte, aber nur ganz vage, der Gedanke, ihn zu fragen, wo er vor zehn Jahren gewohnt hatte, als er nichts anderes war als ein unbeholfener Student aus der Provinz wie ich. Doch ich traute mich nicht, und während ich seinen Anzug, das selbstgewisse Lächeln und die gepflegten Finger betrachtete, kam es mir so vor, als hätte er nie anders ausgesehen und wäre immer schon dort gewesen, wo ich ihn besucht hatte.

»Es geht. Wir sind nicht gar so viele in einem Zimmer ...«, gab ich schnell zurück.

»Wie viele?«, fragte er beiläufig und sah hinaus auf den Boulevard.

»Vier«, sagte ich, nicht sehr überzeugend, und bereute es auch sofort, wenn ich schon log, hätte ich ja gleich drei oder gar zwei sagen können.

»Vier – immerhin genug«, antwortete er mit derselben gleichgültigen Nachdenklichkeit. »Dann ist es ja gar nicht einfach – wenn eine lesen will, die andere reden, wieder eine andere schlafen ...«

»Eigentlich ist es ganz schön schwer«, schwenkte ich plötzlich um und ärgerte mich, dass ich es nicht gleich zu Anfang gesagt hatte. »Zum Lesen muss man in den Lesesaal gehen, aber auch dort ist es eng, zu Prüfungszeiten sind nicht einmal genug Stühle da.«

Ich merkte, dass ich mich in Einzelheiten verzettelte, die ihm egal sein mussten, deshalb blieben mir die Worte im Hals stecken, und ich schwieg, wobei ich unsinnigerweise meinen Rock über den Knien glatt strich. Ich hatte eben die ganze vergangene Woche an ihn gedacht, und irgendwie erschien er mir in Gedanken dermaßen vertraut, dass ich, widersinnig und undeutlich oder wie auch immer, überzeugt war, dass er das, was ich sagte, schon nach wenigen Worten verstehen würde.

»Ich ziehe die Bibliothek vor«, fügte ich hinzu, um ihm zu zeigen, dass ich sein Interesse verdiente. Vertrauensvoll sah ich zu ihm auf, aber er hatte meine letzten Sätze wahrscheinlich gar nicht gehört.

»Fahr rechts ran«, sagte er nach vorne geneigt zum Fahrer.

Petru Arcan reichte mir flüchtig die Hand, und ich spürte, wie sich die unendliche Leere der Enttäuschung in mir ausdehnte. Diese Enttäuschung lähmte meine Bewegungen und erstickte meine Stimme in der Kehle; allerdings schwand die Leere gleich darauf, als ich hörte, wie er sagte: »Es bleibt also dabei… Wenn Sie etwas brauchen, rufen Sie mich an, nachmittags oder abends… Ich warte«, fügte er hinzu, und ich schlug die Tür lächelnd zu.

Ein Wunder, auf einmal. In mir war Ruhe und um mich eine neue Stadt, die ich in den schon bekannten Straßen entdeckte. Dieselben vor dreißig Jahren erbauten grauen Blocks, dieselben schweren schmiedeeisernen Türen, hinter denen das Halbdunkel dämmerte. Ein eigens davor geklemmter Stuhl hielt die Tür der Eckkneipe offen, so dass ein dreieckiger Lichtkegel sich auf dem Fußboden abzeichnete. Drinnen an den Tischen warteten ein paar frühe Trinker. Mit trägen Bewegungen stellte der Kellner hinter seiner wasserüberströmten Theke etwas um. Die Fenster der Häuser, an denen ich vorbeikam, glänzten frisch geputzt, meine innerlich gefestigte Ruhe ergoss sich mit dem vollen Sommerlicht über sie. Die Stadt war eine andere, zwar geheimnisvoll wie am ersten Tag, doch aus ihr sah mir das neue Leben entgegen, das ich schon spüren konnte. Unzählige Gesichter glitten an mir vorüber, die ungezählten Gesichter der Stadt. Wieder meinte ich, etwas sei im Begriff zu beginnen, triumphierend hoch trug ich den immer röteren Kopf durch die Mittagshitze. Das Hupen der Autos und dazwischen das verloren klagende Gurren der Turteltauben, das alles ließ ich hinter mir. In den strahlend gelben Chrysanthemen am Rande des Gehsteigs hatte sich das ganze Licht gesammelt.

*

Mit steifen Schultern stand ich vom Tisch auf und ließ die Bücher offen liegen. Ich hatte kein einziges davon zu Ende gebracht, in jedem hatte ich ein bisschen gelesen, aber zu meinem wachsenden Schrecken festgestellt, wie wenig ich wusste, und unnötig genaue Notizen gemacht. Die Gänge, durch die ich ging, rochen nach kaltem Putz, Staub und Altpapier. Im Vorraum hatten sich zwei alte Männer getroffen, jeder trug eine offene Mappe unter dem einen Arm, über dem anderen hing der Griff eines schwarzen Regenschirms – die beiden Schirme glichen sich. Ihre Glatzen waren von schütterem weißem Haar umkränzt, und wenn sie lachten, sprühten kleine Wassertropfen aus ihren zahnlosen Mündern. Auf der Bank gegenüber saßen, Zigaretten in der Hand, zwei langmähnige Mädchen in sehr kurzen Röcken, die über ihren strammen Schenkeln spannten. Ein Mann hämmerte mit der Faust gegen das Telefon an der Wand, wahrscheinlich war der Münzschlitz verstopft. Die auf Putz verlegten gewundenen Rohre waren kalkverspritzt von den Malerarbeiten. Wenn ich zu den dunklen Fenstern, rund wie Bullaugen, hinaussah, kam es mir vor, als sei ich im Rumpf eines Schiffes. Ich irrte auf den kalten grauen Mosaikquadraten herum wie die Luft, die von draußen hereinzog, im Hall der Schritte, die von überall kamen. Ich konnte kaum glauben, dass ich es so weit gebracht hatte, in dieser Bibliothek zu lesen, von der Onkel Ion manchmal gesprochen hatte, immer ganz nostalgisch und andächtig. Die Raucher scharten sich um einen großen schwarzen, verkratzten Tisch, sie kannten sich wahrscheinlich, denn sie standen dort im Dunkeln in kleinen Gruppen flüsternd zusammen. Ein gebeugter alter Mann kam jetzt mit steifen Beinen zittrigen Schrittes die Treppe herab, wobei er sich mit der Hand vorsichtig an der Wand abstützte. Neugierig sog sich mein Blick an seinem vom Alter enthaarten Gesicht voller frischer rosaroter und gelber Fältchen fest, ich beobachtete seine unsicheren Bewegungen, denen ich dennoch die Vertrautheit mit dieser Örtlichkeit ablesen konnte. Schau an, wie er diese undurchsichtigen Zeiten durchschwommen hat, sich von den Wassern hat tragen lassen aus »anderen Zeiten« bis ins Heute. In meine Neugier mischte sich wehmütiger Respekt wie für einen stolzen Sieger (damals war mir noch nicht aufgegangen, dass man sich den Sieg manchmal mit Lügen erkauft). Selbst wenn man mir seinen Name genannt und ich ihn nicht gekannt hätte, wäre ich überzeugt gewesen, dass das nur an meiner Unwissenheit lag. Auf der Weltenleiter, die ich mir im Kopf zurechtgezimmert hatte, saß er auf der letzten, obersten Sprosse. Die Zeit und die Geschichte waren über ihn hinweg gezogen und hatten ihn sich gleich bleiben lassen, nur immer gebeugter auf seinem täglichen, immer mechanischeren Gang zu den vergilbten Zeitungen, zu den zahllosen Büchern in den Magazinen, die irgendwo in den Kellergewölben versenkt waren.

Ich holte mir vom Büfett ein Stück kalte gebratene Leber,

eine Cremeschnitte und eine schale Zitronenlimonade. Auf dem Tisch unter der Glasplatte waren lauter Namen eingeritzt, in deren Schriftzügen sich Krümel angesammelt hatten. Darauf standen Tellerchen mit Senfklecksen, die mit Löffelchen umgerührt worden waren. Ich schluckte langsam und andächtig, die Augen waren vom Lesen leicht getrübt, und mein Kopf schwirrte von Ziffern und Wörtern. In unregelmäßigen kleinen Abständen brummte in meinem Rücken die weiße Kaffeemaschine. Draußen schien es dunkel zu werden, denn hier gingen plötzlich die Lichter an. Um diese Zeit, dachte ich, hat Petru Arcan wohl Sprechstunde.

*

Ich hatte ihn schon mehrere Male aufgesucht und, ans Fenster gelehnt, auf dem Korridor gewartet, wobei ich mich von der Gruppe Studenten des Abschlussjahrgangs fernhielt, die über ihre Diplomarbeiten sprechen wollten. Vor lauter Unsicherheit wuchs meine Geduld, und während ich fieberhaft in meinen Notizen blätterte, ließ ich ihnen den Vortritt, weil ich mich plötzlich nicht mehr traute, seine Zeit für meinen Beratungsbedarf in Anspruch zu nehmen. Der Lehrstuhl wirkte verlassen, als ich schließlich eintrat, der Raum verödet, nur ein paar getippte Blätter lagen neben dem Telefon herum, alles erschien mir unwirklich... Mal traf ich Petru Arcan von Erschöpfung und Überdruss gezeichnet an, mal merkte ich, wie sein Blick zu der Uhr am Handgelenk huschte. Nach einer oder zwei Minuten erhob ich mich, während er mich weiter beriet. Seine Sätze erschienen mir in meiner Zerstreutheit nur noch unverständlich, und langsam ging ich rückwärts zur Tür. Meist rief er mich mit einer Stimme zurück, in der so etwas wie Ärger über meine offensichtliche Oberflächlichkeit mitklang.

Anfangs hatte ich vorgehabt, ihm zu erzählen, dass ich in der Bibliothek zuerst seine Arbeiten angefordert und gelesen hatte, bebend vor Aufmerksamkeit und Erregung. Zeile für Zeile hatte ich innegehalten in der Überzeugung, dass jedes Wort von ihm einen tieferen Sinn hatte. Ich hatte ein paar den Umständen geschuldete Stellen zur Rolle der Partei und zum 9. Parteitag entdeckt, die zumal vor drei oder vier Jahren Pflicht gewesen waren – allerdings gab es bei ihm davon weniger als bei anderen Autoren, und so versuchte ich, meine Enttäuschung hinunterzuschlucken und nur meine Bewunderung für den Rest aufrechtzuerhalten. Doch nie ergab sich die Gelegenheit, ihm etwas zu sagen. Außerdem erschien es mir riskant, er hätte mich nach meiner Meinung über seine Artikel fragen können, und mir wäre bestimmt nichts über die Lippen gekommen.

Er nahm sich die Blätter vor, die ich wie gewöhnlich auf eine Tischecke gelegt hatte, und sprach mich ab und zu darauf an: »Was ist denn das?«, fragte er und kreiste mit dem Bleistift irgendeine Zeile oder eine Zahl ein.

Ich sprang mit vor Demütigung und Empörung glühenden Wangen auf, während er abwesend durch die Zähne knurrte: »Sie sind mir ja vielleicht eine... Wo steht Ihnen denn der Kopf, wenn nicht bei der Arbeit?... Wenn Sie so weiter...«

Hinter seiner Strenge erkannte ich seine intellektuelle Gewissenhaftigkeit, die mich so überwältigt hatte. Daraus bezog er seine Stärke, aber auch aus seiner Selbstgefälligkeit, die in dem selbstsicheren Lachen durchklang.

Eines Abends war ich die letzte, denn ich war später gekommen.

»Wir gehen zusammen«, sagte er und blieb kurz stehen, um die Tür abzuschließen. Er ging zum Schalter des Pförtners, um den Schlüssel abzugeben, da schnappte ich ein Satzende auf, das ihm aus Unachtsamkeit herausgerutscht war: »… wenn ich in den Ferien nach Hause gefahren bin.«

»Wohin nach Hause?«, fragte ich ihn.

Er spürte das verschwörerische Lächeln in meiner Stimme, und ich sah, wie er ärgerlich mit den Schultern zuckte.

»Sie wissen ja doch nicht, wohin«, antwortete er nach einer Weile.

Den Rest des Weges schien er mich durch hartnäckiges Schweigen dafür zu bestrafen, wie vorlaut ich versucht hatte, mich in die Welt einzuschleichen, aus der er kam. Mein erster Gedanke war nicht, dass er sie hätte verleugnen wollen, sondern dass er sie für sich behalten wollte, niemandem sonst zugänglich. Dabei war er (höchstwahrscheinlich) nur müde und hatte keine Lust zu reden.

*

Nur einmal meinte ich seine alte Verletzlichkeit zu spüren. Die Tür zu seinem Sprechzimmer ging auf, und diejenige, die eintrat, legte schon in der Art, wie sie die Klinke betätigte, und in ihren eiligen Schritten bis zum Tisch, an dem wir arbeiteten, eine Selbstgewissheit an den Tag, dass ich meinte, es müsste eine Assistentin sein, und erst von den Papieren aufsah, als Petru Arcan aufsprang, um sie zu begrüßen.

Zwei rötliche Flecken waren auf seine blassen Wangen getreten. Unregelmäßig, kaum wahrnehmbar für ein anderes als mein lauerndes Auge. Mit langen Unterbrechungen antwortete er der jungen Frau, deren hochgewachsene schmale Gestalt in einem langen schwarzen Mantel, wie es sie damals in den Straßen von Bukarest kaum gab, ich nur undeutlich wahrnahm. Ich spürte seine verlegene Unruhe und wandte mich ärgerlich ab, als wäre ich selbst errötet. Sie waren ein paar Schritte zur Seite gegangen, und ich hörte nur ihre raunende Stimme und das helle Klirren ihrer Armbänder, wenn sie ihre Worte mit kategorischen Bewegungen ihrer schmalen Hand unterstrich. Ohne hinzusehen, mutmaßte ich, dass bei ihm die zehn Jahre zurückliegenden linkischen und fahrigen Gesten wieder auftauchten. Er griff hinter sich nach einem Stuhl, den er ihr anbieten wollte, kriegte ihn in der Eile nicht zu fassen und stieß sich an dem anderen.

»Nicht nötig, ich hab's jetzt eilig, lass mal, ich ruf dich an«, rief sie von der Schwelle. Schwungvoll warf sie den Tragriemen ihrer glänzenden Handtasche mit komplizierter silberner Schnalle über die Schulter, und gleich darauf waren ihre flinken kleinen Schritte auf dem Betonfußboden des Korridors zu hören.

Petru Arcan setzte sich wieder und suchte in den Papieren die Stelle, an der er unterbrochen worden war. »Entschuldigung«, sagte er nach einiger Zeit, als erinnerte er sich jetzt erst an mich.

Ich bohrte meinen düsteren Blick in den Fußboden, denn ich sah etwas kommen, dessen Ende ich nicht abzusehen wagte. Ein allzu runder Mond stieg über den Dächern herauf, weiß und angenagt vom ätzenden Licht der Neonlampen.

*

Der Hof vor der offenen Tür war grün durchrauscht von den Bäumen, die den Regen vorausahnten. Mit sicheren Schritten ging ich die Stufen hinunter, mit mir zufrieden wie noch nie. Alles, was ich an Neuem erfuhr, begeisterte mich, als hätte ich es entdeckt. Später sollte ich enttäuscht feststellen, dass ich es auf einer Seite des Onkels angeführt fand, die ich mir bis dahin nicht genauer angesehen hatte. Heute jedoch verspürte ich nichts als die Freude über den Lohn meiner Mühen, in der belebten Luft des Hofes wankte ich leicht vor Müdigkeit. Das üppig aus der feuchten Erde sprießende Gras bog sich unter den Sohlen meiner Sandalen, und darunter glitten unhörbar die Schnecken hindurch. Am Hofgitter vernahm ich das anschwellende Brausen der Stadt. Wo immer ich vorbeikam, wünschte ich mir, mein Leben hätte genau hier längst begonnen und wäre schon zur Gewohnheit geworden. Jenes Fenster im zweiten Stock, dessen Nylonvorhang sich im Wind blähte, hätte das Fenster meines Zimmers sein können. Ich machte einen Bogen um den Stapel Drahtkörbe mit vollen Milchflaschen. Irgendwann wird ein Morgen sein, an dem ich herunterkomme und hier meinen Joghurt kaufe, den kleinen Laden nebenan mit den länglichen Gläsern voller Bonbons und Rosinen werde ich gelegentlich betreten wie alle Erwachsenen der Stadt und dort meinen Kaffee kaufen. Auf den Stufen des Rathauses ließ sich ein junges Brautpaar mit der Hochzeitsgesellschaft fotografieren, ich sah sie reglos dastehen, die Blumensträuße bündelweise so im Arm, dass sie aus dem raschelnden Glanzpapier zu rutschen drohten. Eine Mutter oder Tante mit einem Gesichtsschleier am Hut, wie er vor dreißig Jahren modern gewesen sein mochte, drapierte noch das Kleid der Braut, als der Apparat auslöste. So würde auch ich eines Tages dastehen, sagte ich mir, und hinter mir würden meine Freundinnen genau so kichern wie diese Mädchen.

Das Leben der Stadt überströmte mich, und ich verlor mich darin, während ich immer aufgeregter die Straßen entlangging, die sich bunt einfärbten vor lauter Reklamelichtern und vor Erwartung.

Kapitel XIX

»Hier könnten wir hineingehen – waren Sie schon mal da?«, fragte mich Petru Arcan und stieß die schwere Glastür mit einer Hand auf.

»Nein, noch nie ...«

Ich ging andächtig und vorsichtig neben ihm her, wagte kaum aufzuschauen. Auf den schwarzen Plüschsofas saßen Pärchen mit langstieligen Gläsern in der Hand, aus denen sie hin und wieder mit Strohhalmen von den bunten Getränken nippten, die Mädchen trugen sehr kurze Röcke und hatten die Lider grün oder blau geschminkt, wie es damals aufkam. Es wurde im Flüsterton geredet, und der dicke Teppich dämpfte die Stimmen zusätzlich. An der Bar drehte sich ein Mann immer wieder mitsamt dem Hocker um und spähte ungeduldig in den Saal. Gerne hätte auch ich dort gesessen, mit einer Zigarette in der einen und einem langstieligen Kelch in der anderen Hand, hätte laut gelacht und die Locken geschüttelt, wie ich es im Kino gesehen hatte. Aber meine Bewegungen waren dermaßen unsicher, dass ich froh war, als wir die Saaldurchquerung hinter uns hatten. Hier auf der Eckbank fühlte ich mich in Sicherheit, nur manchmal fiel mir ein, dass wir irgendwann auch gehen mussten und ich dann gezwungen war, noch einmal all die Blicke zu ertragen.

»Ist es nicht besser hier als im Sprechzimmer?«, fragte er. Zerstreut überflog er das Faltblatt mit den Namen der Getränke, fremden Wörtern, die mir allesamt unbekannt waren.

Mit verstohlener Eile versuchte ich sie auf den dunkel etikettierten Flaschen vor dem Barkeeper oder im Spiegel hinter dem Regal auszumachen. Es gelang mir jedoch nicht, mehr als hie und da ein Wort, manchmal auch nur ein paar Buchstaben zu erkennen.

»Doch«, antwortete ich mit einiger Verzögerung.

Ich fürchtete mich vor jeder Frage, die er mir stellen könnte, ich befürchtete, ich würde den ganzen Abend zu nichts anderem imstande sein, als ja und nein zu sagen. Ein Spiegel hing auch über dem Tisch, an den wir uns gesetzt hatten. Ich betrachtete mein Spiegelbild unzufrieden wie immer, und mich überlief eine beschämte Dankbarkeit, die ich behalten und jahrelang aufrechterhalten sollte. Er hatte es fertiggebracht, mit mir hier hereinzukommen und sich neben mich zu setzen, als schere er sich nicht im Geringsten um den vor drei Jahren von der Stange gekauften ballonseidenen Mantel, den ich an der Garderobe abgegeben hatte, um meinen billigen Relonpullover und die schief geschnittenen Nägel an meinen tintenfleckigen Fingern.

»Ich suche etwas für Sie aus, wenn Sie sich nicht entscheiden«, sagte er, und für einen Moment atmete ich erleichtert auf.

Staunend betrachtete ich die hohen Kelche, in denen je eine dünne Zitronenschnitte schwamm. An den Rändern funkelten kleine Eiskristalle. Als ich mein Glas zum Mund führte, leckte ich verstohlen daran und merkte, dass es Zucker war. Noch mehr wunderte ich mich darüber, dass er nichts mehr über die Arbeit sagte, er fragte nach meinem Zuhause, nach der Stadt, nach dem Onkel und seinem Tod, allerdings nicht ungezwungen, sondern so, als müsse er das Schweigen überbrücken, das sich sonst sofort einstellen würde. Doch ich hing angespannt an seinen Lippen, legte mir die Antwort vorher zurecht, um sie mir dann im letzten Moment zu verkneifen. Alles, was ich in meinem Kopf zusammenkramte, erschien mir dermaßen bedeutungslos, ich konnte es einfach nicht riskieren, dass er mich so sah, wie ich war, deshalb schob ich die Antworten hinaus und suchte krampfhaft nach etwas anderem, das ich ihm hätte sagen können.

Am Plattenautomaten wählte jemand immer wieder dasselbe Lied, das ich mittlerweile auswendig kannte. Getragen wogte es zwischen den gepolsterten Wänden der Bar auf und ab, *Only yououou*, und ich spürte, wie es sich emporschwang, vermischt mit dem Getuschel an den Tischen, mit dem Abendlicht, das jenseits der schweren Samtvorhänge an den Fenstern verblich, mit dem Getränk, das mir die Schultern bleiern hinabzog. Etwas Fremdes und Gefährliches, eine in so viel Wohlgefallen aufgelöste Trauer hatte mich überschwemmt, in den klangvollen Worten *Only you* meinte ich die Möglichkeit eines anderen, aufreibenden Lebens für mich zu erkennen, der Schmerz, den ich in mir trug, war auf einmal konzentriert, frei von Langeweile und Vergessen. Nichts von all dem, was ich bisher erlebt hatte, kam der durchdringenden Schärfe dieses Augenblicks gleich. Als es still wurde und der Nachhall des Liedes verklungen war, blinzelte ich verblüfft, weil ich nicht begriff, wohin alles verschwunden war.

Als ich die Hand nach dem Glas ausstreckte, und unsere Finger sich berührten, spürte ich, dass die zarten Nerven in meiner Brust elektrisiert waren, das gab mir einen Stich, und ich senkte verlegen den Blick. Ich war plötzlich dem seinen begegnet, er erschien mir zu feucht und zu unstet. Seine blauen Augen wichen mir aus, kehrten wieder zu mir zurück, blieben haften. Und dann dieses unwirkliche Blau, festlich und durchsichtig, feucht glitzernd vor Erregung.

»Gehen wir«, sagte er, »ich will dir auch das Buch geben...«

Ich ahnte, was sein Lächeln bedeutete, allerdings derart undeutlich, dass ich es gar nicht an mich herankommen ließ. Umständlich stand ich auf und suchte nach meiner weißen Handtasche mit den schmutzigen Ecken. Mir schien, als hätte ich mich schon vor langer Zeit entschlossen, es diesmal darauf ankommen zu lassen, ohne mir Gedanken darüber zu machen, so dass ich keine Bewegung wagte, durch die ich ihn jetzt, wo ich ihm so nahe gekommen war, hätte verlieren können. Ich ging quer durch den Raum der Bar und hätte es in Kauf genommen, mit Eintretenden zusammenzustoßen, um mich nicht in den Spiegeln, in denen sich meine Schritte abzeichneten, wiedererkennen zu müssen.

*

Ich hatte keine Zeit gehabt, mich an das Zimmer zu gewöhnen. Ich saß auf der Kante des schwarzen Stuhls aus geschnitztem Holz, scheinbar zum Gehen bereit, doch von Gehen konnte jetzt keine Rede mehr sein. Mein Blick streifte die überquellenden Bücherregale. Darüber hing eine folkloristische Maske. Ich wusste noch nicht einmal, dass es solche Masken gab – geschweige denn, dass sie jetzt als Zimmerschmuck in Mode waren. Er bückte sich zu einem Schränkchen, nahm eine Flasche und zwei Gläser heraus und stellte sie auf ein Tablett.

»Trink«, raunte er leise und gebieterisch, im selben Tonfall, in dem er mir seinerzeit die Bibliographie diktiert hatte.

Ich nickte und legte meine feuchte Hand auf die seine, die sanft meine Knie streichelte. Nichts von dem, was mit mir geschah, überraschte mich, es war, als hätte ich es schon erwartet, als ich mit den zusammengerollten Arbeitspapieren zu ihm gegangen war. Ich spürte immer noch Onkel Ions ängstliche Vorsicht in mir, allerdings überlagert vom betäubenden Geschmack des Risikos, das ich noch nie eingegangen war. Hinter meinen Lidern tat sich jenes andere Zimmer auf, aus dem ich gekommen war, in das ich zurückgehen musste, die fünf Betten mit großflächig gelb geblümten Überdecken, Didis leises Schnarchen und wie ich nachts zu ihr ging, um sie zu schubsen, damit sie sich zur Seite drehte, wie ich es früher mit dem Onkel getan hatte. Petru Arcans feuchter Mund hatte sich an meinem festgesaugt, und sein fliegender Atem nahm die Witterung meines Haars und meines Halses auf. Das ganze Zimmer, oder war es nur er, roch betäubend und seltsam nach ausländischen Büchern, gutem Tabak und After-shave, was mich an Biţă erinnerte. Ob das immer so war oder ob nur ich nichts spürte als das, fragte ich mich verwundert, während ich ergeben die Arme hob, damit er mir den Pullover ausziehen konnte. Noch nicht einmal sechs war ich damals, als ich mit Mutter zu Onkel Ion kam, der ihn mir auch so auszog, mit einer vor lauter Ungeschick brutalen Sorgfalt. Er hatte es versäumt, die Knöpfe am Hals zu öffnen, und ich weinte verschreckt in der weichwollenen Finsternis.

»Wieso bist du denn dermaßen brav?«, flüsterte er mit unsicherem Lächeln.

Die unteren Zahnhälse waren über dem Zahnfleisch gelb, wahrscheinlich vom Rauchen, dachte ich mir und schützte meine Schultern mit den Händen. Der Rauputz an der Wand war voller gelber Pusteln. Ich ging auf nackten Sohlen bis zum Tisch und tastete nach meinem Glas. Ich trank, damit ich mich nicht umdrehen, ihn nicht sehen musste. Er wusste nicht (ich sollte es erst später begreifen), dass die Ruhe, mit der ich mich nackt zeigte, auf das Gemeinschaftsbadezimmer mit Betonfußboden und schadhaftem Spülbecken zurückging. In der dünnen Luft hörte ich seine Kleider raschelnd fallen, ein kleiner Augenblick blieb mir noch, um allein und in Ruhe das Zimmer zu betrachten, angetan von den schweren Gardinen und dem matten Glanz des silbernen Aschenbechers auf dem Kristallglas des Schreibtischs.

»Ich hab ausgetrunken«, flüsterte ich, streckte mich aus und legte meinen Kopf auf die angewinkelten Arme.

Mit der einen Gesichtshälfte, die nicht in der Polsterung des Sofas versunken war, nahm ich die rollende Bewegung der Möbel wahr. Sie fuhren mit meinem sich hebenden Atem langsam aufwärts bis zu einem Punkt, an dem mir schwindlig wurde, dann rasselte mit einem Mal alles herunter, und wenn ich wieder einatmete, begannen die Möbel ihren Aufstieg von neuem. Es war eher die Wirkung des Camparis als die der Aufregung oder Angst. Ich umarmte ihn, weil er mir leidtat in seiner fremdartig bettelnden Erregung, selbst seine Achselhöhle pochte wie ein Herz. Nur der Moment, als ich mich nackt dem augenlosen Zimmer ausgesetzt hatte, drängte sich vor seine Bewegungen, die mir demütigende Schmerzen verursachten. Während ich die Zähne zusammenbiss und mein Körper sich immer weiter verkrampfte unter dem unbeholfenen Druck, mit dem er – fast war es langweilig – versuchte, mich zu öffnen, sah ich wieder das Bad, die vom Dampf tropfenden Wände und mich, wie ich bei jedem Schritt auf dem zu den runden schwarzen Abflusslöchern abfallenden Betonfußboden ausrutschte. Dabei erkannte ich mich verärgert wieder in der vielfachen Nacktheit der anderen, den Brüsten, den Hüften, den von dem Strahl lauwarmen Wassers aus den verbogenen Brausen geröteten Gesichtern. Vielleicht hätte ich das, was mir geschah, noch mit Tränen oder Bitten hinauszögern können, aber ich hatte meinen fremden Körper ostentativ verlassen; zwar versuchten meine Bewegungen willenlos, seinen zu folgen, ich war mir jedoch sicher, dass ich selbst irgendwo draußen geblieben war, und betrachtete sowohl ihn als auch mich mit derselben Mischung aus Neugier und Überdruss.

*

Plötzlich wurde es kalt im Zimmer von der grauen Nachtluft, die durch die Gardinen hereinwehte. Vom Tablett her verströmten die Reste des Getränks säuerliche Gerüche, rundherum, auf dem Teppich und auf den Stühlen, lagen reglos und offen, weich und obszön unsere Kleider durcheinander. Auch das ist etwas Gewöhnliches, das ständig passiert, sagte ich mir mit bitterer Empörung, presste die Lider zusammen, ohne mich zu rühren unter seiner Hand, die erschöpft auf meiner Schulter lag. Nebenan lag mein Körper, den ich am liebsten vergessen hätte, ein schändlich beflecktes Gefäß. Wie können sie das nur tun, wieso schämen sie sich nicht voreinander, dies so zu tun, nackt, Auge in Auge?, fragte ich mich immer wieder und verbarg, allerdings zu spät, mein tränenloses Gesicht unter den Ellbogen, die sich hager und spitz anfühlten. Seit eh und je hatte ich alle anderen Menschen in Kleidern gesehen, die mit ihrem Körper verwachsen schienen, wie sie ernst und eilig zur Arbeit, auf den Markt oder zu

Sitzungen gingen. Ich vermied jede Kopfbewegung, am liebsten hätte ich ihm nie wieder ins Gesicht sehen mögen.

»Gehst du zuerst ins Bad?«, flüsterte er und strich mir mechanisch übers Haar.

Ich schüttelte feindselig den Kopf und zerrte die Überdecke des Sofas über mich, hinauf bis zu meinen nackten Augen. Hinter der Tür hörte ich das Plätschern des Wassers und seine Schritte. Ich fürchtete, er würde wiederkommen, ich fürchtete mich davor, die feuchte und widerliche Wärme verlassen zu müssen. Unten auf dem fremden Boulevard gingen die Lichter an, ich hörte das Knacken der Türklinke und erahnte seine Gestalt in der Dunkelheit und seine Ratlosigkeit vor meinem Schweigen. Er wühlte im Schrank und legte mir das gefaltete Handtuch neben das Kissen.

*

Die eine Schulter war steif, ich spürte es durch den dünnen Schlaf, der immer durchscheinender wurde, aber ich rührte mich nicht, um ihn nicht zu wecken. Ich vernahm seinen gleichmäßigen Atem neben mir. Sein Kopf war in eine Ecke des Kissens gerutscht, die sich blähte, und während ich aus dem Schlaf zurückkehrte, erkannte ich ihn plötzlich wieder und betrachtete ihn verwundert. Die krachende Aufzugstür ließ die Mauern immer wieder erbeben, und das morgendliche Stimmengewirr auf dem Gang schien mir unsere Nacktheit zu belauern. Hin und wieder klinkte unten eine Weiche ein, und die Straßenbahn fuhr mit metallischem Gerassel über uns hinweg. Während ich ihn so betrachtete, versuchte ich sein im Schlaf kindlich erscheinendes Gesicht zu lesen. Ich ahnte etwas, fast meinte ich, es zu begreifen. Das allerdings nur eine wirre Sekunde lang, die ich sofort wieder vergaß, weil sie sich mir nicht deutlich erschloss. Ich hatte ihn bislang noch nie richtig sehen können, weil ich den Blick nicht von mir selbst abgewandt hatte. Er hatte sich die ganze Zeit in einem leeren Raum bewegt, er war wie ein Unbekannter in einem Türrahmen. Ein unsichtbares Schwanken lag in dem Augenblick, nur ich spürte es, noch konnte ich auf sein unbekanntes Leben, auf seinen Körper verzichten, noch war nichts von ihm auf mich übergegangen. Dann meinte ich, es greifbar vor mir zu sehen wie einen Schritt, meinte zu wissen, wie ich mich entscheiden sollte, war unbewusst aber schon gebannt von ihm, von seinem gleichmäßigen Atem. Ich streckte die Hand aus und berührte mit neugieriger Zärtlichkeit sein leicht verschwitztes Haar, meine versöhnlichen Gedanken breiteten sich zum ersten Mal über seinen unwissenden Schlaf.

*

Dann dämmerten die Stunden vor sich hin, Gewöhnung stellte sich ein, und nur hie und da sah ich nach seiner Uhr, die auf dem schwarzen Schreibtisch lag. Auf dem kleinen Zifferblatt glitten die Minuten wie immer ohne Eile dahin. Ein Zimmer, in dem das Rauschen der Dusche zu hören war und die Wände umschmeichelt wurden von sanften Akkorden, es war, wie ich mittlerweile wusste, der Geiger nebenan, der zu dieser Stunde übte. Aufgrund unerklärlicher Umstände war er manchmal zu hören, dann wieder zogen sich die Töne ins Schweigen zurück. Ich stand vorgeneigt an dem breiten Fenster und sah zwischen den Vorhängen in das im Morgennebel weißlich schimmernde Licht. Unvorstellbar: so wäre mein Leben hier. Durch das Fenster seiner Wohnung drang eine fremde Stadt herein, die ich mit freudig verwunderten Augen aufnahm, wie auf Reisen. Die Häuser hatten andere Ecken und Kanten und seltsame Dächer mit Zinnen und Scharten. Von unten reckten die Bäume ihr schweres Sommerblattwerk herauf. Das Licht ergoss sich immer milchiger, und das plötzliche Rasseln des Telefons ließ mich zusammenzucken. Unter meinen staunenden Augen ankerte das Zimmer plötzlich in einer Welt, für die Onkel Ion mir, ohne es zu wollen, ohne es auch nur zu ahnen, das Gift und die Süße der Bewunderung eingeträufelt hatte. Für mich war der Anrufer ein Name, den ich aus den Büchern kannte, ein Gesicht, das ich im Fernsehen gesehen hatte, und dennoch so nah, dass ich seinen keuchenden Atem aus dem Hörer vernahm, den Petru langsam abgenommen hatte.

»Ich habe dich angerufen, eine Stunde bevor ich gegangen bin… Bist du denn verrückt, mich einzuladen und dann wegzugehen?«, schimpfte Petru mit der jungenhaften Grobheit, die mich gleich beim ersten Mal getroffen hatte.

Und der andere, der für mich immer noch bloß ein Name war, verwandelte sich in eine Stimme, die sich hastig entschuldigte.

Da ich nicht weiter wusste, trat ich näher an den Tisch und ließ meinen neugierigen Blick über seine herumliegenden Notizen schweifen. So ein Leben, das war meine Sehnsucht, mir schwebte eine jahrelange Anstrengung vor wie die meines Onkels, die hier zum Erfolg gediehen war. Ohne das Gespräch mit dem anderen zu unterbrechen, drehte sich Petru plötzlich nach mir um, und seine böse Miene hielt mich davon ab, näher an den Tisch zu treten; ich ging zurück und setzte mich auf einen Stuhl, möglichst weit weg. Mir wurde bewusst, dass er sein Leben genau wie bisher gegenüber meinem abschottete, und einen Augenblick lang erschien mir der Gedanke unerträglich. Ein Irrtum war allerdings ausgeschlossen, in seinem Gesicht lag eine unerbittliche, sachliche Aufrichtigkeit.

»Schauen wir doch mal, was du sonst noch gemacht hast ...« In seinen Worten klang ein verstecktes begütigendes Lächeln für mich mit. Zugleich hatte ich wieder den Eindruck, dass er vollkommen eingekapselt war, so wie es mir immer ging, wenn ich mit ihm zusammen war und ihm näher zu rücken versuchte. Ohne zu antworten, bückte ich mich nach der Mappe in einer Ecke, um die Papiere hervorzuholen.

Er setzte sich auf die Fensterbank, und während er las, senkten sich sanft seine Wimpern. Ich sah, wie sie, weich und dicht, sein verschlossenes Gesicht besänftigten, jenes Gesicht, von dem ich wusste, dass er sich dahinter versteckte. Eigentlich hatte ich ihn mir ja schon lange ausgesucht, vielleicht schon damals, als Onkel Ion mir von ihm erzählte, hatte ihn auserkoren unter all denen, die ich kannte, all denen, die ich noch kennenlernen sollte, war dann aber aus Unachtsamkeit an Mihai geraten. Vielleicht war es sogar noch früher gewesen, damals, als er in der Tür zu unserem Flur lehnte, von einem Bein aufs andere trat und nur mit ja und nein antwortete. Ich hatte ihn ausgesucht, ohne es zu wissen und ohne ihn wirklich zu kennen, und ich kannte ihn noch immer nicht besser. Er schien ganz anders zu sein, als ich ihn mir vorgestellt hatte, vielleicht hatte ich die Jahre verpasst, in denen ich ihn so hätte finden können, wie ich ihn mir gewünscht hätte. Ich hatte ihn zu spät bekommen, vielleicht aber hatte ich ihn erst jetzt und nur so erwartet.

Als er mir die Hand auf die Schulter legte und mich näher an sich heranzog, sah ich seine konzentriert geweitete Iris,

die alles Blau um sich verdrängt hatte, und vergrub meinen erstaunten Blick in dem weichen Hemdausschnitt, wobei ich spürte, wie sich mein Körper sperrte. Er schob mich gleich wieder von sich, misstrauisch und verständnislos.
»Was hast du?«
»Nichts – was soll ich denn haben?«, gab ich gereizt zurück.
Ich umrundete ohne bestimmte Absicht den Schreibtisch und griff nach irgendeinem Buch, um es dann sofort wieder sinken zu lassen. Zwischen den Blättern hatte ich ein Foto entdeckt, von dem mir ein entspannt lächelndes Gesicht entgegenblickte, das ich irgendwoher kannte. Er war dermaßen schnell aufgefahren und hatte sich so plötzlich wieder gefangen, dass ich, weil mir nichts Besseres einfiel, fragte, ob er am Nachmittag vielleicht weggehen wollte?
Mürrisch entgegnete er: »Nein, ich habe zu tun«, dabei zeigte er auf die Notizen, »du kannst mich anrufen...«

*

Inzwischen wusste ich im Voraus, wann die Unruhe kam, im Näherkommen wurde sie größer und größer, ich spürte, wie sie mir in die Hände kroch, kribbelnd wie Alkohol. Sie begann vor der Zeit, die wir für meinen Anruf ausgemacht hatten, mit der Befürchtung, das Läuten werde in einem leeren Zimmer verklingen. Langgezogen, mit Pausen der Stille, dann erneut, viermal, fünfmal, sechsmal. Die Demütigung des Rufs, der ohne Antwort blieb, trieb mir die Röte in die Wangen. Die Hand gegen die Mauer gestützt, der schwere Hörer aus Metall noch warm von der Berührung mit dem Ohr. Es kann nicht sein, es kann nicht sein, sagte ich mir und kratzte mit dem Fingernagel am bröckelnden

Putz der Mauer, wo Telefonnummern standen, unbeholfen mit Bleistift gekritzelt.

Unbegreiflich sein Leben, immer weiter weg von meiner Unruhe, die meinen Atem erstickte und unermesslich weiter wuchs wie ein Fieber, bis nichts übrig war als der diffuse Schmerz, der sich längst von seiner Ursache gelöst hatte. Dann hängte ich den Hörer zögernd ein und ging langsam dem öden Neonlicht der Kantine entgegen, wobei ich schicksalsergeben nach einer Rechtfertigung für ihn suchte.

Wenn ich dann aber die hohe, beidseitig von den feuchten Händen der ständig Ein- und Ausgehenden befleckte Glastür aufstieß, fuhr mir die Traurigkeit und der warme Dunst des Gemeinschaftsessens derart scharf in die Kehle, dass ich sie kaum hinunterzuwürgen vermochte. Ich blieb auf der Schwelle stehen und blickte in den schmalen Raum, der an ein Aquarium erinnerte, weil die fahle Sommerluft von den Kunststoffjalousien blau eingefärbt war. Auf den Tischen weiße Tabletts und fettige Essensreste, das Klirren der stumpfen Messer auf billigen Tellern.

Plötzlich erschien mir die Nähe des anonymen Stimmengewirrs unerträglich, ich machte kehrt und drückte mit schlaffer Hand gegen den zerkratzten Eisenrahmen der Tür. Der in dem schweren Metallhörer wiederholt surrende Klingelton des Telefons war der Auslöser, das Leid aber hatte immer schon in mir gewohnt, wie hätte ich es sonst erkennen sollen, wenn es pünktlich wie ein wiederkehrender Traum in den müden Raum des Déjà vu trat? Ob das nun ich war oder eine andere jenseits von mir, jedenfalls lebte sie die tierische Panik aus, indem sie endlos durch die Straßen streifte, und für eine Sekunde glaubte ich in dem zitternden Schaufenster den breiten Kiefer von Großmutter Letiția und ihre beschämend traurigen Augen zu sehen... Ich ging weiter, und die erschöpfte Erbitterung, die diffuse Unruhe waren stets dabei, und ich hasste sie unablässig, bei jedem Zucken eines ausgelaugten Muskels, bei jedem Pulsen des Blutes in den Adern meiner müden Beine.

Und da war nichts mehr, es war nur noch spät, es war die Zeit, da die Wörter, die ich mir vorgesagt hatte, um sein Schweigen auszufüllen, nicht mehr sein konnten und nie gewesen waren, und unausweichlich wie eine Offenbarung drängte sich mir die Einsicht auf, wie bedeutungslos ich war für seine Tage, die sorgfältig in seinem ledergebundenen Terminkalender vermerkt waren.

Diese Straße war ich schon zweimal entlanggegangen, ohne es zu wissen, ich bemerkte, wie der Schatten die Betontreppen eines gelben Hauses, die gleich an der Straße begannen, hinaufgekrochen war. Ich spürte, dass ich nicht mehr weiter konnte, ich hätte meine Sandalen abstreifen und so dastehen mögen auf dem noch warmen Gehsteig, dessen Asphalt leicht nachbebte von der Fieberhitze des Tages. Dann blieb ich stehen und drückte das Mündungsrohr des Trinkspringbrunnens mit den Fingern so zu, dass sich ein Strahl bildete. Ich hatte keinen Durst, aber wenn ich schluckte, spürte ich meinen ausgedörrten Gaumen und die wie von einer Krankheit weiß belegte Kehle. Der weiche Schatten eines Vogels, der über die Häuserwände glitt, ließ mich aufschrecken. Ohne Sinn und Verstand trank ich weiter und zögerte den Augenblick hinaus, wenn die Gedanken mich wieder überfallen würden, die vertraute schleimige Feuchtigkeit der Mundhöhle stellte sich zwar nicht wieder ein, doch ich schlürfte unablässig weiter von der flüchtigen und geschmacklosen, ja fremdartigen Flüssigkeit.

※

»Fräulein, entschuldigen Sie bitte...« Die Münze, mit der der junge Mann nervös hantierte, sah ich nicht gleich, was er sagte, erschien mir unglaubwürdig, aber ich war zu müde, um wegzugehen. »Ich brauche eine weibliche Stimme zum Telefonieren...« Wieder dieser Metallkasten auf halber Höhe an der Mauer, und aus dem schweren Hörer der Klang wie Wasserrauschen, der mir Angst machte.

»Wenn eine Frau dran ist, fragen Sie nach Marius, wenn es ein Mann ist, nach Gabi...«

Ich versuchte meine Unruhe in den Griff zu kriegen, als ich hörte, wie es in einem leeren Zimmer läutete, und sagte mir – ohne Überzeugung –, es gehe ja nicht um mich. »Wenn es eine Frau ist, fragen Sie nach Marius, wenn nicht, dann nach Gabi.« Ich hörte, wie er es wiederholte, ohne dass ich etwas begriff, seine Brille ließ das schmale Gesicht alterslos erscheinen, kein Muskel rührte sich darin, nur seine Füße in weichen Sommersandalen trippelten unhörbar und unregelmäßig auf der Stelle.

»Ist auf dem Land...« Die Stimme einer Mutter, verdrießlich bis zur Feindseligkeit.

»Und Gabi?«

»Welche Gabi?«

»Seine Freundin«, raunte er mir von hinten ins Ohr und drehte das Feuerzeug zwischen den Fingern.

»Kenn ich nicht«, sagte die Mutter und legte ärgerlich auf.

Was fing er bloß an mit diesen leeren Worten? »Ich habe viele Mädchen gebeten, aber sie wollten nicht, die dachten...« Er ging mit schleppenden Schritten allein zu der Haltestelle zurück, wo ich ihn getroffen hatte.

Als ich dann aber wie jedes Mal im Dunkel des Zimmers gegen einen Stuhl stieß, den man in der Nähe der Tür hatte stehen lassen, und eine verschlafene Stimme heiser brummte: »Verdammt!«, riss ich mir mit fliegenden Händen die vor Erschöpfung feuchten Kleider vom Leib, geborgen in der weichen und betäubenden Finsternis, in der sich nur das Fensterviereck abzeichnete, durch das man eine weiß schimmernde Wolke sah und das flache Rauschen der Straßenreinigung heraufklang. Am liebsten hätte ich mich fallen lassen, aber ich kroch ins Bett, wobei sich meine Muskeln bei jedem Knarren anspannten, vergrub meine Wange im Kissen; da war der mir längst vertraute Geschmack seiner Nähe, und auf der gesamten Länge des Bettes lag der Umriss seines Körpers, den ich in Gedanken bei mir trug. Mit heißen Händen tastete ich nach dem enttäuschend raschelnden Laken und schließlich dem kalten eisernen Bettgestänge, um mich daran festzuklammern.

Kapitel xx

Jeden Sonntag gingen wir nun zu dritt zum Friedhof. Wir gingen durch das Stadtzentrum, das wieder aufgebaut wurde, zwischen Gerüsten und vierstöckigen Blocks im Rohbau mit kalkbespritzten Fenstern hindurch, und immer weiter durch die Straßen der Vorstadt. Die Grundstücke fielen vom Gehsteig steil ab, so dass die Fenster der Wohnzimmer, erblindet hinter der mit Reißnägeln befestigten Leinwand, uns höchstens bis zur Schulter reichten. Die Häuser waren fast alle neu und nach demselben Muster gebaut, am Giebel stand das Baujahr und manchmal der Name des Eigentümers. Hinter den frisch gestrichenen Zäunen bellten heiser zottelige Hunde und zerrten an dem Wäschedraht oder dem kümmerlichen Pflaumenbaum, an die sie gekettet waren. Unter dem farblosen Himmel des Frühsommers roch es nach Rauch, trockener Erde und gerade erst ausgeschöpften Plumpsklos. Backsteine wiesen den Weg zum Eingang, wo vor einem Flickenteppich die Schuhe in Reih und Glied standen für den Fall, dass an Regentagen der ganze Hof im Morast versank. Durch die offenen Türen der Sommerküchen drang aus den bis zum Anschlag aufgedrehten Lautsprechern die Sendung für das Dorf. Auf den Bänken vor den Hoftoren, aus ungehobelten Brettern auf in die Erde gerammten Pfählen gezimmert, hielten schwatzende Frauen in glänzenden Kittelschürzen mit großflächigem lila Blumenmuster inne und verfolgten mit ihren Blicken jeden unserer

Schritte. Manchmal saß da auch ein alter Mann mit backsteinbraunem verrunzeltem Gesicht, schütterem Bart und wässrigen Augen, der sich mit beiden Händen unbequem auf einen Stock stützte.

Wir schwiegen beide, Mutter und ich. Ihre Schultern hingen herab wie üblicherweise bei hochgewachsenen Frauen, der Bauch rundete sich unter dem Gürtel. Seit Monaten trug sie keine Schuhe mit hohen Absätzen mehr, Vater war gerade so groß wie sie. Trotzdem erschien er mir, sooft ich die beiden sah, kleiner, wie schon vor ein paar Monaten, als ich sie nebeneinander gesehen hatte. Das war vielleicht auch der Grund, weshalb sie sich von Anfang an nicht verstanden hatten und sich wohl auch nie wirklich verstehen würden, sagte ich mir. Auch ihre Gesichter standen nicht im Einklang miteinander, ich kam nicht dahinter, weshalb, und konzentrierte mich auf Vaters scharf geschnittenes, wie mit dem Zeichenstift nachgezogenes Gesicht, die geschwungenen Brauen, die schmalen Lippen, die lange, fast schon spitze Nase. Mutters Gesicht war breit und rund, mit ausladendem Kiefer, die Tränensäcke unter den Augen und die Lippen waren geschwollen wie beim Onkel. Als wären sie unterschiedlicher Abstammung, sagte ich mir und wandte den Blick ab, der wie gebannt war von Vaters mechanisch gleichmäßigem Schritt. Rein äußerlich gesehen hätte jeder von beiden einen anderen Begleiter gebraucht, und dennoch, sagte ich mir, da waren sie, außerstande, ihr Leben anders zu Ende zu bringen, als sie es begonnen hatten.

Mit schrillem Gackern flatterte ein Huhn gegen meine Beine und rannte weiter am Zaun entlang, reckte immer wieder den Kopf zwischen den Latten hinein, fand aber das Tor nicht. Ein schlaksiger Junge mit viel zu langen Beinen holperte mit einem Fahrrad in Schlangenlinien über die mit großen Flusskieseln gepflasterte Straße, er übte. Über einer Kuhle mit an der Sonne rissig getrocknetem Morast öffnete sich der Blick auf das verstörend fahle Stoppelfeld. Ich schwieg weiterhin und vernahm zerstreut Vaters immergleiche abgehackte Sätze, die ich mittlerweile kannte.

»Am Kanal hat mich nur der Wille erhalten, es gab da viele einfache Leute, stämmiger, kräftiger als ich, die nicht durchgehalten haben. Im Winter habe ich mich mit Schnee abgerieben, wenn sie uns zur Arbeit trieben, nur um meinen Organismus abzuhärten. Ich habe die ganze Zeit an einem kaputten Fenster der Holzbaracke geschlafen... Ich dachte damals, ich muss leben, das ist meine erste Pflicht... Ich aß alles, was sie mir gaben, und ließ nichts übrig, einige weigerten sich zu essen, sie sagten, sie könnten nicht, ich aber habe gegessen: wenn es ging und wir übereinkamen, auch zwei oder drei Portionen. Einzig und allein mein Wille hat mich erhalten – jeder andere mit meiner anfälligen Konstitution hätte seine Gebeine dort bleichen lassen. Ich aber habe mir gedacht, ich muss durchhalten, und wenn ich mir etwas in den Kopf setze, dann schaffe ich das auch. Ich habe mir gedacht, es ist meine Pflicht, da raus und zu euch zu kommen, ich habe euch das, wenn ihr euch erinnert, auch ausrichten lassen...«

»So ist es«, antwortete Mutter mit dumpfer Stimme. »Und ich habe es dir geglaubt, obwohl mir niemand recht gab, schließlich kannte ich dich... Ich wusste, wenn du etwas gesagt hast, dann wirst du dich auch dran halten...«

Auch ihre Sätze kannte ich mittlerweile auswendig, und mir wurde bewusst, dass die beiden sich in einem fort genüsslich wiederholen würden. Beim Erzählen änderten sie kaum etwas, sie setzten nichts drauf, dennoch erschien mir alles unwahr, als wäre es nicht so gewesen. Vielleicht sollte man nicht laut sagen, was man leidend und zweifelnd erlebt hat. Vielleicht ahnten sie, dass ihr Leben von heute an nichts Besonderes mehr bieten würde, und kamen deshalb so oft zurück auf das Leid und die Erinnerung, die ihre Häupter wie ein Heiligenschein umgaben. An seiner Stelle hätte Onkel Ion überhaupt nichts von alldem erzählt, sagte ich mir und wandte mich mit unerfindlichem Groll und gegen das Gähnen geblähten Nasenlöchern nach ihm um.

»Bei Ihnen hat man einen Fehler gemacht, haben sie mir gesagt. Fast hätte ich ihnen was entgegnet, aber ich habe geschwiegen, wer weiß, wo ich da wieder hineingeraten wäre ... Immerhin, siehe da, die Jahre dort werden mir als Arbeitsjahre für die Rente angerechnet – gibt es überhaupt eine deutlichere Anerkennung meiner Unschuld?«

Unten erhob sich die neue Stadt über der alten, als wollte sie von ihr nichts wissen, ein hybrides Gemisch aus Blocks, zum Teil früh gealtert, zum Teil noch nicht fertig, und alten Häusern mit blätterndem Putz und bröckelnden Stuckfassaden. Ich hatte mich ein wenig zurückfallen lassen, da hörte ich Mutter. Sie redete schon eine ganze Weile, mit einem Mal aber wurde ihre Stimme schrill wie immer, ich kannte das, wenn sie auf Streit aus war. »Wärst du direkt zu uns gekommen, gleich als sie dich rausgelassen haben, hättest du ihn noch lebend angetroffen ...«

Vaters scharfe Antwort übertönte ihre letzten Worte: »Du weißt genau, weshalb ich nicht gekommen bin, ich habe es dir so oft erklärt ... Ich kann nicht glauben, dass du ein so kurzes Gedächtnis hast, es bedeutet schlicht und einfach, dass du nicht in Betracht ziehen willst, was ich sage, also rede ich umsonst … Ich habe dir erklärt, dass es mir darum zu tun war, korrekt zu sein, erst dann zu kommen, wenn ich einen mehr oder minder geregelten Stand habe. Solange es schwer war, bin ich allein zurechtgekommen, aus eigener Kraft, nicht wie andere, die in dem jämmerlichen Zustand auftauchen, in dem sie dort rauskommen …«

»Das wäre für uns nicht von Bedeutung gewesen, du hättest mir ein Jahr der Qual erspart …«, entgegnete sie mit weicherer Stimme.

Ich erreichte sie, hakte sie ein und packte fest ihren Arm, ich wollte nicht, dass sie wieder stritten. Außerdem glaubte ich ihm nicht, eher glaubte ich Biṭă, der mir kichernd zugeflüstert hatte, Vater habe zuerst bei der »Anderen« unterzukommen versucht, aber die »Andere« habe lästige kleine Kinder aus einer anderen Ehe. Außerdem habe er keine Zuzugsgenehmigung für Bukarest gehabt.

»Wieso zwickst du mich, du weißt, wie mich das nervt«, fauchte Mutter und schob meine Hand weg.

In ihrer Stimme schwang der ganze Ärger, der sich in fünfzehn Jahren angestaut hatte. Auch mich packte der Ärger über ihr Bedürfnis, einem alles, was ihr durch den Kopf ging, sofort vor die Füße zu schmeißen, ich nahm die eine Seite des Teiches mit grünlichem Wasser in der Mitte des Friedhofs und ließ sie ihre strengen, missmutigen Gesichter gemeinsam an der Gegenseite entlangtragen.

Ohne den geringsten Zusammenhang fiel mir plötzlich der Ausflug ein, den wir, Mutter, Onkel Ion und ich – wann war das gewesen? –, zu den alten Kirchen in der Umgebung der Stadt gemacht hatten. Klar vor Augen standen mir das warme Viereck der sonnenbeschienenen Tür, hinter der die anderen, die mit uns waren, uns zuriefen: »Jetzt kommt doch mal«, und der von grauen Pfählen bestandene Hügel gegenüber, wo ein Mann mit der Spritze auf dem Rücken die Weinstöcke besprühte. »Diese habe ich noch mit der armen Ştefania gesehen ...«, raunte der Onkel. Kniend schrieb er die abgekürzten Inschriften von dem verwitterten Kreuz und der eingesunkenen Grabplatte auf einen Zettel. »Sofort, sofort ...«, sagte er zu denen draußen, zu leise, als dass sie ihn hätten hören können. Ich baumelte mit den Beinen in einem kalten Kirchengestühl und versuchte, die Zeit in mir aufzunehmen, wie der Onkel es mir gesagt hatte. Besinnungslos irrten meine Gedanken durch das wachstropfende Halbdunkel, in dem rote Kerzen vor dem Altar flackerten. Zwischen den vom Zahn der Zeit angegriffenen Wänden mit ausgebleichten und rauchgeschwärzten Heiligen spürte ich nichts als die Gegenwart der schwarzgekleideten Alten, die dann und wann mit ihren Röcken raschelte wie eine Maus im Herbstlaub, während sie hinter einer Art Pult auf die ordentlich aufgestellten Kerzen zum Preis von fünfundzwanzig, fünfzig Bani und einem Leu achtete.

Mutter reinigte das Grablicht und bückte sich dann, wobei sie mit der dürren Hand langsam die Tränen abwischte, nach den Gläsern. Sie nahm die alten Blumen heraus, legte sie auf die ausgebreitete Zeitung und ging frisches Wasser holen. Ich setzte mich auf eine Ecke der Krypta. In der Weide hinter dem Kreuz zwitscherten Spatzen, große Ameisen krochen aus dem welken Gras meine nackten Beine herauf. Die Luft war golden und samtweich von der Sonne. Warum weinte Mutter? Warum kümmerte sie sich um das Grablicht und die Blumen? Von Onkel Ion spürte ich hier nichts, der Friedhof summte wie ein abgelegener schläfriger Biergarten. Stimmen klangen von der Hauptallee herüber, wo die Spaziergänger einander nach dem üblichen Sonntagsbesuch begegneten und in dezent verhaltenem Tonfall gegenseitig nach dem Befinden fragten, als hüteten sie sich, jemanden zu wecken, der sich gerade schlafen gelegt hatte. Vater stand steif am Rand der Krypta, die Hände andächtig gefaltet, barhäuptig und mit zusammengekniffenen Lippen.

»Wir beide waren immer in gutem Einvernehmen«, sagte er, »und ich bin ihm sehr dankbar, dass er sich in all den Jahren um euch gekümmert hat… Für dich war er ja, wie ich gehört habe, ein richtiger Vater…«

Ich nickte bedächtig und verkniff mir eine Grimasse bei seiner Rede, die meine dämmrige Schläfrigkeit zerriss. War es wirklich schon drei Wochen her, seit die Ferien begonnen hatten, seit ich Petru vor meiner Abreise zum letzten Mal gesehen hatte? Wie viel Zeit ist vergangen, seit ich mein Gesicht über seine wohlbekannte weiße, von der Umarmung heiß duftende Haut geneigt habe? Ich spüre seinen Körper ganz nahe, an den meinen geschmiegt, von der Hitze da draußen rinnt das Wasser zwischen uns, vielleicht lässt ihn die Verzweiflung der Begierde plötzlich die Zähne zusammenbeißen, und seine Augen werden glasig und streng, als wäre er wütend. Auf der Ecke der Krypta sitzend, war ich von der Sonne des späten Vormittags und von der Erinnerung entbrannt. Als ich ihn nach dem letzten Aufbäumen verstohlen anschaue, finde ich seine Lider irgendwie geschwollen über dem milden und fremden Blick. Er löst sich sanft, aber ich spüre, wie er sich von mir entfernt, während er einen flüchtigen Kuss auf meiner Schulter hinterlässt. Meine unruhige Erwartung fließt durch seine verlangsamten Bewegungen, und wenn ich, während wir miteinander reden, meinen Kopf auf sein nacktes Knie lege, schwellen die Wörter zwischen uns an wie der Sand. Ich weiß, es ist vergeblich, und doch strecke ich meinen scheuen Arm aus, um ihn zu umfangen, und in einem Augenblick der Nachgiebigkeit lässt er es zu. Ich erwarte etwas anderes als all das, was er mir jetzt sagt, ich erwarte es krampfhaft, schließlich ist es das letzte Mal, bis zum Herbst werde ich ihn nicht mehr sehen, und die Sommermonate erstrecken sich vor mir wie ein unendliches Gewässer, dessen Ufer ich nicht ausmachen kann, mit Grausen frage ich mich, wie ich es je erreichen soll. Was bedeuten ihm die Monate unserer Trennung? Er lacht, seine Welt umfängt ihn wieder, und ich weiß nicht, wie ich mir Zutritt verschaffen könnte, ich weiß auch nicht, wie ich ihn aufhalten sollte, mit jedem Augenblick ist er immer mehr ein anderer als ich. Die Traurigkeit höhlt mich aus, und ich bemühe mich gar nicht mehr, ihm zu antworten, denn die Worte steigen mir bis zu dem Knoten in der Kehle und bleiben dort stecken.

*

»Gehen wir jetzt, es ist bald Mittag«, sagt Vater. Mutter nimmt das in Zeitungspapier gewickelte Päckchen und trägt es bis zum ersten Müllkorb auf der Straße.

»Hast du Emil mit dem Kind gesehen?« Sie gingen jetzt Arm in Arm, stützten und behinderten sich gegenseitig. Ihre Schritte hatten kein Gleichmaß, und ich wusste nicht, ob es daran lag, dass beide jahrelang allein unterwegs gewesen waren, oder ob sie, egal, was sie gemacht hätten, zusammen immer so ein Bild abgegeben hätten. Aber die Gesichter, die sie den Leuten auf der Straße zuwandten, verbargen die Auseinandersetzung von vorhin und kündeten nur von der Genugtuung darüber, dass sie endlich so aussahen, wie alle

Leute an einem Sonntagvormittag aussehen müssen, Arm in Arm auf dem Korso unterwegs vom Friedhof nach Hause.

»Es muss ihre Idee gewesen sein, denn ihn als Vater hätte ich mir ums Verrecken nicht vorstellen können ... Immerhin kümmert er sich um das Kind«, fuhr Mutter fort. Sie haspelte die Wörter schnell herunter, anders als ich sie kannte, in ihrer Stimme lag ein Übereifer, als glaubte sie selbst nicht recht, was sie sagte, und wollte nur unserem Weg durch die Stadt nach Hause einen familiären Anschein geben.

»Allerdings hätte ich nie den Mut gehabt, ein fremdes Kind aufzunehmen ... Wenn es wenigstens irgendwie zur Familie gehört hätte, aber so ... Wer weiß, wer seine Eltern sind ...« Sie ließ den Satz in der Schwebe und sah mich an.

»Wir haben sie gestern zu dritt gesehen, als ich mit Letiția einkaufen war«, entgegnete Vater mit gleichgültiger Stimme. Das Leben der anderen schien ihn nicht zu interessieren.

Wir waren uns an der Ecke zum Korso begegnet, der Herr Emil hatte uns als Erster gesehen. »Ach, schau einer an«, rief er verlegen und machte sich eilig am Kinderwagen zu schaffen, als müsste er dort etwas verstecken. Matei Alexandru wandte uns sein feistes Gesicht mit dem zahnlosen Kiefer und Milchresten im Mundwinkel zu.

»Ihr kennt euch, nicht wahr?«, sagte der Herr Emil zu Vater und zu der Frau, die ein wissendes Lächeln aufsetzte. »Natürlich kennen wir uns, du hast uns doch schon wenigstens dreimal vorgestellt...« Auch sie beugte sich zum Kinderwagen hinab, betatschte den drallen, an den Seitenstreben festgeschnallten Körper und wickelte die Decke enger um ihn. »Wir müssen uns beeilen, Emil«, raunte sie ihm bedeutungsvoll zu, doch er nickte, ohne sich vom Fleck zu rühren, und lächelte uns an.

»Herrliches Wetter, nicht wahr? Was habt ihr für den Urlaub geplant?«

»Mal sehen, ein Gebirgskurort soll's jedenfalls sein, das Gebirge ist viel gesünder, zumindest ab einem bestimmten Alter«, sagte Vater ausweichend. »Wir haben noch ein paar Schwierigkeiten zu bewältigen. Margareta weiß noch nicht, wann sie eine Vertretung bekommt, die Sommermonate sind bei ihr die Spitzenzeit…«

»Das wird sich bestimmt regeln lassen«, sagte der Herr Emil zerstreut. In seinen Augen flackerte noch die alte Neugier, und er musterte Vater mit verstohlener Anteilnahme. Der Kinderwagen setzte sich jetzt unter dem Druck einer energischen Hand in Bewegung, aber er zögerte noch, uns zugewandt und mit ausgestreckten Händen in der Luft rudernd – vielleicht wollte er sie uns auch zum Abschied reichen, ich wusste es nicht so recht.

»Wie schade, dass Sie ihn nicht mehr lebend angetroffen haben, nicht wahr, den Bruder – den Herrn Silişteanu! Damals hat er oft von Ihnen gesprochen, und die Schwester, also Ihre Frau, eine bewundernswerte Dame, wie es sie in den seltensten Fällen gibt… Ich hoffe, wir sehen uns noch… Eine Zeitlang sind wir noch ziemlich beschäftigt mit dem…« Er wies nach dem Kinderwagen, der kaum noch zu sehen war und schon fast um die Ecke des Boulevards bog, um sich abschließend noch einmal tief vor uns zu verneigen.

*

Ich ging neben Vater durch die veränderte Stadt. Dies war das wiederaufgebaute Zentrum, wie ich es oft auf Zeitungsfotos gesehen hatte. Wohl nicht gerade dieses, sondern jene anderer Städte, die dem unseren aber so ähnlich sahen, dass nicht einmal wir sie richtig auseinanderhalten konnten. Vierstöckige Blocks, nur am Ende der Reihe ein Turm, das neue Hotel, im Erdgeschoss Läden mit Konfektionswaren, Sportgeräten, Haushaltstechnik, der große Selbstbedienungsladen. Durch die offene Tür des Büfetts *Expres* drang das Gegröle der Samstagssäufer. Nur wenige Leute aßen eilig an den Marmorstehtischen, auf den anderen drängten sich die Bierflaschen. An meiner Seite war eine Leerstelle, die ich bis hinauf in die Kehle spürte, es war die von Onkel Ion. In den Pfützen auf dem Gehsteig spiegelten sich die blauen Reklamelichter vom Kaufhaus *Universal*, dem ersten Neubau der Stadt. Die feuchtkalte Luft war dieselbe wie damals an den endlosen Abenden in der Provinz, von denen mich wohl noch manche erwarteten, ein und derselbe Abend war über mir zusammengeschlagen, ich trug ihn in mir und würde ihn wohl nie mehr loswerden. Damals wusste ich nicht, wie viel Zeit mir gegeben war, aber eines wusste ich, hierher wollte ich nicht zurückkommen, niemals. Deshalb saß ich Stunde um Stunde auf meinem Stuhl in der Bibliothek, überprüfte Jahreszahlen und Daten, blätterte immer hastiger. Die Erinnerung an Jahrgänge vor meiner Zeit blieb undeutlich, aber sie drang bis ins Wohnheim, über dieselben Korridore waren seinerzeit Mädchen gelaufen, von denen ich erfuhr, dass sie es ans Institut geschafft hatten, an der Fakultät geblieben waren. Jedes Jahr geschahen solche Wunder, es kam allerdings nicht nur auf die Noten an, sondern auch auf die politische Tätigkeit, zu der ich mich nicht imstande sah und für die ich im Übrigen auch nicht in Frage kam, weil man (wieso eigentlich?) meine Widersetzlichkeit spürte. Auch auf unserer Etage im Heim wohnte eine Assistentin, die sich etwas steif und fremd unter uns bewegte. Wenn ich sie sah, beobachtete ich sie mit neugieriger Bewunderung, obwohl es ihr noch nicht gelungen war, ihr Leben auf das der Stadt einzustimmen. Im Vergleich zu den neuen Jahrgängen wirkte sie gewöhnlich verkrampft, und ihre Kleider glichen noch sehr den unseren. Ihr fehlte die feine Ausstrahlung ihrer Bukarester Studentinnen aus gutem Haus. Die Gewandtheit, mit der diese die Mode ausländischer Zeitschriften übernahmen, die Sachen aus dem Westpaket, die silbernen Armbänder und Ringe, die Bernsteinketten, geerbt oder im Pfandhaus gekauft, der Gebrauch ausländischer Kosmetik, den man zu Hause von koketten Müttern erlernte. Die bildeten mitten unter uns kleine kompakte Gruppen, kamen zu Feten zusammen, die uns nicht zugänglich waren, deshalb beobachteten wir sie reserviert und misstrauisch, fürchteten uns vor ihren allzu freizügigen Witzen, vor ihrer Ungezwungenheit und ihren Beziehungen. Ihr Leben erschien uns anders als das unsere und als das anderer Bukarester; auch nach dem Abschluss würden sie nicht von hier weggehen, egal, wohin sie zugeteilt wurden, sie würden eine Weile bei den Eltern bleiben können, bis sie sich arrangierten.

*

Ich habe bis zur letzten Minute gelesen, die ich jetzt plötzlich auf dem großen Zifferblatt der Bibliotheksuhr angezeigt sehe. Die Tasche über die Schulter geworfen, renne ich fast und freue mich auf den Fußweg, den ich noch zurückzulegen habe, freue mich, dass ich auf Petru warten und mit ihm reden kann. Du bist von zu Hause weggegangen, als ich dich zu der abgemachten Zeit angerufen habe, sage ich ihm leise, aber ich bin nicht mehr böse, wieso, weiß ich nicht. Ich weiß, dass wir uns noch lange Zeit immer wieder treffen werden, deshalb habe ich keine Eile und verlangsame meine Schritte, es ist wieder die unbestimmte Stunde des Nachmittags, die ich so liebe, sie wirft schlaffe warme Schatten auf den Asphalt, die in der Sonne flattern. Diese senkt sich hinter den Blocks hinab und erfüllt die Luft mit dem fremdartigen Ruf des Abends und der schuldhaften Unrast, die in mir aufsteigt.

Ich bin, ohne es zu merken, in seinem Viertel angelangt, an meinem eiligen Schritt ziehen vierzig, fünfzig Jahre alte Villen vorüber, Imitationen in florentinischem oder maurischem Stil, feste Steinmauern, überladen verzierte Balkons, Spitzbögen über den Fenstern. Vor den Scheiben hängen Schleier üppigen Efeus, ebenso alt wie die Villen und deshalb so dicht. Sie lassen in den Mauern Augen von seltsamer Form frei, das Blattwerk verschattet die Scheiben, und die Räume dahinter sind dunkel. Jedes der Häuser, an denen ich vorbeikomme, ist nichts als ein merkwürdiges Tier in einem grünglänzenden Schuppenpanzer, strotzend vor sommerlicher Kraft. Die Wahrzeichen der guten Wohngegend, in der ich mich befinde, sind der Efeu und die Linden, unter denen ich gehe. Es riecht welk und scharf süßlich, der Blütenstaub vereint sich mit dem Straßenstaub, den der Wind aufwirbelt, zu langen goldgelben Streifen auf den Gehsteigen. In den asphaltierten Höfen hinter den halbhohen Gitterzäunen blühen auf geometrisch angelegten Rabatten riesige gelbe Rosen ohne Duft. Aus irgendeinem Obergeschoss hört man durch das weit geöffnete Fenster ein Tonbandgerät und das Mitgrölen ausgelassener Halbwüchsiger. Die hohen, elegant sich wiegenden Kinderwagen, denen man begegnet, werden von andächtigen Großmüttern geschoben, immer noch gut aussehenden Damen in sportlichen Hosen oder Röcken mit ergrautem Haar, diskret geschminkt. Irgendwo ist immer noch die Erwartung, sie allein macht mich froh, in meinem neuen Körper bin immer noch ich, die von einst, ich versuche mich des Lebens zu freuen, und mir ist, als könnte ich es auch jetzt noch nicht richtig.

Ich bin da, ich betrete das kalte Treppenhaus des Blocks aus der Zwischenkriegszeit, die schwarzen Stufen weisen einladend aufwärts, doch ich verharre noch einen Moment vor den Knöpfen des Aufzugs, denen die Zeit und der Gebrauch zugesetzt haben.

*

»Wieso schweigst du denn die ganze Zeit, geht's dir nicht gut?«, sagte Mutter und blieb stehen, als sei ihr plötzlich etwas eingefallen.

Im Gesicht, das sie mir zuwandte, las ich Vorwurf und Schuldbewusstsein. Sie weiß nicht recht, wie sie sich aufteilen soll zwischen mir und ihm, sagte ich mir trotzig und zuckte die Schultern, sie möchte, dass wir glücklich aussehen wie eine wiedervereinte Familie, hat aber vergessen, wie so etwas ist, oder hat es überhaupt noch nie zu sehen bekommen. Auf seine Art erwartet das wahrscheinlich auch Vater, darum streift er mich hin und wieder mit einem argwöhnischen Blick. Ich wusste selbst nicht, wieso ich mich derart widersetzte, vielleicht weil beide so oft auf mich einredeten, vielleicht weil ich zweifelte, dass es wirklich glückliche Familien gibt, vielleicht weil meine Familie ohne Onkel Ion nie mehr eine ganze sein würde.

»Ich gehe mir die Zeitung holen, ich warte nicht mehr auf

die Post«, sagte Vater und entfernte sich plötzlich, diskret oder verärgert.

»Dauernd schmollst du ... Was meinst du denn, wie soll er dir dann näherkommen? Du solltest bedenken, ihm fällt das auch schwer, nach all den Jahren, und er hat doch die besten Absichten ...«

Da haben wir's, jetzt hat sie auch schon seine Floskeln übernommen, sagte ich mir und verzog das Gesicht. »Ich habe nur die besten Absichten, bei allem, was ich unternehme«, wiederholte Vater mehrere Male täglich.

»Was tue ich ihm denn? Wenn er mich was fragt, antworte ich, was soll ich ihm denn sonst sagen?«, gab ich zurück und wollte sie mit meiner Gleichgültigkeit verletzen.

Ich wusste nicht genau, wieso, aber ich hätte es gern gehabt, dass es ihr leidtat, derart versöhnt vom Friedhof zurückzukehren. Sie ist eine Frau, ganz einfach eine Frau, das ist alles, sagte ich mir und hütete mich vor ihrem Blick, da kann sie noch so oft sagen, sie hätte ihn nicht vergessen ... Sie will es gar nicht wahrhaben, dass sie nur noch aus Gewohnheit zu Onkel Ion geht, Vater dessen Platz aber ganz und gar eingenommen hat.

Irgendwie hatte Vater auch mir den Platz weggenommen, zumindest erschien es mir äußerst befremdlich, dass sie sich mit jemand anderem genauso viel abgab wie mit mir. Wahrscheinlich glaubt sie noch immer nicht so recht daran, dass er zu ihr zurückgekehrt ist, sie fürchtet ständig, wir könnten ihn nicht zufriedenstellen und er würde wieder gehen, sagte ich mir schadenfroh und warf ihr einen giftigen Blick zu, nahm mich aber sofort wieder zurück. Ihre tiefliegenden Augen standen voll Tränen, aus ihren Lippen war alle Farbe gewichen. Sie ist beinahe eine alte Frau, dachte ich verwundert, und mit einem Mal wurde mir bewusst, wie schwer es ihr fallen würde, wieder die Einsamkeit zu ertragen, und wie wenig Platz sie eigentlich in meinen Gedanken einnahm.

»Lass nur, wir werden uns gewöhnen und alles wird anders mit der Zeit, du wirst sehen«, flüsterte ich und nahm ihren Arm.

Ich hasste ihre Tränen, die mich gezwungen hatten, dies zu sagen, obwohl ich es nicht glaubte. An mir lag es nicht, dass ich Vater nicht ähnelte und er mir nicht nahe war. Aber vielleicht haben sie ja auch recht, sagte ich mir, wenn auch ohne Überzeugung, wie unangenehm es doch ist, wenn jeder ein bisschen recht hat, und vor allem wie unangenehm, wenn man es einsieht. Irgendwie ärgerte es mich wohl, dass ich sah, wie auch sie etwas Neues anfangen wollte und alles bisher Erlebte zur Seite schob. Als hätte nur ich dieses Recht, als müsste das Leben nur für mich immer neu beginnen.

*

Petrus Blick folgt mir unruhig, weil ich schweige. Ich spüre ihn in der Schwärze des Zimmers, ich ahne, was er sich fragt; ich schließe die Augen und schmiege meinen Kopf möglichst fest an seine Schulter, es ist so gut und beruhigend, seine Fürsorge zu spüren. Dennoch weiß ich, dass ich nichts werde sagen können; hin und wieder erfasst mich ohnmächtige Trauer bei dem Gedanken, dass ich jede von Onkel Ion geschriebene Zeile, seine ganze sterile und abgehobene Selbstlosigkeit entweihe. Meine als Hingabe getarnte Anstrengung hat von vornherein Petru gegolten, auf ihn lauert meine Eitelkeit im kühlen Halbschatten des Zimmers. In meinem Rücken hat sich das Dunkel verdichtet und verfilzt sich in dem fremd wirkenden Zimmer. Wenn ich mich umdrehe, ragen die schwarzen Möbel vor mir auf, und ich belauere sie abwartend. Deshalb bewege ich mich auch gar nicht mehr und verharre wie auf ungewisser Schwelle. Das Licht dringt aschgrau durchs Fenster, mit roten und grünen Striemen von den fernen Leuchtreklamen.

»Schauen wir mal, was du noch gemacht hast«, sagt Petru und geht zum Lichtschalter.

Ewas schwankt in mir, ich möchte ihn davon abhalten, aber dazu ist es zu spät. Die Glühbirnen des schweren Lüsters tauchen die gezähmten Dinge, die nun nicht mehr in der Unbestimmtheit des Abends aufgehoben sind, in ein fahles Gelb. Ich spüre, wie dieses Licht mich zerreißt, während ich die zerknüllte Überdecke wie eine bunte Toga um mich schlage und ins Bad gehe, um mich anzuziehen.

Als ich zurückkomme, sehe ich, wie er am Schreibtisch den Anfang des Artikels liest, den ich aus dem Kapitel des Onkels irgendwie zusammengeschustert habe. Manchmal runzelt er unzufrieden die Stirn, tastet nach einem Stift und kritzelt etwas an den Rand. Der Stift durchbohrt das Blatt, ich höre, wie es knackt, plötzlich ist mir nach Lachen zumute und ich beobachte ihn mit anderen Augen. Wie er zerstreut unterm Tisch nach den Pantoffeln sucht, wie er ein halbes Gähnen zwischen den Kiefern zermalmt. Er steht auf und sucht ein Buch im Regal, er bemerkt meinen Blick und legt mehr Schwung in seine Bewegungen. Für mich bedeutet dies, dass unsere Körper sich mittlerweile aneinander gewöhnt haben und dass nur ich es bin, die in ihm manchmal einen anderen sieht. Zunehmend rundet sich sein Bild in meinen Augen, verstreut liegen die Schalen bekannter Gesten herum, die ich mit beständigem Eifer einsammle, als steckte irgendeine Bedeutung darin.

»Koch du inzwischen Kaffee«, sagt er nach einer Weile, ohne aufzusehen.

Das Wasser brodelt in der Kanne, ich nehme sie vom Feuer und zähle lautlos die Löffel Zucker und Kaffeepulver. Die Stille, in der er mich gefangen hält und die ich selbst gewählt habe, erscheint mir fast schon greifbar. Mein Körper und die nunmehr wohlbekannten Handgriffe sind der Preis für den Eintritt in sein fremdes Leben, wie ich mit gelassener Enttäuschung erahne. Worte, die ich ihm nicht gesagt, auf die ich lieber verzichtet habe, kommen mir in den Sinn, als ich mich vorbeuge, um den Knopf des Kochers herunterzudrehen. Mit gesenktem Blick gehe ich durch ihren Dunst und achte auf die heiße Kanne, um nichts zu verschütten. Er hat den Kopf in die Hände gestützt, meine Schritte stören ihn nicht, längst hat sein Schweigen meine Bewegungen gedrosselt. Also gieße ich das bittere Getränk in die schweren Tassen, unter den langen Haaren sieht sein jugendlicher Nacken, traurig gebeugt, aus dem Hemdkragen hervor.

»Da ist er«, sage ich laut.

Er hebt den Blick, Begehren liegt eine Sekunde lang darin, ich spüre regelrecht, wie sie vergeht. Das Wasser in seinen Augen ist wieder kühl, ihre Farbe ist wieder stabil. Er nickt zustimmend und zieht die dampfende Tasse mit derselben absichtsvoll nachlässigen Bewegung über das Kristallglas des Schreibtischs zu sich heran.

»Bis hierher bist du also gekommen«, sagt er und schiebt die Papiere zur Seite, um den Kaffee zu schlürfen. »Du musst wirklich zusehen, dass du fertig wirst, bevor du in die Ferien fährst...« Er runzelt die Stirn und setzt die Tasse ab. »Verstehst du? Du musst das hinkriegen, ich will nichts hören von Prüfungen oder so... Geh weniger spazieren, schlaf weniger...«

»Ruf mich nicht so oft an...«, äffe ich ihn mit Mutters schneidender Stimme nach, die ich so leicht abrufen kann, dass ich gar nicht weiß, ob es meine ist oder ob ich sie nur imitiere. Beleidigt starre ich auf das dunkle Viereck des Fensters.

»Ist ja klar, du fasst das immer so auf«, gibt er gereizt zurück, mit den Worten des Onkels, die er gar nicht kennt. Er zieht die Schublade heraus und knallt die Zigarettenpackung auf den Tisch. Dieselbe brutale Rücksichtslosigkeit, bei der ich mich frage, ob er sie immer schon gehabt oder erst nach und nach versucht hat, seine schüchternen Bewegungen damit zu überspielen.

Ich höre ihm einigermaßen andächtig zu, wohl wissend, dass ich, hätte mir sonst jemand so etwas gesagt, genickt und es sofort wieder vergessen hätte. So wie ich auf ihn höre, mich widersetze, widerspreche und dennoch behalte, was er mir sagt, so habe ich sonst nur auf Onkel Ion gehört. Vielleicht suche ich in Petrus tiefer, verhaltener Stimme nach dem Onkel, laure bei jeder Begegnung auf seine zurückhaltende Sanftheit, verkrampft, enttäuscht und immer wieder voller Hoffnung. Jeden Satz, den Petru fallen lässt, nehme ich auf und wiederhole ihn abends im Bett, keines der Mädchen weiß davon. Deshalb springe ich so oft vor den Spiegel, stehe sehnsüchtig vor den Schaufenstern und wünsche mir Kleider, in denen ich mich, ohne dass ich mich schämen müsste, auf der Straße an seiner Seite zeigen könnte. Und immer meine ich, ich sei noch nicht weit genug, seine Wohnung legt mir das Gefühl des Lebens, das ich mir wünsche, so nahe, dass ich es mit Händen greifen kann.

Ich frage mich nicht, ob dieses Leben am Ende vielleicht ebenso beengt ist wie mein bisheriges, wie mein Leben im Heim. Hier ist die unsichtbare Schwelle, die ich erahne, hier ist der Mittelpunkt der Welt, hier ist das ganze Universum. Ich weiß nicht, ob seine Gestalt jene Welt reflektiert, die ich suche, oder ob jene Welt ihm diese Kraft gibt, die mich erbittert.

*

»Es war gut, dass wir diesen genommen haben«, sagte Vater und schloss mit Bedacht die Tür des Kühlschranks; sanft strichen seine Fingerkuppen mit den harten trockenen Nägeln darüber, dann brachte er die kältebeschlagene Wasserflasche auf den Tisch. »Ich verstehe nicht, wieso ihr in den Jahren, als es immerhin schon etwas gab, nichts gekauft habt... Ion hatte eben bei all seinen Vorzügen, und ich bin der erste, der sie anerkennt, überhaupt keinen Sinn fürs Wirtschaften, das weiß ich noch sehr gut...«

Er nahm, geschäftig und zufrieden, im Sessel Platz, dann hob er das Tellerchen mit dem Kompott zum Mund. Es war die Zeit, zu der Onkel Ion immer den Nachmittagskaffee kochte, jetzt aber wurde kein Kaffee mehr getrunken, Vater hatte nämlich Magenbeschwerden.

»Ich meide jede Aufregung, den Alkohol, den Kaffee, dort, wo ich war, habe ich sogar auf die Zigaretten verzichtet, das ist das einzig Gute, das ich von dort mitgebracht habe«, sagte er. »Ab einem bestimmten Alter muss man auf sich achtgeben und sich gesund erhalten, das ist eine Pflicht...«

Immerhin trank Mutter morgens noch Kaffee. Jetzt spürte ich ihre Anspannung, sie war drauf und dran, ihm zu antworten, ihre Empörung war allerdings konfus, sie gab ihm ja, logischerweise, recht. Deshalb klang die Stimme, mit der sie Worte der Entschuldigung sprach, feindselig.

»Du meinst wohl, wir wären auf Rosen gebettet gewesen ... Wir hatten noch nicht mal eine Wohnung, wie hätten wir da an einen Kühlschrank denken können, wo hätten wir den überhaupt hinstellen sollen?«

»Ab dem Herbst, sobald wir den Fernseher gekauft haben, werden wir für ein Auto sparen ... Wir müssen diese Jahre nutzen, die ich noch nicht in Rente bin, denn danach ...«, entgegnete er gelassen und nahm sich ein weißes Blatt Papier vor.

Jeden zweiten Sonntag schrieb er Briefe an seine Schwägerin und an die einzige Schwester, die er noch hatte, er schrieb sie schnell, während er mit uns redete, und am Schluss las er sie uns laut vor.

»Hier werde ich sehr geschätzt, der stellvertretende Direktor selbst hat mir dieser Tage gesagt, ein Mann wie Sie hat uns hier gefehlt, das ist jetzt mein Beruf, habe ich ihm gesagt, früher habe ich operiert, aber aufgrund widriger Umstände musste ich lange Zeit unterbrechen, ich glaube, er hat verstanden, was ich damit sagen wollte. Also habe ich von mir aus verzichtet, habe ich ihm gesagt, freiwillig. Man muss immer selbst merken, wenn es nicht mehr geht, und rechtzeitig aufhören, damit einen nicht andere verdrängen.«

Von meinem Platz aus sah ich Mutter, wie sie sich im Badezimmerspiegel betrachtete. Immer öfter überraschte ich sie in letzter Zeit dabei, wie sie ihre grauen Haare ungelenk zu richten versuchte, wenn sie auch zögerte, sie auf Vaters Rat zu färben, oder die geschwollenen Ringe unter den Augen abtastete. Vielleicht hatte sie meinen Blick gespürt, oder es war nur das Aufbegehren einer Frau, die ihr Leben lang nie kokett gewesen war. Jedenfalls nahm sie den Kamm und strähnte die allzu straff eingedrehten Locken ihrer neuen Dauerwelle aus, dann wandte sie ihr Gesicht plötzlich vom Spiegel ab und vergaß es sofort. Sie setzte sich auf den Stuhl neben Vater und kreuzte die Arme im Schoß.

»Du hast große Pläne, und das ist recht so, aber ...«, begann sie.

Ihre Stimme, in Härte geübt, sollte weich klingen, doch die Unzufriedenheit war nicht zu überhören. Ich streckte mich auf ihrem Bett aus, ein Buch in der Hand, las eine Zeile nach der anderen, ohne irgendetwas zu behalten.

»Der Mensch muss immer nach dem Besseren streben, das liegt in seiner Natur, selbst wenn die Umstände ungünstig sind«, predigte Vater. Er nahm den Briefumschlag vom Tisch, befeuchtete ihn mit der Zunge, steckte den Brief hinein und klebte ihn dann zu, indem er mit der Faust dumpf auf dem Tisch herumhämmerte.

»Du hast natürlich einen weiteren Blick, aber im Herbst wird es schwieriger, als es jetzt ist, Letiția fährt zur Fakultät, wir müssen ihr dieses Jahr einen Mantel machen lassen, und dann ist auch noch das Geld, das wir ihr jeden Monat schicken ...«

»Das Kind sollte sich früh daran gewöhnen, mit Schwierigkeiten zurechtzukommen, sonst ist es nicht darauf vorbereitet, ins Leben einzutreten ...« Nur an Vaters Hals fältelte sich die welke Haut, ansonsten war sein untersetzter Körper straff und sein Schritt fest, als er aufstand und den Einschaltknopf des Telefunken-Radios betätigte. »Das Radio verkaufen wir, ich habe schon mit jemandem gesprochen«, sagte er und ging zur Tür.

Zu dieser Zeit lief er hinunter und holte die Zeitungen aus dem Briefkasten, deshalb ballte sich mitten in meiner Brust ein riesiges Knäuel Unruhe, der meine Hände und Füße plötzlich erkalten ließ.

Ich kauerte mich zusammen, schloss die Augen und wartete, wartete in einer Dumpfheit, die nur durch das Pochen des Blutes in den Schläfen belebt wurde. Erst ganz spät, etliche Minuten später, hörte ich seine Schritte die Treppe heraufkommen, seine Hand die Klinke herabdrücken und dann seine Stimme teilnahmslos sagen: »Da, du hast eine Ansichtskarte ...«

Mutter schnellte von ihrem Stuhl hoch und wollte sie mir aus der Hand nehmen, ich aber legte sie gelassen in mein Buch. Ich hatte Petrus Schrift erkannt und die in blauem Glanz erstarrten Meereswellen auf dem Foto gesehen.

»Demnächst ist auch noch die Hochzeit von Marta«, rief ich ihnen mit vergnügter Stimme in Erinnerung und begann zu lachen.

Ihre Gesichter verfinsterten sich.

»Ja, richtig, da steht auch noch ein Geschenk an«, sagte Mutter. Sie nahm wieder ihre Handarbeit auf. Zwar verkaufte sie keine Pullover mehr wie damals, aber das Stricken war ihr zur Gewohnheit geworden. Sie trennte unsere alten Jacken auf und arbeitete sie um, jetzt strickte sie an einer Winterweste für Vater.

*

Ich weiß nicht, wo das Foto von ihrer standesamtlichen Trauung später hingekommen ist, das auf den Rathaustreppen aufgenommen wurde. Marta hatte natürlich weiße Gladiolen im Arm, und wir alle kniffen in der Julisonne die Augen zusammen. Wir blickten wahrscheinlich in den öffentlichen Park mit Rabatten, in denen rote Blumen die Schriftzüge kurzer Losungen nachzeichneten, zu den leeren Bänken und vor allem zur Statue des Achtundvierziger-Revolutionärs Nicolae Bălcescu, der in der Nähe der Stadt sein Gut gehabt hatte. Wir wussten, dass er es war, sein Name stand auch mit großen bronzenen Lettern auf dem Sockel, sonst hätten wir vielleicht seinen eckigen Körper nicht erkannt und auch nicht die rhetorische Geste, mit der er eine grob gearbeitete Faust demonstrativ zum Dach des neuen Postgebäudes und zu den Gerüsten auf dem Neuen Korso emporreckte. Sie haben ihn Lenin und Stalin ähnlich gemacht, hatte Onkel Ion verärgert gebrummt, als er das Standbild sah. Dabei hatte sich alle Welt gefreut, als die Statue wenige Monate zuvor im Park enthüllt worden war. Es war immerhin die einzige in der Stadt, früher hatte es eine andere gegeben – wahrscheinlich von George Brătianu, dem Ministerpräsidenten der Zwischenkriegszeit –, daran erinnerte sich aber kaum noch jemand. Nachdem man sie über Nacht abmontiert hatte, hatte der niedrige, grün bemooste Sockel noch eine Weile da gestanden, doch als man den auch abgeräumt hatte, war der Platz an der Wegkreuzung, der im Volksmund »Bei der Statue« hieß, leer geblieben.

»Es hat so sollen sein«, raunte mir Martas Mutter zu und lauerte auf die Missbilligung in meinen Augen. »Wir hatten einen Jungen aus guter Familie für sie ausgeguckt, alles war abgesprochen, aber sie wollte nichts davon wissen … Nun, was will man tun, ich weiß, dies ist ihre große Liebe, es hatte keinen Sinn, da einzugreifen«, seufzte sie. »Bedient euch doch bitte, nur zu …«, rief sie plötzlich und lief fuchtelnd zwischen den Tischen mit Vorspeisen und Schnaps hin und her.

Da fiel mir Barbu ein, er hatte mich an dem Tag besucht, als ich mich auf den Weg nach Hause machte. Am Morgen hatte die staatliche Stellenzuteilung stattgefunden, und er war, wie ich erwartet hatte, in einem Dorf in der Moldau gelandet. Sein Gesicht war zerknittert vor Schlafmangel, die Schuhe völlig verstaubt, er hatte wer weiß wie viel sonst noch zu laufen gehabt an jenem Tag. Er redete viel, sagte aber nur ein und dasselbe, er habe nicht die Absicht, dorthin zu gehen, und werde alles dransetzen, um vom Ministerium freigestellt zu werden. Ich erklärte ihm, dass ich noch nicht gepackt hatte und auch die Bettwäsche noch abgeben musste, und lief schnell zurück ins Heim.

Marta, die immer noch den Schleier trug, mit dem sie in der Kirche gewesen war, tuschelte in einer Ecke des Hofes mit den Trauzeugen. Das waren alte Freunde der Familie, und die Frischvermählten hofften, durch ihren Einfluss irgendwann beide, sie und Dinu, an Stellen in der Stadt heranzukommen. Der betonierte Hof war mit Tischen vollgestellt, sie reichten bis in den Vorgarten, wo die gelblichen Ochsenherztomaten vom Staub bepudert wurden, den die sommers über die Straße rumpelnden LKWs aufwirbelten. Die Hochzeit fing erst an, die Stimmung war noch verhalten, die Gäste übten sich in Höflichkeit und bewegten sich schwerfällig, wie gelähmt von der Feierlichkeit des Augenblicks. Umso dankbarer waren sie dem Bezirksbevollmächtigten, dass er es auf sich nahm, das Eis zu brechen. »Das ist ja vielleicht ein Lebemann«, raunten sie sich zu, während er von einem Tisch zum anderen ging und rief: »Langt zu, langt zu ...«, bis er schließlich dort stehen blieb, wo Dinus Brüder saßen.

»Dieser Bezirk bereitet mir das meiste Kopfzerbrechen«, sagte er und verzog trotz des Gelächters keine Miene, hochrot von der Hitze und der scharfen Luft der Baustelle, auf der er arbeitete, seit er seinen Abschied von der Armee hatte nehmen müssen. »Mit solchen Leuten kriegen wir den Sozialismus nicht mehr gebacken vor der Zeit ...«

Es wurde kühl, irgendwann regnete es auch ein bisschen.

»Eine Hochzeit mit Regen, die Braut hat aus dem Kochtopf genascht«, lachte Dinus Mutter.

Sie saß an der Spitze des Tisches, hatte die Hände im Schoß verschränkt und lugte unter dem Kopftuch hinüber zu Dinus Brüdern, die, seit der Tanz begonnen hatte, nebeneinander an der Hauswand lehnten. Erst als der Wein fast alle war, stand die Alte auf und hob jauchzend die Hände über den Kopf. Und da begannen sie alle zu tanzen, sie stampften, krallten sich mit den Fingern in der Schulter des Nächstbesten fest, in Hemden und Kleidern, die verschwitzten Gesichter liefen immer röter an, die Haare glänzten vor Schweiß und Brillantine. Und als die Tänzer, wie es gerade kam, auf die herumstehenden Stühle um die vom verschütteten Wein dampfenden Tischtücher und die vollgeäschten unabgeräumten Teller voller Apfelschalen, Bratenresten und Knochen für den Hund niedergesunken waren, ging die Alte in die Sommerküche zu Martas Mutter, die gehäufte Kaffeelöffel in das im Suppentopf brodelnde Wasser zählte.

»Seien Sie nicht böse«, sagte sie und führte die Hand zum Mund, als wollte sie die Worte nur nach und nach durch die knorrigen schwarzen Finger dringen lassen. »Wir verdächtigen niemanden, aber wissen Sie, das ist halt Brauch bei uns, wir möchten das Brautlaken ausloben ...«

*

Ich schlich mich im Schatten der Mauer davon, ging in Martas früheres Zimmer und ließ mich mit geschlossenen Augen aufs Bett fallen. Die Möbel treiben, wie zuvor, mit jedem Atemzug aufwärts, festhalten kann ich mich nur an der Nachttischlampe, die über aufgeschlagenen Büchern brennt. Da ist nur ein gelber Lichtfleck, der den Halbschatten und die faltige Überdecke beleuchtet, in der sich die Umrisse seines Körpers abzeichnen, der ausgestreckt daliegt, ein einsamer Mann. Ich finde hinein, die Möbel sind zahm geworden wie auch sein mattes sanftes Lächeln, wenn er seinen schläfrig weichen Blick in meine Augen fließen lässt, wenn er gestikuliert und dabei über die Schilfmatte an der Wand streicht, die zart raschelt. Ich kann nicht mehr zurück und verharre im Bann des Schweigens, das ihn umfängt, bis seine Hand unfreiwillig durch mein langes Haar streicht und seine Arme noch zögern, etwas zu sagen.

Gewissheit aber werde ich erst haben an dem Tag, wenn der Himmel aschgrau und steinern sein wird vor Wolken, die in dem plötzlich aufkommenden Wind dahinjagen. So stark wird der Wind sich erheben, dass er den Straßenstaub aufwirbelt und die schlaffen, verknitterten roten und trikoloren Fahnen bläht, mit denen die Blocks des Korsos und die öffentlichen Gebäude anlässlich des Nationalfeiertags am 23. August geschmückt sind. Weder die auf dem Markt errichtete hölzerne Tribüne noch die Megaphone werden abgebaut sein, aus denen gestern eine kräftige Stimme rief: »Zusammenbleiben..., Kopf hoch, Brust raus, so, nicht rennen, nicht rennen... Achtung, die Kolonne rechts... So, so, Blumen und Fähnchen schwenken...« Überlagert wurde diese Stimme durch jene des Rundfunksprechers, die ratternd von der Kundgebung der Werktätigen in der Hauptstadt berichtete. »Jetzt nähert sich ein Themenwagen der offiziellen Tribüne, es sind die tüchtigen Arbeiter von...«

Wie immer nach der Kundgebung, schon wenige Stunden nach deren Ende, wird die Stadt verödet sein, auf der Schnellstraße werden die Autos in Richtung Gebirge rollen, und von dort werden uns neue graue Wolken entgegenquellen, vom Zickzack der ersten Blitze rot durchzuckt. Der Regen wird unmerklich mit scharfen kalten Nadeln einsetzen, anfangs wird ihm niemand Beachtung schenken, und dann werden alle rennen und in den noch nicht abgerissenen feuchten Durchgängen Unterschlupf suchen. So wird es die ganze Nacht hindurch regnen, und morgens, wenn ich aufwache, werde ich den Himmel immer noch grau vorfinden. Spät wird der Wind immer größere blaue Augen darin aufreißen. Am Nachmittag wird es wieder heiter sein, aber die weißen Wolken werden von dem kalten und durchsichtigen Sonnenlicht allzu grell erstrahlen. Auch das Licht wird von jetzt an ein anderes sein, es wird eine unnahbare Ferne in sich tragen, die starren Blätter mit holzigen Adern werden ein erstes Mal rauschen, und zwischen den Zweigen werden unendlich lange Spinnwebfäden glitzern wie Schleimspuren von Schnecken. Der Robinie werden die Blätter davonfliegen, und vom Fenster unserer Wohnung aus werde ich es dankbar zur Kenntnis nehmen. Ich werde wissen, es ist der erste Tag des beginnenden Herbstes und es dauert nur noch ein paar Wochen, nicht einmal einen ganzen Monat, bis das Studienjahr beginnt, bis ich Petru wiedersehe.

Kapitel XXI

Unablässig regnete es unter dem niedrigen Himmel, immer das gleiche Wasser, das die aschgraue Luft dermaßen vernebelte, dass ich schon beim bloßen Anblick fröstelte. Nur gut, dass ich wenigstens das Schlangestehen um Essensmarken, die Zuteilung des Zimmers, das wieder nach Neuem und nach Provisorium roch, das Einräumen des Schranks hinter mir hatte. In der ersten Woche in Bukarest hatte ich wieder bei Biţă gewohnt. Es war dasselbe Brausen der Straße, das bis in seine Junggesellenwohnung drang, dasselbe Badezimmerregal mit Palmolive, es waren dieselben abgegriffenen Ledereinbände der Bücher in der Bibliothek, die paar alten Ausgaben der *L'Humanité*, die herumlagen, wo man sie am wenigsten erwartet hätte. Abend für Abend baute ich mir das Klappbett in der Kochnische auf, wobei ich sein vertrautes Geschwätz kaum beachtete. Verstohlen beobachtete ich seinen mittlerweile schwerfälligeren Gang und die großen fleischigen Hände. Ich zuckte zusammen bei seiner verhalten ärgerlichen Mahnung: »Was hast du denn vor mit dem Kaffee, meine Liebe? Kann man sich denn gar nicht auf dich verlassen?«

Plötzlich entdeckte ich darin Onkel Ion und merkte enttäuscht, wie ich ihn schon bei der nächsten Geste wieder verlor, die, wie ich wusste, nur Biţă eigen war. Er klimperte mit den mädchenhaft langen Wimpern, und sein gedunsenes Gesicht verzerrte sich bei dem krampfhaften Versuch, das

Lachen zu unterdrücken. Ich blieb stehen und starrte ihn unverwandt an, ich versuchte die beiden auseinanderzuhalten. Doch zum Schluss hatte ich nur diesen hier, der andere war ausgelöscht, und mir blieb nichts anderes übrig, als traurig den einen in dem anderen zu suchen.

Die Mädchen machten sich ans Lesen, die Strickjacken eng um die frierenden Schultern gezogen. Ich müsste auch anfangen, sagte ich mir, während ich weiter zwischen Nachtschränkchen und Fenster auf- und abging. Lustlos kramte ich nach einem Heft, wobei ich schon den Stich der Unruhe kommen sah, der meinen Gedankengang unterbrechen würde. Immerhin war ich als Erste erwacht und hatte schon durch meinen dünnen Schlaf unter dem noch nächtlich grauen Fenster den Lärm der ersten Straßenbahnen gehört, der die morgendliche Stille durchbrach. Mit einer undeutlichen Ahnung dessen, was kommen würde – denn seit einer Woche begann jeder Tag wie der andere –, hatte ich vergeblich versucht, wieder einzuschlafen, wobei ich gerade durch diese Anspannung immer wacher wurde. Irgendwann hatte ich es aufgegeben und mich ohnmächtig diesen Minuten oder Stunden ausgeliefert, in denen mein Hirn fieberhaft pulste und mir Klarsicht vorgaukelte. Jede Geste und jedes Wort von Petru an jenem Abend, als wir uns zuletzt gesehen hatten, gewannen jetzt eine demütigende Bedeutung und hatten mit Liebe nichts mehr zu tun. Wie konnten dieselben Gesten und dieselben Worte nur so Gegensätzliches bedeuten? All das, von dem meine leidenschaftliche Erregung den ganzen Sommer gezehrt hatte, erschien mir jetzt als Beweis seiner Gleichgültigkeit. Er war so weit weg von allem, was ich erlebt und empfunden hatte, dass ich mich jetzt zähneknirschend im Bett herumwarf und späte Rachepläne schmiedete, die ich erst beim hellen Licht des Tages als undurchführbar erkannte. Alles, was ich für ihn bedeutete, alles, was er für mich bedeutete, legte ich jetzt auf die Goldwaage. Irgendwo am Anfang liegt der Fehler, sagte ich mir, vielleicht in dem Gefühl der Erniedrigung, das über mir zusammengeschlagen war. Von der inneren Unruhe ermüdet, wartete ich nur noch den Augenblick der Erschlaffung ab und glitt endlich zurück in den Schlaf, mitsamt einem immer zäheren, immer unförmigeren Wust von Gedanken. Stunden später, oder auch gleich danach, hörte ich die ersten Badezimmertüren knallen, das Rauschen der Duschen, den dumpfen Schwall der Klospülung. Im Zimmer klapperte jemand mit dem Kofferdeckel, wahrscheinlich Nana, sie stand immer als Erste auf. Dann ihre Schritte in Richtung Tür, der Stuhl, gegen den sie stieß.

»Ich war sicher, dass du dagegenrennst«, kicherte Marilena.

*

Es war seit einer Woche das erste Mal, dass ich sie lachen hörte, und ich fragte mich, was nun wohl mit ihr und Sandu los war, wieso sie mir den ganzen Sommer über nicht geschrieben hatte, wieso sie nicht geheiratet hatten, wie sie uns irgendwann gesagt hatte, wieso sie wieder im Heim wohnte und nicht in dem Zimmerchen, das sie im Frühjahr ausfindig gemacht hatten. Ich erinnerte mich an das eine Mal, als ich sie besucht hatte und in den Gässchen um die Piața Chibrit herumgeirrt war, an die Holztreppe mit morschem Geländer, das unter meinem Griff wackelte, den ranzigen Gestank auf dem Flur, die rissigen Türen, hinter denen schrille Stimmen und Kindergeschrei zu hören oder durch die schon mal eine Kloschüssel mit angeschimmeltem Holzdeckel in rostigen

Scharnieren zu sehen waren. An ihren mürrischen Gesichtern merkte ich sofort, dass ich ungelegen kam, vielleicht hatten sie gerade Streit gehabt. Ich blieb im Mantel auf der Schwelle stehen. Auf dem Gasbrenner in der finsteren Diele köchelte ein Eintopf. Als Sandu mich sah, kroch er sofort ins Bett und zog das zerknüllte graue Laken über die nackten weißen Beine. Der gestreifte Schlafanzug stand weit offen über der behaarten Brust, es fehlten zwei Knöpfe. Er lag da und lutschte an einer Karies, die wie ein an einem Schneidezahn klebendes kleines Samenkorn aussah. Auf dem Tisch stand ein einziges Glas, aus dem ich Wasser trank, Sandu setzte die Füße klatschend auf den Boden, holte eine Flasche Mineralwasser unter dem Bett hervor und trank daraus mit großen Männerschlucken, die man glucksen hörte. Ich stand auf und reichte Marilena linkisch das Heft mit den Vorlesungen, in das ich die fünfundzwanzig Lei gelegt hatte, die sie von mir leihen wollte. Sie kam mit mir bis zur Treppe, ohne etwas zu sagen. Erst dort sah sie mich achselzuckend an, lehnte den Kopf an meine Schulter und schluchzte. Ich wusste nicht, ob sie weinte oder lachte, es war ganz dunkel da an der Treppe.

Jetzt ging das Getuschel los, ein fortwährendes hektisches Summen. Gereizt drehte ich mich zur Wand, als plötzlich die Verrückte von Zimmer 27 die Tür aufriss und schrie: »Das warme Wasser ist alle ...«

Sie erwiderten aber nur: »Ssst«, und kicherten verstohlen.

Ich wusste, dass sie dabei auf mich zeigten, und mir war klar, jetzt war es so weit, ich musste auch raus aus dem Bett in dem kalten Zimmer, denn die Heizung ging nicht und es regnete seit einer Woche, seit ich Petru zum letzten Mal gesehen hatte.

*

Unter der nach und nach kälter werdenden Dusche versuchte ich mich zu freuen, verspürte jedoch nichts als einen ungewissen Trost bei dem Gedanken, dass ich in diesem nach drei Seiten mit gelblich gekachelten Wänden abgetrennten Verschlag noch ein paar Minuten allein sein konnte. Wie gut, sagte ich mir, dass ich ihnen diesmal wenigstens nichts von Petru erzählt habe. Zweifellos dachten sie, es sei alles schon aus gewesen, ehe ich in die Ferien fuhr, das Ende erschien ihnen logisch und vorhersehbar, und das ließen sie mich durch die Zurückhaltung, mit der sie mich vor jeder Verabredung musterten, auch weidlich spüren. Er ist halt nicht aus unserer Welt... Sie sahen mich an, als trüge ich etwas auffallend Geschmackloses, und sie schwankten, ob sie mich schonen und schweigen sollten oder es darauf ankommen lassen konnten, um mich davor zu bewahren, dass ich mich weiterhin in den Augen Fremder lächerlich machte.

So ist es eben, sagte ich mir, aus unerfindlichem Grund werden die Liebesgeschichten einer jeden von uns, von außen betrachtet, zu etwas Anderem, Gewöhnlichem, Mittelmäßigem und vor allem Zweifelhaftem. Doch sie ahnten nicht, dass mir jetzt schon ein einfaches, unbedeutendes Zeichen ausgereicht hätte wie dasjenige, das ich an diesem Morgen hätte herausfordern können, das ich aber immer weiter hinauszögerte. Und zwar die paar Stufen bis zum öffentlichen Telefon an der Theke des Pförtners hinabzugehen und halblaut, damit dieser und die Mädchen, die jederzeit vorbeikommen konnten, nichts mitbekamen, und mit der einen Hand am freien Ohr, damit ich ihr Gelächter und das ständige Krachen der Eingangstür nicht hörte, noch einmal zu versuchen, ob ich seine ver-

traute Stimme zu hören bekam. Die nur sagen sollte: »Ja ...«
Nur so viel.

*

Als ich wieder von meinen Notizen aufsah, zupfte Marilena vor dem Fenster ihren Morgenrock zurecht und raffte ihn mit dem Gürtel etwas höher. »Das ist ja eine Sauerei, ich hol den Techniker«, sagte sie.
»Das bringt nichts«, grinste Didi. »In der Stadt gibt's auch noch keine Fernheizung, das ist eine Anweisung, bis zum fünfzehnten ...«
»Wenn es nach dir geht, sitzt du den ganzen Winter in der Kälte, wenn du dich nur nicht rühren musst ...«, keifte Marilena, ging hinaus und knallte die Tür hinter sich zu.
Ich weiß nicht, welche von ihnen dann merkte, dass es halb zwölf war, also begannen sie sich für den Kantinengang zurechtzumachen, wobei sie die Schranktüren abwechselnd auf- und zuklappten.
Auch ich tastete mit steifen Füßen nach den Pantoffeln unterm Bett.
»Mit euch gibt's kein Arbeiten in diesem Haus ...«, zitierte ich Onkel Ion.
»Jetzt hat's dich also wieder erwischt«, brummte Domnica, während sie ihre Strümpfe anzog, »das ist immer so mit der, wenn wir zum Essen gehen sollen oder das Licht ausmachen – dann packt sie die Lust zu lesen ...«

Erst hier allein im Bügelzimmer, in diesem Raum, der so eng war, dass man nicht einmal die Kälte wahrnahm, nur noch den Geruch nach versengter Decke und Spiegeleiern und stickiger Luft, der sich nie verzog, war ich langsam so weit, dass ich verstand, was ich las.

»Schau sie dir bloß an, wie die auf dem Tisch sitzt – so liest du?«, lachte sie.

Ich zog meine Beine ein, während sie ihren Teller mit drei säuberlich geschälten Kartoffeln abstellte. Flink bückte sie sich, um den Elektrokocher an einer der Steckdosen anzuschließen, unter denen sich braune und schwarze Brandmale auf dem Parkett abzeichneten.

»Auf unserer Etage funktioniert keine«, erklärte sie mir vertrauensselig und schüttete Öl aus dem Fläschchen, auf dem noch das Etikett vom Hustensirup klebte.

Ich wusste nicht, wie sie hieß, aber ich wusste, dass sie ihre Essensmarken fast jeden Monat verkaufte und mit einem von der Mathematik ging, einem mit Geheimratsecken, der sie spätabends aus dem Lesesaal rufen ließ, wo sie mit vor Staunen halb offenem Mund, hängender Unterlippe und Lockenwicklern unter einem blau gepunkteten Kopftuch über ihrem Buch saß.

»Wieso bringst du dir nicht einen Stuhl aus dem Zimmer mit?«, redete sie weiter, wobei sie Kartoffelspalten schnitt und sie in das Pfännchen mit mittlerweile zischendem und die Wände bespritzendem Öl legte, das alles mit einer Umständlichkeit, als hätte sie für eine fünfköpfige Familie zu kochen.

Zu zweit saßen wir da, draußen gab es den Regen, der nicht zu sehen war, sondern nur den Himmel befleckte, monoton und deprimierend. Und während ich ihr zusah, wie sie in der

Hocke vor dem Kocher die Kartoffelspalten mit dem Messer wendete, ihre übergewichtigen Pobacken betrachtete, wie sie wabbelig auf die starken, leicht angegilbten Fersen herabhingen, hasste ich sie zutiefst. Sie führte mir vor Augen, dass auch ich in Kartoffeln rühren musste, die ich mir mittags briet, und abends nur eine Flasche Milch mit einem Stück Brot zu mir nehmen durfte, damit ich den gewünschten Stoff für das Kostüm kaufen konnte, das ich dann zu Hause nähen würde, damit es billiger kam.

Wie auch immer, bei Petru habe ich eh keine Chance, sagte ich mir. Denn ich gehöre nicht in seine Welt, ich wünsche mir das nur, eigentlich.

Da konnte ich mich nicht mehr beherrschen, obwohl ich den ganzen Vormittag den Gedanken an ihn unterdrückt hatte – an seine Wohnung im dritten Stock, aus deren Fenstern man bis zu dem begrünten Opernplatz sah, und an sein schmerzlich vertrautes Zimmer.

»Ja, ich war mit dem Auto in den Bergen, mit ein paar Freunden…«, sagte er leicht betreten und tänzelte, soweit es die Schnur zuließ, ums Telefon. »Ich habe mir auch eine Forschungsauszeit genommen, für ein paar Tage… Nicht doch, ich hatte wirklich zu tun…«, lachte er in den Hörer. Sein Lachen klang ebenso gezwungen wie seine Worte, hinter denen er sich zu verstecken schien. »Ich hatte gehört, dass es da oben schon geschneit hat, und auch meine Skier mitgenommen.« Ohne Zeugen – mich hatte er vergessen – waren seine Bewegungen wieder fahrig, die eines Jungen, der im Internat aufgewachsen ist. »Es tut mir leid, ich bin nicht mehr dazu gekommen, dich anzurufen, ich wollte es, aber die Kollegen haben mich unterwegs abgefangen und ich musste mitgehen, was trinken…«

In mir krampfte sich alles zusammen, denn ich erkannte die Ausrede, er hatte sie auch bei mir schon so oft angebracht, dass ich bisher geglaubt hatte, sie wäre mir vorbehalten... Ich stand vom Stuhl beim Schreibtisch auf und ging mit langsamen Schritten zur Tür, doch als ich dort war, blieb ich stehen. Nichts war mir vorbehalten, schutzlos und allein stand ich seinem geheimnisvollen, schwer vorstellbaren Leben gegenüber. Ohne dass ich mich umsah, wusste ich, dass er sich auf den Sessel neben dem Telefon gefläzt und die Beine über die Armlehne gelegt hatte, seine Stimme war nämlich entspannt und er schien Spaß am Gespräch zu haben.

»Wirklich, ein ganzes Jahr? Und wo? Aha, Den Haag – war nicht von Italien die Rede? Aber Den Haag ist ja auch was – Stipendium, oder? Kluger Junge, der wusste schon immer, was er tut...«

Es wäre albern gewesen, hinaus in den weitläufigen dunklen Flur zu gehen, den ballonseidenen Mantel von dem Hirschhorn-Kleiderhaken zu nehmen und zu gehen, schweigend, wie ich es mir vorstellte. Albern und sinnlos, obwohl ich merkte, dass es auch nichts nützte, wenn ich blieb. Es hatte überhaupt keinen Sinn, jetzt zu gehen, ich hätte nicht hier sein dürfen, niemals. Also ging ich langsam zurück, setzte mich wieder auf den Stuhl und blätterte mit zitternden Händen im erstbesten Buch. Und wartete weiter auf ihn, vielleicht aus Trägheit oder aus Feigheit, allerdings kam ich mir dabei stark vor, außerdem schien es mir wie gleich zu Anfang unmöglich, dass er mich nicht sehen und verstehen würde.

Man ist aber nur so viel, wie der andere von einem sieht, dachte ich und sah ihr zu, wie sie die Bratkartoffeln sorgfältig auf den Teller schüttete und wie sie in der ausgebeulten Tasche des Morgenrocks nach dem weißen Tablettendöschen aus Kunststoff suchte, in dem sie das Salz aufbewahrte. Man ist aber nur so viel, wie der andere von einem sieht, sagte ich mir wieder, sprang vom Tisch und hielt ihr die Tür auf.

Wie auch immer, ich habe eh keine Chance bei ihm, sagte ich mir und hockte mich wieder auf meinen Platz, das offene Heft auf dem Schoß. Für einen Augenblick war es mir auch wirklich leichter, ich war überzeugt, ich hätte, egal was ich tat, nichts ändern können. Trotzdem, da war etwas in mir, das mir keine Ruhe ließ und mir mein Schweigen, meine Verkrampftheit, meine ungeschickten Worte vorhielt. Ich sprang vom Tisch, bohrte meine Fingernägel in die Handballen, weil ich es nicht mehr ertrug, und begann im Zimmer auf und ab zu laufen, wobei ich hin und wieder zerstreut aus dem Fenster sah.

»Ich muss weg, du siehst ja, ich bin bei einem Freund eingeladen«, sagte er und ging selbst zum Kleiderhaken, um mir in den Mantel zu helfen.

»Bei einem Freund oder einer Freundin?«, hauchte ich, und schon glühten meine Wangen vor Peinlichkeit.

Nicht das war es, was ich ihm hätte sagen wollen, ich hätte ihn daran erinnern wollen, dass wir uns nach fast drei Ferienmonaten zum ersten Mal wiedersahen. Er ist eben zurückhaltend, hielt ich meinen eigenen Zweifeln entgegen und lauerte auf die eine unter all seinen fahrigen Bewegungen, die nur mir gelten würde. Doch er zog den Schlüssel ab und flog hastig die Treppen hinunter. Die Szene war zu peinlich, als dass sie mir hätte passieren dürfen, und ich sah immer noch ungläubig zu in der Hoffnung, dass jemand, der dafür sorgte, dass mir nichts Besonderes, nichts Böses zustößt, die Zeit anhielt. Er aber lehnte an dem schiefen Mast mit dem rostigen

Haltestellenschild und sah mit unsteten, abwesenden Blicken den Schienenstrang entlang, nur darauf aus, mir endlich die Hand zum Abschied zu geben.

Jetzt reicht's, jetzt reicht's, sagte ich mir und würgte, ohne es zu merken, den Geruch der Bratkartoffeln und den noch schärferen der versengten Decke hinunter. Jetzt reicht's, jetzt reicht's, sagte ich mir und betrachtete die nasse Schwärze der Bäume auf dem Hof und die unendlichen Schwärme Fröstelnder, die durch die Glastür der Kantine drängelten.

Wie kann er sich bloß immer noch so verhalten, ohne mir auch nur ein Zeichen zu geben, diese Woche war so lang wie der Sommer, womit hat er nur all die Stunden ausgefüllt? Ich wusste, dass er dort nicht sein konnte, aber als ich aus dem Fenster sah, hoffte ich einen Augenblick lang, ich würde ihn sehen, er wollte mich aufsuchen. Genau das war es, was ich dachte, er könnte mich aufsuchen, obwohl ich wusste, dass das nicht sein konnte, genauso wie ich im Dunkeln weiß, dass ich keinen Grund habe, mich zu fürchten, und es dennoch tue.

Da waren nur die Mädchen, die aus der Kantine kamen. Als sie am Treppenabsatz waren, sah ich auch Barbu, er überwand seine Scheu und versuchte ihnen etwas zu erklären, im strömenden Regen, während sie schnellstens weiter wollten. Mir fiel ein, dass er mich schon einmal abends gesucht und auf mich gewartet hatte, bis ich aus der Kantine kam. Meine Zimmernummer hatte ich ihm nicht genannt, ihm allerdings versprochen, wir würden uns sehen. Und während ich an ihn dachte, schien mir, als müsste ich bisher sehr beschäftigt gewesen sein, denn all die Tage hätte ich keine einzige Stunde mit ihm vergeuden wollen. So ist das also, wenn man für jemanden keine Zeit hat, sagte ich mir, ich begriff das alles so gut, und es war mir dermaßen unangenehm, dass ich es sofort wieder vergaß.

*

»Bist du das?«, fragte Anda und zeigte mit dem langen roten Fingernagel im Inhaltsverzeichnis der Zeitschrift auf meinen Namen, der in kleinerer Schrift hinter dem meines Onkels stand.

Ich nickte betreten. In unserer Stadt traf die Zeitschrift erst später ein, und noch bevor ich nach Bukarest kam, war sie hier schon vergriffen. Ich suchte sie an allen Zeitungskiosken, fand sie aber nur noch hier, in der Bibliothek. Ich nahm sie und zog mich damit in die letzte leere Stuhlreihe ganz hinten zurück. Immer wieder öffnete ich sie mit brennenden Wangen und klappte sie gleich wieder zu, sobald ich Schritte in der Nähe vernahm. Mein Name, wie er gedruckt dort stand, beschämte mich, als stände ich plötzlich starr und nackt in einem Schaufenster. Selbst auf der Straße hatte ich, seit ich von dem Erscheinen wusste, den Eindruck, alle Passanten beäugten mich misstrauisch und streng. Erleichtert atmete ich auf, wenn ich bei Bekannten, die ich traf, feststellte, dass sie von meinem Artikel keine Ahnung hatten.

»In den letzten Monaten hat sich Petru Arcan um die Zeitschrift gekümmert, du kennst ihn doch, oder?«, fragte die junge Frau. Sie war aufgestanden und verstaute ihre Papiere in der bäuerlich grob gewirkten, gestreiften Umhängetasche.

»Flüchtig – schon«, stammelte ich und sah sie von der Seite an.

Sie kannte ich kaum, zum ersten Mal hatte ich sie im Arbeitskreis gesehen, an dem Abend, an dem der Onkel gestorben war. Im Sommer hatte sie den Assistenten geheiratet, mit dem sie damals schon verlobt war, ich merkte es an dem flachen, sternchenverzierten Ehering, den sie nicht mehr an der Rechten, sondern an der Linken trug.

»Ein Lebemann – man glaubt es kaum, wenn man ihn so sieht. Ich kenne ihn von ein paar Feten«, sagte sie und setzte sich erneut. Es war das erste Mal, dass sie mir überhaupt Beachtung schenkte, wegen des Artikels vielleicht. Sie schlug die schlanken Beine übereinander, ihre Füße steckten in Schuhen mit abgerundeter Spitze und großer verchromter Schnalle, wie sie damals aufkamen.

»Irgendwann ist er ein ganz anderer geworden – damals, als er sich von seiner Frau getrennt hat. Wie, das weißt du nicht? Er war verheiratet... Du musst sie hier gesehen haben, sie kommt schon mal vorbei, sie haben sich in gutem Einvernehmen getrennt... Er hat gelitten bis zum Gehtnichtmehr, das weiß ich vom Hörensagen, du kannst es dir ja vorstellen. Ich erinnere mich, dass er einmal sagte, wenn die Scheidung durch sei, werde er wieder um ihre Hand bitten... Das war natürlich nur Spaß, denn seither habe ich ihn mit vielen anderen gesehen, und traurig sah er nicht aus, im Gegenteil...«

Ich spürte, dass mein dümmlich schiefes Lächeln erstarrt war. Ich klappte die Zeitschrift zu und legte die steife Hand darauf. Mir fiel das Foto ein, das ich zufällig gesehen hatte, und jener flüchtige Besuch im Beratungszimmer vor fast einem Jahr. Ich hätte alles drum gegeben, sofort verschwinden zu können, aber gleichzeitig zu bleiben und ihr weiter zuzuhören. Allerdings wagte ich nicht, sie etwas zu fragen, wagte noch nicht einmal, mich zu bewegen, die schmerzliche Demütigung stieg in meine aufgerissenen Augen. Ich verfolgte, wie sich ihre Schritte entfernten, nachdem sie gesagt hatte: »Wiedersehen – tschüss ...«

Dann hörte ich die Tür, und danach verging noch viel Zeit, bis ich endlich wagte, meinen Kopf in die feuchten Hände zu stützen. Mir schien, als hätte ich das, was sie mir gesagt hatte, immer schon gewusst, aber nicht wissen wollen. Ich fragte mich nur, wieso ich nie versucht hatte, etwas über ihn zu erfahren. Jeden neuen Anlauf hatte ich, schwankend zwischen Neugier und Furcht, mittendrin abgebrochen. War es Feigheit gewesen oder Rücksicht? Ich wusste es nicht zu sagen. Seit so vielen Monaten trug ich sein mir unbekanntes Leben mit mir herum, ich hatte es mühsam zusammengesetzt aus Worten, die bei ihm immer wieder vorkamen, aus zufällig auftauchenden Namen, deren Wiederkehr ich geduldig abwartete, aus den hohen Stimmen, die aus dem Telefonhörer quollen, aus seiner undurchsichtigen und exakten Zeitplanung, die ich nur erriet. Schon immer hatte ich einen luftleeren Raum zwischen seiner und meiner Welt vermutet, in dem ich leichtsinnigerweise hinaufzuklettern gedachte, ohne mir auch nur im entferntesten ausmalen zu können, wie das gehen sollte, es sollte alles einfach so von selbst geschehen, als gäbe es jemanden, der sich darum kümmerte. Verzweifelt vermaß ich jetzt die Entfernung, die um nichts kleiner geworden war in all der Zeit, eher war sie noch gewachsen, seit wir uns nicht mehr gesehen hatten, weil wir uns daran gewöhnt hatten und es so hinnahmen. Unverwundbar und zurückhaltend war er mir vorgekommen, dabei war er noch nicht einmal das. Im Vergleich zu seinem Schmerz um andere, um eine andere, krümmte sich meiner geradezu lachhaft, jämmerlich entwertet. Eines gestand ich mir allerdings auch jetzt noch nicht ein: dass gerade Petru selbst in meinen

Empfindungen für ihn eigentlich wenig Platz hatte, dass er verdrängt wurde von dem Ruf einer Welt, in der er sich, wie ich wusste, sicher bewegte. Mein Gedanke blieb an der Oberfläche, ich konnte ihm nicht in die Tiefe folgen, ich wollte nicht wahrhaben, wie groß mein Versagen war. Ich werde dem noch nachgehen, da muss noch etwas zu machen sein, wenn ich mehr Zeit habe, ein andermal ...

Ich ging weiter auf und ab in dem schmalen Zimmer mit den nackten Wänden und dem kahlen Fußboden, während die Zentralheizung unablässig gluckerte und sirrte.

*

Hatte es in der Nacht geregnet oder nur früher Reif die Gehsteige benetzt? Die rauchige Luft strahlte in warmem Licht, ob es nun von den herbstfarbenen Baumkronen oder der Morgensonne hinter dem undurchdringlichen Nebelschleier kam. Um mich her war etwas Unstetes und Unwirkliches, ein diffus wabernder Dunst, der im aufsteigenden Morgen Form zu gewinnen versuchte. Ich schluckte die feuchte Kühle, in der das Rostrot des Laubes glänzte. Etwas begann, durchsichtig und ungewiss, es floss durch mich hindurch, Hoffnung ließ meinen Blick ruhig werden. Es sollte genauso undeutlich wieder verschwinden, wie ich es vorgefunden hatte, sobald das weiße Tageslicht den Dingen wieder ihren gewohnten Platz im Raum zuwies.

Im Gehen wiederholte ich, was ich zu tun hatte. Bislang hatte ich nichts anderes gewusst, als den Anruf von einem Tag auf den anderen hinauszuschieben. Ich stellte komplizierte und verworrene Überlegungen an, nach denen all diese freudlosen Tage mir dereinst Petru wiederbringen würden, aber ganz anders, als er gewesen war. Mit unsicherer Genugtuung zählte ich jede schwere Stunde, in der ich mich zur Beherrschung zwang, und schrieb sie einem Gegenkonto gut, dem der Hoffnung auf seine Rückkehr. Ich wusste, dass es ausreichte, wenn ich ihn ein paar Wochen nicht sah, und schon würde die Zeit jene dumpfe Unruhe abschwächen, die ich ständig mit mir schleppte. Trotzdem hatte alles, was mir geschah, einen Bezug zu ihm, da bestand ein absurder und schmerzlicher Zusammenhang. Es reichte schon, dass ich mich bückte und unterm Bett nach den Schuhen suchte, die ich mir vor ein paar Monaten gekauft hatte, weil ich ahnte, wie er sie auf der Straße anschauen, in die Hocke gehen, das Oberleder entlangfahren und die Schnürsenkel lösen würde –, schon zog sich etwas in mir zusammen. Den Frühling, dem ich aus seinem Fenster dabei zugesehen hatte, wie er Tag für Tag ohne besonderen Schwung voranschritt und die noch kahlen Äste der Bäume in monotoner Stetigkeit mit kleinen klebrigen Blättern ausstattete, fand ich plötzlich vollgesogen mit unerträglicher Traurigkeit wieder. Petru ahnte nichts von alldem, er ahnte überhaupt nichts, aber jedes Ding in meiner Nähe barg ein und dieselbe Geschichte. Irgendwann würde meine abgewürgte Liebe sich zurückverwandeln in einfache Dinge wie ausgetretene Schuhe, eine abgetragene Bluse. Bis dahin jedoch setzte sich sein Leben in mir fort, als wäre die ganze Welt, durch die ich ging, nichts als sein intensiver Blick, der mir folgte, ohne es zu wissen.

Wie seltsam sollte mir später seine Frage vorkommen: »Und was hast du so getan in dieser Zeit? Wieso hast du dich nicht mehr gemeldet? Du weißt, dass ich viel schwerer an dich herankomme...«

Wie seltsam sollte mir sein leicht anzügliches Lächeln erscheinen ... Ich sah ihn enttäuscht an und entgegnete: »Wenn es dir wirklich darum gegangen wäre, hättest du mich gefunden ...«

Doch mein Vorwurf fand nur einen mechanischen, beiläufigen Widerhall, eigentlich hatte ich aber auch nichts anderes erwartet, ja mir nicht einmal gewünscht. So schwieg ich lieber weiter, schließlich hatte ich von Anfang an das Schweigen gewählt. Meinen Weg zu ihm hatte ich dermaßen verinnerlicht, dass jede andere Geste seinerseits mir befremdlich erschienen wäre und ich mich abgewandt hätte.

Ich hatte schnell gelernt, mich vor seiner allzu hastigen oder allzu höflichen Stimme zu fürchten, vor jedem Wort, in dem ich etwas von seiner Gleichgültigkeit hätte erahnen können. Er bedeutete mir mittlerweile so viel, dass ich rundum verletzlich war wie eine offene Wunde und nur noch versuchte, die prekäre und kurze Ruhe ein bisschen zu verlängern. Ich wusste selbst nicht recht, warum ich den Anruf hinauszögerte, und ich wollte dem auch nicht weiter nachgehen. Ich war dermaßen auf meinen Gedanken konzentriert, dass ich gar nicht spürte, wie ich mich veränderte, ich war mein eigenes Gefängnis. Ich spürte nicht, wie meine Stimme immer abwesender klang, wie die herabhängenden Mundwinkel erste Falten in mein Gesicht zogen. Ich war schweigsamer denn je, auf der Straße, im Trolleybus oder in der Kantine suchte ich möglichst abgelegene Plätze, genervt von dem Gelächter, das mich umgab, von dessen grundloser Leichtfertigkeit. Mutters Härte aus den Jahren, als sie auf Vaters Rückkehr wartete, hatte mich jetzt ganz in ihrer Gewalt. Mit jeder Probe meiner Stärke, von der ich gar nichts geahnt hatte, wurde ich unnachgiebiger gegenüber allem und jedem um mich her. Es war mir alles zuwider, und das immer mehr, der Lärm im Zimmer, die sich wiederholenden Gespräche, die ungekämmten Haare der Mädchen, die Wäsche, die über dem Heizkörper zum Trocknen hing, alles. Ich werde schon noch abhauen von hier, und zwar bald, ihr habt ja keine Ahnung, prophezeite ich ihnen und sah sie böse an.

Dann vergaß ich, dass sie meine Freundinnen waren. Denn mir war alles ganz klar, etwas in mir trocknete aus, mit jedem Augenblick. Ich hielt mir einiges zugute auf mein Stehvermögen in der Bibliothek und klammerte mich immer fester daran. Ebenso streng betrachtete ich mich im Spiegel, machte mich zurecht, meine Augen, meine Haare, begutachtete meine Kleider. Ich zählte genauestens meine Wortmeldungen im Seminar, und in der Zeit, die mir blieb, bereitete ich das nächste Kapitel von Onkel Ions Arbeit vor. Diesmal wollte ich es zuerst im Arbeitskreis vorstellen und es erst danach Petru bringen, dann aber, so versicherte ich mir, dann würde alles anders aussehen. Mit jedem Tag schüttelte ich das hilflose Wesen in mir ab und mit ihm das Zögern und die Zweifel des Onkels. Ich war darauf aus, eine andere zu werden, und merkte es eigentlich gar nicht, ich dachte, ich würde ergeben auf Petru warten, dabei berechnete ich jede seiner Bewegungen ebenso genau wie meine eigenen berechnete. Wenn er zu mir zurückkehrte, würde er eine andere vorfinden, es aber nicht wissen, noch lange nicht, ich wusste es ja selbst noch nicht so richtig.

Ohne ihn kam die Stadt nach und nach zu sich. Die Unrast verzog sich von den Straßen und aus den Gesichtern der Leute irgendwohin in die Tiefe. Die Welt war neutral, das Licht um mich kam zur Ruhe und ließ es zu, dass ich mich gleichgültig und sicher darin bewegte. Von jetzt an konnte ich die Tage wieder erleben, ohne dass sie mir ineinander verknäult oder verregnet vorkamen. Ich freute mich, dass ich sie zurückbekam, noch dazu verlängert durch die Ruhe, die eintritt, wenn man nichts mehr erwartet. Achtlos blätterte ich in der Zeitschrift des Instituts, in der, zu spät und scheinbar zufällig, der Name des Onkels neben meinem stand. Die Trauer war dahingeschmolzen, mitsamt der Schuld des Vergessens. Die Dinge trugen keinerlei Zeichen, alles lief rund, das Unrecht fand ganz einfach statt. Etwas schien sich meinem Verständnis noch zu entziehen, aber ich machte keinerlei Anstalten, ihm nachzugehen, ich spürte alles ganz nah.

Irgendwie tat es mir leid, dass ich eines Tages zu Petru zurückkehren, dass ich ihn aufsuchen würde. Schon hatte ich das Gefühl, dass es nicht mehr allzu lange dauern würde, bis ich wieder auf seine Schritte, seine Worte, sein Gesicht lauerte. Und es war, als erwartete ich noch etwas, etwas Neues, das meinen Schmerz lindern sollte. Konnte ich denn nur so leben, indem ich die Liebe umbrachte? Ich dachte an Onkel Ion, ich dachte an Barbu und Mihai, und manchmal meinte ich, meine Hände seien schon von wiederholten früheren Morden befleckt.

Kapitel XXII

Heute war einer jener Sommertage, die spät im Oktober ohne jeden Grund wiederkehren. Die Sonne erkaltete mit herbstlichem Strahlen, und meine Einsamkeit verlief sich in den stillen Straßen. Doch der viel zu blaue Himmel, der durch die Fenster drang, würde so bleiben bis in den Nachmittag, keine trügerische Mittagshitze würde ihm die Farbe entziehen. Das Licht strömte, die rostigen Blättersäume und die langen, strähnigen Gräser funkelten darin. Auf dem Gehsteig zeichneten sich die Schatten der Menschen schwarz und scharf ab. Über Zäunen und Mauern hing der reife Efeu im selben grellen Rot wie die eingelegten Tomatenpaprika, die in Einweckgläsern hinter den Fenstern gärten. Durch das sich rötende starre Blattwerk lugten wild wachsende Trauben mit wie von Reif grau schimmernden Beeren.

»Du weißt doch, dass heute auch Enes Fall diskutiert wird, als erster Punkt der Tagesordnung…«, sagte Domnica.

Sie hatte mich am Arm gepackt, und wir setzten uns ein bisschen von den anderen ab. Allerdings hütete ich mich, ihr zu viel von mir zu erzählen, schließlich war sie Bucurs Stellvertreterin.

»Was denn für ein Fall?… Ach ja, er hat viele Sitzungen geschwänzt… Meinst du, deshalb?«, fragte ich erstaunt.

»Er kommt bestimmt nicht ohne Strafe davon«, sagte sie mit ihrer energischen Stimme im Brustton der Überzeugung. »Ich weiß nicht, ob du gemerkt hast, aber da waren ganze

Nachmittage, an denen er gar nicht erschienen ist, auch nicht zum Seminar. Er scheint irgendwo gearbeitet zu haben, wo er auch vor der Zulassung zum Studium gewesen ist, denn er muss selbst für seinen Unterhalt sorgen. Bucur will das allerdings nicht gelten lassen ...«

»Dieser Bucur sollte sich lieber in Acht nehmen, der bedrängt die Mädels beim Verband, sobald er ein Auge auf eine geworfen hat, bestellt er sie zum Bereitschaftsdienst, ich jedenfalls werde nie mehr hingehen, komme was wolle«, schimpfte Didi.

*

Alle, die wir da waren, scharten uns um Ene, der seine abgewetzte Windjacke überzog.

»Ich habe verstanden, ich soll einen ausgeben«, rief er und warf das glänzende Haar zurück, das ihm über die Augen fiel. »Gleich, wenn ich irgendwie zu Geld komm ...«

»Ich habe nicht gewusst, dass er, wie soll ich sagen, dass er in einer so unangenehmen Situation ist«, flüsterte Nana.

»Gewusst hat es ja niemand. Und ich glaube auch nicht, dass es ihm passt, wie es in der Sitzung zur Sprache gekommen ist, jetzt kann er nur noch tun, als ginge ihn das alles nichts an«, erläuterte Sergiu Stănescu leise.

Ungelenk stieß er die Eingangstür auf und schob uns beide sanft an den Schultern nach draußen. Zum ersten Mal sah ich ihn seine gewohnte Zurückhaltung aufgeben, aber an diesem Abend waren wir alle etwas aufgewühlt.

»Wieso hilft ihm aber auch gar keiner, nicht einmal seine Mutter?« Nana ließ nicht locker.

»Das ist schwer zu verstehen, wenn man es aus einer

gewöhnlichen, normalen Situation heraus betrachtet ... Aber wahrscheinlich hat ihr neuer Mann gewisse Bedingungen gestellt ...«

Sergius bedächtige Sätze standen in gewohntem Gegensatz zu seinen verhuschten Bewegungen. Mir fiel ein, dass Ene sich oft über seine gestärkten weißen Hemden und die Krawatten, die er jeden Tag trug, und auch über seine Redeweise lustig gemacht hatte. Dennoch war Sergiu einer der Ersten gewesen, die dagegen gestimmt hatten, als Bucur vorgeschlagen hatte, man sollte Ene auch das Mitgliedsheft des Kommunistischen Jugendverbandes entziehen.

»Hör mal, wenn Nana nicht gewesen wäre, die gesagt hat, was sie zu sagen hatte, wäre die Sitzung ganz anders ausgegangen«, fuhr er fort.

Sein Tonfall war so leidenschaftlich und bekümmert, wie ich es bei ihm noch nie gehört hatte. Er war mir immer als ein von Haus aus allzu behüteter Junge erschienen, der sich nicht gern mit anderen gemein machte.

»Über dich habe ich mich aber auch gewundert, von dir hätte ich so etwas nie erwartet – ich hoffe, du bist mir deshalb nicht böse«, sagte er und nahm gleich die Hand von meiner Schulter.

Ich war mir sicher, dass er rot geworden war, nur sah man es auf der dunklen Straße nicht.

»Nein«, antwortete ich, »wieso sollte ich dir böse sein?«

Ich fühlte mich geschmeichelt, ich hatte es mir ja selbst nicht zugetraut. Meine Wangen glühten immer noch, und meine Beine fühlten sich an, als wäre ich stundenlang stramm gewandert. Nur – aber es hatte keinen Sinn, ihm oder irgendwem sonst so etwas zu gestehen –, nur war es mir irgendwann nicht um Ene gegangen. Obwohl ich mich, wie alle anderen, immer wieder umgewandt hatte nach ihm, der in der letzten Reihe saß, gebeugt und die fettigen Haare noch tiefer über der Stirn als sonst, mit einem Lächeln, das verächtlich sein sollte, obwohl er in sich zusammengesunken war unter den vielen Blicken, die starr auf ihn gerichtet waren. Abwechselnd sah ich auf ihn und auf Nana. Mit neidvoller Unruhe hörte ich ihr zu, wie sie das alles hinkriegte, alles, was sie sagte, war genau das, was man in einer Sitzung so sagte. Sie legte eine besondere Betonung auf bestimmte Wörter und richtete Fragen an den Saal, auf die sie mit Sicherheit keine Antwort bekommen würde, allerdings verstärkte die Erregung ihre Stimme und ließ ihr die Röte in die dunklen Wangen steigen. Mit ihren Worten entwarf sie ein anderes, irgendwie retuschiertes Bild von Ene. Das eines großzügigen und diskreten Menschen, eines selbstlosen guten Genossen, als hätte Nana ihm festliche Sonntagskleider übergezogen; man hätte ihn nicht ohne weiteres wiedererkannt als den Kerl mit dem ewig über der Hose hängenden Hemd und der qualmenden Kippe im Mundwinkel. Als Nana sich wieder setzte, wuchs die Unruhe in mir, das emporkochende Blut rauschte in meinen Ohren.

»Ich bitte euch, sagt eure Meinung«, wiederholte der Abgeordnete.

Alle schwiegen wir, sahen zum Fenster hinaus oder an der Wand hinauf, ab und zu, wenn eine Bank knarrte, erschraken wir, aber da war nichts, es hatte sich nur jemand gebückt, um seinen Schnürsenkel zu binden. Wenn sich lange niemand meldete, würde man zur Abstimmung schreiten, und das wär's dann gewesen. Den Ausschluss aus dem Jugendverband würde Ene ein Leben lang mit sich herumtragen wie ein Kainsmal auf der Stirn.

Da wurde mir bewusst, dass es mir gar nicht mehr um Ene ging, obwohl wir unterwegs zur Sitzung so viel über ihn geredet hatten. »Es müssen ihn gleich mehrere verteidigen«, hatte ich da gesagt, »vielleicht hängen ganze Jahre seines Lebens von diesen Stunden ab, von uns.« Weshalb freuten wir uns bloß geradezu überschwänglich, dass er uns brauchte? Als wir selbstbewusst den Saal betreten und eine ganze Reihe für die Leute aus unserer Gruppe freigehalten hatten, da hatten wir uns anders gefühlt als gewöhnlich. Doch jetzt saß ich stocksteif da, um ja nicht Nanas vorwurfsvollem Blick zu begegnen. Nein, ich würde nicht aufstehen und über ihn sprechen, dazu war ich nicht imstande. Ich kenne den Genossen Ene seit mehr als einem Jahr, müsste ich sagen, von Seminaren, Prüfungen, vom patriotischen Arbeitseinsatz, ich kann mich für seine Gewissenhaftigkeit und seine Loyalität verbürgen... Er ist ein arbeitsames Element und geht auf im Dienst der Sache, rief ich in Gedanken, wobei ich meine schweißnassen Finger knetete, trotz aller unangebracht erscheinenden Äußerlichkeiten, die er korrigieren sollte... muss... Das alles sagte ich mir immer wieder und schwieg weiter mit gesenktem Gesicht, meine Ohren glühten unterm Haar; zwar tat ich den Mund nicht auf, aber ich wusste, wie dieser Saal aussehen würde, wenn alle Augen auf mich gerichtet wären. All diese Augen, die jetzt zu Boden starrten oder nach vorn zu dem langen Tisch des Präsidiums mit dem roten Tischtuch, einer Wasserkaraffe mit drei Gläsern auf einem Plastiktablett in der Mitte, all diese Augen würden sich plötzlich auf mich richten. Ich habe solche Angst davor, dass ich mich empört frage, wieso eigentlich ich aufstehen sollte. Sollen doch die Jungs aufstehen, sollen doch Didi oder Marilena aufstehen, irgendjemand, wer auch immer...

Nein, ich werde nicht aufstehen, nicht ausgerechnet ich, denn ich habe nicht nur Angst vor diesem Saal, es ist nicht nur das, das auch, aber da ist noch etwas anderes, das ich gar nicht richtig zu denken wage. Ich kann nicht aufstehen, ausgerechnet ich, die seit so langer Zeit eine alte ungeklärte Schuld mit sich herumschleppt, die ungewisse Schuld meines Onkels Ion, die unbestimmte Schuld meines Vaters, der für Vergehen seiner Familie gebüßt hat, die zwanzig oder dreißig Jahre zurückliegen, aber was zählt das jetzt schon... Gar nichts zählt es, nur ist mir so viel ungekannte Schuldenlast aufgebürdet worden, und ich habe sie vor langer Zeit auf mich genommen, ehe ich mich versah. Und dieser Hohlraum der Angst, den ich spüre, sooft ich mir vorstelle, dass ich aufstehen und reden und der ganze Saal sich nach mir umdrehen könnte, dieser Hohlraum rührt daher. Nie habe ich gewagt, in einer Sitzung das Wort zu ergreifen, immer habe ich Abstand gehalten, um meine Schuld nicht herauszufordern. Vielleicht würde es nämlich schon reichen, dass ich aufstand und die Worte sagte, die ich vorbereitet, die ich unablässig geübt hatte, und schon würde der Abgeordnete der Universitätszentrale seinen schwerfälligen Leib im maßgeschneiderten Anzug aus feinem Zwirn ruckartig aufrichten: »Und Sie, die Sie da gerade reden, was sind denn Sie für ein Element? Sehen wir uns die Sache doch mal an...«, könnte er sagen und mich mit diesen vorwurfsvollen Augen anschauen, deren Blick ich schon lange erwartete.

Was ich für ein Element war, darüber hatte ich eigentlich nie richtig nachgedacht, und doch sah man mir alles, was ich über die Jahre gelesen und im Kino gesehen hatte, an. Auch jetzt konnte ich gar nicht anders, als meinen verschleierten Blick von meinem bebenden, angsterfüllten inneren Wesen abzuwenden: Ich kannte gar keinen anderen Zustand als den der Angst.

Ich wusste nicht einmal mehr, ob ich etwas zu sagen wüsste, ich wusste nur, dass ich den Mut dazu nicht hatte, so, wie ich jetzt dasaß, hatte auch Onkel Ion in vielen Sitzungen dagesessen. Jetzt erst hatte ich das Gefühl, ich hätte sie alle erlebt, ich hielt den Kopf genau so gesenkt wie er, mit demselben ungewissen Schuldgefühl und derselben Angst. Plötzlich war mir, als hätte ich Angst gehabt, so weit ich zurückdenken konnte, immer schon. In meinen dunklen Gehirngängen, in die mein Denken sich immer weiter zurückzog, begegnete es nichts anderem als der Angst und der Scham. Als würde ich dauernd zurückweichen, Schritt für Schritt. Jede Sekunde, die verstrich, ohne dass ich aufstand, war nichts weiter als ein Schritt, den ich zurückwich, noch ein Schritt und noch einer. Bis hinter mir nur noch die Wand war. Nur noch die raue, kalte Wand des Saales, an die mein weicher Körper zu stoßen schien, während ich mich mit den Händen an den Lehnen der Vordersitze festkrallte. Den anderen mochte es so vorkommen, als stünde ich aufrecht, doch ich wusste, dass ich vor Angst genauso schlotterte wie bisher, dass ich mich an der Wand hinter mir nur abstützte und dass mein verkniffener Mund trocken war und wortleer. Dann stand ich schließlich aufrecht vor ihnen, vorerst ohne ein Wort hervorzubringen, für den Augenblick überzeugt, dass ich dazu nicht imstande sein würde. Noch war ich gelähmt von der weißen Explosion des Entsetzens, das weit heftiger ausbrach, als ich erwartet hatte, noch vernichtender, als mein Name, ausgesprochen vom Sitzungsleiter, die staunende Stille des Saales erfüllte. Die Sitze knarrten, und alle Augen in den bunt gemischten Gesichtern musterten mich dermaßen gierig, als sähen sie mich zum ersten Mal. Selbst die Augen meiner Freunde, die sich dann aber scheu abwandten, um mich nicht in Verlegenheit zu bringen, denn sie begriffen meine Angst. Diese Angst, die ich endlich einmal herausfordern musste, um mich von meiner Schuld loszukaufen und sie dann jedes Mal, wenn ich irgendwo wieder aufstand, immer kleiner vorzufinden.

Das Aufstehen hatte mich dieselbe Anstrengung gekostet wie die so lange durchgehaltene Weigerung, Petru anzurufen. Ich musste es wenigstens versuchen, eine andere zu sein, ich musste etwas tun. In dem Moment, als ich die Hand hob, geriet alles dermaßen durcheinander, dass ich weder reden noch schweigen wollte, mir war alles egal. Allerdings war mir klar, wenn ich mich jetzt nicht erhob, würde ich noch ewig Angst haben. So fürchtete ich mich immer weiter, bis ich mit erstickter Stimme die ersten Worte hervorbrachte. Über wen redete ich denn? Das war nicht wichtig... Wichtig war, dass ich reden konnte mit dieser Stimme, die immer wieder brach und Lücken riss zwischen Worten, die mir bekannt vorkamen. Sogar die Intonation kannte ich im Voraus, auch die Satzanfänge, alles wusste ich, und nach einer Zeit legte ich absichtlich Pausen ein, damit meine Worte lange genug dort unter ihnen blieben, damit sie ihnen glaubten, wenngleich ich selbst, obwohl ich sie aussprach und mich immer mehr an meinem Mut und meiner Großzügigkeit berauschte, überhaupt nicht mehr daran glaubte.

*

Nach der Hitze des Tages war der Abend unerwartet kühl, deshalb gingen wir schnell, redeten und lachten laut, stießen uns mit den Ellbogen an und versuchten, ohne uns eigentlich dessen bewusst zu sein, den neidischen Ärger der Passanten zu erregen. Auch ich lachte, ebenso grundlos und schallend wie die anderen, noch nie war ich wie jetzt aufgegangen in all ihren Bewegungen, all ihren Gesten. Ich hatte gar nicht gemerkt, dass Sergiu, obwohl unsere Gruppe immer wieder auseinanderfiel und sich anders wieder zusammenfand, unentwegt an meiner Seite blieb.

»Ach ja, etwas wollte ich dir noch sagen...«, rief er mir nach, als er uns alle bis vor die Kantinentür begleitet hatte. »Ich war dieser Tage im Institut, ich habe dort irgendwelche Angaben für eine Arbeit gesucht, die ich... Egal, es hat keinen Sinn, in Einzelheiten zu gehen«, sagte er, plötzlich verlegen, mit einer wegwerfenden Handbewegung. »Was ich sagen wollte: Ich habe dort Petru Arcan getroffen, bei dem wir letztes Jahr Prüfung hatten... Er war sehr nett, er ist mit mir gegangen und hat mir beim Suchen geholfen, unter anderem hat er nach dir gefragt, ob wir Kommilitonen sind... Er hat gesagt, du hast auch etwas in Arbeit und er wundert sich, dass du gar nicht mehr da gewesen bist... Ich habe versäumt, es dir früher zu sagen...«

»Danke«, wisperte ich und reichte ihm die Hand.

Freudige Unruhe überkam mich, ich wusste, das war's, ich wusste, wie ich ihm nachsehen würde, um sicherzugehen, dass er den Hof des Wohnheims verlassen hatte, wie ich auf die Uhr schauen würde, um einzuschätzen, ob Petru schon zu Hause war, wie ich zum Telefon gehen würde und es mir dort, die Münze in der Hand, anders überlegen würde, lieber erst in einer halben Stunde, würde ich mir sagen und in die um diese Zeit fast leere Kantine hetzen, mich an den Tisch setzen, wo die Mädels schon beim zweiten Gang waren, lustlos ein paar Bissen hinunterwürgen und gleich wieder aufstehen. »Ich hole mir was aus der Konditorei...«, werde ich sagen, genervt von ihrer Fragerei. Ohne eine weitere Antwort werde ich genauso gehetzt gehen, wie ich gekommen bin, nichts mehr hören außer meinem wummernden Herzschlag, werde über die Allee eilen bis zum entferntesten Telefon, mit vor Angst wie in der Sitzung zitternden Händen die Tür der Zelle öffnen und in allen Taschen nach der Münze suchen, die ich gerade dann nicht finden werde, und mich fragen, ob er nicht vielleicht Besuch hat oder jemand bei ihm ist und seine Stimme nicht allzu hastig oder zu höflich klingen wird.

Kapitel XXIII

Und du willst mir nicht sagen, warum du dich nicht mehr gemeldet hast...«, lachte er; gemächlich streckte er die Hand aus, nahm den seitlich abgelegten Telefonhörer und ließ ihn umsichtig auf die Gabel sinken. »Auf gar keinen Fall willst du das...«, wiederholte er ebenso zerstreut und ebenso fröhlich.

Offenbar erwartete er keine Antwort von mir, als wüsste er sie schon im Voraus. Wusste er sie oder nicht? Jedenfalls wusste er etwas anderes als ich. Verärgert zog ich die Decke über meine frierenden Schultern, sie war ganz verknäuelt, ich hätte aufstehen und sie geradeziehen müssen, aber dazu hatte ich nicht die Geduld. Ich kauerte mich darunter und rammte meine Fersen in die Matratze, die metallen knirschte. Der Abend legte sich sanft wie Rauch über die Möbel, doch wir taten, als merkten wir es nicht, und zögerten noch eine kurze Weile, den Lichtschalter zu betätigen. Hatte er den Hörer aufgelegt, weil er auf etwas wartete, oder war es Zufall? Ich versuchte seine Gesichtszüge im grauen Abendlicht auszumachen.

»Soll das heißen, du bist böse? Daran habe ich auch gedacht, aber ich kann mir nicht vorstellen, wieso...«, hakte er kurz darauf nach.

Ich hatte den Eindruck, er kam nur darauf zurück, weil er sonst nichts zu sagen wusste. Was hätte ich ihm denn erklären sollen, wenn er nicht einmal merkte, worüber ich böse sein könnte oder nicht? Nach wie vor verkrampft, horchte ich auf den Ton seiner Stimme, lauerte auf jede Kopfbewegung.

»Räumst du bitte die Gläser weg?«, sagte er.

Die Gesten der Liebe waren nach wie vor selten und führten nur fort, was ich schon kannte, die Unruhe, mit der ich darauf wartete, hatte mich weiterhin im Griff. Ich stand auf, und tief berührten mich für einen Augenblick seine wehmütig verschleierten Augen, wie ich sie nur zu gut kannte, weil stets so die Umarmung begann. Auch an seiner Seite hatte ich weiterhin Sehnsucht nach ihm, mein Körper brannte, mein Mund war ausgetrocknet. Ich ballte die Fäuste, bohrte meine Nägel tief ins Fleisch, senkte mein Gesicht, damit kein Geständnis zwischen den Lidern hindurchsickerte. Das war nicht nötig, er kannte es, er war sich seiner nur zu sicher, deshalb würde er mich nie aufsuchen. Deshalb fragte er mich lachend, wieso ich mich nicht mehr gemeldet hatte, deshalb schien er sich an mich erst zu erinnern, wenn meine Stimme aus dem Hörer ihn in seinem geheimnisvollen Zimmer aufscheuchte.

»Du darfst dich nicht verspäten wie damals, du sollst keine Unannehmlichkeiten haben, ich will dir keine bereiten...«, sagte er und ging zum Kleiderhänger, meinen ballonseidenen Mantel holen.

In seinen Worten, die fürsorglich wirken sollten, spürte ich nur, wie er sich vorsichtig von mir entfernte. Es war der Augenblick, in dem unsere Welten sich langsam trennten, jede sich allein weiter drehte, damit sie sich irgendwann wieder ein paar Stunden lang berührten. Er ging auf und ab, füllte das Zimmer mit den sicheren Bewegungen eines umsichtigen Mannes, der ein anderer war als ich. Seine Loslösung empfand ich nicht mehr als Riss, ich litt nur, weil ich zurück musste und auch jetzt noch nicht wusste, wem ich meine abstrakte und vom Warten ganz entstellte Liebe schenken sollte. Und einen Augenblick lang hasste ich ihn, unbeherrscht und rachsüchtig, weil er anders war, als ich ihn haben wollte, weil er nichts begriff.

»Was hast du?«, fragte er nebenbei und eilte zum Telefon, das läutete.

Wieder riss mich ein Wirbel tief hinab in die Leere, in der ich allein war. Ich hätte entsetzt fliehen und meine widernatürlich starrsinnige Liebe in diesem Zimmer zurücklassen müssen, es hätte mir klar sein müssen. Aber eingebunden in das Ganze, wie ich war, spürte ich nur, wie in den Zimmern ohne Licht die Luft zerriss, durch die wir noch bis zur Ausgangstür gehen mussten.

»Willst du dich kämmen?«, raunte er und fuhr mir so sanft mit der Hand durchs Haar, dass ich es kaum spürte.

Ich schüttelte nur den Kopf, setzte ohne Eile die Strickmütze auf, legte den Schal um, zog die Handschuhe an. Seine Liebkosung, die nicht nur mir galt – wem sonst und wie vielen? –, bewahrte ich in meinem Haar, mir kam es vor, als erwartete ich nichts mehr, genau wie er, oder erwartete ihn doch noch, aber ganz anders, irgendwann, wenn auch ich wirklich eine andere sein würde.

Draußen in dem feuchten Nebel, der nach Rauch roch und die Lichter schluckte, schwammen die Straßen in gelöster Melancholie. Die Hände in den Taschen, schritt ich langsam aus, freute mich, dass ich gehen konnte und dass der Abend kurz und traurig gewesen war. Über mich, so wie ich war, konnte ich mich freuen in dieser Stunde, die ja auch seine war, wo wir doch in denselben Gesten und denselben Worten befangen waren. Und ich ging auf das Ende unserer Stunden zu, das ich mit herzzerreißender, inniger Wehmut kommen sah.

Der Regen hatte schon lange aufgehört, doch in den zurückgebliebenen Pfützen zeichneten sich die dunklen Baumstämme, die Straße, die ich entlangging, die Mauern und Dächer deutlich ab, wie mit der Feder umrissen. In den Löchern des Gehsteigs flackerte graues Licht, in dem die reglosen Blätter am Grund leise bebten.

*

Als ich mich im Bett umdrehte und in den feuchten Kissen wühlte, splitterte das Fenster, weiß vom Licht des neuen Morgens, unter meinen ungeschützten Lidern. Ich erkannte den Schrecken des Erwachens und den Geschmack des immergleichen Schmerzes. Wie einen Akt des Leichtsinns bereute ich den Anruf und das Treffen, das ich veranlasst hatte, wieder hatte ich mich verirrt auf dem Weg der letzten Wochen, in denen ich das Wiedersehen mühevoll hinausgeschoben hatte. Ich stand auf und ertastete in dem von Atemzügen und Gerüchen erfüllten Zimmer auf dem unaufgeräumten Tisch ein fleckiges Glas, in dem ich im Bad geduldig das schale Wasser sammelte, das ohne Druck aus dem Rohr tröpfelte. Es war also so früh, dass sie es noch gar nicht aufgedreht hatten. Die Unruhe geleitete mich mit bösen Augen über den Korridor, das Dunkel floss durch mich hindurch wie ein schweres Erschrecken, das Erschrecken darüber, dass ich ihn von Tag zu Tag mehr verlor, dass ich noch gar nichts erreicht hatte, dass ich immer noch am Anfang stand. Es gibt etwas Verborgenes, Feindliches in mir, und das bin ich, ich habe meine widernatürlich starrsinnige Liebe ständig verheimlicht, ich habe gewusst, dass ich schweigen muss, damit die Mädels nicht merken, dass Petru mich nicht besucht. Etwas Beschämendes lag in dieser ganzen Geschichte, sonst hätte ich sie nicht verheimlicht, aber während ich immer weiter geschwiegen hatte, hatte sich etwas in mir verkapselt. Ich hatte den Eindruck gehabt, ich würde irgendwann Zugang finden zu einer anderen Welt als der ihren, ich müsste nur schweigen und weiter warten, eine Woche und noch eine. Und dann fiel es mir zu schwer, mich irgendwie zu entscheiden, ich war zu weit gegangen, als dass ich noch zurück gekonnt hätte, und ich wusste nicht, ob ich vor Stärke oder Schwäche zögerte.

»Wieso vertraust du mir überhaupt nicht?«, hatte Petru gefragt.

Ich vertraue mir selbst nicht oder viel zu sehr, ich weiß es nicht, ich möchte jetzt sein wie die anderen Mädels; neidisch lausche ich ihrem ruhigen Atem, während ich meinen Kopf tief ins Kissen bohre und die Decke darüberziehe.

Als ich dabei war, einzuschlafen, tat mir die Welt wieder weh, meine Nerven verästelten sich in den Mauern, das ununterbrochene Brummen der Autos empfand ich wie ein unruhiges Pulsen des Blutes. Jenseits meiner geschlossenen Augen zeichnete sich sein Körper im Dunkel ab, wo ich ihn erwartete, und noch bevor er mich berührte, spürte ich die unermesslich ausgreifende Umarmung, das Mondweiß der Haut und den merkwürdig reiherartigen Gang in Socken, die er auszuziehen vergessen hatte. Ich stöhnte und scheuchte ihn zu dem Fenster des nutzlosen Morgens, doch dieser lauerte jenseits der Scheiben meinem traurigen Schlaf auf, zwischen meinen zusammengebissenen Zähnen knirschten seine welken Blätter und befleckten den Himmel, der rostig war wie sie. Ich war wieder erwacht, ich war allein, die Mädels mussten an diesem Morgen sehr leise gewesen sein, denn ich hatte sie nicht gehört. Ich hatte sonst nichts zu tun, also ging ich in die Bibliothek.

*

»Was tust du hier?«, flüsterte er, ich schrak auf und drehte mich um.

Ich hatte die Stimme nicht erkannt, erst sein Gesicht erkannte ich, das einen endlosen Augenblick lang hin und her schwankte. Es befand sich jenseits, in jener bewegten Wirklichkeit, zu der durchzudringen ich mich mühte, mitten durch die Ströme des vor Erregung entfesselten Blutes und die ausgedünnte Luft.

»Ich lese«, antwortete ich mechanisch.

Meine Blicke hafteten an meinen unbeholfenen Händen mit den bis ins Fleisch zurückgeschnittenen Fingernägeln, wie die von Mutter. Hässlich sind sie, sagte ich mir und ballte die Fäuste, wobei mir die Frage durch den Kopf schoss, wie ich gekleidet war.

»So früh am Tag...«, lachte Petru.

Die unendliche Sekunde begann sich zu runden. Unablässig durchstieg ich eine gellende Leere, ohne an ein Ziel zu kommen.

»Ich will nur ein Buch abholen und gehe gleich wieder, ich muss packen...«

»Wieso packen?«

»Ich fahre mit ein paar Freunden für zwei Tage ans Meer, habe ich dir doch gestern Abend gesagt...«

»Hast du nicht...«

»Ich glaube schon ... Kann sein, dass ich es vergessen habe, weil sie es mir auch erst gestern gesagt haben ... Weißt du was?«, sagte er plötzlich mit ungewohnter Beschwingtheit. »Heute Morgen haben wir festgestellt, dass noch ein Platz übrig ist, eigentlich zwei ... Du könntest also auch mitkommen ... Was meinst du?«

»Im Ernst?«

Noch hatte ich nicht gelernt, mich zu freuen, ich sah ihn nur misstrauisch an.

»Aber klar, natürlich, sammle deine Bücher ein und geh schnell packen ...«

*

»Und wann fahrt ihr?«, fragte Marilena.

Ich zog meinen Koffer unter dem Bett hervor, holte das Knäuel schmutziger Wäsche heraus und presste es in eine Ecke des Schranks.

»Jetzt, zu Mittag ...«, antwortete ich ausweichend und knallte die Schranktür gegen die Wand.

Der Schlüssel steckte noch im Schloss und hinterließ tiefe Spuren im weichen Putz. Natürlich hatte ich ihr nicht gesagt, dass ich mit Petru fuhr.

»Und was ist mit Sergiu?«

In ihrer Stimme lag ein Vorwurf, ich tat, als hätte ich nichts bemerkt.

»Was soll ich denn sonst noch tun? Du erklärst ihm das, und ihr geht zu zweit ... Meine Karte kriegt ihr schon los.«

»So bringst du andere durcheinander, du denkst immer nur ...«

»An mich, ich weiß«, antwortete ich, plötzlich gereizt.

Ich riss die übereinander hängenden Kleider von den Bügeln, breitete sie auf dem Bett aus und musterte sie, ich wusste nicht, welches ich nehmen sollte.

»So ein Elend...«, sagte ich nach einer Weile mit verzagter Stimme, die nach Entschuldigung klingen sollte. »Schau dir mal an, wie zerknittert die sind... Wie lange müssen wir uns wohl noch einen Schrank teilen? Und wo nehme ich jetzt ein Bügeleisen her, auf unserer Etage gibt es keins.«

»Ja, dir geht es jetzt nur noch ums Bügeleisen, alles andere hast du erledigt...«, fuhr sie mich an. »Kümmer du dich um alles andere, ein Bügeleisen beschaffe ich dir schon.«

Ich spürte, wie ihr Blick mich grausam von mir selbst abspaltete, und empörte mich über dieses ganze Zusammenleben wie über ein riesiges Unrecht, gegen das ich nichts tun konnte. Alle meine Gesten, vor denen mich mein eigenes Gedächtnis beschützte, waren in ihrer Erinnerung aufgehoben, gnadenlos. Jedes Mal, wenn ich ihrem Blick begegnete, wurde mir bewusst, dass ich auch so bin – chaotisch, fahrig, ohne eigene Logik.

»Der hat dir also heute erst vorgeschlagen, du solltest mitfahren, und du hast sofort eingewilligt. Wohin fährst du mit einem, den du...?«

»Ich habe dir bereits gesagt, ich kenne ihn schon lange, wir waren am selben Lyzeum... Es ist überhaupt kein Problem, mach dir keine Sorgen«, lachte ich und lief weiter im Zimmer hin und her.

Sie sah mir mit herabgezogenen Mundwinkeln zu, bis sie meine planlose Sucherei nicht mehr aushielt.

»Wenn dir Sergiu wirklich nichts bedeutet, hättest du auf keinen Fall einwilligen dürfen, mit ihm ins Theater zu gehen. Was hat es für einen Sinn, ihn durcheinanderzubringen?«

Sie streckte sich auf dem Bett aus, als hätte sie endlich gesagt, was sie zu sagen hatte. Einen Augenblick lang überlegte ich, ob ich ihr antworten sollte, die Versuchung war groß. Das Licht draußen war plötzlich verschattet, weil Wolken am Himmel aufgezogen waren, hier drinnen verloren die Dinge ihre Form, ihre Kontur, als zerflössen sie in der Dunkelheit. Ich zögerte, plötzlich hatte ich die Nase voll.

»Wieso bringe ich ihn durcheinander? Er bringt mich durcheinander«, lachte ich.

»Ich geh und hol dir ein Bügeleisen.«

Sie hatte es aufgegeben, »ernsthaft« mit mir zu reden. Schon war sie an der Tür, mit dem Rücken zu mir, und ich atmete erleichtert auf.

Das Knallen der Tür, ihre sich entfernenden Schritte, der Korridor da draußen. Ich war so allein, dass die Stille gellte und das Blut mir in den Gelenken pochte, als wollte es den Augenblick messen und mich zur Eile drängen. Ich hielt mein Gesicht dicht vor den Spiegel, aus der Nähe sah jede einzelne Pore monströs geweitet aus, am liebsten hätte ich nicht mehr hingesehen, damit es sie nicht mehr gab. Ich spürte ihre Hand schon eine Sekunde, bevor sie die Klinke drückte, und begann mich langsam zu kämmen, wobei ich das Gesicht vor dem Spiegel zurückzog.

»Rate mal, woher ich es habe?«, triumphierte sie und hielt mir das Bügeleisen unter die Nase.

Der versengte, notdürftig mit Draht verstärkte Griff wackelte in den breiten, rostzerfressenen Nieten.

»Von deiner Urgroßmutter«, antwortete ich und drehte mich zum Fenster, um meinen Haarknoten von hinten zu begutachten.

»Von der Genossin Potorac«, lachte sie.

Etwas musste sie unterwegs belustigt haben, oder sie war mit sich zufrieden, weil sie mir die Wahrheit ins Gesicht gesagt hatte.

»Meinst du, das wird noch warm?«, fragte ich zweifelnd.

Ich spürte die Stunde der Abfahrt näher rücken, und die Unruhe würgte mich wie Ekel. Ich sagte mir jedoch, es würde mir immerhin leichter sein, als nicht zu wissen, was er dort tat, zwei Tage lang am Meer.

»Du hast keine Ahnung, dies ist besser als jedes andere, du hast Glück, dass ich die Genossin Potorac getroffen habe ...«

»Ich wusste gar nicht, dass sie im dritten wohnt«, sagte ich, kniete mich auf den Kofferdeckel und mühte mich ab, ihn zu schließen.

»Wieso wusstest du das nicht? Sie wohnt allein, in dem Eckzimmerchen.«

»Das hätte mich auch gewundert, wenn die das nicht so gedreht hätte, dass sie allein wohnt«, sagte ich mit abschätziger Grimasse. (So sehr ich mir ein eigenes Zimmer wünschte, ich hätte dafür nicht tun können, was die Genossin Potorac tat, und dachte gar nicht dran, es zu versuchen.) »Sie wird nur traurig sein, dass sie in letzter Zeit keine Mobilmachung zu leiten hatte, sie hat uns nicht mehr gescheucht, zu keiner Kundgebung, keinem freiwilligen Arbeitseinsatz ...«

Die Genossin Potorac war unsere Kommilitonin, vor allem aber die von Bucur, denn andere Freundinnen hatte der nicht. Sie redete wie er, mit Grammatikfehlern, bekam aber unerklärlich gute Noten. Sie war beim Kommunistischen Jugendverband oder beim Kommunistischen Studentenverband, saß bei Sitzungen im Präsidium, war früher Aktivistin gewesen, und das alles interessierte mich überhaupt nicht. Wahrscheinlich deshalb sagte Marilena, ich lebe in einer anderen Welt.

»Zieh dich an, schaust du denn gar nicht auf die Uhr?«, schimpfte sie plötzlich erregt.

»Und was macht sie, reibt sie sich die Kopfhaut noch mit Petroleum ein?«

»Wer?«

»Ja, wer denn? Die Genossin Potorac – ich glaube, die ist auch schon ein paar Jährchen drüber, was meinst du? Fünfundzwanzig, sechsundzwanzig?«

»Keine Ahnung«, brummte sie und fegte rasch alles vom Tisch, um die Decke auszubreiten. »Siehst du, das ist es eben – du denkst nur an dich. Das ist ihr Leben, Mobilmachungen, Sitzungen ... Mir tat sie leid, wie ich sie so gesehen habe.«

»Vielleicht hat sie dir das Bügeleisen deshalb gegeben«, feixte ich, riss ihr den noch warmen roten Rock aus der Hand und streifte ihn über. Ich stand in der Tür und kam mir aufgedonnert vor wie ein Propagandaplakat. Ich weiß nicht, wieso mir einfiel, dass auch Sandu groß drin gewesen war beim Jugendverband, bevor er durchdrehte. »Von Sandu weißt du nichts mehr?«

Sie schwieg und starrte mich wütend an, ich erschrak über den falschen Ton meiner Stimme und trat einen Schritt zurück.

»Du redest so dahin, dabei ist es dir egal – wenn's dir nur gutgeht, dann ...«

»Mir geht es gut«, antwortete ich. »Mir geht es so gut wie niemand sonst ... Und was geht dich das an?«

Ich hätte nicht so gehen wollen, aber da war nichts zu machen. Als ich hinaustrat auf den Korridor, hörte ich gerade noch: »Hey, Mädel, wo willst du hin mit dem zerrissenen Strumpf?« Sie kramte vom Kopfende des Bettes das ungeöffnete Päckchen hervor und streckte es mir entgegen. »Nun nimm schon ...«

»Und womit gehst du ins Theater heute Abend?«, fragte ich mit gesenktem Kopf, während ich eilig den Strumpf anzog.

»Wer sagt denn, dass ich gehe? ... Hat Sergiu die Karten denn für mich gekauft?«

Und wieder sah sie mich an, wie sie mich den ganzen Vormittag angesehen hatte. Als könnte ich ihr helfen und wollte es nur nicht. Als könnte ihr irgendjemand helfen. Die Sicherheit ihrer fanatischen und großzügigen Augen, die alles rundum vereinfachten. Die Unruhe vor der Abfahrt kribbelte bis in meine feuchten Fingerspitzen. Sie meinte, ich fuhr, um zwei Tage am Meer zu verbringen, und war verärgert darüber, dass ich das so gut hingekriegt hatte, ohne mich jemals groß um irgendetwas zu kümmern. Vielleicht erwartete sie aber auch nur, dass ich etwas sagte, damit auch sie mir etwas erzählen konnte.

»Hau bloß ab, du bist spät dran, ich will dich nicht mehr sehen. Viel Spaß ...«

*

Die Stadt hatte sich wieder von der Panik des Wochenendes anstecken lassen. In den Straßen drängelten sich die Autos vor den Ampeln in eintönigen bunten Schlangen, durch die großen Türen der Geschäfte sah man die Leute dicht an dicht in den Schlangen, wo gnadenlos geschoben und gestoßen wurde. Sie kamen heraus, bepackt mit vielen langen Broten für Kanapees, Taschen voller Wurstwaren, Wein- und Wodkaflaschen, füllten die verrauchten Restaurants, drängten sich vor Bücherständen, nur weil sich davor schon eine Menschentraube gebildet hatte, das alles übertönt von rufenden und schimpfenden Stimmen. Die späte Milde des Herbstes ertrank in dem Gewimmel auf dem noch warmen goldgelben Pflaster unter den vielen Schritten. Und während sie mich langsam vor sich her schoben, alle eilig auf dasselbe Ziel zustrebend, mitten hindurch zwischen Taschen, Koffern, Rucksäcken, Kindern in blauen Schürzchen, die neben ihren Eltern her trippelten, unter den großen Werbeplakaten, die vom Sommer übrig geblieben waren: BESUCHEN SIE DIE KLÖSTER IM NORDEN DER MOLDAU, erschien es mir ausgeschlossen, dass an einem so gewöhnlichen Nachmittag mitten in einer Stadt, die vorhatte, den morgigen Feiertag im Sturm zu erobern, Petru auf mich warten würde. Doch da war ich schon, vor seinem Block, und da wartete, mit grimmigem Blick immer wieder auf die Uhr sehend, ein kleines Köfferchen in der einen und zwei eingerollte Zeitungen in der anderen Hand, Petru.

»Du hast wohl für einen ganzen Urlaub gepackt«, sagte er missbilligend, bückte sich nach meinem Koffer und hob ihn in den Kofferraum des Autos. »Meine Kollegen ...«

Ich streckte die Hand aus und prägte mir die eine trockene, männliche sowie die andere klebrig warme Hand ein. Anhand dieser Eindrücke hielt ich sie eine Weile auseinander.

»Eigentlich hätten wir schon gestern fahren wollen, aber es kommt ja immer etwas dazwischen«, sagte der kleine Schwarzhaarige.

In einem Winkel des fleischigen, allzu roten Mundes hatte er eine kleine Warze. Alle lachten, verbunden durch das solidarische Wissen um irgendwelche Dinge.

»Nun lass ihn doch«, warf der Blonde am Steuer ein, Iliescu hieß er, wie ich später erfahren sollte. »Es war ja nicht anders zu erwarten, habe ich dir doch gesagt, oder?«, wandte er sich zu Petru. »Jetzt ist er verloren, wir können nichts mehr für ihn tun. Die Gattin wird's schon richten...«

Wieder Gelächter. Auch ich konnte mitlachen, ich dachte, ich hätte begriffen, worum es ging.

»Und Sie wohnen im Heim, höre ich«, fuhr der Dunkelhaarige fort.

Wie immer war ich sicher, ein Lächeln in der Stimme zu erkennen, und blickte hilfesuchend zu Petru hinüber. Ich sah nur seinen frisch ausrasierten Nacken über dem reglos steifen Jackettkragen.

»Wir haben auch ein Studentinnenwohnheim direkt vor dem Institut«, fuhr der andere fort.

Seine Lider mit mädchenhaft geschwungenen, an den Spitzen gebleichten staubfarbenen Wimpern klimperten heftig. Das Lächeln, mit dem er mich ansah, war von verschwörerischer Zweideutigkeit.

»Als wir vom alten Sitz dorthin zogen, da gab es eine wahre Schlacht um die besser gelegenen Büros. Morgens gibt es immer eine regelrechte Wallfahrt dahin. Wir gehen halt und schauen, was es noch auf der Welt gibt...« Sein Lächeln hatte sich zum schallenden Lachen ausgewachsen. Mein Gesicht hatte sich noch nicht entschieden, ob es starr bleiben sollte oder nicht. »Irgendwie ist es auch ein Ausgleich für die Leute im Bereitschaftsdienst. Abends, nach so vielen langweiligen Dienststunden, kriegt man wenigstens noch ein Knie zu sehen oder einen Unterrock...«

»Heime gibt es solche und solche, wie es solche Mädchen gibt und solche«, ging der am Steuer sanft begütigend dazwischen.

»Das ist gut, solche Mädchen und solche...«, kicherte der Dunkelhaarige neben mir. »Wir stehen in sehr guten Beziehungen, wir machen uns Zeichen am Fenster. Da waren sogar ein paar, die kamen an den arbeitsintensiven Nachmittagen herüber, um uns die Zeit zu vertreiben ...«

»Jetzt hör doch mal auf, Mann, du bist einfach nur peinlich«, polterte Iliescu.

Petru hatte seine Zeitungen auseinandergefaltet und überflog sie, hin und wieder kniff er bei einem bestimmten Titel seine Augen wie ein Kurzsichtiger zusammen. Dann und wann lachte er zerstreut und weit weg. In meiner verschämten Ohnmacht hasste ich ihn dafür, dass er mich hierher gebracht hatte und mich jetzt meinem Schicksal überließ, mit dem ich allein zurechtkommen sollte wie in der am Samstagnachmittag aufbrausenden Stadt.

*

Durchs Autofenster erschienen die aufgeschütteten Berge aus weißem Kalk und Schotter wie riesige Brüste, die sich starr über den Terrassen des Tagebaus emporreckten. Zisternenwaggons dämmerten auf dem zweiten oder dritten Gleis der immergleichen backsteinroten Bahnhöfe. In den Höfen baumelten die zerfransten Rispen der Mohrenhirse und die späten Zwiebeldolden müde herab. An den Zäunen bogen sich die verholzten Ranken der Winde unter der Last der vom Herbst gealterten behaarten Blätter, in die der erste Reif weiße Flecken gebrannt hatte. An den dürren Wurzeln Hundekot. Kirchtürme, weiße Gänseherden, die an den Schienen entlangwatschelten. Frauen mit Einkaufsnetzen, die schwer herabhingen vom Gewicht der Brote und Konservendosen. Kneipen mit grünen Blechtischen und darüber gestülpten Plastikstühlen. Dann und wann Wald, die

Eichen am Straßenrand trugen die festlichen Farben des Todes, Gelb, Rostbraun, Rot, dahinter wolkenweißer Himmel. Später dann das Wasser. Erst das Wasser des Binnensees Techirghiol, dermaßen reglos unter der bleiern lastenden Luft, dass er aussah wie dichtes, matt leuchtendes Mineral, ein riesiger durchscheinender Stein. Und dann, drüben, das Meer.

Es war zu kalt, als dass man hätte baden oder am Strand liegen können, außerdem war es zu spät. Die Essenszeiten erkannten wir daran, dass die Liftführerinnen Schichtwechsel hatten. Abends gingen wir nur noch über die Alleen mit mickrigen Bäumen, die der Nebel schluckte. Die Lichter der Hotels sahen aus wie die Lichter eines Neubauviertels, so erschien es mir, als wir zu viert spazieren gingen. Wir gingen an dem Komplex vorbei und immer weiter den Lichtern nach, die die Küstenlinie nachzeichneten. Die Straße funkelte feucht im Licht der Scheinwerfer, und die Trottoirs zogen sich endlos an den Blocks entlang, fast hätte ich vergessen, wo ich war, während ich schweigend neben ihnen einherging, fast hätte ich's vergessen, als er mir plötzlich in die Nase stieg, der Geruch des Meeres. Er kam irgendwie von der Seite, aufwühlend stickig, geschwängert vom Algengestank. Da erst vernahm ich in dem verhaltenen Raunen des Abends die dumpf ans Ufer brandenden Wellen und danach den Kies, wie er endlos rieselnd mitgeschwemmt wurde. Der Geruch des Meeres schwand, vielleicht hatte ich mich an ihn gewöhnt, aber das Ohr nahm weiterhin wahr, wie es beruhigend in mir mitschwang.

*

»Fünfzehn Vorträge habe ich auf Lager«, sagte Iliescu. »Natürlich haben andere mehr, aber für meine Verhältnisse, in unserer Abteilung, bin ich ganz gut dabei.«

Er nahm zögerlich einen Zahnstocher vom Tisch, sah sich noch einmal unschlüssig um, dann hielt er die eine Hand als Sichtschutz vor die schwarze Mundhöhle, in der er mit langsamen Bewegungen zu bohren begann.

»Leg noch vierzig drauf, dann bist du gleichauf mit dem Professor – und dann noch ein paar Abhandlungen, die dir noch fehlen«, lachte der Dunkelhaarige mit seiner samtigen, sanften Stimme. »Du, Cornel, weißt du, was ich gehört habe? Das Heim von unserem Fräulein, das wird einstürzen – weil da so viele Löcher sind...«

»Ein schlechter Witz, und noch dazu uralt«, protestierte ich und zog empört die Schultern hoch.

»Nicht böse sein«, raunte mir der Dunkelhaarige zu und streckte seine Hand nach meiner aus, die zwischen Brotkrumen und schmutzigen Tellern liegen geblieben war.

Ich betrachtete sie, wie sie da lag, mir selber fremd, und ließ es zu, dass die andere sich, heiß und etwas feucht, darauf legte. Das Restaurant brodelte, an der leeren Tanzfläche probierte das Orchester kratzend die ersten Akkorde, immer wieder dieselben. Mit einem Ruck zog ich meine Hand unter der seinen weg und stand auf, wobei ich zwinkernd meine Furcht vor dem langen Weg zwischen den Tischen zu verheimlichen versuchte.

»Bleibst du nicht zum Tanz? Es geht jetzt los«, rief der Brünette und filterte seinen Blick durch die langen Wimpern. Er hatte einen schmachtenden, leicht altmodischen Gesichtsausdruck, der ihm, so dachte ich mir, wohl aus den Jahren einer sentimentalen Jugend geblieben war.

»Ich komme wieder...« An der Ecke des langen Tisches blieb ich stehen. Sie sahen mich nicht, ich stand hinter dem Pfeiler, der den Salon teilte. Mir war plötzlich eingefallen, dass Petru den Schlüssel mitgenommen hatte, aber ich wollte lieber hier auf ihn warten, ich hatte überhaupt keine Lust, an den Tisch zurückzukehren, und beobachtete die beiden verstohlen. Sie redeten laut, so dass ich sie mühelos hören konnte. Sie redeten über Petru. Der Blonde knickte immer wieder einen Zahnstocher auf dem weißleinenen Tischtuch.

»Was tust du hier?« Erschrocken fuhr ich zusammen. Ich hatte nur darauf geachtet, was sie über ihn redeten, und nicht mehr auf die Tür, aus der ich ihn erwartete.

»Ich möchte hinaufgehen«, flüsterte ich und sah ihn mit unsicher fragenden Augen an.

»Wieso tust du's dann nicht? Ach so, der Schlüssel... Den habe ich nicht, der ist an der Rezeption. Zur Halbzeit des Spiels komme ich auch, wart auf mich.«

Ich sah, wie die drei ihre Zigaretten und ihre Wodkagläser nahmen und zu den langen schwarzen Sitzbänken im blauen Halbdunkel vor dem Fernseher gingen.

*

Ich verließ den Aufzug, lange weiße Gänge, Kugellampen wie an einer Schnur unter der niedrigen Decke, gedämpfte Schritte. Durch die offene Balkontür das Rieseln des Regens draußen. In den Fensterrahmen gekauert, schlang ich meine Arme, die ich als lang und dünn empfand, um meine schweren Knie und ließ den Kopf darauf sinken. Wieso tat es weh, wenn ich mir ihre Worte über Petru in Erinnerung rief, die ich kurz zuvor gehört hatte und die ich mir jetzt aus Bruchstücken zusammenreimte? Ständig, und mit stetem Unbehagen, stellte ich mir sein eilfertiges, zustimmendes und unterwürfiges Lächeln dem Professor gegenüber vor. Seine Arbeiten, die ich im Frühjahr mit Begeisterung gelesen hatte, wurden von den beiden am Tisch lapidar unter »ferner liefen« abgetan. Mein Bild von ihm und ihres begannen sich zu decken. Ich weiß aber nicht, wieso es wehtat, dass ich ihn plötzlich anders zu sehen begann. Irgendwann, dachte ich mir, muss er genauso unbeholfen wie ich versucht haben, voranzukommen, auf die Gesten in der Umgebung gelauert haben, um sie zu lernen und sie nachzumachen, auch er hatte wie ich Einlass begehrt in eine ersehnte fremde Welt und war, ohne allerdings den vergilbten Packen mit den Arbeiten des Onkels zur Hand zu haben, mit ein paar selbstbeschriebenen Bogen Papier über die dunklen Korridore geirrt, hatte in einem Büro, das ihm allzu prächtig, allzu hell erstrahlte, schüchtern seine bewundernde Unterwürfigkeit ausgebreitet. Hinter den jungenhaften Bewegungen, die ihm geblieben waren, sah ich den grauen Internatsbau heraufdunkeln, wo er aufgewachsen war zu der Zeit, als er anhand des Klassenbuchs noch als Arcan Petre aufgerufen wurde, nicht mit dem gehobenen Namen Petru. Anders verstand ich jetzt sein zustimmendes Lachen am Telefon, die gut geschnittenen Anzüge, die er trug und nach denen er damals so geschielt hatte; bis in alle Einzelheiten konnte ich mir vorstellen, was jene unbekannte, schick gekleidete junge Frau für ihn hatte bedeuten können, die ich im Beratungszimmer und auf dem zufällig entdeckten Foto gesehen hatte… Jenes Mädchen, das dann seine Frau werden sollte, von der er sich vielleicht auch deshalb so schwer gelöst hatte, weil sie für ihn die Welt bedeutete, zu der zu gehören er sich so lange gewünscht hatte.

Begriff ich das alles schon damals so klar, oder sollte ich es erst viel später neben vielem anderen verstehen? Vielleicht begriff ich gar nichts, sondern saß nur einsam da, die Wangen auf den Knien, traurig, dass seine Gestalt immer kleiner wurde, während er übereifrig das Büro des Professors betrat, wo er nachts allein an den Artikeln arbeitete, die sie gemeinsam veröffentlichen sollten, während er sich die kleinen Kompromisse ausrechnete, um am Ende des Weges einen mit Zauberkräften ausgestatteten eingetragenen Wohnsitz in Bukarest zu haben, wie ich ihn mir selbst erhoffte. Wie weit lagen doch die arbeitsreichen Nachmittage von Onkel Ion zurück, die nirgendwo hinzielten, wie weit weg und wie sinnlos erschienen sie mir jetzt. Ich begriff nur unsere eigenen Handlungen, die von Petru, meine eigenen, die der Leute um uns ... Meine verzweifelte Intuition ließ mich die Ereignisse, die Gestalten der Menschen, ihre Worte, die stets etwas anderes verschwiegen, verzerrt wahrnehmen. Alle hatten ihr nahes und klares Ziel und strebten darauf zu, auch ich hatte es bis jetzt eigentlich genauso gemacht. Wissen, was man will, und irgendwie erreichen, dass die eigene Unterordnung nicht umsonst ist, sondern Früchte trägt in dem Schatten, in dem man heranwächst – wieso tat das alles so weh, und wieso verstand ich es so gut? Vielleicht würde der Tag kommen, an dem ich es abstreifte oder einfach hinnahm, ohne dass es schmerzte. Ich wusste nur, dass ich meinen Schmerz, solange es ging, verheimlichen und weiter durch ihn hindurchgehen würde. In einem Spinnennetz, in dem ich mich noch nicht so recht bewegen gelernt hatte und dennoch vorankam in der ständigen Hoffnung, dass sich jemand um mich kümmern, dass jemand meine Schritte beschützen würde. Während ich meine Vorsicht ständig hinter naiven Augen verbarg und versuchte, meine alte Angst zu vergessen, Onkel Ions Scheitern im Sinn zu behalten und es zu vergessen. Es würde mir nichts ausmachen, dass ich hin und wieder merkte, wie ich mich getäuscht hatte, ich würde weitergehen, auf jeden Fall.

Deshalb hätte mich Petru eigentlich anders aufnehmen müssen, dachte ich, oder vielleicht hat er mich gerade deshalb so aufgenommen. Ich war er, gleich im ersten Augenblick musste er bei mir seine eigenen verkrampften Gesten von damals, das ergebene Schweigen erkannt haben. In der Gewissheit, dass ich wiederkommen würde, hatte er mich nie aufgesucht und nur auf mich gewartet, deshalb würde er mich auch nie aufsuchen oder vielleicht, wer weiß, gerade deshalb zu mir zurückkommen. Er war jetzt Teil der Welt, die er sich gewünscht hatte, zu mir zog ihn die Nostalgie seiner Anfänge, zu denen er sich, erst jetzt, ungeniert bekennen konnte.

Das alles tat mir zwar noch weh, aber dabei wusste ich schon, dass ich es annahm. Es war alles noch unklarer und komplizierter, als es mir jetzt schien, aber ich wusste, dass ich nichts anderes machen würde.

Ich saß im Fenster, betrachtete das unwirklich graue Meer, den weiß schimmernden Sand draußen. Vor mir, völlig verdunkelt, der Pavillon mit den Spielautomaten. Ich warf mein warmes Haar auf die Schultern zurück, da hörte ich seine Schritte. Ich erkannte sie, alles erkannte ich jetzt, auch wie er die Klinke hinunterdrückte.

»Du sitzt im Dunkeln...«, sagte er und hängte die Jacke, die er übergeworfen hatte, an den Kleiderhaken. »Ist dir denn nicht öde, so allein im Dunkeln zu sitzen?«

In dem milchig fließenden Licht erkundete ich schweigend sein Gesicht. Er hatte die Stirn gerunzelt, vielleicht vermutete er, dass etwas hinter meinem Schweigen steckte. In seinem Gesicht drängten sich die weichen Brauen, die starke Nase, der volle, missbilligend verkniffene Mund.

»Was hast du? Ist was?«

So sieht er also aus, wunderte ich mich und stellte fest, dass sowohl sein Gesicht als auch seine Stimme anders waren, als hätten sie eine geheime Verwandlung durchgemacht. Er begann allein zu existieren, von meinen Gedanken getrennt wie die anderen Menschen auch, und ich spürte, wie meine sommerliche Aufgeregtheit sich legte. Nie würde ich sie wiederfinden, jeden Tag, der folgte, würde ich ein weiteres Stück davon verlieren, mit jedem Stück würde die Welt leerer werden.

»Sie haben gesagt, du bist ein Opportunist«, murmelte ich.

Dabei kauerte ich mich noch krummer zusammen in dem Fensterrahmen, der das fremdartige Halbdunkel des Zimmers von dem Tag trennte, der draußen erlosch. Ich kauerte mich zusammen vor Angst, denn schon tat mir leid, was ich gesagt hatte. Im Augenwinkel nahm ich seine Gestalt wahr, oder ich spürte auch nur seine Gegenwart. Er reckte mir sein Gesicht entgegen, das starr war vor Aufmerksamkeit.

»Wer?«, fragte er angespannt. »Wo hast du das nun schon wieder gehört?«

»Deine Kollegen am Tisch«, stammelte ich, zutiefst erschrocken. Jetzt war alles aus, und es war meine Schuld. Ich hatte zur Unzeit geschwiegen, und ausgerechnet jetzt hatte ich geredet. »Ich war aufgestanden, da fiel mir der Schlüssel ein, und da bin ich stehen geblieben, aber sie haben mich nicht mehr gesehen, sie haben gedacht, ich wäre schon weg...« Meine Stimme überschlug sich, demütig um Verzeihung bittend. Ich wollte noch etwas hinzufügen, aber ich hielt inne und zerknüllte mit feuchten Händen die Falten meines Rocks.

»Deine Naivität ist wirklich grenzenlos«, sagte er lächelnd und schüttelte den Kopf. In der Ironie seines Blicks, an die ich mich gewöhnt hatte, meinte ich eine verborgene Wehmut zu erahnen. Dann ging er weiter mit langsam ausgreifenden Schritten im Zimmer auf und ab. Er blieb stehen, zog die Schublade des Nachtschränkchens auf und nahm seinen Rasierapparat heraus. »Was haben sie sonst noch gesagt? Komm, lass es raus, wenn du schon dabei bist. Ich sehe, da ist noch was, du bist noch nicht fertig.«

»Sie haben gesagt, du bist der Mann des Professors, so hast du's ans Institut geschafft, als sein Neger... Und jetzt machst du's genauso, du förderst nur Absolventen, damit dir die Konkurrenz erspart bleibt.«

»Das ist der Iliescu, seine Platte kenn ich.«

Lag in seinem erstarrten Grinsen, in dem heruntergelassenen Mundwinkel ein Schuldeingeständnis oder nur Traurigkeit?

»Die spielt er an allen Ecken und Enden, wenn ihm nur jemand zuhört... Der hat es gerade nötig, er, der dem Parteisekretär die Tasche hinterherträgt und seine Texte verbessert – zu etwas anderem ist er ja auch nicht imstande... Was sind die doch großartig, mein lieber Mann, großartig...«, brummte er und knipste das Licht an.

Erschreckend weiß blitzte es in dem dunklen Schweigen des Raumes auf.

»Großartig, nicht einmal hier können sie damit aufhören. Und deshalb warst du so drauf? Ich habe Wunder was gedacht... Lass mal, zerbrich dir nicht den Kopf, du wirst es eh nicht begreifen... Obwohl, in deinem Alter hatte ich begriffen, wie es zugeht auf der Welt, aber dich hat ja die Familie auch nicht darauf vorbereitet...« Er sah mich wieder an, mit dem gleichen langen Blick, als hätte er etwas Neues an mir entdeckt. »Wie seltsam du doch sein kannst. Manchmal kann ich es gar nicht glauben, dass du bist, wie du bist. Ich frage mich, ob ich mir das einbilde...«

Ich hatte mich entspannt und nahm dankend seine Hand, die mir über die Stirn strich.

»Was weißt du schon, was los ist auf dieser Welt... Sieh zu, dass du deine Sachen geregelt kriegst, sei froh, dass der Artikel deines Onkels erschienen ist und noch weitere erscheinen, und warte ab, bis du älter wirst... Und worauf wartest du jetzt? Los, zieh dich an...«

Ich streckte den Arm aus und zog langsam den Vorhang vors Fenster, wie im Theater. Er schloss sich und sperrte das regengraue Meer, das schamlos entblößte Viereck des Pools aus, während nebenan in einem aufgeklappten Dachfenster die weiß eingedeckten Tische des Restaurants auftauchten, die uns an diesem Abend erwarteten.

*

»Auch Fräulein Letiția hat heute geschwänzt und wird in die Abwesenheitsliste eingetragen«, kicherte der Dunkelhaarige. Er saß jetzt vorn auf dem Beifahrersitz und versuchte den Nachrichtensprecher zu übertönen. »Im ganzen Land fanden in diesen Tagen Kundgebungen zu Ehren...« Phrasen, die ich gewöhnlich nicht hörte. Dennoch erwachte immer wieder der Reflex aus dem Zimmer, den Lautsprecher abzudrehen. Ich hatte meinen Kopf auf die Rückbank sinken lassen, er berührte Petrus starre Schulter. Die eintönige Fahrt durch die Nacht, in der immer wieder die Scheinwerfer der entgegenkommenden Autos aufblendeten, hatte mich betäubt, vielleicht war ich auch nur schläfrig. »Letiţia«, sagte er immer wieder, »Letiţia ... Was haben die dir doch für einen braven Namen geben, so gar nicht sexy ...«

»Meine Großmutter hieß auch so«, antwortete ich. Ich bemühte mich immer weniger, die Ähnlichkeit mit ihr zu verbergen, in der Hoffnung, der verschämt schmerzliche Blick dort in dem Familienalbum mit dem harten Einband würde ausschließlich ihrer bleiben.

»Ja, das geht ja noch«, kicherte er. »Schließlich kann sich keiner vorstellen, dass unsere Großmütter irgendwann sexy gewesen wären, unsere Mütter waren ja auch immer brav.«

Diesmal lachte nur er, nachdem er eine Weile auf das Gelächter der anderen gewartet hatte. Dabei waren wohl alle nur bemüht, nicht einzuschlafen. Jetzt sah man die funkelnde Befeuerung des Flughafens, kleine rote Punkte, die irgendwo blinkten, das überwältigende Brausen der Flugzeuge drang herüber. Bald würden wir in den dichten Abendverkehr der Stadt mit seinem geregelten Gewimmel eintauchen. Wir würden die Stadt so wiederfinden, wie wir sie verlassen hatten, uns aber würde es einen Augenblick lang scheinen, als hätte nur unser Kommen sie aus dem Nichts erschaffen, aus der Stille der Abende am menschenleeren Strand, aus der dumpfen Meeresbrandung ...

»Ruf noch an«, raunte Petru und stellte meinen Koffer auf dem Gehsteig vor dem Heim ab.

Er bückte sich, schlüpfte wieder hinein, zog die Tür zu und winkte mir noch einmal verhalten zu.

Reglos und betäubt stand ich da, sah dem Auto nach, diesmal nicht, sagte ich mir, diesmal werde nicht ich es sein, die dich sucht.

*

»Lassen wir das«, sagte Nana und winkte ab. Sie reckte den hochroten Kopf mit verweinten Augen unter der Decke hervor, lächelte angestrengt und fragte: »Und wie war's bei dir ... Schön, oder?«

»Es ging so, am Strand wehte jedenfalls ein fürchterlicher Wind, da konnte man nicht bleiben. Und dann immer in dem überdachten Pool baden ... Immerhin ...«, murmelte ich, wobei ich meine Sachen einzeln aus dem Koffer holte und sie in den Schrank zurücklegte. »Wieso bist du denn nicht essen gegangen, ist dir wirklich so schlecht?«

»Essen kann ich nicht einmal mehr riechen, wenn ich da reingehe, steht es mir hier – nach all den Spritzen ...«

Sie streckte die Hand nach der aufgeschnittenen Zitrone auf dem Nachschränkchen aus und schlug ihre vorstehenden weißen Zähne hinein.

»Was haben die mich gestern Abend gequält«, begann sie zu erzählen, wobei sie sich mit einem Ellbogen in den Kissen aufstützte. »Ich habe unter der heißen Dusche gestanden, bis ich glaubte, meine Haut ist verbrüht.«

Sie lachte leise, während ihr Tränen in die Augen traten. Sie lachte immer so weiter, bis sie sich schließlich nicht mehr beherrschen konnte, das Gesicht ins Kissen vergrub und dumpf hineinschluchzte.

»Ich weiß nicht mehr, was ich tun soll ... Ich weiß es ganz einfach nicht, vor allem nachts, wenn ich überlege ...«

Ich stand mit der Seife und der Zahnpasta in der Hand und starrte sie an. Ja, sie war schon lange sehr bedrückt gewesen, noch bevor ich wegfuhr, wieso merkte ich es erst jetzt? Ich hatte immer nur ihre gleichbleibend wohlüberlegten und präzisen Bewegungen gesehen, ich hatte nur gesehen, dass sie als Erste aufstand wie immer und sich dann auf dem Bett ausstreckte, um zu lesen, wobei sie bei dem Lärm ärgerlich das Gesicht verzog, aber nie etwas sagte, dass Silviu sie genauso oft aufsuchte wie bisher, sie aber nicht mehr weggingen, sondern in einem fort miteinander redeten, während sie in den Alleen um das Wohnheim auf und ab liefen.

So lange waren wir nun schon befreundet, und ich hatte noch nicht einmal etwas von ihrem Kummer bemerkt. Sah ich denn gar nichts um mich herum, weil ich nur an mich dachte, wie Marilena mir vorgeworfen hatte, bevor ich wegfuhr? So hatte ich auch an der Seite von Onkel Ion gelebt, ohne ihn zu sehen, ohne ihn zu beachten, viel zu spät hatte ich versucht, ihn zu verstehen, und eigentlich nichts verstanden. Das Leben der anderen glitt an mir vorüber, ohne dass ich es wahrnahm, wie lange wollte ich denn noch so sein, fragte ich mich und ging zu ihr, Zahnpasta und Seife in der Hand. Ich war einfach nur verärgert und ein bisschen beschämt.

Ich setzte mich aufs Bett und streckte die Hand aus, um sie zu streicheln, ließ sie aber sofort wieder auf die kratzende Überdecke sinken. Ich wusste, dass es nicht das war, was ich jetzt tun sollte, aber was dann? Wieder zwang sie sich zu einem Lächeln.

»Du musst dir keine Sorgen machen«, sagte ich und spürte den schalen Geschmack meiner stumpfsinnigen Worte im Mund. »Er hat dich ja gern, ihr könntet heiraten, und wenn seine Eltern nicht einverstanden sind, wird er schon merken, was die für Egoisten sind, und wird auch nicht mehr auf sie hören...«

»Nein«, entgegnete sie sanft und schüttelte den Kopf, worauf ich sie irritiert ansah. Ich verstand sie nicht, sie ging mir ganz einfach auf die Nerven...

»Nein, die sind ganz nett und freundlich, und irgendwie haben sie ja auch recht. Silviu ist zu jung, und zum Heiraten ist es noch zu früh, dazu ein Kind, schon im zweiten Studienjahr ... Wenn wir den Abschluss schaffen, dann sind sie vielleicht einverstanden, wenn ich es jetzt irgendwie hinkriege.«

War ihr Ziel so unbestimmt wie meines? Gab es vielleicht auch für sie eine Welt, in die sie geduldig Einlass suchte, wobei sie ihren Willen mit sanfter Unterwürfigkeit kaschierte?, fragte ich mich, während ich sie ansah. Sie hockte da, die Knie bis zum Kinn herangezogen, die Haare auf Lockenwicklern wie immer, mit tränenüberströmt funkelndem Gesicht, so sah sie mich eine Weile an, dann stand sie auf und begann sich anzuziehen.

»Ich muss runter, bald kommt Silviu«, sagte sie und fuhr sich erbittert mit dem Kamm durch die allzu krausen Locken.

*

Ich zog den Schlafanzug über, schlüpfte unter die Decke und drückte die Augen fest zu. Wie gern wäre ich eingeschlafen, bevor die Mädels ins Zimmer kamen. Selbst wenn ich dann noch wach sein sollte, würde ich die Augen geschlossen halten, bis sie leise zu tuscheln begannen. »Ssss...«, und dann werden sie auf Zehenspitzen gehen und sich stumme Zeichen machen und hin und wieder ein Lachen unterdrücken. Irgendwann werden sie sich beruhigen, dann wird es nur noch die immer seltener werdenden nächtlichen Geräusche auf dem Gang geben.

Vom Bett aus werde ich in dem von Lichtern durchfurchten Dunkel plötzlich verwundert das Meeresrauschen der Stadt wahrnehmen. Jenseits der Mauern, jenseits meiner geschlossenen Lider werde ich verblüfft zum ersten Mal den verhaltenen Atem des Wassers im nächtlichen Rauschen der Straßen spüren. Als wäre ich dort geblieben, als wäre ich noch nicht zurückgekommen, so wird es mir scheinen, und ich werde horchen, wie es dumpf anbrandet, wie sein Schwellen im unmerklichen Fortgang der Stunden immer müder wird. Es wird die letzte Nacht sein, in der ich mit verstörten Augen darauf lauere, dass das dünne Grau des Morgens in die Fenster steigt. Ich werde mich in den Laken, die sich wie Stränge um mich winden, herumwerfen und mir die Zuneigung ins Gedächtnis rufen, die ich Petru bislang abgerungen habe. Ich werde mit mir kämpfen im Strudel der Hoffnungsleere, die mir zeigt, dass ich nach und nach, unmerklich, Millimeter für Millimeter, ins Leben eintrete. Ich werde mich mit fest verschränkten Armen schützen und mir einreden, dass mir die nächsten Tage, an denen ich ihn ganz bestimmt nicht mehr besuchen werde, unfehlbar Abstand von ihm bringen werden. Ich werde mich lösen von der Unruhe, die mich plötzlich befällt, wenn ich durch die Straßen in der Nähe seiner Wohnung gehe, von der Unmittelbarkeit, mit der mir seine Nummer einfällt, wenn ich irgendwo ein Telefon sehe. Mag sein, dass sein Name, den ich irgendwann zufällig höre oder auf einem Buchumschlag lese, vielleicht auch nur ein laufender Fernseher, wo sein Gesicht in dem streifig flimmernden Wasser des gestörten Bildschirms auftaucht, mir plötzlich den Atem verschlagen wird. Er wird mich dann mit seinen förmlich blickenden Augen festnageln, aber ich werde ihn wiederfinden in seiner gemessenen Handbewegung, genauso verkrampft wie unter meinem unerbittlichen Blick. Es wird eine Sekunde geben, in der er vergisst, dass er beobachtet wird, und am Zucken seines traurig schlaffen Mundes werde ich ihn plötzlich als einen anderen erkennen. Ein tiefsitzendes Empfinden verschwörerischer Gemeinsamkeit könnte mich dazu verleiten, meine Vorsicht und mein Kalkül fahren zu lassen. In den folgenden langen Tagen werden mich Sehnsucht und Zweifel heimsuchen, bis ich bereit sein werde, den ersten Schritt zu tun und ihn anzurufen. Ich werde nichts anderes tun können, als alles möglichst lange hinauszuzögern, bis ich schließlich mit feuchten Händen nach einer verirrten Münze tasten und mich vergewissern werde, dass niemand in der Nähe des Telefons ist, woraufhin ich wählen werde, getrieben von der Unruhe und dennoch viel zu traurig, als dass ich mich noch wirklich fürchten könnte. Doch zu dem Zeitpunkt, wenn meine Finger über die Wählscheibe fahren, wird er, wie ich vermute, nicht zu Hause sein. Das lange, von Stille unterbrochene Klingeln in einem leeren Zimmer wird mir den gleichbleibenden Rhythmus seines Lebens bestätigen, den ich so fürchte. Wie über einen Sieg werde ich traurig lächeln und irgendwann spät den Hörer wieder einhängen.

Bis ich dann, wie ich mir gesagt habe, eines Tages in einer Welt ohne Schmerz erwachen werde. Es wird Sommer sein, und die Bäume werden atmen im Wind und beinahe unmerklich ihre glänzenden schweren Blätter wiegen. Vor so viel Grün rundum geblendet, werden meine Augen zwinkern und sich unter den warm schmeichelnden Sonnenstreifen schließen. Was immer bis dahin auch geschehen mag, die Stadt wird sich noch lange gleich bleiben, und jeder wird darin selbstgewissen Schrittes seinen Weg gehen, ohne abzuweichen.

Kapitel XXIV

Das leicht gedunsene Gesicht kündete von etlichen überflüssigen Kilos, das altjüngferliche Kostüm war für das Zeitalter des Mini viel zu lang, die Dauerwelle viel zu kraus, das war Nana, als wir uns zu Beginn des ersten Semesters kennenlernten. Sie wirkte damals älter als jetzt, zehn Jahre später, als sie durch mich ihren späteren Mann kennenlernte. Den ersten? Den zweiten? Ich werde es nie erfahren.

Eine Zeitlang noch drehte sie in dem Zimmer, das vom Geruch der vielen Körper, der Niveacreme und der Essensreste erfüllt war, ihre Haare jeden Abend auf Lockenwicklern aus Stoffresten ein, die sie von daheim mitgebracht hatte. Später dann nahm sie stattdessen Papierschnipsel aus alten Vorlesungsheften. Doch wie sehr hatte sie sich in der Zwischenzeit verändert! Sie hatte abgenommen, ihre kürzeren Röcke und hohen Absätze brachten die elegante Linie ihrer Beine zur Geltung, und die stets geschminkten Augen beherrschten das immer kleiner werdende Gesicht.

Nana war für Klatsch und Tratsch kaum zu haben, und wenn man aus dem Zimmer ging, konnte man sicher sein, dass sie nichts Böses über einen sagen würde. Aus Aufrichtigkeit? Biederkeit? Phantasielosigkeit? Scheinheiligkeit? Was sie aber im Zimmer für eine Energie entfalten konnte, um diesen pickligen Milchbubi Silviu, den sie wer weiß wo in der Stadt beim Tee aufgegabelt hatte, gegen unsere Vorwürfe zu verteidigen! Ja sogar seine dünkelhaften Eltern, Dreigroschendiplomaten, denen jemand in ihrer Lage kaum noch die Stange halten konnte: »Nein, Mädels, ich weiß, dass ihr zu mir haltet, aber ihr habt nicht recht, Silvius Eltern sind nicht schuld! Sie haben auf ihre Art recht, für mich ist es zu früh, wenn ich schon im dritten Studienjahr ein Kind krieg! Und Silviu hat gerade erst die Aufnahmeprüfung bestanden! Vielleicht willigen sie später in eine Heirat ein, wenn ich das jetzt erledige ...«

»Am Sankt Nimmerleinstag willigen die ein! Mit der Personalakte Nana im Kreuz kriegt die Familie Buje kein Auslandsmandat mehr! Die fliegen in hohem Bogen aus dem Ministerium! Ich will nur hoffen, dass sie sich nicht eingebildet hat, der Weihnachtsmann bringt ihr, wenn sie dieses Balg kriegt, einen Bukarester Personalausweis mit Wohnsitz auf der Strada Argentina an der Ausfallstraße zum Flughafen!«, lästerte Domnica, wenn Nana nicht im Zimmer war.

*

Ob die allwissende Domnica recht hatte? Was mochte in der Personalakte von Nanas Eltern stehen? Und warum hatte sie nicht einmal uns gegenüber die Zähne auseinandergekriegt und gesagt, dass sie schwanger war? Sie hatte sich selbst zu helfen versucht, heiß geduscht, Chinin geschluckt und war vom Tisch gesprungen, bis die im Zimmer unter uns sich bei der Verwalterin beklagt hatten. Alles umsonst, ihre Tage kriegte sie nicht, und als sie im dritten Monat war, holte das Dekret sie ein. Die Zeitungen waren voller Beiträge, gezeichnet von Juristen und Doktoren, die nachwiesen, wie gesund und richtig es sei, vier Kinder zur Welt zu bringen, und wieder anderen, in denen verbrecherische Ärzte und Hebammen an den Pranger gestellt wurden, die schon illegaler Abtreibungen überführt und eingesperrt worden waren.

Hatte Nana vielleicht nur deshalb nicht gesagt, wie weit es mit ihr und Silviu gekommen war – wie ja auch ich meine Beziehung zu Petru vor den Mädels verheimlichte –, weil die, wie Marilena sagte, *nicht zu uns gehörten*? Immerhin ließ der Pförtner Nana eines Morgens rufen, sie sollte vors Wohnheim gehen, da wartete jemand in einem Dienstwagen auf sie.

Wir alle kletterten aufs Fensterbrett, es fehlte nicht viel, und wir wären hinuntergepurzelt, wir stießen uns gegenseitig an, doch die arme Nana eilte schon die Treppen hinunter, sie konnte uns nicht sehen. Wir waren uns alle im Klaren, das da unten musste die Genossin Buje sein, Silvius Mutter, diese Matrone, die in zyklamfarbenen spitzen Schuhen mit hohen, unter ihren prallen Waden sich biegenden Absätzen einem Riesenautomobil mit dem Kennzeichen MAE entstieg. Sie hatte platinblondes Haar, einen etwas zu kurzen Rock, der über ihren Schenkeln spannte, eine blumige Seidenbluse mit vielen Zyklamtönen und Rüschen, die über einem üppigen Busen flatterten. Im vollen Licht der Sonne glitzerte das Gold an ihren Händen und an ihrem Hals herauf bis zu uns, in den vierten Stock.

Obwohl Nana alles ausgeliehen hatte, was es in unserem gemeinsamen Kleiderschrank an ansehnlichen Klamotten gab (Marilenas Übergangsmantel, Domnicas grünes Jerseykostüm und meine hochhackigen Schuhe), sah sie an der Seite der Genossin Buje aus wie eine Dienstmagd, die man mit den silbernen Löffeln im Busen erwischt hatte.

»... diese Karikatur von einer Schwiegermutter, nur ein goldener Nasenring fehlt ihr noch«, fasste Marilena zwei Stunden später unser Geläster zusammen.

Nana, die gerade mit dem Handtuch über dem Kopf von der Dusche kam, sah sie an, ohne ein Wort zu sagen, ging schweigend zu ihrem Bett, stellte ihren kleinen Spiegel auf das Nachtschränkchen und begann sich zu kämmen. Erst als sie ihre Haare Strähnchen für Strähnchen auf die Papierschnipsel wickelte, tat sie den Mund auf, wahrscheinlich hatte sie die ganze Zeit darüber nachgedacht, wie sie uns über denselben fahren sollte:

»Ihr verfluchten Hexen! Was wollt ihr eigentlich, soll sie denn herumlaufen wie ihr, Stroh im Kopf, Stroh auf dem Kopf? Sie muss eben von Berufs wegen gut aussehen«, sagte sie mit weicher, ausdrucksloser Stimme.

*

Solche Sprüche hatte sie immer drauf, bat uns aber zugleich, ihr den Gürtel enger zu schnallen, wenn wir zu den Vorlesungen gingen, damit man ihr Bäuchlein nicht sah, und als keine von uns mehr dazu bereit war, weil wir fürchteten, es könnte schiefgehen, wenn sich das Kleine schon regen sollte, schnallte sie ihn selber.

»Können wir, hast du dein Geschirr umgeschnallt?«, versuchte Marilena zu witzeln.

Doch das war zu dick aufgetragen, keinem war nach Lachen zumute. Zumindest kotzte sie nicht mehr wie am Anfang und kam irgendwie durch die Prüfungen, gerade so. Sie schlief schlecht, wir hörten, wie sie sich die ganze Nacht herumwälzte und hin und wieder, den Schlafrock über das Nachthemd geworfen, auf Zehenspitzen aus dem Zimmer schlich und erst nach einer Stunde zurückkam. Einmal, als ich mit meinen Mühlen im Kopf selbst nicht einschlafen konnte, ging ich ihr nach. Wir hockten beide mit dem Rücken zum Heizkörper am Ende des Gangs und schwatzten, irgendwann konnte sie nicht mehr an sich halten und heulte los, rückte aber nicht mit der Sprache heraus.

Als wir in die Ferien fuhren, teilte Nana ihre Kleider, in die sie eh nicht mehr passte, unter uns auf. Nicht für immer, wenn uns etwas gefiel, sollten wir es ruhig tragen, aber keine Flecken hineinmachen. Sie mied unsere Blicke, während sie uns flüsternd mitteilte, Silvius Eltern hätten eine Unterkunft für sie gefunden, sie würde den Sommer über in Bukarest bleiben, sie würden nach der Geburt heiraten und sie würde, komme, was wolle, an die Fakultät zurückkehren. Wir aber sollten alles geheim halten, denn ihr Stiefvater habe ihr in seiner Heidenangst, zum Gespött des Dorfes zu werden, verboten, mit dem Balg im Arm zu erscheinen, den sie mit einem Rotzlöffel gezeugt habe. Sie oder Silviu würden uns noch anrufen, je nachdem, wie und wann es halt ginge, denn als Untermieter hätten sie kein Telefon, keinesfalls aber sollten wir die Familie Buje belästigen.

Aber wie Domnica es vorausgesagt hatte, als wir unter uns waren, kam von Nana die ganzen Ferien über kein Zeichen. Sollte Marilena, ihre beste Freundin, sich noch mit ihr getroffen haben, dann alle Achtung, die ließ sich überhaupt nichts anmerken.

Unter den Professoren schien kein einziger zu wissen, weshalb Nana das Semester erst einen Monat später als wir, im November, antrat. Ich habe auch keine Ahnung, wie sie mit den Hexen im Sekretariat zurechtgekommen ist, jedenfalls stand ihr Name nicht auf den Listen derjenigen, die wegen unentschuldigten Fehlens relegiert worden waren, ob da die Genossin Buje die Hand im Spiel hatte? Im Anwesenheitsregister führten wir sie als krank, und wenn jemand nach ihr fragte, beeilte sich Marilena zu sagen, sie sei in einem Lungensanatorium und werde in einem Monat wiederkommen.

Den Blicken nach zu urteilen, die hin und her schwirrten, wusste man aber um ihr Geheimnis.

*

Nanas Name stand nicht unter den zum Herbstsemester Relegierten, dafür hing die Liste mit den zwanzig Heimbewohnerinnen, die wegen Prostitution der Fakultät verwiesen worden waren, so lange am Schwarzen Brett, bis sie vergilbt war. Zwei, drei Wochen bevor sie dort angebracht wurde, erfuhr ich von dem Gerücht über ein Album mit nackten Weibern, unter denen die Gäste einer Tanzveranstaltung in der Stadt wählen konnten. Ich weiß nicht, wer die Sitzung mit Anwesenheitspflicht beim Rektorat, auf der die Relegation beschlossen wurde, »Affenprozess« genannt hat nach dem gerade im *Scala* laufenden Film *Inherit the Wind* und der rumänischen Übersetzung des Titels – doch der Name sollte bleiben.

Der »Affenprozess« fand, glaube ich, im Oktober statt, denn als wir, geblendet vom weichen Licht des Altweibersommers, aus dem *Scala* traten, sammelte Marilena Geld und kaufte drei weiße, krausblättrige Chrysanthemen. Wir versteckten sie dann in einer Tasche, es wäre zu blöd gewesen, mit Blumen zu einer solchen Sitzung zu erscheinen.

Gegen Abend, als wir es endlich hinter uns hatten, waren die Chrysanthemen genauso schlaff wie wir. Ich warf meine in einen Müllkorb am Boulevard 6 Martie, worauf Marilena und Domnica beide auf mir herumhackten: »Wieso hast du sie weggeschmissen? Wir hätten sie in ein Glas gestellt, und bis morgen wäre sie zu sich gekommen! Was bist du bloß für eine Frau, dass du keine Blumen magst?«

Ich erwiderte, ihnen gehe es ja gar nicht um die Blumen, sondern um das Geld, das sie dafür ausgegeben hatten, und sie sollten nur bis zum Samstag warten, da komme sicher irgendeiner mit einem Strauß wie ein Kohlkopf, und der sei dann umsonst. Ich war selbst nicht so sicher, dass ich recht hatte, aber die Anspannung aus der Sitzung ließ nicht nach, und ich hatte niemanden, an dem ich mich abreagieren konnte.

So lachte ich bis zum Wohnheim stumpfsinnig vor mich hin, ich war froh, dass wir aus jenem Sitzungssaal beim Rektorat freigekommen waren, den ich mit klammem Herzen betreten hatte. Obwohl keine von uns auch nur im entferntesten etwas mit dem »Affenprozess« zu tun hatte, zerrte ich Marilena möglichst weit nach hinten. Ich hatte gehört, dass die Sitzungen, die hier stattfanden, sich jederzeit gegen einen selbst richten konnten, wenn man auf den Gedanken kam, irgendjemandem beizuspringen. In den Jahren davor waren hier welche verurteilt worden, die ihre Biographie gefälscht hatten, indem sie nach der Aufnahmeprüfung beim Ausfüllen der Kaderakte verheimlichten, dass ihre Väter im Gefängnis oder im Hausarrest saßen, als Unternehmer oder Großbauern enteignet worden waren, dass sie Verwandte im Ausland hatten oder Ähnliches mehr.

Den Geschmack der Angst, der mir die ganze Sitzung über als Speichel den Mund zum Überlaufen brachte, weil ich ihn wegen der Knoten im Hals nicht hinunterschlucken konnte, kannte ich von daheim, von klein auf.

*

Zwar sollte der »Affenprozess« aussehen wie eine der Sitzungen zur Enttarnung der *Feinde, die sich in unsere Reihen eingeschlichen haben*, er begann jedoch mit einem langen und langweiligen Bericht, den Bucur stockend verlas und in dem die verkommenen, bestechlichen Elemente mit kleinbürgerlichen Mentalitäten und Neigungen angeprangert wurden. Es folgten vorgefertigte Wortmeldungen, die noch langweiliger waren, weil sie den Bericht Wort für Wort wiederholten. Eine von denen, die das Wort ergriffen, war natürlich auch unsere Domnica.

Im Saal gab es keine Angeklagte, die mit tränengeröteten Augen aufgestanden wäre, um Selbstkritik zu üben. Die zwanzig »Affenweiber« aus dem Wohnheim, die für Geld gevögelt haben sollten, wurden in Abwesenheit verurteilt. Sie waren schon von ihren Eltern nach Hause geholt worden und in der hintersten Provinz verschwunden, woher sie gekommen waren, oder mochten, so das Gerücht, in irgendeinem Frauengefängnis sitzen.

Auch nach sechs Stunden wussten wir nichts Neues über jenes Luxusbordell, das unter dem Vorwand von Samstagabendpartys funktioniert haben sollte und von dem seit etwa einem Monat im Wohnheim gemunkelt wurde.

*

Als wir aus dem Amphitheater hinausdrängelten, nahm mich Domnica zur Seite, um mir, nur mir, zuzuraunen: »Da hat die Nana aber Schwein gehabt, dass die Bujes sie von der Liste gestrichen haben! Was glotzt du so? Was meinst du denn, wo sonst hätte sich eine wie Nana eine wohlversorgte Lusche wie den Silviu angeln sollen?«

Da ich sie weiter entgeistert anstarrte, machte sie eine wegwerfende Handbewegung, die besagte: Da hab ich mir aber gerade die Richtige zum Reden ausgesucht! Und weil Marilena näher kam, flüsterte sie mir zu: »Die Nana hat uns gegenüber auf vornehm gemacht, dabei ist sie eine große Hure!«

Wenn sie es gesagt hatte, damit ich es weitersagte, hatte sie sich die Falsche ausgesucht, denn das tat ich gerade nicht, auch wenn ich mich ein Leben lang an ihre Einflüsterung erinnern sollte. Ich schwieg, einmal Nana zuliebe, aber auch, weil ich Domnica misstraute, aus Klassenhass eben, was will man machen! Gleich im ersten Semester, als wir uns noch gar nicht kannten, war Domnica ins Büro des Kommunistischen Jugendverbandes gewählt worden, dabei waren die Vorschläge von langer Hand vorbereitet. Und als ich dann, nachdem Vater sich endlich entschlossen hatte, zu Mutter zurückzukehren, zur Kaderabteilung bestellt wurde, wurde mir klar, dass Domnica nicht nur mit meiner Kaderakte vertraut war, sondern auch über meine Familie bestens Bescheid wusste, über die ich, von klein auf dazu getrimmt, im Zimmer kein Sterbenswörtchen gesagt hatte.

Vielleicht hielt ich Nana auch die Stange, weil das meinem Autismus entsprach, der sich anderen gegenüber nicht immer nur als Gleichgültigkeit äußert, sondern auch, wie ich mir sage, wenn ich nicht allzu streng mit mir bin, als Zartgefühl.

Nana erschien nach den Frühjahrsferien, dünn wie ein Strich und mit blaugeränderten Augen, sie trug denselben Namen, aber auch einen Ehering am Finger. Sie war zurückhaltender als früher, schluckte Beruhigungs- und Schlafmittel und ging eine Zeitlang am Samstagabend nicht tanzen.

Silviu war bei seinen Eltern, die an unserer Botschaft im Irak dienten, und studierte dort im dritten Semester an der Fakultät für Öl- und Gasförderung. Das Kind, sagte uns Nana, war bei einer seiner Cousinen in Alexandria geblieben, die es adoptieren wollte, allerdings unter der Bedingung, dass Nana es nie mehr besuchen durfte, damit der Kleine nicht leiden müsse.

»Quatsch«, sagte Domnica einmal, als nur Marilena und ich im Zimmer waren, »das Kind hat sie gleich aus der Geburtenklinik ins Waisenhaus gegeben, sie hat damals schon alle Papiere unterzeichnet gehabt, Schluss aus! Der Ehering trägt weder Datum noch Namen, und wenn Nana einen Brief von Silviu kriegt, wirft sie ihn in ihr Nachtschränkchen, und wenn sie dann allein ist, reißt sie ihn in kleine Stücke und schmeißt ihn ins Klo, sie wird es irgendwann noch verstopfen!«

»Zum Glück hast ja du deine Nase überall!«, grinste Marilena schmallippig.

*

»Wer von euch ist Letiția Branea... Da wartet jemand unten...«

Ich schrak auf in meinem Bett, wo ich mit halb geschlossenen Augen, das offene Heft auf den Knien, dahin dämmerte. Und ich dachte zuerst, es könnte Petru sein, wie ich es immer dachte, wenn mich jemand suchte, obwohl schon zwei Wochen vergangen waren, seit wir vom Meer zurückgekehrt waren und er meinen Koffer auf dem Gehsteig hatte stehen lassen.

»Wie sieht er aus?«, kreischte Didi mit vollem Mund.

Sie saß allein am Tisch und aß, tief über die Pappschachtel mit Würsten und Speck gebeugt, in der vorher die neuen Schuhe verpackt gewesen waren.

»Ein hochgewachsener Mann, kommt mir bekannt vor«, gab diejenige, die mich gerufen hatte, durch die schon geschlossene Tür zurück.

Ich warf den Schlafrock ab und begann mich anzuziehen, wobei ich plötzlich vor Kälte zitterte. Dann hielt ich es nicht mehr aus, riss unter den verblüfften Blicken der Mädels die Tür auf, lief barfuß über den Korridor und riss das Fenster zum nebelverhangenen Hof auf. Ich sah ihn nicht gleich, obwohl ich ihn hätte sehen müssen, denn er stand allein mitten auf der Allee und lehnte nicht wie die anderen seitlich der Treppe an der Wand. Ich ahnte die starre Gleichgültigkeit seines Gesichts, obwohl ich nur die Umrisse seiner Gestalt ausmachen konnte, mit tief in den Taschen vergrabenen Händen. Ich stand am Fenster und sah zu ihm hinunter, ich konnte es kaum glauben und musste an mich halten, ihm nicht etwas zuzurufen, weil ich fürchtete, er würde es sich plötzlich anders überlegen und verschwinden, bevor ich unten war. Aber er musste auf mich warten, genau so, wie ich weiter schweigen musste.

Er begann auf und ab zu schlendern, er kam bis zu der um diese Uhrzeit verschlossenen Tür der Kantine und spähte zwischen den bläulichen Rollläden hindurch, um seine Ungeduld mit vorgeblicher Neugier zu kaschieren. Wie einfach doch war, was ich mir nicht hatte vorstellen können, wie einfach es doch war, wenn er auf mich wartete, noch konnte ich das alles nicht glauben, noch begriff ich es nicht. Der Triumph weckte eine merkwürdig innige Wehmut in mir, eine traurige Freude.

»Petru Arcan«, sagte ich zu den Mädels, ohne sie dabei anzusehen, während ich mich hastig vor dem Spiegel auf dem Tisch kämmte.

Ich spürte die Verblüffung in ihrem Schweigen, gab aber nicht klein bei, betrachtete mich nicht einmal mehr im Spiegel. All die Tage hatte ich an mir gearbeitet, als müsste ich mich aus Sand modellieren. Wo war ich denn gewesen so viele farblose Stunden lang? Tag für Tag hatte ich gehofft, endlich und endgültig Kontur zu gewinnen, nur sie hätten mir dabei helfen können, aber ich fürchtete ihre Blicke, ihre Gedanken, all das, was sie jetzt in mir sehen mochten. So lange hatte es mir geschienen, als würde mir nie etwas Besonderes passieren, als wiederholte sich immer wieder ein und derselbe Tag. Dabei war so vieles passiert, wie ich jetzt, als ich mich am Kleiderhänger nach meinem Mantel streckte, verwundert feststellte. Onkel Ion war gestorben, Vater war aus seinem finsteren Leben, von dem er offenbar nichts erzählen wollte, herausgetreten und zu Mutter zurückgekehrt, und auf mich wartete Petru. Und ein Stempel im Ausweis, der mich zur rechtmäßigen Einwohnerin der STADT machen sollte... Benommen von meinem Tagtraum sah ich das Zimmer vor mir, die Betten zur Nacht aufgeschlagen, die Mädels, die schon über etwas anderes sprachen, die Korridore, die ich entlangging. Es war das Jetzt, dessen Umrisse ich nicht begriff, erst später begreifen sollte, als ich sie aus der Ferne betrachtete.

Langsam, Stufe für Stufe, ging ich hinab. Es roch nach Linoleum, nach Bratkartoffeln, nach Putz, nach Dampf. Türen wurden geknallt, unten hupten Autos, aus den Fenstern zum Innenhof warfen die Mädels leere Gläser und Flaschen und riefen alles Mögliche, was im Treppenhaus nicht deutlich zu hören war. All das war tief in mir drin, und auf einmal spürte ich, wie es sich von mir entfernte, und begriff, dass ich sehr bald von hier weggehen würde. Meine Gestalt würde in den Jahren, die da kommen sollten, noch eine Zeitlang in der Erinnerung bestehen, dabei immer verschwommener werden und sich mit anderen vermengen. Andere Mädchen würden die leeren Korridore unter dem gelblich gleichmütigen Deckenlicht entlanglaufen, behindert von den langen Schößen der Schlafröcke, und auf etwas warten, mit demselben Schauder wie ich.

Die Stadt da draußen, der ich näher kam, war eine andere, und Petru, der mich vor der Glastür erwartete, auch Petru war ein anderer, als ich glaubte, aber es sollte noch lange dauern, bis ich mir dessen bewusst wurde.

Stufe für Stufe ging ich langsam hinab. Ich war der Tür so nahe, dass ich die Endlosigkeit der Stadt spüren konnte. Die Häuser hatten tiefere Wurzeln geschlagen als die Bäume, und die Farben der Tage flossen zu einer einzigen zusammen, nur wusste ich es nicht. Ich konnte nur hinuntergehen zu dem, auf das ich gewartet hatte, etwas hatte ich verloren in all der Zeit, ich hatte gelernt, geduldig zu sein. Mit dem, was mir geblieben war, würde ich weitergehen und dabei das automatische Lächeln über mein Gesicht breiten, misstrauisch gegen jegliche Freude.

Jetzt ging ich schon über das Pflaster, über Haufen von feuchtem Laub, und spürte, wie die bisherigen Ereignisse von mir abfielen, was sich in den verwunderten Augen spiegeln mochte, von denen ich hoffte, dass sie um mich waren. Nichts Besonderes war mir passiert, dennoch sollte ich für kurze Zeit zum Mythos der Korridore werden, über mich sollte abends in den Zimmern geredet werden. Ich war froh, dass ich wegging, aber die Luft dieses Provisoriums nahm ich für immer mit und wusste jetzt, dass ich sie mir zu eigen gemacht hatte in all der Zeit, in der ich darauf brannte, sie zu verlassen. Ich mochte sie ebenso wie meinen Körper, aus Vertrautheit, mit Widerwillen, aus Gewohnheit.

»Es hat etwas gedauert, bis du dich entschlossen hast, herunterzukommen«, flüsterte er mit einem spöttisch schiefen Lächeln.

Ich spürte seinen warmen Händedruck, so unwirklich weich, dass ich mich wieder fragte, ob ich ihn mir nicht nur einbildete.

»Gehen wir«, sagte ich und verlangsamte meinen Schritt.

Im letzten Fenster, an dem wir vorbeikamen, sah ich unsere Gesichter ineinanderfließen. Einen Augenblick noch versuchte ich, meines zu unterscheiden, aber es war zu spät. Sein Leben hatte meine Züge überströmt und erstarren lassen, meine Mundwinkel kerbten sich mit der Zeit ein wie die Ringe unter den Augen, die sich glichen wie bei Menschen, die man zu zweit denkt.

Glossar

Alphabetisierungskampagne
Von den rumänischen Kommunisten zentral gesteuerte und propagandistisch genutzte Aktion Anfang der fünfziger Jahre zur Behebung des Bildungsnotstands vor allem im ländlichen Raum

Ion Antonescu
1882–1946, Marschall und faschistischer Diktator Rumäniens, der das Land zum Bündnispartner Hitlerdeutschlands (1940–1944) gemacht hat. Als Kriegsverbrecher verurteilt und hingerichtet.

Nicolae Bălcescu
1819–1852, rumänischer Historiker, als Politiker Schlüsselfigur der Bewegung von 1848 in der Walachei. In der Emigration in Palermo gestorben.

Ion C. Brătianu
1864–1927, national-liberaler rumänischer Politiker und Reformer, mehrfach Ministerpräsident, Betreiber der Westbindung Rumäniens, zumal des Beitritts zur Entente

George Călinescu
1899–1965, Literaturhistoriker und Kritiker, Schriftsteller, Autor einer vielbeachteten subjektiven Gesamtdarstellung der rumänischen Literaturgeschichte und etlicher Künstlerromane

Faschistische Regierung
Die dreißiger Jahre des 20. Jahrhunderts in Rumänien sind geprägt von den Auseinandersetzungen zwischen rechtsextremen nationalistischen Bewegungen und konservativen Kräften (Königtum), die schließlich zum Kriegseintritt des Landes unter dem faschistischen Diktator Ion Antonescu an der Seite Nazideutschlands führen.

Gherla
Eines der berüchtigten Gefängnisse für die Opfer politischer Verfolgung durch das stalinistische Regime im Rumänien der 50er Jahre

Bietul Ioanide
Der arme Ioanide, Künstlerroman von George Călinescu, Versuch der Neudeutung eines Künstlerschicksals, eines der Werke mit bürgerlichem Hintergrund, die in den sozialistischen Kanon übernommen wurden

Scânteia
Zentralorgan der Rumänischen Kommunistischen Partei

Bora Ćosić
Eine kurze Kindheit in Agram
1932–1937
Aus dem Serbischen von Brigitte Döbert
Mit zahlreichen Abbildungen.
160 Seiten. Leinen.
ISBN 978-3-89561-585-6

»Fantasievoll, beruhigend und für den Leser auch unterhaltsam. …
Reizvoll sind die Schwarzweißfotografien aus Privatbesitz
und öffentlichen Archiven, die den Band illustrieren.
Sie erzählen eine andere Geschichte als der Text.«
Jörg Plath, Frankfurter Allgemeine Zeitung

»Ein luftiges Buch über die Seele der Dinge und den Schmerz
des Erwachens. … Es sind nicht nur schöne und kluge Bücher,
die Ćosić verfasst, sondern ausnahmslos solche,
die sonst niemand mehr schreiben wird.«
Karl-Markus Gauß, Süddeutsche Zeitung

»Ćosić ist der große alte,
listig-heitere Mann der serbischen Avantgarde,
stark in der Polemik und noch besser in der Erinnerung.«
Marko Martin, Neue Zürcher Zeitung

Schöffling & Co.

»Mit Anklängen an Walter Benjamins *Berliner Kindheit*
und Sartres *Wörter* ist der gerade erschienene Band ein weiteres,
so magisches wie kluges Geschenk an die Lesenden.«
Caroline Fetscher, Der Tagesspiegel

»Bora Ćosić ist der weite Weg über die Zeiten hinweg gelungen.
In einem Erzählton, der zwischen großer Nähe
und Distanz changiert, zeigt Ćosić auch das
doppelte Gesicht seiner frühen Kinderzeit in Agram:
Die Stadt in ihrem Zauber und in dem tragischen Schicksal,
das ihr bereits 1937 unausweichlich bevorsteht.«
Anja Kampmann, Deutschlandfunk

»Bora Ćosić erzählt voller Sinnlichkeit und nicht ohne Selbstironie
von seiner Kindheit im Zagreb der dreißiger Jahre. ...
Mit bildreicher Sprache.«
Annette Zerpner, Literaturen

»*Eine kurze Kindheit in Agram* ist von der Melancholie des
Alterswerks geprägt. Der kindliche Alltag wird von einer
philosophisch aufgeladenen Metaphernsprache umspielt,
die beeindruckend ist. Dieses Buch ist – für das Verständnis von
Bora Ćosićs Gesamtwerk – ein wichtiger und lesenswerter Text.«
Martin Sander, Deutschlandradio Kultur

Schöffling & Co.